警卫

"铁警"五部曲终章

晓重 著

作家出版社

作者简介

晓重,本名李晓重,天津出生。

中国作家协会会员

中国曲艺家协会会员

全国公安文学艺术联合会理事

全国公安文学艺术联合会首届全职签约作家

全国公安作家协会理事

全国公安曲艺家协会副主席

中国铁路文学艺术联合会全委

中国铁路作家协会全委

中国法学会法制文学研究会会员

天津作家协会会员

天津市和平区作家协会副主席

长篇小说《走火》发表	2008年	
《走火》出版 获第十届金盾文学奖一等奖	2009年	
	2010年	话剧《我本善良》在天津演出
长篇小说《危局》发表并出版 获全国首届公安文学奖 第十一届金盾文学奖	2011年	话剧《幸福花儿开》在北京演出 获第十二届"金盾文化工程奖"
长篇小说《发现》发表并出版 获第三届全国法制文学奖 第十二届金盾文学奖	2014年	
	2015年	儿童剧《三个和尚新传》在天津演出
长篇小说《驻站》发表并出版 获第十四届金盾文学奖第一名	2016年	
	2017年	电影《纵横千里之铁凤凰》 《纵横千里之一发千钧》上映
电视剧《走火》播出 《纵横千里之铁凤凰》 获第十七届百合奖最佳故事片一等奖	2018年	小品《相望》 获第四届全国公安系统相声小品大赛二等奖 个人最佳编剧奖
	2019年	话剧《喜爷大院》在秦皇岛公演
	2020年	电影《纵横千里之角力》上映
长篇小说《警卫》发表并出版	2022年	

引 子

高克己上班后听到的第一个"噩耗"就是今天凌晨,在平海公安处管内通过的警卫列车遭到石击了,而且石击的地点就在警卫人员值勤上岗的附近。他使劲揉了揉眼睛在心里默念道,怪不得连续好几天右眼总跳呢,左眼跳财,右眼跳灾,还真把灾祸给念叨来了。

作为一名资深的铁路公安警察,高克己知道这件事的分量,也清楚随之而来的剧烈震荡。这个震荡波及面会很广,就好像是当年二战时美国人在日本广岛、长崎扔下的两颗原子弹那样,炸得狠,爆得烈,辐射的时间长。只不过当时美国人扔的是个核武器,而现在列车挨的是块小石子。可是话说回来,两个东西大小不一样,扔的地方不一样,但后果却有相同之处。一个是把当时日本的两个城市炸得塌了架,直接影响到他一亿玉碎的决心,然后夹起尾巴战败投降。一个是把平海铁路公安处炸得人仰马翻,能直接影响到领导班子的动摇,然后极有可能就是改旗换将。

"这都怎么了,跟死了爹似的,至于吗?"看着楼道里往来穿梭的人们脸上挂着肃穆的神情，高克己拎着小个的桶装水心里不停地念叨着。在机关工作这么多年的时间里，他太了解这座大楼里人们的心态了，平时没事的时候一个个能说会道，人前当焦裕禄，人后做诸葛亮，人前任劳任怨勤勤恳恳，人后神机妙算决胜千里。等真有了事，保准是哑口无言噤若寒蝉，大气都不敢出一口，生怕哪句话说得不对，影响到领导的敏感神经，招来一通没头没脑的训斥。训斥还是小事，关键是让领导对自己印象不好了，会影响到以后的升迁和进步。越是这样，高克己越是挺直了腰板，嘴里哼哼着荒腔走板的《空城计》："我正在城楼观山景，耳听得城外乱纷纷"，溜溜达达地走回办公室。他这个表现在别人看来，多少有点幸灾乐祸的味道。回到办公室里把水桶安到饮水机上，再到座位上打开抽屉，一边翻看着刑警队各个大队报上来的出差费用，一边摆弄着电脑核实着每一笔款项。

自打整个机关实行网上无纸办公以来，平时不太喜欢用电脑的他，怀着被逼无奈的心，硬着头皮重新学习操作电脑上报各种表格、账单、出差费用等等。之前因为不太熟悉程序，有几次还报错了数目，虽然差距不大，但这对于精打细算的高克己来说，比挨了处分还郁闷，报错的亏空需要他自己来赔。谁让你在刑警队后勤负责报销和装备这项工作的，出了事就得自己担负。为了避免再发生算错账导致赔钱的严重后果，他给自己定下一条纪律，算账核实的时候一律不接听电话和手机，皇上二大爷的电话也不接。有一回刑警队政委打办公室电话找他，座机都快蹦起来了，他就跟没听见一样。人家政委举着手机来到办公室，手指着还在爆响的电话问，老高，你没听见电话铃响吗？他抬起眼皮看看政委回答说，听见了。听见了干吗不接电话啊？接电话影响我算账，把账算错了你赔吗？一句话把政委撑得直翻白眼儿，刚想再说两句话找回自信，高克己慢悠悠地又接上一句，没事就回去吧，帅不离位，总往后勤财务室跑算怎么回事呀。把政委噎得转身直接跑到刑警队长屋里诉苦去了。两人闷头商量了半天，最后得出的结论是，让高克己继续在后勤待着吧，像他这样干了快一辈子的老刑警，放到哪个部门去都是爷。与其让他在办案部门摆谱装大爷教坏晚生后辈，还不如维持现状呢。事后队长还苦口婆心地规劝了政委几句，没事别招他，论资历老高也算是咱们的师傅辈，况且他连一把手李处长都敢顶，撑你两句就权当没听见吧。

高克己正盯着电脑显示器上的表格愣神儿，旁边的座机电话又不知趣地响了起来，他厌烦地瞟了一眼电话把目光重新拉回到屏幕上。电话铃声响了两遍后停止了，没等他猜测电话是哪里打来的时候，摆在桌面上的手机紧跟着又响了起来。他斜眼看了看屏幕上的来电显示，是用机关里的座机打来的，不接！谁来的电话也不接！他心里默默地念叨着。电话铃声是不再响了，但他分明听见走廊里传来一阵脚步声，脚步声到他的办公室门口戛然而止，伴随着敲门声的是刑警队内勤小刘的喊声："高师傅，您在呢吧？我可进去了。"看着推门冲进来的小刘，他仰起头说道："什么事呀？你慌里慌张的。"

小刘神情严肃地朝他耳边凑过来小声地说道："出事了，公安局来了几个人，说是要调查情况，点名叫你去。"

"叫我去干吗？"高克己有点紧张地看着小刘。

"不知道,给你打电话你不接,让我过来叫你去。"
"在哪儿?"
"纪检委办公室。"

一

铁路公安处的纪检委办公室在一楼。

以前高克己每次上班经过纪检委办公室的时候,都会和同事说,纪检委在一楼好,安全性能肯定强,不会发生被问话的人突然跳楼摔死的事件,顶多爬出窗户摔地上把脚崴了。这话不知道怎么传到纪检委徐主任的耳朵里,徐主任哼了声说,都说这个高克己平时不言声,说句话就噎死人,我看他是给自己念咒呢,真有天他进了我这一亩三分地,我把窗户都给他钉死。

高克己在小刘的陪同下走进屋,迎面是两位面无表情的中年人。其中一位短寸头示意高克己坐到桌对面的椅子上,然后又挥手示意小刘离开,小刘知趣地倒退着出屋把门关上,屋子里只留下高克己和两位盯着他看的中年人。沉默了一会儿留着短寸头、身材健壮的中年人先开口了:"你是刑警队的事务内勤吧?叫什么名字?"

"二位领导,按程序你们应该先表明下身份,我得知道我是跟谁说话。"高克己不紧不慢地回应了一句。

"嚯,你还挺矫情的!叫你来时没告诉你吗?"留分头的中年人闪着不屑的眼神看着他。

"告诉我是公安局来的领导,不知道是干吗的。"

短寸头用眼神示意同伴不要再和高克己纠缠,他向前倾下身说:"既然叫你来时没说明白,那我现在告诉你。我们是公安局纪律检查委员会巡视组的,我姓张,他姓赵,我们叫你来是想跟你调查核实一些情况,请你把知道的事情如实向我们说清楚。"

听到这番话高克己心里骤然缩紧一下,他装作不经意地调整了下坐姿,心里不停地琢磨着对方话里的意思。他们找我谈话是什么意思?要核实什么情况?难道我偷着给刑警队小金库里充盈资金的事情暴露了?暴露了也没什么关系,又没落到我个人的腰包。可他们要是问起来我怎么回答呢?把当时授意的领导端出来吗?要不然让他们查我的账去吧,账本是自己老婆做的,应该是天衣无缝。可听这两人话里的意思,难道他们还有别的目的吗?想到这里高克己从鼻孔里轻轻地哼出一口气,抬起眼皮盯着眼前的短寸头。

短寸头似乎从对方短期的沉默里嗅出了点味道,但他没有穷追猛打的心思,而是把眼光移向桌上的一堆资料,少顷才问道:"老高,咱们打开天窗说亮话吧,我们找你来是想调查李正弘处长的问题,听说你们俩人之间互相很了解。而且你作为平海市铁路公安处刑警支队的事务内勤,平时肯定会掌握一些财物往来的情况。尤其是李正弘处长交代给下面办的事情。"

高克己浑身微颤了一下,他紧盯着对方的目光问道:"你们想知道什么?"

短寸头说:"我们接到举报称,平海铁路公安处处长李正弘有贪污受贿、挪用公款的行为,并且在任用干部上也存在着徇私舞弊、不按照正常程序晋职晋级的问题。考虑到你是刑警队的老同志，同时又担任内勤分管财务工作很多年，对此类情况会有些了解，这才把你叫来进行调查，希望你能知无不言，言无不尽。"

高克己听完这番话，悬着的心落到了肚子里，敢情他们是冲着"钻天猴"来的。"钻天猴"是刑警队的老哥儿几个给处长李正弘起的外号。意思是说，他在仕途上进步飞快，喜欢钻营，善于见风使舵，像个屁股上点了引信的钻天猴一样，嗖嗖地往上爬。如今知道这个外号的人不多，而敢于喊出这个外号的人，也剩不下几个了。可是他们调查处长一级的领导为嘛要找我呢？是因为我们俩之间有师兄弟的缘分，那可是年代太久远的事情了，现在他不拿我当师兄，我也对这个师弟不买账。是因为我曾经在大庭广众之下顶撞过他，顶撞的结果没有人们想象得那么悲催，我还在刑警队，只不过是从一线办案大队调到后勤，从某种意义上说，自己还落个清闲呢。要说我分管报销、装备工作这些年，真没有他授意或者别人违反财务制度的情况。话又说回来，自己和他这么多年的交往还算是互相了解。李正弘虽然是个官儿迷，但还不至于干出举报中讲的那些事情来。想到这里，他稳定下心神，清清嗓子说道："你们说的这些事情我不知道。在我经手的各类票据账目中也没发现违规的情况。更没有李正弘处长授意，或者暗示我做过什么违纪的事。"

这番话说得严丝合缝，等同于一口回绝了对方的所有问题，并且关闭上继续谈下去的大门。高克己的态度让留分头的中年人很反感，不顾短寸头的示意，上前一步指着他说道："你不要有什么顾虑。更不要因为李正弘担任领导职务就不敢揭发检举。在党纪国法面前，谁也没有特权！"

"我没顾虑，我说的都是事实。"

"他李正弘担任这么久的一把手职务，难道就没有问题？你在部门里管了这么久的账目票据，难道就没发现问题？"

高克己朝对方移动下身子，让自己的眼睛正对着他投射过来的目光，嘴里干净利索地吐出来几句话："听你话里的意思，是调查他李正弘违法乱纪，还是调查我做假账？如果调查李正弘，我刚才说了不知道！如果调查我这些年经手的账目，我现在就给你们拿去。"

"你这是什么态度！"留分头的中年人明显控制不住情绪了。

"接受上级领导调查询问，我态度没问题！"高克己又撑回去一句。

眼看事态再发展下去就要变成谈话破裂的结局，短寸头急忙摆摆手说："老高，老高。你先别着急，来之前我们做过调查，掌握了你和现任领导以前的关系，也了解你的现状。知道你是个敢于直言的好同志，所以才把你叫来了解情况。你不要意气用事，更不要存有江湖哥们儿义气那一套，没原则地替别人扛事。"

高克己平复下心情，呼出口大气说："你说得没错，我和李正弘从穿上警服那天起就在一块，我们还是一个师傅教出来的师兄弟。我以前对他是有看法，也有过矛盾，但我没有必要替他打掩护。要说他是个官儿迷这没错！但你要说他贪污受贿、挪用公款、徇私舞弊我不信。他没这么卑劣，也没这个胆儿！"

"你对自己的话敢负责吗？"

"敢！"高克己猛地从椅子上站起来，仿佛像踩上电门似的控制不住自己的身体，摇晃片刻后用手扶住眼前的桌面说，"我第一次，我第一次听到这样的问话时是二十多年前，那个时候我的回答就和现在一样。今天当着你们我再说一遍，我对自己说过的话负责！如果二位领导没其他的事，我还要回去工作呢。"

话音落地没等短寸头表态，高克己转身推开屋门径直走了出去。把两位上级领导直愣愣地晾在了屋里。

高克己回到办公室屁股还没坐定，桌上的电话铃声又急促地响起来，他不耐烦地操起电话刚要开口，听筒里传来个他熟悉的沙哑声："窝囊废，听说你让上面来的人提走过堂了，呵呵，感觉如何呀。"

"哪股邪风把你吹出来了，不好好在食堂和面蒸馒头，你管我干吗？"高克己没好气地冲对方抱怨着。

"我的消息百分之百准确，自己哥们儿被上司提走问话，我不得关心关心呀。担心你心里郁闷排解不开，回来再得了病。这不是主动给你做次心理辅导吗，你还不领情。"

"你自己都混到食堂蒸馒头去了，还给我心理辅导？我看你也是撑得难受，赶紧撂电话吧，我嘴严着呢，你从我这儿打探不到任何消息。"

"嗯，你就是铁嘴钢牙铜舌头不锈钢的腮帮子。自己憋屈着吧。"

对方说完没等高克己还嘴，"啪嗒"一声挂断了电话。

窝囊废是高克己的外号，就跟李正弘叫钻天猴一样，都属于他们那个年代的群众智慧的产物。有句老话说得好，人不得外号儿不富，马不吃夜草不肥。尤其在刑警队这个集体中，很少有人头上不顶着个本名以外的称谓。有的外号起得很形象，也很贴切，活脱脱地将本人的性格、脾气、模样长相勾勒得很完美。有的则显得牵强附会，甚至与本人差之千里。就拿刚才打电话的这个人来说吧，他是公安处食堂做饭的民警，名字叫颜伯虎，最早也是和高克己、李正弘并肩战斗过的同事加战友加师兄弟。当年以能言善辩、思路灵活著称，厉害的是问他什么都能张嘴就来绝不打奔儿，天上飞的地下跑的，航空母舰洲际导弹，全国各个省市自治区的风土人情，五四、六四、七七式手枪的长短优劣，抓人上铐子时哪个动作最狠最快，预审讯问时的拍、惊、震、激、提等技巧哪个行之有效，都能像行家似的讲出个大概。有一次同事抓到个犯罪嫌疑人是外科大夫，他竟然能和嫌疑人讨论怎样开刀留下的创口小，还能取出异物缝合时不会有刺眼的疤痕。弄得一旁几个新入警的大学生听得入了迷，非要让他说说，如此高的修养和水准是怎么炼成的。他大嘴一咧，大言不惭地告诉人家，外科手术开刀跟小偷使"抹子"作案差不多，都是尽量开小口办大事，手艺不行的才把口子划得像狗啃的一样呢。临了还自嘲一句说，我是假行家你们别当真。结果大家给他起了个外号叫"假行家"，但过段时间感觉颜伯虎说得似乎很有道理，就是知道得太多太杂了。于是用他的姓氏开头，才有了现在这个外号"檐末虎"，其实就是学名蝙蝠的白话版。

颜伯虎也没有辜负集体的智慧，无论什么事都能摆出一副专家的派头，就连到食堂做饭，还不忘初心地告诉大师傅，切牛肉的时候纹路切错了，顺着茬切出来的不好吃，要逆着切。除此之外，他还有句经典的口头语，百分之百。高克己当然了解颜伯虎打电话来"慰问"的初衷，但他的确没有心思和对方说些什么，整个脑子被石击警卫列车和调查李正弘这两件事搅乱了。他有点迷信地翻看了下手机上的黄历，答案是今天黄道吉日百无禁忌。他苦笑着摇摇头把手机放在办公桌上，刚要端起茶杯喝水，门像被风刮开一样从外面推开，裹挟着撞上墙边铁皮柜的声音，小刘冲高克己喊道："老高，支队长让你带上勘查用具，跟我们一块出现场。"

高克己愣了下神儿说："新鲜呀，支队长什么时候想起用我这个老家伙了？"

小刘顺手操起茶杯端在手里，摆出个伺候老同志起驾的造型答道："您才五十几岁怎么能算老呢？队里接了几个大案子，技术队的人都不在家，知道您是勘查现场的老手，这不才请您移驾去现场看看嘛。"

"什么现场？"

小刘神秘地往前凑了凑，小声说："警卫列车遭石击的现场，领导们已经勘查过了，让咱们去复检拍照，留档案备查。"

"得，好事你们找不着我。"

"急急如律令吧，我的高师傅！"

坐在汽车里的高克己闭上眼睛，任由身体被车子的晃动左右摇摆着一言不发，但脑中却在不停地琢磨着事情的原委。随着高铁不断被人们所接受，高铁线路也在逐渐地增长和延伸，很大程度上缓解了客流的压力。与之相辅相成的既有线路，虽然没有高铁这么抢眼，但仍然承载着大批量输送旅客的能力。其中最重要的一项工作，就是承担警卫列车的任务。按照警卫列车的工作程序，列车经由的线路上都要提前进入警戒，每个环节每个上岗的位置都要严格检查，对沿线周边的工厂、学校、区县和村庄也都要在熟悉掌握的基础上，进行再核实再检查，按照常理不会出现这么严重的疏漏。可事实毕竟客观地存在了，在平海管内通过的警卫列车，让不知道从哪里飞出来的一块石头砸了个正着。往小里说，这是对警卫工作不重视，没有认真负责的工作态度才导致的。如果往大里说，那就要上升到西方反华势力，或者是暴恐分子搞破坏的这个高度上来。反正无论怎么说，运行的列车让石头砸了，都是严重危及行车安全的事故。都要有个说法！

现场在既有线路正线一百三十二公里的地方。线路是高路基，与之平行的是十几米外的公路，从这条公路上去再开几十里就能上高速，白天公路上来往穿梭的车辆走马灯似的不闲着。高克己他们将车停在路基下，由于开的是顶着红蓝警灯的警车，过往的车辆老远看见都不自觉地减缓速度，从车窗里探头向他们行"注目礼"，这是拿他们当测速或是抓超重的交通警了。

高克己没有像小刘那样下车直奔现场，而是立在路基下环顾了一圈环境。离现场几十米的地方有个涵洞，是方便线路两侧行人和小型机动车辆通过的，从路面的压痕和限制高度的栏杆上看，此处人和车往返不算密集。警卫岗点肯定设置在涵洞上面，为的是控制过往的人和车。高路基的好处是高于地平面，站在上面视野很宽阔，能迅速地发现周围的情况，同时也能观察到线路上的异常。路基两侧清理得很干净，排列整齐的护栏将修剪过的杂草隔离在外，种植的树木错落有致地遍布在路基坡道上，起着分隔公路和坡道的作用，与树木相伴的是笔直高耸、造型呈月牙儿般的路灯。望着眼前的现场,高克己不禁皱起眉头,在他看来这个地理环境,无论白天或是晚上都不是打伏击(作案)的好地方。

可现实是,偏偏在你认为不适合的地方,出了幺蛾子。

按照警卫民警的叙述,他当时始终站在涵洞的顶部进行警戒。相隔着他的对面,是另外一侧警卫的人员。警卫作业时有严格的要求,一般都会提前很长时间上岗,目的是对警戒的区域进行搜索、清理和巡视。铁路两侧的民警都按照要求提前进入岗位,也都对周边的区域进行了巡视清理,虽说是在凌晨能见度不好,但在强光手电的照射下,如果有可疑人隐藏在路基的草丛里,抑或是停留在公路边上的阴影里,都会被民警发现的。事实上他们什么也没有发现,可当列车呼啸而过他们准备撤离时,电台里却传来声嘶力竭般的呼叫,警卫列车刚经过一百三十二公里的地方遭到石击。负责这个岗位的民警听到电台里的呼叫,第一反应就是不可能。列车通过前自己已经把沿线的沟沟坎坎清理了一遍,说线路两侧的每块石砟都蹚过也不夸张,怎么会发生这样的事情呢?想归想,发生了重大的案情,还是得手忙脚乱地保护现场,在周围布置起警戒。刑警队和技术侦查大队的人们很快赶来,一番挖地三尺的侦查和搜索后得出的结论是,没有发现作案人遗留下来的任何痕迹。这个结论是上面无论如何也不能接受的,车厢上的车窗玻璃让石块砸了个窟窿,案发地点竟然找不到一丁点儿线索,你们刑侦技术人员都是吃干饭的吗?想要联系车上去看看被砸的车厢,列车上的警卫人员回答说,前方站停车换车厢,把被砸车厢给你们留着,自己带人来勘查车厢被砸的位置。

于是,接到命令的原班人马,带好各种家伙,拉着仪器,像组团似的奔赴停车厢的地点。依照惯例,案发现场必须还要复查,可刑警队抽不出人手来了,队长灵机一动告诉手下人说,叫上老高跟着你们去,省得他挑理说咱们不尊重老同志。这样多好,重要的现场都叫着你去,以后他就没话说了。高克己对此茫然无知,但许多年积累下来的习惯使然,还是让他不由自主地环顾起整个线路两侧,并且在脑中一个画面、一个画面地分析着。他相信刑侦技术人员勘查的结果,也清楚列车被石击的现实,更相信任何作案现场都会留下犯罪嫌疑人的痕迹这一条铁律。所以他没有急于投入到线路的草丛中,而是仔细地观察着案发地的全景。他一会儿跑上路基,一会儿跑到涵洞下面,一会儿又走到公路上仰起头举着手机拍照。这通折腾,弄得小刘和几个民警看得眼晕,却也不好问他想干什么。紧接着让小刘他们几个更加惊奇的一幕出现了,高克己跑到公路边上的树木旁,挨着个地每一棵树抱着朝线路上张望,然后又使劲地踹上两脚。踹到其中一棵树时他停住了,围着这棵树转了几圈,又伸直胳膊竖起大拇指像木匠吊线似的冲着铁道上比画几下,紧接着双手叉腰对着这棵树运气。小刘看在眼里,忙跑下路基问道:"老高,您想干吗?"高克己说:"我想爬上去看看。"

小刘伸出手挡了下高克己说:"非要上去也是我上,但您得告诉我上去干吗?"

高克己指着不远处的铁路线说:"这棵树离线路的位置、距离都符合作案的条件,我是想假如……"话还没说完,小刘把脑袋摇得像拨浪鼓似的打断了他的话:"老高,您的意思是说,嫌疑人是藏在这棵树上朝警卫列车上扔石块的。这也有点太神话了吧。"

"你上吗？你要不上别废话，我上去！"

"得，得，还是我上吧。我还怕摔着您呢。"

小刘极不情愿地从勘查车里搬来伸缩梯子靠在树上，高克己帮他扶稳梯子。小刘看了眼旁边的老同志，在得到对方肯定的眼神后无奈地摇摇头，双手把住树干踩着梯子往上爬去。树很高，梯子只能帮小刘够到树干中间的位置，后半程小刘几乎是连蹬带踩地爬上去，站到树杈上后低下头问道："老高，你想让我干吗？从我站的这个角度上看，都是树枝和树叶，砖头和石块根本扔不出去啊。"

高克己朝树上的小刘挥挥手说："扔不出去就对了！我是想看看，有没有别的方式朝线路上抛东西。"

小刘撇撇嘴说："能有什么方式呀？真要是您选的这个位置，除非嫌疑人拿把枪瞄着车厢打，否则树杈和树叶就能把抛掷物反弹回来。"

"你说什么?！"小刘的这句话让高克己猛然警觉起来，他不由得重新在脑中调整了下思路，朝着树上的小刘喊道，"你仔细检查一下，看看树上，有没有触发或者定时机关一类的装置。"

小刘嘴上答应一声，心里却在想，自己好歹糊弄糊弄随便看看，告诉他没有就得了，这么高的树千万别把我摔下来。可就在他转回头往手扶着的树枝上看去时，眼前的景象不由让他睁大眼睛，失声喊道："我操！老高，真有东西！"

听见喊声的高克己急忙朝小刘叫道："你别动！让我上去看看。"

二

郭玉昕的小文玩店开在仿古文化街的街口。

文玩店的名字叫"闲得难受",两扇古色古香的中式对开木质镶嵌玻璃门对着街道,打开门,人们就能闻到从店里飘荡出来的熏香的味道。文玩店的外面不远处是文化街的牌楼,用当下流行的话说,就是整个街道的logo。文化街分为一条正街和三条副街,正街笔直得像个旗杆横穿过去,贯通南北。三条副街由西向东很规整地担在旗杆上,从天空上俯瞰,仿古文化街就是个大写的王字。又好像一杆大旗被旗杆挑起来那样,旗杆的头在南边,毗邻停车场和公路,还有个既是健身又是演艺的跤场。旗杆的底部在东边,扩散成一个市民广场,与缓缓的潮河相连,而坐落在潮河边上的是个有着百年历史的天主教堂。这也是平海的特色,过去的和现在的交织在一起,古典的和西洋的拧巴到一块,没有半点突兀和各色,各自井然有序,和谐共生。

不管是游客还是市民,节假日都喜欢到这里来游玩。外地的游客来仿古文化街,是为了领略平海的人文氛围,毕竟这里曾经是八方汇集的商埠,也是最早通商的口岸。来到这里能感受扑面而来的海洋气息,还有夹杂在河流两岸,如星罗棋布般的老式码头遗迹。

郭玉昕的爱好很广泛,从小就属于求知欲旺盛,动手能力强的孩子。少年时代拆邻居家孩子的玩具,稍微大一点拆取暖用的煤球炉子、做饭用的煤油炉子，拆自行车拆三轮车，拆人家门上的各种锁头。当然，拆完之后他还会原样装回去。开始的时候拆装工程很繁琐，尤其是装完之后，总会富余一些零件。可什么事情都架不住熟能生巧，慢慢地拆完后就都能回归原位了，更难得的是持之以恒，郭玉昕坚持自己的爱好多少年不动摇，拆得整个胡同的人见了他，没有不哆嗦的。就连他们院子里给厂长开车的司机，都不敢把汽车停在胡同口。虽然他八级钳工的父亲没少对他采取强制性的措施，但是，他仍然顽强地将这种"优良品质"保留下来。

说起来郭玉昕还有一个让人肝颤的本领，打架出奇地狠。他从小跟摔跤冠军的堂叔泡在训练场，十几岁时已经打遍几条胡同无敌手了。可他偏偏不满足于现状，怀着志存高远的心，要打出胡同打出街道打向全世界。他这个愿望的最后终结者，竟然是街对面住在门脸房里的刘大爷。当刘大爷知道郭玉昕已经成了"街霸"并且他家老爷子几次三番登门拜访，求他替自己管管这个混账小子后，刘大爷在门口拦住了刚把人家打得鼻青脸肿，得胜而回的郭玉昕，张嘴就想和他比画比画。别看郭玉昕平时有点混不论，但对待老人还是很客气，他认为刘大爷喝多了酒说醉话，几次想绕着走开，却都被刘大爷堵了回来。看见这么为老不尊的大爷，郭玉昕混劲儿上来了，指着刘大爷的鼻子说，你再堵着我走道儿，我就跟你这个老东西不客气了！刘大爷把眼一斜，耸了耸肩膀答道，宝贝儿，你属叫驴的是吗？还没分出个四五六来你就叫唤。知道的是你骂我，不知道的还以为我把你狗鸡打腚眼儿里去了呢，你个小兔崽子！郭玉昕再尿，也架不住刘大爷这么损他，撸起胳膊就要挥拳。刘大爷挥手制止住他说，宝贝儿，咱俩进屋里说，今天就算是我给你上的第一课，江湖留一线，日后好相见，走吧。郭玉昕哼了一声，二话不说跟着他进了屋。

可是进了屋，房门一关，外面的人谁也弄不清这爷俩儿在屋子里说的什么，做的什么，怎么比画的。只知道郭玉昕出来时就像换了个人，昂首挺胸进去，臊眉耷眼地出来，而且一句话都没有，灰溜溜地回家了。

从这次"事变"以后，他整个人像转了性一样，再也不张牙舞爪地逮谁跟谁比画，也不假装"搞科研"拆装东西了。而是认真地按时上课学习，放学后除了家里和刘大爷那间破瓦寒窑之外，哪也不去。真正地成了学校、家里、刘大爷家三点一线。学校毕业后虽然考试成绩不是很拔尖，但每门科目得分都挺平均，顺利地毕业考上了中专。这个中等专业技术学校的名字叫"铁路公安警校"。据说郭玉昕在面试的时候，一个不自觉的举动惊动了考官，让考官们对他刮目相看，直接进入了下一轮。

面试的时候他和大家一样，都乖乖地站在屋子外面排队，等候着里面叫自己的名字。当喊到郭玉昕时，他整整衣服推门走进去，进屋后看见对面并排坐着四位考官，其中一位示意他坐到正对面的椅子上。就在他上前要坐下的时候，猛然发现窗户边上，放在架子上的黑板微微倾斜，摇摇欲坠，而黑板下方坐着的正是最边上的考官。人在瞬间做出的反应带有很多本能的因素，不管你是大声喊叫，还是挥手示警，或者是躲避逃跑，再不就是漠然无视。这些举动都是个人刹那间的条件反射，而郭玉昕ABCD这些选项都没选，他猛地朝前冲过去，像刮风般地赶到架子前伸手托住黑板，然后一脚把考官和椅子踹出去好远。幸亏考官坐的是带轱辘的转椅，要不然他一脚非把考官踹趴下不可。"这下惹祸了，肯定得让考官大骂一通，取消资格"，他心里这么想，可手里还托着黑板，直愣愣地看着眼前的几位考官。没想到几位考官相视几眼，相互点点头，挥挥手让他出去等消息。满脸惭愧满心纠结还带着点伤感的郭玉昕索性不等结果了，出了门直接坐公交车打道回府，进胡同口没回家，磨磨唧唧地跑到刘大爷家汇报情况。当他原原本本地把详情跟刘大爷说完后，刘大爷沉吟了一会儿，拍拍他的肩膀说，回去等信儿吧，他们不会把你小子落下的。

刘大爷的判断很准确。虽然郭玉昕的表现有些让评委和考官们出乎意料，但他的临机反应和过人的敏锐，却让他们刮目相看。郭玉昕文化课的考试成绩虽然不是名列前茅，可也不是垫底，面试的结果和考试成绩两项一综合，郭玉昕被铁路公安警校录取，当上了一名警校的学生。

在校学习期间，郭玉昕波澜不惊地完成了学业，既不是学生会成员，也不是调皮捣蛋学生的领袖。平日里在学校认真学习，放学放假就扎在刘大爷家，听着老头天上一脚地下一脚说些奇闻掌故，其中夹杂着警察办案的方式方法，还有很多教科书上没有的野路子。开始郭玉昕不太在意，认为是老爷子信口开河将道听途说的事情灌输给自己，但时间久了，他开始敏感起来，有意识地想探寻老爷子的前世今生，两人的交流也从单方授课变成了你问我答。渐渐地郭玉昕在正规化教育和散养式授课的轮番灌输下，羽翼丰满起来，显示出超越同龄者几倍的敏锐和成熟度。人也慢慢地孤傲起来。以至于毕业后分配到平海铁路公安处刑警队,与高克己、颜伯虎等人拜在有"孤鹰"之说的老干探姚个奇门下时,还时时显露出对师兄弟们的不屑与傲慢。但他又极讲道理和江湖义气,经常掐了别人几句转脸又替别人鸣不平,凡事居高临下一副带头大哥的派头。

就因为这个,高克己私下里奉送了他个外号"能耐梗"。

"能耐梗"郭玉昕没有辜负高克己的期望,将这个外号配属上自己的性格发挥到了极致。在不长的时间里就成了公安处的业务能手、侦破标兵、破案楷模,凡是公安处管辖范围内发生的案件,只要他能耐梗一上手,十有八九就会宣布顺利告破。有一次他带人侦破一个货盗案件,本来是形同乱麻理不出头绪的现场,能耐梗闪亮登场之后,三下五除二地挖出线索,指明了侦破方向,并且带着刑警队和派出所的人马捣毁了一个盗窃销赃团伙,大大小小抓了二十多个嫌疑人。当地公安局和派出所所长摆宴庆功,酒酣耳热的当口,派出所所长端着酒杯过来冲郭玉昕说道,都说你是能耐梗,神通广大,今天我算见识到了,我代表全体参战同志敬你能耐梗一杯!话音没落地,郭玉昕就把酒杯摔在桌上,指着所长的鼻子骂道,你瞧你这个倒霉德行,满嘴的零碎胡呲起来没把门的,我叫郭玉昕,你不会喊职务喊郭师傅,如果觉得岁数比我大挂不住脸儿,你可以叫我同志。别道听途说张着个叫驴的嗓子乱喷!

说翻脸就翻脸,没有半点预兆,把所长僵在当地动弹不得,要不是旁边的几个人打圆场,挺好的庆功宴非得搞成武林大会不可。

事后,所长拜访了很多人才弄明白郭玉昕当时为何翻脸,原来起因就在这个外号能耐梗上。平海有一句调侃人的老话，叫孙猴的鸡巴——能耐梗，话很糙却也很形象，细思起来还有讽刺挖苦的味道。而郭玉昕恰恰是精明外露，不懂得收敛，最大的优点和缺点非常明显，那就是别人行的我行！别人不行的我也行！越有困难越兴奋，越是艰险越向前。像极了《西游记》里面的大师兄悟空，可他毕竟不是斗战胜佛，所以才落得这个外号：能耐梗。

郭玉昕这么优秀，这么有个性，现在却落得在仿古文化街上开个"闲得难受"的文玩店铺，关起门来当老板，甚至连警察都不当了。这件事说起来，与高克己还有着若隐若现的联系。若不是因为当年的一起要案，郭玉昕据理力争拍案而起愤然辞职，说不定现在他也能人五人六地当个支队长，或者政委什么的官职。可他郭玉昕毕竟是郭玉昕，宁折不弯，能死阵前不死阵后，一言不合，积蓄在胸中的火山瞬间喷发，昂首挺胸夺门而去，当然是没有人追出去再把门夺回来。只有高克己在院子里拦住他，生拉硬拽地想让他回去，边拉扯边说你这么走了让我怎么办？假如真有一天案子翻过来，谁来给我作证？郭玉昕甩开高克己的手说，你别做梦了！这是铁案，你我死了也他妈翻不过来！走出大门后他转回身狠狠地冲着里面啐了一口说，呸！老子以后再进这个门，就他妈是孙子！

屋子里正中间的茶海上摆好了茶具，雕花铁壶在电磁炉上微微地冒着热气。郭玉昕伸手刚要从茶罐里往外拿大红袍，茶海旁充电的手机响了起来，这是有人发微信。他不由得把手从茶罐里缩了回来，转而拿起手机，滑开屏幕上的键盘锁，信息上显示发件人是高克己。"太阳打西边出来了，窝囊废给我发什么信息？"边想边点开信息框，对方发来的一个视频，伴随着视频里显示出来的图像，他明显地听出来高克己的语气里夹杂着紧张和冲动，"能耐梗，你看看，这个东西你眼熟吗？"郭玉昕皱起眉头仔细地端详着视频里的东西，不由得嘴角往后一咧，舌头顶住下牙短促地吸了一口凉气。

他连忙打开语音通话的按钮，大声地对着话筒说："窝囊废，这个东西你从哪儿弄来的？"

"石击现场发现的，我看不准，所以赶紧给你瞅瞅。"

"这……"

"这什么！难道就一点儿也勾不起你的记忆？"

"我拿不准，但是，但是它太像了……"

"我也拿不准，你说，怎么办？"

郭玉昕闭上眼思忖片刻，对着话筒说："找圆珠笔。他是活电脑！"

三

袁竹林的外号叫圆珠笔，是颜伯虎起的。同时他还拥有另外一个外号，叫钱串子，也是颜伯虎起的。

起这个外号的原因有很多，但最重要的是袁竹林太会过日子了，把勤俭持家，艰苦朴素这两句话，发挥得出神入化。颜伯虎掰着手指头算过，自从哥儿几个一起拜在"孤鹰"姚个奇门下，但凡有个聚会吃饭、加班吃夜宵、办案子赶不上饭点吃快餐的时候，从来没见袁竹林结过账。人蹭一两回饭不难，难得的是一辈子将蹭饭进行到底，而且脸不红心不跳，泰山压顶不弯腰。还经常打着爱惜食物的旗号，把吃剩下的东西一股脑地打包掂回家。有一次颜伯虎使坏，成心把几个师兄弟招呼到一起吃饭，然后使眼色让高克己、郭玉昕、李正弘等人先走。剩下他和袁竹林两个人时，他站起来结账，一拍口袋说坏了，钱包落在办公室了，让袁竹林等会儿自己回去取钱。颜伯虎出门之后就黄鹤一去了，心想你袁竹林等到没人来结账，还不主动掏钱买单。谁承想等他抽颗烟喝杯茶再溜达到饭馆门口，隔着窗户往里面看时，屋内的情景差点没把他鼻子气歪了。袁竹林面前堆满了打好包的饭盒，正一边喝茶一边看报纸呢。颜伯虎实在丢不起这个人，赶紧跑进饭馆掏钱结账。回头再看看袁竹林，人家一点儿也没在意，拎起饭盒说了句，怎么去这么久啊，拍拍身上的烟灰，抬腿往外就走。把个颜伯虎气得哭笑不得，冲着他的背影骂道，你真的就是一个浑身钱串子的财迷！

打这以后，钱串子这个外号算是给袁竹林扣上了。

如果以貌取人或者看袁竹林的言谈举止，说到大天他也就是个后勤处守车库、值班室看大门的命。但姚个奇却慧眼识珠，从人堆里把这个貌似平淡无奇的主儿扒拉出来了。那是一次平常得不能再平常的案件分析会，大小领导新老刑警坐在一起好几十人，会议开得烟熏火燎热气冲天，错着缝的窗户从外面看就像个拔火罐，咕嘟咕嘟地往外冒烟，里面的人也伴随着这种气氛争执得灰头土脸。眼瞅着意见不同的两拨人越争论声音越大，主持会议的领导急忙示意双方暂停，听听坐在外圈，靠着墙边还没有发过言的同志们的意见。一般这种会议，在办公室里总会像大树的年轮一样向外扩散，分成两到三圈，有时候甚至更多圈。内圈的年轮比较老，所以靠着桌子有水喝，有地方放笔记本和钢笔之类的东西。外圈的年轮很年轻，有的因为资历的关系，有的是刚刚经过蜕变有这个资格，就都围绕着老年轮一圈一圈地往外散，最新最外围的年轮靠着墙边，用腿当书桌把小本子放在上面记录着会议的精神。袁竹林此时就是最外圈的新年轮。

　　原本领导的意思就是为了缓解一下气氛，让没发过言，没说过话的新年轮们都说上两句。按照刑警队的传统，新年轮们没说话的资格，只有干一些拎包、记录、跑跑腿当小力巴的份儿。因为资历不够，新年轮们也很懂事，都会配合着说几句不痛不痒的话，比如"我们没经历过这样的案子，还需要在工作中向老同志们多学习"，再比如"一定珍惜这次机会，在实战中获取经验"，还有就是"坚决服从命令听指挥，争取早日破案"之类的片汤话。这样一来一往，有个十几二十几分钟的时间作过渡，老年轮们的情绪也就缓解下来了，然后领导再咳嗽一声表示言归正传，又能进入下一轮的会议讨论。可谁也没想到，当击鼓传花似的把发言权传到袁竹林手里时，这位新年轮完全不顾自然生长的法则和规矩，甩开腮帮子结结巴巴地说出了自己的观点，生生地把尿点时间变成了爆燃模式。袁竹林的意思归纳起来就是，你们说得都不对！就好比二战时的马奇诺防线，一个想怎么攻，一个想怎么守，唯独没想怎么能绕过去打你的后方。既然双方形成了僵持，那就要另辟蹊径剑走偏锋，不能一两种打法打到死。

没等袁竹林结结巴巴地把话说完，两拨老年轮的带头大哥就已经坐不住了，眼神不住地瞟着领导做出跃跃欲试的样子，领导也看出来苗头不对，刚要张嘴叫停，旁边的姚个奇伸手在底下拍了拍椅子，两个人是共事多年的老哥们儿老战友，这点默契还是有的。于是领导朝张开的嘴里塞了根烟卷，用眼神儿示意老年轮里的带头大哥们，把话给我咽回到肚子里，继续让袁竹林畅所欲言。袁竹林说完话后猛然发现整个屋里鸦雀无声，新老年轮们都大眼瞪小眼地望着他，此刻他站着的这个角落，俨然成了会场的中心。姚个奇清清嗓子向大家说，人家小袁，小，小，小袁竹林同志说了他的想法，你们有不同意见的，可以现场交流提问。姚个奇估计是受了袁竹林说话结巴的影响，也许是感觉叫"小袁"有点娘炮和不顺嘴，不如小李、小王、小刘叫得这么舒服，所以在对袁竹林的称呼上，破天荒地结巴了几次。姚个奇话刚说完，旁边的领导立即点头同意，紧跟着早就运足了气的老年轮们张开嘴就喷，一个问题连着一个问题排山倒海似的朝袁竹林涌过来。面对扑面而来的浪潮，袁竹林反而不结巴了，语速顺畅地让坐在前排的高克己刮目相看。神奇的记忆力和流畅的语速，配上袁竹林指东打西、指南打北的手势，引经据典的能力和持续的战斗力，竟然把几个老年轮中的带头大哥辩驳得哑口无言。其中一个恼羞成怒，差点扒拉开椅子要冲过去，幸好中间隔着姚个奇和领导，两人都不约而同地抬眼看了看对方，眼神儿里透露的意思很明确，别说不过人家新年轮就瞪眼耍横，老实坐着。

领导适时地宣布会议暂时结束，都回去思考一下，把问题想成熟了再来开会。袁竹林拿着笔记本走过姚个奇身边时，姚个奇慢悠悠地吐出来一句话，你，到我办公室来一趟。这句话让正往外走的高克己听个满耳，他敏锐地预感到师傅要收徒弟了。事实证明了高克己的判断，自打这次会议之后，袁竹林就调换了工作岗位，去刑警队资料室当内勤了。这个职位看似平淡无奇波澜不惊，但实则有着极大的含金量，标志着袁竹林能接触到整个公安处从建立起来至今侦破过的所有案件和资料，同时还有很多外人触及不到的机密。袁竹林虽然没有充分理解姚个奇的意思，但好学钻研的性格却让他感觉如鱼得水，成天价趴在资料室里不出来，如饥似渴地翻阅着档案和资料，还认真地做了很多记录和笔记，分门别类地加以整理。对现实中发生的案件，通过资料分析还能给出很多侦破建议，尤其是对郭玉昕这种行动力、执行力很强的人，他的建议很大程度上印证了对方的判断，给了对方基础和论据上的保障。袁竹林还有个旁人不具备的特长，就是他的速记能力特别好，在手机录音功能和录音笔还没有流行的那个年代，他反转笔尖，洋洋洒洒简直就是录音机的化身。直到有一天，哥儿几个照例去师傅姚个奇家里聚餐，说起一个案件大家配合得很好能顺利破案，并且立功受奖时，高克己借着姚个奇微醺，问起当时为嘛非要把袁竹林安排当内勤，不让他去一线搞侦查破案。姚个奇笑着用手点着袁竹林说，弓满弦易断，锋利剑易折，让小袁去干内勤一来是闭闭性，让他收敛一点。二来他是学院派，理论基础好，收集资料搞分析研判是把好手，不能让他跟你们一样打打杀杀的。一番话说完，高克己和哥儿几个对了对眼神儿，达成个共识，师傅是在保护袁竹林的同时极大地发挥了他的特长。

凡事有利也有弊，袁竹林干内勤心细如发算度精准，可是他也将工作当中的好习惯带入生活里，具体的表现就是全家实行计划经济，同时将"没有调查就没有发言权"这句名言诠释得淋漓尽致。给孩子买一件衣服都能跑遍市里的几个大商场，货比七八家才能确定哪个商场同款的衣服更便宜。花一分钱都仔细思量，该花的钱尽量不花，不该花的钱更不可能花，时间一长，颜伯虎给他起的外号"钱串子"被叫得越来越响。

　　高克己拨通袁竹林的电话时犹豫了很长时间。扪心自问，他在这几个师兄弟里，跟谁都能应对自如，想说什么说什么，想用什么语气说就能用什么语气说，有时候不高兴撑了人家几句，也能扔得出去拽得回来，包括现在当了处长的"钻天猴"李正弘。唯有对袁竹林心存忌惮，倒不是袁竹林有多厉害，多能听风辨雨纵横捭阖，而是他那股较劲认真的脾气，让高克己很怵头。说白了吧，你要想找他询问事情就必须先做好各种思想准备，否则会被对方追问得直想吃后悔药，最后只能仰天长叹道，我不问了行吗？刚才找您咨询的这个事，纯属是我没睡醒起猛了。可眼下这件事情，仿佛是压在他心里很久的一块石头，也可以说这是缠绕自己多年的一块隐疾。就像俗话说的，一个不小心把老病勾出来了，让他挥之不去欲罢不能。电话铃响了不到三声，听筒里就传来略带沙哑的声音："你，你找我嘛事？"连个客套话都没有直奔主题，高克己急忙用手按住手机，使耳朵和脸尽量贴近话筒回答道："竹林，我有个急事必须你帮忙，是我拍的一个视频，现在就发给你，你无论如何帮我看看。"

　　"你，你拿什么给我打的电话？"

　　"手机啊。"

"你拿自己的手机给我打座机，怎么，怎么给我发视频呢？"

高克己使劲拍了下脑门，急忙对着手机说："对，对，我有点犯晕，你撂电话我现在就给你发。"

事情出乎高克己的意料，视频发过去很长时间对方都没有回音。大约过了半个多小时，袁竹林才回了一条短信："视频收到了，我现在在外面带老婆看病，等回来再给你查资料。"这个回复让高克己不由得拧起了眉毛，他袁竹林明显的是在跟我说瞎话，自己刚才打的是他办公室的电话，收到视频以后，他竟然跑出去带老婆看病，谎话编得也太不圆润了吧。想到这儿他立即回了个信息，言语里透着质疑和不满："弟妹得的什么急病？够突然的？"对方立即回信："嗯，是够突然的，我也没想到！"严丝合缝地撑了回来，噎得他直咽唾沫想不起如何回复。

此刻，坐在办公室里的袁竹林也感觉自己这个谎话说得没水平，但是他第一眼看到这个视频之后，心跳加速的程度不亚于高克己和郭玉昕，甚至还要强烈和刺激。他闭上眼，努力地在脑中将储存的记忆拨回到二十多年前，然后定格在那段秋冬之交的日子里，像用梳子梳头一样一根根地把发丝反复过滤，当他确定好大致的方向后旋即扑向电脑，手指麻利地敲打着键盘，不错眼珠地盯着显示器上一帧一帧的画面，画面浏览到标记为"9·30"的文件夹时，他放慢了速度，慢慢地用鼠标调整着画面。他摘下眼镜长呼出口气，仿佛这样就能压抑住胸腔中狂跳的心脏一样，他想去物证室检查一下沉积的档案，但很快就放弃了这个念头。一来是管物证的小王今天调休，二来翻阅和检查以往的物证需要主管领导允许才能进行，他这么多年来只是个籍籍无名的小科员,还没到能随意翻阅侦查档案的程度。回复了高克己的信息后,他举着手机翻动着电话簿,寻找着那个他既熟悉又亲切的号码,找到之后,他沉吟片刻像是组织一下即将脱口而出的词汇,紧接着按动按键拨通了电话。

"喂,是竹林吧?"话筒里的声音沉稳又有些苍老。

"师傅,我,我是竹林,您老人家忙什么呢?"

"我能忙什么,退休的生活很惬意,无非是打打太极,钓钓鱼,给自己找事做呗。"

袁竹林细听着对方的语气,冲着话筒试探地说道:"我要是没猜错,您保准,保准是看书或者是看资料呢……"

"哈,你这小子,给我屋子里装监控探头了。"

"您说话的语气平缓没波动,周围也没有空气流动的声音,没有水声,没有隐约的脚步和喧嚣声,这说明你此刻就在家里。"袁竹林停顿了一下继续说,"您还抽烟了,就是刚才您还吸了一口。您现在肯定是在书房里,我知道师娘的脾气,她看见您抽烟,一定又得数落您了。"

"哈哈哈,你的综合研判能力是越来越厉害了,都渗透到我的家里来了。"

"我,我就是怕打扰您休息……"

"停,别学李正弘的那套假客气,有什么事你就直说。"

"师傅,我想给您看个东西,是高克己给我传过来的视频。我看着像,像,像,看着像跟'9·30'有些关系。"

"什么?"话筒的语气里明显透露出一丝惊诧。隔着手机袁竹林都能感觉到,对方手里夹着的烟颤抖了一下,烟灰随着轻微地抖动散落在裤子上。

"我给您发过去看看。"

"你现在就发！"

和袁竹林通话的这个人，就是他和高克己等人的师傅，退休的老铁路警察"孤鹰"姚个奇。

四

高克己此时压根不知道，自己发出去的视频能传播到谁的手里。他整个下午都是在思虑和郁闷当中度过的，也许在这两种情绪中还夹杂着些许的兴奋，他说不出兴奋点是什么，但肯定是跟记忆里的那段日子有关。在他眼中交替不停地闪烁着无数个画面，有的像破窗而来飞溅的碎玻璃，有的像喷发着的明亮的火焰，有的则像是隐匿在角落里放出的暗箭。而这些画面都集中在奔驰的火车车厢里，他仿佛又看见那个布满星斗的夜晚，年轻的自己穿行在拥挤的车厢内，他身后跟随的是同样年轻的李正弘，有人与他们擦肩而过，广播里播报着下一站的站名，他看见了晃动着的军用挎包，车厢里灯光下那个人的背影，他感觉到李正弘在身后轻轻地拍了一下他的肩膀，他们继续穿行到两节列车的接合部，完成了一次常规的巡视。他们俩不能再往前走了，前面的车厢门反锁着，透过车厢玻璃能看到后面还有节车厢。这是加挂的警卫包车。

他使劲眨眨眼睛，同时摇晃了几下僵硬的脖子，提醒自己从现场回来后，就像个老僧打坐似的已经一个姿势待了很久。他知道自己又陷进那个不堪回首的梦魇里了，二十多年了，自己曾经无数次地想把这个记忆忘掉，甚至强迫自己抹去这段回忆。可是它却偏偏顽固地保存在自己的右脑里，像个生了根的种子不停地发芽，任凭他铲了一茬又一茬，始终挥之不去。"我有可能是中了邪吧？"这个念头乍从脑中涌动就被连串的电话铃声打断了，他条件反射似的抓起手机看也没看就接听了电话。"喂！你可给我打回来了，怎么样？"

"什么怎么样？我刚给你打电话啊。"

这个声音让高克己浑身震荡了一下，"他可是好久都没有给我打过电话了"，两个人虽然在一个楼里办公，办公室还是楼上楼下，但是除了开会几乎见不着面，上下班人家坐车，他骑电动车，用餐吃饭人家在领导干部小食堂，他在外面大厅里，就连在楼道里走个对脸他想打招呼，都有人抢在前面朝对方送去问候，更不要提主动给自己打电话了。这回是怎么了？难道是太阳从东边落山了？心里这么想连带得嘴上也有点打奔儿拌蒜，说出来的话竟然在模仿口吃的袁竹林，不经意间打了好几个嘟噜，还悄悄地换了个敬语："哦，李，李……李处是吗？你……您找我有，有嘛事？"

给高克己打电话的人，就是他的师弟，现任铁路公安处处长李正弘。也就是上午公安局巡视组来调查的那个人。高克己抬腕看了看手表上的时间，心里琢磨着，临近下班的点儿他给我打电话，不会是有什么疑难杂症吧？

"克己，你跟我还这么客气呀？"话筒里传过来的声音柔软又亲切。

"上班时间嘛，我，我得尊重上下级的概念。"

"哦，你还跟我来檐末虎那一套呀。"

"李处，我可没他嘴皮子好使，他是婆家姓贾娘家也姓贾。"

"这话什么意思？"

"贾门贾氏呗（假模假式）！"

"哈哈哈，檐末虎要是知道你背后这么损他，非跳起来喷你不可。行了，言归正传，你今天晚上来我家吃饭。老规矩，我预备酒菜，你带点鲜货。"

没等高克己答应，李正弘"咔嚓"一声挂断了电话，把这个邀请弄成了下达命令。要是换了别人，听到处长邀请自己到家里吃饭，那还不得欣喜若狂地蹦着跑过去。可唯独高克己心里没有半点的喜悦，而是在屋子里转悠了几圈，不知所为地操起手机又放下，打开自己录制的视频看了两眼又暂停，最后像下定决心似的推开门走了出去。

李正弘的家在铁路老宿舍靠近内圈里的小砖楼三楼，这个房子以前是他岳父的。早在有铁路分局的年代，他的岳父是分局的一名副局长，按照级别待遇分给了小砖楼二楼的一层，当局长的岳父兴许是住惯了宽敞的带院子的平房，硬是把三个单元房在内部打通后连成一气，至于承重墙拆掉后是否影响到整幢楼房的安全，这个就不在岳父的考虑之内了。反正岳父副局长发扬了曾经是铁道兵的精神，逢墙打洞，遇门拆门，誓将铁路的优良传统贯穿于生命中的每一天。房屋改建好之后，迎来的第一个客人，就是以后发展成上门女婿的李正弘。据说李正弘进屋后立即眼前一黑，不是房屋改造得富丽堂皇亮瞎了他的眼，而是这种对房屋野蛮的拆改让他提心吊胆。

上门女婿当了几年后,岳父副局长要调配房子,正好赶上李正弘也要分房,李正弘挖空心思,还搭上自己新分的房屋给岳父换了套一楼带小院的房子,像欢送灶王爷似的把岳父请走。然后立马召集事先联系好的施工队进驻家里,施工目的就一个,怎么拆的给我怎么还原了。他对外还有个冠冕堂皇的理由,不能让自己和邻居们住在危险的环境中,必须把犯下的错误修正好弥补好。整层楼的房子恢复原样后,李正弘住了段时间又将自己的楼层调整到三楼,这次对外的理由更充分了,我就住原来房子的楼上,如果有危险我第一个承担。这种无私无畏加上大义凛然的举动,让周围的邻里们无不竖起大拇指称赞。唯有知道内情的高克己在与颜伯虎喝酒的时候冷笑一声说:"他钻天猴真是有政治头脑,还兼具些小农意识的思维。"颜伯虎纳闷地问:"你这个观点从何而来啊?我看人家钻天猴这事做得挺漂亮!"高克己举杯邀明月似的一饮而尽后,指着颜伯虎的鼻子说:"老宿舍是个风水宝地,按照堪舆学上来讲,此地藏风聚气走官运,要不然钻天猴为嘛把新房子给他岳父住?"颜伯虎摇摇脑袋,"那他为嘛还调楼层呢,继续住在二楼不就得了,这不是脱裤子放屁吗?"高克己摇摇头说:"他李正弘属猴,这个属相的人不适合住楼房低层,最好是住在整幢楼层的一半以上,小砖楼最高是五层,三楼是最好的楼层和位置,这样才有利于他以后成长进步。"一番话说得颜伯虎瞪圆了双眼,紧抱双拳冲高克己连声地喊着:"大仙,大仙,您真是神机妙算呀,你就是钻进孙悟空肚子里的如来佛,对不起我说反了。"高克己朝颜伯虎"呸"了一声说:"你当我听不出来你挤对我呢?事情的真相就是,钻天猴之前就找人算过!"

高克己推着自己的小电动车,不紧不慢地在路上走着,给别人的感觉特别像一个车坏了,或者是电池没电了的人在无奈地蹒跚。其实他是在消耗时间,耗到太阳西沉,满大街的路灯星星闪烁般地点亮时,才拎着从小区门口的鲜货店买的一兜水果走上楼,叫开了李正弘的门。李正弘很热情地把高克己让进屋里,指着饭厅里桌上的酒菜让他坐下,然后自己大马金刀地坐在主位上,操起酒瓶给两人的酒杯里满满地倒了个平槽儿,没等高克己说话,李正弘一挥手说:"老规矩,别废话,先干一杯!"高克己"嗯"了一声端起酒杯喝下去。李正弘咧嘴笑了笑,又将两人的酒杯倒满。高克己看了眼对方刚要再启齿,李正弘又是一挥手制止住他说:"你什么也别说,先听我说!"高克己点点头把涌到嘴边的话又咽在喉咙里。李正弘朝他端起酒杯继续说道:"克己,疾风知劲草啊,还是老哥们儿讲义气,不愧是咱们刑警队出身,也不愧是一个师傅教出来的徒弟!"

"你,你说这些……?"高克己眨了眨眼睛。

"我刚才说了,你先别说话,也用不着你表态,"李正弘端着酒杯站起来说,"纪检找你调查的事情我知道了,虽然我不赞成你对人家的态度。但你能仗义执言,对我有个公正客观的评价,我很欣慰。这说明……"

"说明你就是个官儿迷,我跟人家来调查的领导也是这么说的。"

李正弘摆摆手说:"对,我承认你说得对。我不否认这么多年的努力就是想有今天这个位置,也不否认当处长光耀门楣让我心里很舒服。为了这个目标,我勤勤恳恳,任劳任怨地工作,动用老岳父的关系帮我走上仕途成长进步，好不容易干到今天这个成就。你说，我能有滥用职权贪污受贿、挪用公款的行为吗？能徇私舞弊、不按照正常程序给民警晋职晋级吗？"

"不能，你没这个胆儿。"

"你，你这话虽然损点，但还算是了解我，"李正弘让高克己噎得停顿了一下，随即又恢复了常态，举起手中的杯子说，"所以我要对你的仗义执言表示感谢，因为你没有落井下石，没有趁火打劫，更没有像有些人那样背地里扇阴风，点鬼火，放冷箭，告黑状，恶意诬陷，造谣中伤。"

看着高克己略微有些探询的眼神，李正弘感觉到自己有点失态，急忙调整了语气说："我们是多年的师兄弟、老战友，我也了解你的为人。这些年你在刑警队做后勤，级别职务一直也没有晋升，正巧警卫支队人员调整，我会在处务会上建议你去担任一大队大队长的职务，这样你的正科级也可以解决了。"

"这是你给我讲义气的回报吗？"

"如果你要这么认为，我也不否认。"李正弘又习惯性地挥了挥手说，"说我滥用职权徇私舞弊，不按照正常程序给民警晋级。我这回还就想使用一下手里的权力，给你们这些老伙计、老哥们儿都提提级。省得你们背后总骂我是钻天猴，一朝权在手，就把以前吃苦受累，摸爬滚打过的老哥们儿都忘了。"

"刚喝一杯酒你就多了？"高克己不紧不慢地接上一句。

"胡说！不要总质疑我的真诚。你也知道我的酒量，咱俩先把这杯干了。就算是再干三杯，我也不会多。"李正弘情绪激昂地端起杯指向高克己。

高克己这回不再言声了,举起酒杯和李正弘对碰一下后,两人张开嘴仰起脖子将酒直接倒进喉咙里。这是他们年少时在刑警队的喝酒方式,豪爽粗放,一饮而尽。通常他们几个人聚会的时候,每每到这个桓节,李正弘总会朗诵几句李白的《将进酒》,"将进酒,杯莫停,与君歌一曲,请君为我倾耳听",可这次他没有朗诵,而是又提起酒瓶将两人的酒杯倒满,扬手朝高克己示意,两人又照方抓药重温了一遍烈酒入喉的快捷方式。当李正弘再倒满酒杯还想喝的时候,高克己举手拦住对方说:"连喝三杯了,你好歹让我吃口菜,要不然再喝就多了。"

李正弘大度地摇摇头:"吃,喝多了也没关系,咱们师兄弟正好共谋一醉。说心里话,我知道你平日里对我有意见,总是在背地里抱怨我当官了,忘本了,不像以前那样能和大家交心沟通了。不过没关系,我不会跟你计较的,要是跟你计较,今天咱们俩就不可能坐在这儿喝酒聊天了。"

"我没说你什么……"

"说了也没关系,咱们今天畅所欲言,"李正弘拦住要争辩的高克己说,"就冲你能直言不讳地撑调查我的人,今天你说什么我都听着。"

"你确定自己没喝多吧?你要确定那我可说了。"高克己试探地又追问一句。

"你什么时候变得这么娘娘们们呢,今天这屋子里没有处长和下属,只有刑警队的老战友和师兄弟!你说!"李正弘斩钉截铁地表态。

"行!"高克己像是下定决心似的,把酒杯里的酒一股脑倒进嘴里，然后把酒杯蹾在桌子上，眼睛直盯着李正弘说道，"正弘，有件事我憋在心里好多年了，今天就算我酒壮尿人胆，我想问你一句，二十五年前的九月三十号那天，那天晚上我们在车厢里巡视，那天你到底看见没看见……"

高克己的话还没说完，李正弘像芒针刺背般地浑身震抖了一下，他睁大眼睛看着眼前的这个人，他好像有点不认识眼前的这个人，又仿佛要重新审视对方一样，要将对方的身体看穿。时间大概停顿了几秒钟，他猛然像被电击一样地从椅子上弹起来，往前走了几步又迅速转回身冲着高克己压低声音说："都过去这么多年了，你还记着，你还念念不忘，你想干什么？"

"我不想干什么，就是想问你，当时你到底看见没看见？"高克己执拗地迎上对方的目光。

"这是当时部里来的专家都定了案的事情，你现在翻出来，你到底想干什么？"

"我不想干什么，就是想问你，当时你到底看见没看见？"

李正弘的手颤抖着伸出来指向高克己，声音依旧很低沉地说："你知不知道，你当时提出的这个意见代表什么吗？你在干扰侦查方向！你在干扰领导侦破案件的决心！你在混淆视听！"

"我就是想问你，当时你到底看见没看见？"高克己依旧重复着自己的发问。

"我没看见！"李正弘的声音瞬间提高了八度，伴随着肢体语言朝高克己喊道，"二十多年前当着大家的面我这么说，时至今日，到现在我还这么说，我就是没看见！"

"你说谎！当时你我近在咫尺，就是前后一两个身位的距离,凭你号称刑警队第一敏锐的嗅觉,在我回头示意的时候你敢说没看见嫌疑人?"高克己的声音也提高了,语气中的火药味越来越浓。

"你这是胡搅蛮缠,典型的主观臆断!凭什么你看见了我就要看见?凭什么你示意我我就非要有回应?凭什么你把你的判断强加到我头上,让我给你去证明,让我去给你的幼稚买单。"

高克己听到此话猛地站起来说:"就凭你当时在场,你当时是我的搭档,是我的支援,是我的后背,是我可以信赖的人。可是你,却在关键的时刻不给我支援,把我硬生生地撂在了旱地上!"

李正弘下意识地往后退了半步,随即又挺直了腰板说:"高克己,你能不能成熟一点啊。就凭你惊鸿一瞥似的眼神儿发现一个形迹可疑的人,你就断言犯罪现场还有同伙?就凭你看到一个似是而非的物证,就推断爆炸物是甲犯转给乙犯的?你有证据吗?你的证据都是直觉、推断、假设!我请问你高克己,哪个公安机构会凭借直觉、推断、假设办案子?哪个领导会听信你没有佐证的汇报?"

"我有证据。"

"有证据你就拿出来!"

"人死了。"

"那是罪犯报复社会咎由自取!"

"我说大师兄成玉坤死了!"

"你……"

李正弘的身体像是被高克己的重拳连续击打到一般,晃了晃跌坐在椅子上。

五

袁竹林来到师傅姚个奇家里的时候正赶上饭口,看着桌上简单的一荤两素和盛好的米饭,袁竹林刚想端起饭碗吃两口,就被姚个奇叫到了书房里,两个人在书房里把门一关,任凭师娘杜雨莉催促了几次饭凉了赶紧吃饭,他们跟没听见似的始终没有开门。

戴着老花镜的姚个奇将袁竹林手机里的视频又仔细地看了好几遍,好像之前自己看过的视频是盗版一样,看过之后,他指着书桌上堆满的图表、纸张和笔记本让袁竹林找出来标注着1994年的所有资料,然后他们又不停地翻阅比对着,直到他们的目光共同落到一张泛黄的彩色照片上。照片上的七个人都穿着警服,除去中间的姚个奇没戴警帽板着个脸不苟言笑之外,余下的六个人都穿着整齐龇牙咧嘴笑得分外灿烂,这也是那个年代正装照的标配,站成一排,面带笑容,对着镜头,一块喊"茄子",照片下面清晰地标注出一行字"平海六骏和牧马人",袁竹林知道这行字的来历和出处。姚个奇举着照片用另外一只手挨个点着上面的人喃喃自语,袁竹林知道他是在心里默念着他们的外号和名字,窝囊废高克己,能耐梗郭玉昕,檐末虎颜伯虎,钻天猴李正弘,还有自己钱串子袁竹林。当他的手指滑到边上站着那个双手背后,面容敦厚,身材魁梧的年轻人身上时停了下来,他摘下老花镜仔细地看着这个人。袁竹林知道,师傅姚个奇看着的这个人就是他的得意弟子，自己已经故去的大师兄，一面墙成玉坤。他甚至都知道这个外号的来历，那是当年刑警队搞文艺联欢会，各个分队和探组都要出节目，还要评奖，他们几个人商量之后决定出奇制胜，反串现代京剧《沙家浜》里面最为经典的一折《智斗》，颜伯虎是总导演兼演忠义救国军司令胡传魁，李正弘扮演阴险狡诈的参谋长刁德一，只是在阿庆嫂的角色上大家犯了难。最后通过民主表决，公推成玉坤来承担这个艰巨的任务，理由很充分且具有说服力，那就是整个分队里要论嗓门，成玉坤排第一。成玉坤推却不过，只能拉着负责拉胡琴伴奏的高克己天天吊嗓子对词。好不容易把戏词和板眼合上龙门了，演出那天三个人拉开架子上台一亮相，立即招来了全场的沸腾。

　　颜伯虎和李正弘很自然，也很入戏，可是成玉坤反而紧张上了，当颜伯虎扮演的胡传魁唱完"俺胡某讲义气终当报偿"后，阿庆嫂拿着香烟给刁德一和胡传魁敬烟，原词应该是"参谋长，烟不好请抽一支"，可让他说成了"支队长，烟挺好您来一根"，瞬间台上掌声笑声响成一片，没等观众脸上的笑纹散去，成玉坤第二个错误接踵而至。当胡传魁唱完"这小刁一点面子也不讲"，阿庆嫂的原唱词是"这草包倒是一堵挡风的墙"，可成玉坤却唱成了"这包草倒是一面堵风的墙"。总之从这往后他除了调门旋律跟得上以外，基本上是怎么合适怎么唱，压根不管胡传魁和刁德一的感受。最终，现代京剧《沙家浜·智斗》一折获得了全场喝彩，并被评为文艺联欢会二等奖。事后哥儿几个在饭馆里涮羊肉时，颜伯虎指着成玉坤说，大师兄你真行，戏词改得是真不含糊，我就想问问你把戏词都倒着唱你是怎么做到的呢？成玉坤呵呵笑着说，我觉得我唱得挺顺嘴的呀。颜伯虎咧咧嘴无奈地说，干脆你以后就叫一面墙得了，你才是一面堵风的墙。憨厚的成玉坤依旧笑呵呵地冲着大家点头答应着，行呀，谁让我是大师兄呢，我就当这面墙，挡在兄弟们的前面！

袁竹林抬眼看看沉浸在思绪中的姚个奇，默默地拿起放在书桌底下的香烟，抽出一支给师傅点上。姚个奇深吸了口烟，伴着呼出来的烟雾缓缓地吐出一句话："当年我要是跟着他们就好了，可是……"

"师傅，您别这么说，"袁竹林伸手给姚个奇掸了掸裤子上坠落的烟灰，把烟灰缸推过去说，"您，您以前不是说过嘛，哪有老鹰总是张开翅膀护犊子的。再说了，杵窝子的徒弟您也，也不稀得看。"

"嗯，你们当年不是号称平海六骏吗？"

"您别，别拿这个当真，那是因为颜伯虎给人起外号起的，高克己为了遮掩不好听的外号，才说我们几个是，是平海六骏。"

姚个奇头都没抬问道："你知道这六骏的来历吗？"

袁竹林回答说："知道，是唐太宗的六个坐骑，分别是拳毛䯄、什伐赤、白蹄乌、特勒骠、青骓、飒露紫，它们都随太宗驰骋疆场，也都为他挡过箭。"

姚个奇点点头看着照片上的成玉坤道："是啊，玉坤是真应了那句话，把自己当成一面墙，挡在了人们的前面。"

袁竹林知道师傅这句话的含义，也知道师傅为什么要翻看自己保存的尘封已久的资料。他是在追寻那天的记忆，而这个记忆里也包括现在坐在师傅对面的自己。当时在火车上的有高克己、李正弘、颜伯虎，还有刚调到警卫科任职的成玉坤。姚个奇带队上车后照例巡视一遍后回到餐车，高克己、李正弘、颜伯虎还有他袁竹林都围拢在师傅周围听候调遣。这个场合里能上蹿下跳活跃气氛的就是颜伯虎，他最能聊，也最能折腾，时不时地说个小笑话开个玩笑，逗师傅开心的事基本上都是他承包的。可今天姚个奇有点奇怪，从平海站一上车就紧绷着脸，任凭颜伯虎怎么缓解气氛，他始终是眯缝着眼不带一丝笑纹。高克己和李正弘这对搭档也觉察出姚个奇的变化，私下里和颜伯虎议论，是不是因为今天的旅客列车上加挂了警卫包车，有警卫任务师傅才这么严肃？或者是成玉坤调任到警卫科第一次出任务，师傅有点不放心？两人的疑惑很快就被颜伯虎打消了，用他的话说，师傅姚个奇今天上车就感觉心里不踏实，总觉得有事情发生，所以才板着个脸玩深沉。干过刑警的人都知道，直觉这个东西有时候很奇怪，你说这是迷信没有科学根据，没有理论依据，可现实偏偏就左右打脸。可你要说完全相信，有时候也的确显得矫情。今天姚个奇的预感被验证了，就在他们一队人马刚离开平海两站的时候，姚个奇的手机急促地响了起来。那个年代手机还算是个稀罕物件，只有他这样的队长，或者是老同志才有资格佩戴。剩下的队员一律小米加步枪，有个BP机就算不错了。

电话是刑警队政委打来的，告诉他前方站下车，搭乘就近的车次返回平海，郭玉昕带着一个小组勘查现场的时候，竟然发现了爆炸装置。这个消息无论在当年还是现在，都是需要引起高度重视的。于是，姚个奇决定带着袁竹林从前方德昌站下车，赶上返程的列车掉头回平海。德昌站是平海公安处与济州公安处的交界口，北上南下的车次很多，客运列车停靠的时间也很长。姚个奇一边站在站台上等着另一列火车驶入，一边和几个徒弟做着工作安排，让他们重点关注和警卫包车连接车厢的巡视，确保警卫任务和警卫对象的安全。就在这个时候，成玉坤从后面的车厢赶过来，他知道今天是姚个奇带着师弟们执行常规的打击流窜犯罪的任务，碰巧和自己担任的警卫任务同一趟车，所以趁着列车停靠时和大家见个面。一行人站在站台上像旅客似的抽着烟聊着天，虽然同属一个单位，但不在一个部门，平时见面也少，尤其是成玉坤刚调走时间不长，身上还保留着刑警队彪悍泼辣的作风，说话大大咧咧，不拘小节，弄得高克己、李正弘、颜伯虎围着他要烟抽。颜伯虎还给出了个合理的解释，警卫科的干部经常接触上面的人，好烟肯定多得是，当大师兄的不能自己吃独食，得拿出来给弟兄们分分，否则群众基础不好影响成长进步。成玉坤笑呵呵地掏出一盒打开的"中华"塞到他们手里，转身跑到姚个奇面前，变戏法似的又从口袋里掏出两盒"中华"，一边说这个烟是孝敬师傅的，一边把烟塞到他口袋里。两人没说上几句话，列车就缓缓地驶进站台，姚个奇匆忙地和站台上的人们挥挥手，带着袁竹林登上车厢。站台上列车旁的聚首分离，这一切对于他们来说都太平常了，平常得就像他们每一次出任务时的擦肩而过，平常得就像每一次家常便饭，平常得就像每一次脱口而出的"保重""注意安全"那么平常。

可是他们谁也没有想到，就在这最平常的一次离别后，他们当中的一个人，如南辕北辙的两辆列车那样越开越远，再也没有重逢的机会了。因为警卫列车从德昌站开出两个小时以后，客车

十一、十二号车厢连接处发生爆炸,而处在这个位置上的成玉坤,当场因公殉职。

谁也不知道当时成玉坤为什么没有按照规定返回警卫包车,而是踏上了警卫车厢前面的旅客列车车厢。谁也不知道成玉坤当时想的是什么,是什么原因让他轻率地离开了自己的岗位。事后在反推所有细节时,姚个奇曾把高克己、李正弘、颜伯虎单独叫来逐一问话,让他们叙述分开后站台上的每一个细节。答案都是出奇地一致,那就是他们目送姚个奇登上列车后,这边准备发车的铃声也响起了,几个人互道珍重后,他们三人按照分工朝前方硬座车厢上车巡视,成玉坤则留在了站台上。颜伯虎是最后上车的,他提供出了一个细节,就是在他刚进车厢的时候,隐约听到站台上有奔跑和喊叫的声音,他回头看了一下,是车站服务员带着几名旅客跑向车厢门。因为站台上常有旅客赶车的事情发生,再加上站台上的照明昏暗,颜伯虎也没有在意,更没有看清他们的面容。

袁竹林将目光从那张老照片上慢慢地挪开,想伸手拿烟递给姚个奇,但看见姚个奇把手捂在嘴上隐隐地颤动,知道他是不想让咳嗽的声音惊动屋外的师娘杜雨莉,于是将手慢慢地缩了回来。姚个奇用力压住咳嗽声,平缓了一口气说:"克己给你这段视频的时候,还说什么了?"

"就说让我帮他看看,别的什么也没说。"

"他也没说,是在什么时间,什么地点,和什么人在一起发现的东西?"

"没有,听声音他很着急,急着想让我帮他确定一下。"

姚个奇紧闭着嘴从鼻子里长长地呼出口气，稍停一下，指着袁竹林说："给他打电话，让他到我这里来！"

袁竹林有些犹豫地问："师傅，现在吗？"

姚个奇坚决地回答道："对，就是现在，马上！"

袁竹林急忙掏出手机拨通了高克己的电话，听筒不停地传来待机的声音，始终无人接听。

高克己记不得自己是怎么从李正弘家里出来的。酒精的刺激让他感觉头有点昏沉沉的，脚步也有些踉跄，要不是推着电动车当拐棍，他也许会摔倒在地上，但他清醒地记得在他说出大师兄成玉坤的名字后，李正弘跌坐在椅子上，然后很快地操起酒瓶往杯子里倒酒，他也跟着抢过来倒酒，两人像赌气似的你一杯我一杯地往嘴里倒。一瓶喝完，李正弘又打开一瓶，高克己刚要上去抢瓶子时，李正弘猛地推开他，将手中的酒杯狠狠地摔在地上。他指着高克己说："成玉坤的死跟你、跟我半毛钱关系也没有！"高克己使劲地拍着桌子，桌上的盘子筷子像跳舞似的蹦起来老高，"怎么没有关系，他是我们的同事，是战友，是我们的师兄弟！"李正弘手指着高克己不断地颤抖，"是，他是我们的战友，是同事，是师兄弟。可全国上下一年到头统计下来，你知道警察死多少人吗？平均每天一个还得多！他们都是咱的战友、兄弟，都他妈跟咱有关系吗？你管得过来吗？"高克己把眼睛瞪起来盯着李正弘，"你这是偷换概念，我说的是当年，当年在车上如果我的判断是对的……"

"窝囊废，你他妈什么时候对过？"李正弘打断高克己的话。

"钻天猴，你他妈的别欺人太甚！"高克己紧盯着李正弘的眼睛。

屋子里瞬间弥漫着酒精和男性荷尔蒙的味道。就在这个时候单元门被推开了，走进来一个端庄秀丽、身材略显丰盈的中年女人。高克己和李正弘看到对方都愣了一下，表情和动作都仿佛在瞬时呈定格状态，过了几秒钟李正弘才问道："你怎么回来了？"进来的女人是李正弘的老婆徐雅晴。

徐雅晴用眼神扫了他们两人和杯盘狼藉的桌子一眼说："我今天不值班，正好回来给孩子拿钢琴资格证，他留学的学校要用，你们这是……"

高克己醒过神儿来，急忙朝徐雅晴摆摆手说："雅晴，不好意思，我有点喝猛了，处长家里的酒上头，喝着喝着就容易犯晕。"

徐雅晴仍旧客客气气地说："没关系，你和正弘都是老哥们儿，就应该多串串门聊聊天，多喝两杯不碍事。不行的话，酒先给你留着，下次来再喝。"

高克己就是再傻，也听得出来这是徐雅晴的逐客令，更何况他也不想再待下去了。于是他拿起自己的包走到门口，回头看看背朝墙壁坐在椅子上的李正弘，把想要说的话最终咽回到肚子里，冲送到门口的徐雅晴略带歉意地点点头，转身出门走下楼去。

看着高克己走下楼梯拐口，徐雅晴进屋关上门，对坐在椅子上的李正弘摇摇头，顺手扯过把椅子坐在李正弘面前说："该给你的面子都给你了，该维护你形象的也维护了，现在说说咱们俩的事吧。"

李正弘猛地转过身来冲着徐雅晴喊道："我跟你说什么？说

你天天不回家是因为公司工作忙？说你不相夫教子是因为干事业？说你贤良淑德、温文尔雅都是你的外包装？我今天再一次明确地告诉你！我不跟你离婚！"

声音穿过门缝在空旷的楼道中传得很远，走在楼梯上的高克己也听到了。

走了两条街道的高克己被口袋里的手机铃声叫停住，他摸出手机揉揉眼看手机屏幕，来电显示是颜伯虎打来的，接通电话，听筒里传来颜伯虎沙哑的声音："你跑哪儿去了？给你打这么半天电话都不接，东西不要了？"高克己迷迷糊糊地想起颜伯虎今天晚上要给自己送点油和大米，自从颜伯虎去公安处食堂之后，总会帮助他买些批发价格的米面油之类的东西。"哦，我这就回去，你等等我。"对方听见他的话后说："你直接来你们门口的那个小饭店吧，我还没吃饭呢。"

高克己走进烟雾缭绕的小饭馆，就看见在里面坐着的颜伯虎朝他不停地招手。他走过去拉开椅子一屁股坐在上面，嘴里不停地喘着粗气，呼出来的酒气直冲向对面颜伯虎的鼻子，弄得颜伯虎急忙把桌上的菜和酒杯端起来说："你干嘛呢，跟谁喝成这样，可别吐我菜里。"

高克己斜了颜伯虎一眼，又看看他手里端的菜，抬头冲柜台里的老板喊道："小胖，你过来，快点！"

被称作小胖的饭店老板急忙从柜台后面跑过来，笑眯眯地站在高克己的跟前说："大哥，您有什么事？"

高克己指着颜伯虎手里的盘子说："你瞧瞧他要的这是什么菜，老远看着就冒绿光。你现在就去炒个全爆，再弄条红烧鱼，我跟他好好喝两口。"没等老板答应，颜伯虎就蹿起来了，急忙放下盘子，一手拉住老板一手指着高克己说："你跑这儿杀富济贫来了啊，我上有八十的老母，下有吃奶的孙子，我还得过日子呢。我吃韭菜炒鸡蛋就挺好。"高克己用手使劲扒拉开颜伯虎的手，冲着老板说："别搭理他，快去做，一会儿我结账。"

听到高克己这句话，颜伯虎上下打量他几眼，坐回椅子上问道："你是没喝够还是有什么事呀？今天怎么变得这么大方。你还没告诉我去哪儿喝的酒呀？"

高克己摇摇头，看着颜伯虎回答道："打死你都想不到今天我跟谁喝的酒。"

颜伯虎咧咧嘴说："你也别打死我，我也不问了，你爱跟谁喝跟谁喝。不过我可得提醒你一句，喝归喝，别满处撒酒疯去。"

"我的酒品有这么恶劣吗？"

"以前没有，今天这不是完全暴露出来了吗？"

"你是真的猜不出来我跟谁喝的酒？"

"我不想猜，反正能跟你喝酒的人除了我，其余的神经都不正常。"

"我跟钻天猴喝的酒！"

这句话从高克己嘴里说完，颜伯虎的眼睛立即睁得好大，勉强把一口韭菜鸡蛋咽下去，不相信似的看看对方，猛然恍然大悟一样地点点头，伸出手漂洋过海般地越过桌面，拍拍高克己的肩膀说："我明白了，钻天猴是知恩图报啊，百分之百的是想报答你为他拔枪这件事。要这么说的话，钻天猴还是挺懂事的呀。你们都聊嘛了？"

高克己往自己的酒杯里倒了杯酒说:"聊个屁,话不投机,我们俩说岔了。"

颜伯虎嗨了一声说:"我的哥哥,你不是逗我玩吧。咱们一把手大处长找你吃饭喝酒聊天,你跟人家说岔了,你是真耿直还是缺心眼儿啊。我知道咱们哥儿几个里面没有一个爱看他的,他对你我、对钱串子也不怎么好,可人家是处长,管着咱们呢,你我平时品品茶喝点酒骂骂他出口怨气也就算了,你怎么还真跟他较劲呢。再说了,你刚冲着纪检的领导替他说了话,怎么转脸就跟他犟上了呢。我这刚才还想着祝贺你能提个一官半职呢,你跑我这儿演电视剧来了,刚开个头就弄个反转。"

高克己朝颜伯虎摆摆手:"我刚说了一句,你就噼里啪啦地说了一火车。"

颜伯虎:"我是替你着急!你的为人跟你以前打牌的风格一样。"

高克己:"我什么风格啊?"

颜伯虎:"总他妈的猪羊抵,刚有点好事,捡了个羊,看见胜利的曙光,你百分之百又顺手牵回来一头猪。这就是你的风格!我都懒得说你。你们俩说岔了到底是因为什么啊?"

高克己猛地端起酒杯将酒倒进嘴里,抹抹嘴说:"我问他还记得'9·30'那件事吗?还有那天在车上他到底看见没看见?"不出高克己心里的预判,颜伯虎在听到这句话之后的反应与李正弘异曲同工,但他没有蹦起来,而是惊讶地张张嘴,然后操起桌上的酒杯喝了个见底,放下酒杯后从嘴里小声地吐出来一句话:"窝囊废,你可真倔啊,事情都过去多少年了,你怎么还念念不忘呢？"

"我能忘得了吗……"

颜伯虎伸手拦住高克己说："我知道这件事对你打击很大，当年如果你提供的线索他钻天猴能给你证明，专案组领导也许就会采纳，而且也许会沿着这条线索去深挖。可问题是，这些都是也许啊，你说的话只是猜测啊。就算钻天猴能给你证实，不一样是没有证据吗？我的哥哥！现在你把这件事翻出来，我都觉得你有点成心。"

高克己掏出手机朝着颜伯虎说："如果我给你看个东西，你再说我是成心，我就认了！"

"你能给我看嘛啊，"颜伯虎张手接过手机，点开高克己向他示意的那段视频，刚看了一眼禁不住手里一抖，手机掉在刚端上桌的菜盘子里，"这，这是从哪儿来的？嘛时候的事啊？你在哪儿发现的？"

"连你看见它都这么敏感，都能有这种反应。那你说我是不是成心？"

"你不是，你是活见鬼了！"

高克己拿出手机用桌布擦拭着上面的油渍，盯着颜伯虎的眼睛说："如果是活见鬼就好了，可我恰恰是在今天去案发现场勘查时发现的。你是'9·30'案件的当事人，整个案件的侦破你也全程参与了，看到这个你有什么感觉？"

颜伯虎一边点头一边又摆手，显然是有点慌神地问道："真是活见鬼了，真太他妈的像，你还给谁看过这个？"

高克己回答："我给圆珠笔看了，可是他到现在也没给我回信。"

颜伯虎："你怎么不给能耐梗看看呢？"

高克己："就是他让我找圆珠笔印证的，你也知道他是活电脑。"

颜伯虎突然感觉自己的舌头有点不利索："他，他，他如果能证实这个东西，就是说，说明……"

高克己的眼里闪过一丝寒光："说明他没死，他还活着！"

颜伯虎点点头说："嗯，难怪钻天猴跟你戗起来了呢，当时他可是负责信息和物证收集的人，以你们俩人结下的梁子，你再给他看这个能不蹿吗……"

高克己摇摇头说："我还没给他看呢，徐雅晴回来了，我就正好出来了。"

颜伯虎眼睛又瞪大了："怎么这里面还有徐雅晴的事啊，你真是越说越乱，我可告诉你咱都这么大岁数了，你可千万别犯作风问题。再说了，徐雅晴不见得比你媳妇陈子凡强多少。"

"放屁！闭上你的嘴，"高克己低声呵斥颜伯虎说，"你满脑子里还有点正事嘛，当真是在食堂里待迷糊了，忘了自己以前是干什么的了。"

颜伯虎不言语了。他在脑海里不断地翻腾着高克己的话，他没忘自己以前是干什么的，也没忘自己的外号"檐末虎"的起因，没忘记自己令人叹服的预审技术，更没忘徐雅晴当年是高克己朦朦胧胧的初恋情人。

六

郭玉昕自从看到高克己发来的小视频以后就坐不住了，像个吃了老鼠药的耗子满屋里乱窜，一会儿翻翻博古架上的线装书籍，一会儿盘盘桌子上的核桃，一会儿又拿起手机想拨电话但又不知道拨给谁。最后终于从抽屉里翻出个烟斗，再翻箱倒柜地搜罗出一包不知道哪年的烟丝，装填完毕点燃烟斗"吧吧"地嘬了起来。其实他已经戒烟很多年了，但这次的视觉冲击对他来说太大了，他必须要找个熟悉的东西来稳定一下心神，理顺一下思路，实在找不到烟卷，只好抽起了烟斗。

烟雾缓缓地在屋中变幻着各种身形上下飘荡，时而如丝，时而如柱，时而又像纱幔一样挡在他的眼前。烟雾的形状是随着郭玉昕的气息变化而变化，而他的气息又是非常的不均匀，时而急促，时而缓慢，那是他心跳的节奏，他完全沉浸在对那天晚上的回忆当中，思绪伴随着回忆起伏跌宕，让他无法平静。他尝试着把记忆的各个环节放大，但无论如何拼接总是缺少关键的一环，这个环节就是他当时不在现场，他是在接到命令后跟随着师傅姚个奇赶过去的，而当时的命令下得又是那么急促和坚决，使他不得不扔下手头已经开展中的工作，连夜驱车前往出事地点。他记得赶到会合地见到姚个奇后，师傅那张始终阴沉着的脸和紧闭着的嘴让他好久没敢张口询问，直到他挨着姚个奇坐下之后，才听到对方嘴里吐出的一句话：K223次列车行进到镇原和溪东间发生爆炸，人员伤亡不明。听到这个消息后他不由自主地脱口而出：您不是才从那列车上下来吗？怎么离开时间不久车上就响了呢？姚个奇看了他一眼没有吱声，摩挲了半天从口袋里掏出一盒中华牌香烟，他知道师傅在思考问题的时候喜欢抽烟，急忙拿出打火机给师傅点上，然后紧盯着对方的眼睛，脑中盘算着他要布置什么工作。就在这个时候姚个奇的手机又响了，他接通手机后听了两句突然失声叫道："什么？"紧跟着夹着烟卷的手颤抖了一下，香烟伴随着烟灰全抖落到裤子上。这个举动让他心里颤了一下，因为自从跟随师傅姚个奇以来，这么失态的情形在他的记忆中几乎没有过。难道还有比列车上爆炸更惊悚的消息吗？姚个奇丝毫没有理会香烟的坠落和他的眼神，继续冲着电话里追问："能确定吗？这种事不能含糊！"当听到话筒另一端确切的答复后，他的手慢慢地从耳畔滑落下来，手机也丢在了地上。

　　想到这里郭玉昕手里的烟斗也微微颤抖了一下，他清楚地记着姚个奇转过头来看着自己的眼神，从嘴里艰难地吐出来那句话"玉坤……没了"，他有些没听清，赶紧追问对方说："师傅您说谁没了？"姚个奇再次的回答他听清了，是大师兄成玉坤没了。他当然理解师傅的意思，没了，就是人死了。他有点不相信，晃了晃脑袋说，师傅您别是听错了吧，我昨天还和玉坤见面呢，就在单位门口，我带队出差碰上他，他说转天可能有任务也要出差，说是上K223次。此言一出他自己都愣住了，刚才明明听见姚个奇说K223次列车发生爆炸，而成玉坤就在这列列车上，他稳定了心神问道："这是真的？"姚个奇点点头说："虽然现场很乱，也很狭窄，但幸亏高克己和李正弘赶过去了，他们俩一边一个把住门,才没让现场遭到更大的破坏。"他急忙接着问道:"那现在现场怎么样了?"姚个奇大声喊道:"现场什么样我怎么知道,咱们这不就是奔现场去嘛!"他被师傅突然间的暴怒吓住了,没有再问一句话。

再往后的记忆很清晰,也很混乱,清晰的是赶到现场后每个工作步骤都能驾轻就熟地去操作,混乱的是救援的场面和散落在各处如羊群般的旅客。他们赶到的时候,训练有素的列车员和乘警组,还有高克己、李正弘、颜伯虎的便衣探组已经在收拢人群集中旅客,而车尾后的那节加挂车厢也早已被警卫科的人封闭得严严实实。

他清楚地记着成玉坤遗体的位置和模样,而且每次想起来都会不寒而栗。有时候他总会在心里暗暗地问自己,你也算是个从事这行多年的老江湖了,见过的血腥场面和凌乱的现场也不少,为什么偏偏总忘不掉这件事,答案会迅疾地在脑中跳出来好几个,第一次接触这么混乱复杂的列车上的现场,炸点相对集中,没有太大的扩散,专案组专家认定犯罪嫌疑人当场毙命,成玉坤牺牲了,但始终没定性为烈士,他们几个人除了李正弘外都觉得大师兄应该是烈士,但他的确离开了警卫的工作岗位。为此事他们几个师兄弟都纠结了很长时间,以至于在以后的办案工作中自己带的队员受伤,得不到应该有的抚恤,自己跑到公安处领导那儿去据理力争没有结果,然后……想到这里郭玉昕放下了手中的烟斗,无奈地摇摇头。后面的事情对于他来讲并非不堪回首,而是他不愿意再继续追溯了。这时门外有人喊着他的名字走进来,他抬头看了看,急忙起身将对方迎进来,两人隔着茶海坐下,郭玉昕给对方重新泡了一壶好茶。来的人叫韩胜喜，是他在古文化街上的邻居，也是他的玩友和朋友。

　　他和韩胜喜的相识纯属偶然，以他郭玉昕在这条街上的震慑力和影响力，无论如何也不会主动去结识对方的，那天要不是在跤场附近的"熟梨糕"跑过来，让他死活去跤场看看，来个生瓜蛋子踢"大力丸"场子的话，他也不会认识韩胜喜的。"熟梨糕""大力丸"都是人们冠以店铺店主和摊主的外号，跟他在刑警队时互相亲昵赠送的外号差不多。熟梨糕是开平海特色小吃店的店主，大力丸是跤场的师傅，官方用语就是跤场负责人。熟梨糕的店铺开在跤场旁边，有个风吹草动准是他第一个跑过来报信儿，比打电话还快。他跟着熟梨糕来到跤场，正好看见韩胜喜三下五除二地撂倒了大力丸最后一个徒弟。熟悉跤场规矩的人都知道，不管是因为什么，人家来跤场和你撂跤，把你的徒弟摔了一溜够，等于是拆了师傅面前的四梁八柱，结果只能是当师傅的亲自下场和人家比拼。赢了自然皆大欢喜嘛事没有，可要是输了，那你以后也就再没脸杵在这儿了。看着大力丸有点尴尬且面露怯色的样子，郭玉昕的能耐梗劲上来了，他分开围观的众人要上场去会会这个生瓜蛋子，同时也帮自己的朋友大力丸撑个场面。

　　按照跤场的规矩，两个人掼跤前得先依旧礼抱拳拱手道个姓名，抑或是有专门的人来介绍。可郭玉昕完全不理会这些，接过旁边跤手递过来的褡裢，穿上之后直奔着眼前的生瓜蛋子走过去，这种先声夺人的气势碾压是他当警察多年养成的习惯。果然，对方被他扑面而来的刚猛逼得后退了两步，但随即伸出手臂迎上前去。两人搭手入扣扭在一起的时候，郭玉昕附在对方耳边问了句,哪儿的?对方回答,柳青的!交换了个身位郭玉昕又问,没听说柳青出好把式?对方回答,你这不就看见了吗。郭玉昕说走着!两人闪转腾挪几个回合下来,郭玉昕感觉出来了,对方没什么太多的招式就是力气大。用句俗话说是,傻小子睡凉炕,全凭火力壮。知道了对方的短处就能因地制宜,郭玉昕先是卖个破绽借力打力摔了对方一个"别子",紧跟着又是一个"大背胯"摔对方个四仰八叉。按照规矩三局两胜对方是没有资格再来挑战,就在郭玉昕抱拳拱手接受四周的喝彩时,那人走过来凑到身边说,你是高手我佩服,不知道还有胆子再来一局吗?郭玉昕挑了挑眼眉说,还来?对方说,我摔不过你不跟你摔跤,咱们换个花样。郭玉昕手指着跤场里所有的家伙什说,只要不弄死人,这个圈里的东西你随便挑!对方扬手指着场外说,不在这儿比试,咱们俩找个文雅点的地方。郭玉昕拱拱手答道,悉听尊便。

  郭玉昕没想到对方竟然带着他来到离自己店铺不远的一个门脸房里。房子不大,再加上里面摆放的东西也不规整,显得很局促。屋子里也只有两把椅子能坐,以至于跟过来的几个人只能站在门外往里看。对方先自我介绍说叫韩胜喜,刚才在跤场上摔不过你,看你这个架势也是个文武带打的能人,所以请你来我这儿帮着看看东西。你断准了,我就彻底认输。可是你要断不准,就只能算咱俩打个平手了。郭玉昕说虽然我不是鉴赏专家但也能看个大概,你拿过来我瞅瞅。韩胜喜转身从桌上端过来个擦拭得锃亮的木匣子,当着郭玉昕的面打开,从里面小心翼翼地拿出来个木版递过去说,您给掌掌眼。郭玉昕拿在手里看了一眼就知道,这是柳青镇传统套印年画的木版,他仔细观察着木版的木质和刀工，在心里暗暗地估摸出此物的年代，但为了保险还是问了一句道："这是个好东西，你之前没找专家鉴定过吗？"

韩胜喜笑笑回答说："我鉴定过了，但我不放心专家的眼神儿，这条街上都知道你是木器和字画的行家，所以我才找你帮着断断。"

郭玉昕伸手打断他的话说："你别捧我，我也不是法国总统戴高乐，给顶高帽子戴就高兴。但我的确想猜猜专家怎么跟你说的，他们是不是说你这个东西是清代的？最早也应该是康熙年间的，是这样吗？"

话音未落，韩胜喜就竖起大拇指，连说话的语气都有些变了："您真是高眼啊！和专家说的一点不差，我服，算我输到家了！"

郭玉昕摇摇头说："你先别急着佩服，我还有句话说，你不是不相信专家吗？其实我也不相信他们的眼力。因为我看着这个东西像明朝的，具体哪个年代说不好，但不会低于明神宗万历年间。"

韩胜喜做梦也没想到，拿在郭玉昕手里的木质套版会比专家鉴定的年份要早出一百多年，急忙接过来上下左右地仔细打量，看不准的地方及时向郭玉昕讨教。而郭玉昕也帮着他查资料翻文章来印证，两个人早就忘记了刚才跤场的约定。直到门外站着准备看热闹的人悄悄散去，天已经降下黑幕才猛然想起，他们该吃饭了。于是由韩胜喜做东请客，两人找了间小酒馆边喝边聊直到深夜。打这以后两人的关系越来越近，越来越熟悉和热乎起来。韩胜喜店铺里没事的时候，就走到郭玉昕的店里来喝茶，郭玉昕闲得难受的时候，也溜达到韩胜喜的店里转转。时间一长知道了跤场上的事情，当时韩胜喜围着看热闹，听不惯"大力丸"的徒弟们吹牛说大话，没按捺住自己的性子才上场和他们掼跤，直到把他们摔得四仰八叉才遇到了敢来救场的郭玉昕。而郭玉昕也知道柳青镇自古就有习武健身的传统，对韩胜喜会摔跤一点儿不惊讶，只是对他这一身的力气特别羡慕。有天两人约酒喝得微醺时比赛掰手腕，郭玉昕竟然一局没赢，老话重提问起韩胜喜力量的源泉来自何处？韩胜喜的眼里掠过丝丝伤感，轻轻叹了口气说，你们是在城里舒服惯了，要是从小也像我似的到处给人家打工，什么下死力气的活儿都干，也就能练出来了。这个回答让郭玉昕觉得入情入理，而且很有沧桑感。

韩胜喜端着茶杯喝了两口，咂摸下滋味说："郭三哥，今天你茶叶倒多了吧，看着色儿深，喝到嘴里可是够酽的。"郭玉昕听罢也端起杯子看看，摇摇头说，"脑子没在家，手里就没准，要不咱换了重新沏。"韩胜喜连忙摆手说不用，就这么喝挺好。然后仔细看了眼郭玉昕道："你今天的脸色是有点不对，是谁惹你不高兴了，还是买卖干赔了？"

这句话好像给郭玉昕提了个醒一样，开口问道："老韩，我记得你们柳青镇除了盛产年画，有制作木版印刷的手艺人以外，还出好木匠吧？"

韩胜喜点点头说："没错，以前柳青镇十家里面得有两三家干木匠活儿，就连我小时候还学过几天呢。不过现在没人干了，这门手艺也撑不了多少年了。"

郭玉昕问："为什么呢？"

韩胜喜摇摇头说："秃子头上的虱子明摆着嘛，现在的家具都是工厂里流水线生产的，传统老式的榫卯结构和手艺不吃香不说，还耽误工夫。你费劲巴拉地刚做出个柜子，人家那边板材拼接一上钉子带喷漆，整套家具都出来了，谁还买你的东西呢。"

郭玉昕说："可是质量保证不了啊，很多家具还不都是样子货。"

韩胜喜说："现在的人啊，都看模样，东西摆在那儿好看就得，反正家具又散不了，过些年有新的样式再换一轮，没人想着做一套家具能传代。所以我才说，学木匠这行没出路。"

郭玉昕喝了口茶没再言语，他犹豫了片刻还是掏出手机，调出高克已给他发过来的视频，递给韩胜喜说："你看看这个东西见过吗？"

韩胜喜接过手机看了一眼，似是没瞧清楚，又凑近屏幕仔细端详着，然后才将眼神移开屏幕冲着郭玉昕说："这活儿也太糙了，说是土制弓弩太小，说是机关消息儿又太勉强，总之是个四不像。"

郭玉昕说："所以才让你看看，这样的东西做起来复杂吗？"

韩胜喜又仔细看看说："会的不难，难的不会。要我说做出来不复杂，关键是他想达到什么要求。"

这句话触动了郭玉昕有些麻木的神经，把他从漫天云雾的思绪中拽回现实。他想跟韩胜喜解释，这是自己以前的同事加师兄在案发现场找到的物证，并且这个物证让他联想到二十多年前的那个夜晚，那个令人痛心、不堪回首的案件。但是他又忍住了，自己虽然不做警察很多年，但早已沁入骨子里的职业习惯，还是让他选择了把要说的话收回，换上一句反问说："老韩，你知道我以前是干什么的吧？"

"知道,你跟我说过你是警察,"韩胜喜回答道,"你喝点酒总跟我念叨,怎么自己都忘了。"

郭玉昕有点不好意思地咧咧嘴:"可我好像没跟你说过,我因为什么不干警察的吧?"

"这个没有,你一回都没跟我说过。"

"你今天请我喝酒,我告诉你。"

郭玉昕和韩胜喜到酒馆吃饭喝酒的时候,也正好是高克己和颜伯虎两人曲终人散的时候。高克己拎着颜伯虎送来的小袋米和一桶油,晃晃悠悠地走回家里,开门接他进来的是媳妇陈子凡。从陈子凡的眼神里看出了有些嗔怪,但她还是扶着有点摇晃的高克己走进卧室,帮他脱了衣服鞋袜躺在床上,然后往床头柜上的水杯里倒满了白开水,轻轻地走出去。这些动作自然平缓,可以看得出高克己这种状态回家不是第一次,而且他们也是经历磨合才变得这么安静平缓,没有吵闹,没有埋怨,蜻蜓点水,波澜不惊。

高克己躺在床上很快就进入了梦境,但奇怪的是这个梦境是经过组合拼接,一段一段在他脑子里呈现出来的。年少气盛时他和李正弘背起挎包,顶着满天的星辰跨上列车,车厢里弥漫着呛人的各种气味,他和李正弘抓捕嫌疑人时一前一后默契地配合,案情分析会上他说完话,投向李正弘渴望获得支持的目光,李正弘坚定地摇着头……不对!这个梦境里肯定少了某些环节,他极力地在梦里搜索着,直到他看见了徐雅晴,看见了徐雅晴对他露出浅浅的微笑。

他在梦境中反复地提醒着自己,这是个梦。

七

平海铁路公安处的大门朝南开，属于老式衙门口的标准建筑，坐北朝南的大门直对着门外的马路，里面是一面墙三面高低错落的办公楼环抱着的院子。但走进来仔细品味会发现，这个院子有点像被人啃过的烧饼，凹凸不齐，一点儿也不规整。大门正对着的小楼是食堂兼车库，主体办公楼坐落在左侧，和以前的老楼相互接壤，形成了个刀把的模样。可奇怪的是，这个刀把偏偏朝外伸出去，仿佛是把刀把递给别人一样。高克己总有事没事地跟颜伯虎念叨，这种建筑是典型的坏风水，咱们是执法机关是拳是枪是刀子，就算是全心全意为人民服务，哪有把刀把往外送的？群众里面就没有坏人了吗？接过刀把捅你一刀。本来是随口说的一句玩笑话，颜伯虎也没在意，食堂做饭的时候当笑话说得龇牙咧嘴，可没过几天话传到政委的耳朵里了，政委找个机会在门口偶遇了一次高克己，先是问问他最近工作状态怎么样，孩子的工作落实得如何了。紧接着话锋一转很严肃地说，你也是老同志了，有时候说话要注意影响，该说的说，不该说的别说，像宣扬迷信这类的言论传扬出去影响多不好。高克己马上反应过来是颜伯虎嘴上又没把门的了，于是找个两人吃饭的时候对他劈头盖脸一通数落。颜伯虎倒是大大咧咧地承认错误，之后痛心疾首地说，没想到单位食堂里也有我党的卧底，把我这不着四六的情报传给了政委。说归说，闹归闹，两人端起酒杯继续这个话题往后聊，高克己挡不住颜伯虎虚心求教的态度，又说了几句这个办公楼的问题，像什么设计不合理，不能藏风聚气了，主楼在侧面不好，形同于官印没坐正，影响领导仕途了等等，并且在说完以后再三叮嘱颜伯虎不要出去乱说。

无奈颜伯虎好显摆的老毛病回到食堂后立即复发，在驳斥一个同事的质疑时，三下五除二地全说了，说完还缀上句结尾，不出一年上层建筑肯定有变化，不信你们就拭目以待。没到三个月，政委就因为工作调动去公安局的培训中心当书记去了。临交接前政委把高克己叫到办公室语重心长地说，老高，既然你早就看出来了，怎么不提前给我提个醒呢？看来你是恨不得我早点离开这里啊。高克己脸都气绿了，跑到食堂拽出颜伯虎张嘴就骂道，你真是个檐末虎，谁看见你谁倒霉，这辈子跟你当哥们儿算是我祖上没德。颜伯虎急忙拦住他笑呵呵地说，政委调走这么悲痛的消息我听说了，但是你先别跟我急眼，通过这件事你不觉得这充分说明你料事如神吗？据我小道消息，这次领导调整钻天猴很有可能扶正当一把手处长，他是咱师弟啊，你我都应该高兴呀。高克己收起挂在脸上的怒火，斜了一眼颜伯虎说，塞翁失马，焉知非福，这句话可是老子说的，不是我说的，我以后要是再跟你多说一句话，我就是棒槌！

这件事过去没几天，颜伯虎拎着肉和面又来找高克己，一番周瑜打黄盖似的批评与自我批评，哥俩又和好了。他们俩的关系用高克己自己总结的一句话最精辟，那就是，我是真的不愿意跟你说话，可不跟你说话，我又没有对把子的人！其实颜伯虎心里很清楚，高克己除了自己还真没有几个能说话的人。他曾经对高克己掰着手指头历数过，大师兄成玉坤是他们这些人中人缘最好的，厚厚道道，乐乐呵呵，勤勤恳恳，任劳任怨，他们师兄弟无论谁有难处，他都会伸出援手，可惜英年早逝。排行老二的就是高克己了，窝囊废的脾气看着人畜无害，可是一张嘴能把人撑出二里地，公安处里熟悉他的人从老到少，从上到下，没人愿意跟他打交道。以前和李正弘关系最好，但自从发生那件谁也说不清的事之后，两人就渐行渐远。更何况李正弘还有横刀夺爱，娶了高克己初恋情人徐雅晴之嫌。老三自然是能耐梗郭玉昕，他是能说能写能动手，哥儿几个里面最牛的文武带打。可他的脾气也牛，典型的曲高和寡，只知有己不知有人，除了师傅姚个奇和大师兄成玉坤以外，他跟谁的关系都不好，幸亏辞职不干警察了，要不然指不定天天弄得鸡飞狗跳。老四就是颜伯虎自己了，嘻嘻哈哈耍贫嘴，跟谁关系都不错，就跟袁竹林不行。老五是圆珠笔加钱串子袁竹林，人家走的是高端学术范儿，脑子好，手下笔头子有准，除了说话结巴，平时最讨师傅喜欢。老六钻天猴光彩照人，是现任公安处处长李正弘，哥儿几个里面号称"老疙瘩"，年纪最小但官职也最高。

每当颜伯虎说到李正弘时，高克己都是无一例外地伸手拦住对方说，别总提徐雅晴这事儿，我们俩从根儿起就没什么。但每次颜伯虎都能从高克己的情绪中感觉出来一股说不出的味道。

高克己走进公安处大门的时候已经九点多了，他一边暗地埋怨自己昨天晚上不该喝这么多酒，一边急匆匆地往办公室走。刚推开门，眼前的情景让他有点惊讶，刑侦支队的支队长和政委两个正职在屋子里正等着他呢。见他进来，支队长立即满脸绽开笑纹说:"老高,你怎么才来啊,我们俩等你半天了。"

高克己心里嘟囔着,我就算迟个到还至于你们两个领导来查岗呀,但嘴上还是说:"两位领导找我有事吗?"

政委上前一步挽住他的胳膊笑呵呵地说:"老高,咱走,咱换个地方说!"

支队长也跟着挽住他的胳膊,两人一边一个像绑架似的架着高克己往外走,高克己没受过这个待遇,一时有点发晕,只好跟着他们俩一起走到会议室。刚进会议室就被扑面而来的热浪呛得直打喷嚏,几个刑警队里的新老警花一齐簇拥过来,脸上洋溢着发自内心的笑容,拉着他来到大屏幕前。这个时候高克己才看见屏幕红底上几个黑漆漆的大字:"热烈欢送高克己同志!"

"你们这是要把我送哪儿去呀?"高克己推开警花拽着的手问道。

"到底是老同志啊,沉得住气。"政委拍着高克己的肩膀。

"就是啊,大家都知道了,你还装,有点不够意思。"支队长也凑过来说道。

高克己急忙摆摆手说:"你们把我弄糊涂了,我是真不知道你们欢送我去哪儿。"

政委乐呵呵地用手往上一指说:"警卫支队啊,今天早上刚交接班,通知就下到队长这儿了。"

支队长点点头:"老高,这事我以前听到点信息,但没想到会这么快,看起来咱们李处长真是很体恤老同志啊,你这一去用不了多久,级别问题就能解决。比在咱们刑警强多了。"

政委也接着说道:"支队长说得对,咱们刑警看着在机关,可毕竟是一线。警卫多好啊，拿着一线的钱轻轻松松把工作就干了，祝贺你，老高！"

高克己脑中瞬间浮现出几个画面，纪检委的人找他调查情况，警卫列车遭到石击以后的复检现场，李正弘把他叫到家里去说的话，还有他检查现场时发现的证据。难道他钻天猴真的把我调到警卫支队去了？我这个岁数去警卫支队干吗呢？难道是让我去调查石击这个案子？就算是按照刑侦的方法去办案，也不至于有人员上的调动，抑或是正常的人员调动呀。"老高，你想什么呢，是不是嫌弃我们这个欢送仪式不够隆重啊？"政委拽了下他的袖口说，"时间紧张是显得有些匆忙，但我们还是按照咱刑警队的老传统，来新人真诚欢迎，送老人热烈欢送！"

"我有这么老吗？"高克己不由自主地嘟囔出一句话。

"没这么老，政委想表达的意思是……"支队长使劲朝政委挤挤眼说，"你在刑警队是老同志，但到了新的岗位，还要再接再厉，再立新功！"

政委急忙点头不迭地说："对对对，就是这个意思，再接再厉，再立新功。鼓掌！"

几位警花和刑警队的队员们连忙不停地鼓掌，伴随着洋溢在脸上的各式各样的微笑，一股脑地都送给了高克己。

警卫支队的办公地点在刑警队的楼上。如果按照大楼的整体结构分布，两个地方一南一北，如果按照高克己对大楼的定义，刑警队在楼下南边，在这个刀形建筑物的刀把上，而警卫支队在楼上北边，正是这把刀的刀尖上。警卫支队里很多人都认识高克己，也早就知道他要来报到的消息，所以见面显得不温不火，很平静。一个比高克己资格更老的副支队长,端着架子象征性地和他握了握手,然后告诉他,考虑到你刚来支队,对很多工作不熟悉,就先负责收发警卫通话吧,具体的操作方法和流程问问老袁,老袁在这个岗位上兢兢业业地干了十年,一点儿问题也没出过。今天他没来上班,说是肾不好去医院看病了,反正他还有三个月就快退休了。你们有独立的办公室,你的东西可以拿到那边去。说完副支队长回到座位上,端起茶杯看电脑,高克己"嗯"了一声说,我去楼下收拾东西,之后退出屋子。

高克己回到刑警队办公室,看见小刘正在给他往纸箱子里装东西。他本想告诉小刘不要收拾,自己也没什么东西可以搬,但看到小刘要往箱子里装桌上的一摞账本时他喊住了对方,跟他说这些是留给继任者的,里面有咱们刑警队后勤装备的台账,还有一些出差报销的记录。小刘说高师傅我就是继任者,您有什么盼咐跟我说。高克己端起箱子说,走得匆忙没时间教你了,你主要看一下差旅费这项,以后有什么不明白的给我打电话,反正楼上楼下离得也近。说完用脚拨开门走出去,刚走到楼道拐角政委办公室门口,就听见半开着的门缝中传来支队长的声音。

"你总念叨高克己这位爷撑得你肝疼,现在他去警卫支队了,你也不用成天地诉苦了吧。"政委回答得也干脆利索,"所以我才热烈欢送啊,你没看见我特意让内勤做大红衬底的屏幕吗?"

"说心里话,他去警卫支队也好,那帮人成天神神秘秘的,适合他的气场。"

"我觉得也是,比在这儿天天给咱们添堵强!你说他事务内勤这摊活儿,我让小刘先接手没问题吧?他不会给咱们留点麻烦吧?"

"不会的，老高这个人虽然有点倔，但跟年轻的小弟兄们不会较劲的。"

"你说他这个外号，窝囊废，是怎么回事？"

"这个就是小孩没娘，说来话长……"

高克己正在琢磨是否要离开的时候，口袋里的手机铃声适时地响了起来，他连忙把怀里的箱子顶在墙壁上，伸手掏出手机，屏幕上显示是袁竹林的来电。支队长听见响声打开门，和高克己撞了个正着。高克己冲他晃悠着手机说："我先接电话，回来再听你如何编派我。"然后完全不理会支队长尴尬的表情，按下接听键，听筒里传来袁竹林磕磕巴巴的声音。

"昨天晚上我给你打，打，打电话，你怎么关机，机呢？"

"我没关机啊，也许是碰的吧。怎么样，事情有眉目了？"

"电话里不方，方便说。等你放好东西来，来，来我这儿一趟。"

袁竹林的回答让高克己有点惊讶，他急忙问道："你神了，你怎么知道我现在正搬东西呢？"

"简，简单。我刚给你办公室打的电话，小刘说你，你搬家呢。"

高克己"哦"了一声挂断电话，抱着箱子边走边想，这事儿是简单啊，我怎么没想起来呢……

袁竹林所在的档案资料室紧挨着厕所，也不知道当初是谁这么安排的办公地点。尽管袁竹林和他的前任提过很多次建议，说文牍档案的保存环境应该是干燥通风，不能靠近厕所和饮水、锅炉之类的地方。但是建议归建议，没有多余的地方也是现实存在的实际情况，所以档案室的几个人只能天天与五谷轮流之所为邻，用颜伯虎的话说，有个闹肚子不舒服的时候，好歹去厕所方便。高克己推开门竟然看见袁竹林和颜伯虎坐在一块，这个架势好像就是在等着他。

没等高克己开口，颜伯虎指着袁竹林说道："钱串子叫我来说等着你，然后有要紧，紧的事情商量。我惹不起他，只能放下手里的工作来，来了。"

高克己知道颜伯虎是挤对袁竹林，成心学他的结巴。果然袁竹林抬手指着颜伯虎和高克己，眼睛里闪烁着不耐烦和鄙视的目光说："要不是师傅说叫，叫你，还有你说去家里吃饭。我才懒得找你们呢。"

这句话仿佛提醒了颜伯虎，他急忙站起来说："你说得对，咱们是好长时间没去师傅家里看看了，我现在就去准备东西，买点水果酱货再带上两桶油。买东西的钱AA制，现在你们俩就给吧。"

高克己拦住袁竹林说："檐末虎，你还没买东西就要钱啊。至少得买完报个价，我们才好给你凑数吧。"

袁竹林点点头："就，就是，就是。"

颜伯虎说："我不跟你们讨论了，一对儿财迷。师傅没说叫咱们什么事吗？是今天去吗？"

袁竹林说："没说什么事，今天晚上去吃饭，让克己喊钻天猴也去。"

高克己愣了一下说："还是让檐末虎去叫吧，我昨天……"

颜伯虎善解人意似的拍拍高克己的肩膀，"行，我去叫。"

看着颜伯虎走出屋后，高克己关上门回头对袁竹林说道："竹林，你跟我说实话，师傅叫咱们去吃饭是不是还有别的事？"

"你，你想说什么？"

"这点事你打个电话就能说，有必要把我们俩都叫过来吗？跟密谋串供似的。"

"还行，不愧是老刑侦，知道动脑子想事。不像檐末虎在食堂做饭做得，让大油把脑子都糊，糊住了。"

高克己摆摆手说："你就别卖关子了。"

袁竹林举起手机："我把你给我的视频，给师傅看了。"

高克己："啊！"

整个下午，高克己心不在焉地翻看着警卫密码本和通话记录，这些东西他在刑侦是接触不上的，也都属于是机密的范畴。可他就是提不起精神来面对着眼前的2473，3156，2289之类的摩尔斯密码，脑子里旋转的都是视频里的那个东西。同时他也联想到，袁竹林把这个视频拿给师傅姚个奇看了，这就说明他心里也没有底，看来师傅今天晚上这个饭起因还在自己。好不容易耗到下班的时间，他换好衣服骑上电动车直奔超市，因为他知道师傅喜欢抽大前门牌子的香烟，而这种香烟只在这家超市的烟酒专柜里才有。

他买完烟拎着袋子往外走，猛地和迎面过来的人撞了个对脸，两人定睛瞧瞧对方，脸上都挂起了尴尬的微笑。高克己沉吟片刻说："你也来买东西啊。"

"是，买东西。你买的什么？"说话的人是徐雅晴。

高克己朝她晃了晃袋子说："今天师傅叫我们去吃饭，我给他老人家买两条烟。他平时喜欢抽的,大前门。"

徐雅晴点点头说:"你也够孝顺的,比李正弘强,这么多年,就没听说过他给姚个奇师傅买过东西。"

高克己依然尴尬地摇摇头说:"买过,也许你不知道吧。昨天晚上我在你们家有点……有点喝多了,你别介意。"

徐雅晴大方地摆摆手说:"没事,男人嘛喝点酒撒欢,正常。"

高克己伸手抓抓头发:"总之,还是有点不好意思,把你们家里弄得挺乱的。不过幸亏当时你回来了,你要不回来,我们俩就吵起来了。"

徐雅晴:"你们俩那是吵起来吗?是要动手吧。"

高克己急忙说道:"不会的,不会的,我们都多大岁数的人了,怎么还能动起手打架呢。再说正弘刚给我调动了工作,挺好的。"

徐雅晴"哼"了一声说:"有时候动手打一架也好,至少心里的怨气能发泄出来。调动工作的事情你不用领他的情,一般单位里的人事调动都要事先开会决定。你当真是认为,他对你在纪检委的人面前替他说话报答你呢?他有这么善良吗?"

高克己努努嘴吐出两个字:"有吧。"

"喊,这么多年你真是越来越窝囊了!"徐雅晴不屑地说,"我有时候真弄不懂你们男人,明明心里边存着一万个别扭,可表面非要装得跟没事人似的。是不是这样显得特矜持,特别有品质?"

"我没装。"高克己在徐雅晴面前显得嘴更笨了。

"装不装的自己心里知道,你让开点道吧,我去买东西。"

高克己急忙侧身朝旁边闪开,就在这时他才发现徐雅晴身后跟着一个穿着入时，容貌明显比她年轻很多的男人。职业的敏感让他仔细地看了这个年轻男人一眼，恰好此时年轻男人的目光也移过来和他四目交汇。眼神的碰撞最能读出人心里的语言，年轻男人极快地将目光移开落到徐雅晴的脸上，而反观徐雅晴的眼神里，却荡漾着亲昵和温柔。高克己微微皱了下眉头，他想起来李正弘隔着门缝传出来的咆哮，又回头看看眼前这两人，心里说道，钻天猴这个绿帽子八成是戴正了。可这是为什么呢？在人们的眼里钻天猴和徐雅晴的关系一直很稳定，两人既没有热情如火秀恩爱，也没有闹出什么丑闻和八卦来，这很大程度上取决于钻天猴的忍让和顺从。他可以驳局长老丈人的面子，也可以对很多前辈官员不买账，但他绝不会和徐雅晴闹翻。这里面有一个隐匿的秘密，那就是当年是徐雅晴力排众议，冒着和家里断绝关系的危险，非要嫁给李正弘，所以李正弘对徐雅晴感恩戴德。再加上他对仕途的执着，是不可能犯这低级的错误，可眼下自己听见和看见的又作何解释呢？众多的思绪都缠绕在心里，他胃里忽然冒出一股酸楚，回头看看走远的徐雅晴和那个年轻男人，又想起梦境里徐雅晴的微笑，无奈地摇摇头自语道："这本来就他妈的是个梦！"

走进师傅姚个奇住的老式楼房里，楼道里一尘不染的地面和擦得发亮的门把手，一看就知道是姚个奇干的。他知道师傅爱干净，这个传统从刑警队的时候就一直保留着，别看他平时爱抽烟，可办公桌上除了烟灰缸，很少能看见散落下桌面上的烟灰和烟头。按下门铃，门自动打开了，高克己立即把表情调整成笑容可掬，推门进去迎面看见客厅里一个熟悉的身影。他定睛端详了一下脱口而出道：

"咳，你怎么来了？"

"操，我怎么就不能来啊！"

答话的人就是能耐梗郭玉昕。

八

郭玉昕头天晚上和韩胜喜喝了个酒逢知己，两人把各自的店门一关，在仿古文化街北口找了家常去的九河小酒馆，点了熘小黄花、炸河虾、爆三样、炒时蔬四个小菜，搂着一坛子平海高粱酒，开启了痛说革命家史模式。先是忆往昔峥嵘岁月，郭玉昕说自己当年做警察时的威风凛凛，乘火车跟打出租似的纵横南北，到哪儿都是一帮哥们儿兄弟。韩胜喜说自己以前打工时受的苦遭的罪，最近的去过平海市里，最远的到过新疆塔克拉玛干，还出国给老外当过劳务，去了就给人当孙子，为了挣十块钱，什么脏活儿累活儿都干。接着就老生常谈地说到自己的家里，郭玉昕感慨当时孩子要出国留学，自己是咬牙跺脚让出去一套明代黄花梨桌椅，这才凑足了钱，把娘俩像肉包子打狗似的送上了飞机去了大洋彼岸。韩胜喜说我知道这事呀，买主还是我给你拼的缝，你非要按照"成三破二"的规矩给我份钱，我都没要。郭玉昕说所以我得谢谢你啊，当时请你们全家吃饭，你大儿子不还非要吵吵着以后当警察吗？韩胜喜说快别提了，这个孩子从小就有主意，一点儿不像我们家老二，现在不是在一家金融贸易公司里当董事长秘书了。烈酒入喉,谈兴正浓,郭玉昕指着韩胜喜说,我有时候真怀疑你是不是偷着用什么保鲜产品了,你看看你和你媳妇,简直就是冰火两重天,你显得年轻,你媳妇跟你妈似的。韩胜喜叹了口气说,你知道她比我大两岁,女人显老,再加上孩子和工厂的事情也让她操心,所以就更没法保养了。话说回来,柳青镇虽然是乡镇,但比不上平海市里啊,总不能让她像嫂子一样,天天出门还化妆吧。郭玉昕说,你想知道我当时为什么辞职吗?韩胜喜摇摇头,郭玉昕点开手机里的视频说,就他妈跟这个事情有关。

郭玉昕边说边喝,絮叨了好久,抬眼看看韩胜喜已经趴在桌子上打盹了。郭玉昕兴趣索然地摇摇头,嘴里嘟囔着每回都这德行。扶起迷迷糊糊的韩胜喜出门打车把他送到家里,然后自己回到家里倒头就睡。如果不是上午的一通电话铃声把他叫醒,估计他还在神游太虚呢。电话是姚个奇打来的,让他晚上来家里吃饭,郭玉昕想都没想就答应了,如今能调得动他的人,恐怕只有师傅姚个奇了。

颜伯虎和袁竹林已经先坐在客厅里的饭桌旁,姚个奇看见高克己手里的大前门,急忙冲他摆手示意。高克己心知肚明地将烟卷悄悄塞在茶几底下,然后搓搓手也来到饭前。师娘杜雨莉一边招呼郭玉昕赶紧过来落座,一边告诉大家,锅里爔着鱼,你们先吃菜喝点酒,等鱼好了给大家端上来。姚个奇看看大家,把目光转到颜伯虎身上问道:"老四,你不是说给老疙瘩打电话了吗,他怎么没来呢?"

颜伯虎答道:"师傅,李正弘他说有个会要开到很晚,让咱们先吃。如果他散会早,就赶过来。"

话音没落地,郭玉昕就哼了声说道:"这就是典型的官大脾气长,给脸不要脸!师傅请吃饭他都这样,换了别人指不定嘛德行呢。"

姚个奇斜了眼郭玉昕,虽然嘴上没说话,但是意思表达得很明确,你别胡说八道!颜伯虎看在眼里,急忙打着圆场说:"他能来,他能来,老疙瘩说了开完会就来,咱们先吃吧,别让他扫了大家的兴。"

姚个奇示意大家都坐好,端起酒杯说:"吃饭之前我想起个事来,听说现在为了严肃警风警纪,规范警队纪律,有很多新的章程。我退休很多年也不了解,像今天咱们大家吃饭这件事,你们都报备了吗?"

这句话让在座的四个人相互看了几眼,心里都在想这个老头一点儿不落伍,连在家吃饭喝酒也要报备这件事都知道。郭玉昕扫了一眼身边的三个人,朝对面的姚个奇说:"师傅,我都不是警察好多年了,你们的规章制度跟我没关系。再说您也知道,我媳妇和孩子都不在身边,我一个人吃饱了全家不饿。我他妈跟谁报备去啊。"

姚个奇把酒杯蹾在桌上,用手指着郭玉昕说:"你把你嘴里那些零碎儿给我咽回去。不当警察也不能没有约束,更不能没有规矩!今天我高兴不愿意说你,你给我悠着点。"

颜伯虎急忙出来打圆场说:"师傅您知道我在食堂,属于后勤部门,没人管这些事。但是,我还是在临出门前跟管理大崔说了,我今天晚上吃饭得喝点酒,人家大崔就一句话,尽兴,别冒了。"

袁竹林点点头跟着说:"师傅,我,我,我也跟主任报,报备了。"

说完话，几个人的眼光都汇聚在高克己身上。高克己猛然醒悟，自己的确没有履行这个俗称"饭前祈祷"的手续，连忙掏出手机想打电话，犹豫半晌却不知道打给谁。本来嘛，今天自己刚从刑警支队调到警卫支队，刑警这边肯定管不着你了，警卫这边的领导也没电话号码。他索性暗自咬牙直接拨通了李正弘的电话，铃声刚响就被对方挂断了，紧跟着回来一条信息"开会呢，会后联系您"，一看就是发送的预设短信。他赶忙又发回去一条"我在师傅家吃饭，今天要喝点酒，找不到领导，跟你报备一下"。很快对方的信息飞进来"喝吧，替我问候师傅"。

高克己的这通操作在座的都看在眼里，颜伯虎忙说："好好好，饭前祈祷完毕，都挺顺利，标志着今天一定是个开心的聚会，胜利的聚会，是从开心走向开心，从胜利走向胜利的聚会。大家都坐好，请师傅他老人家开场！"

这番话把本来绷着脸的姚个奇逗乐了，指着颜伯虎笑道："话都让你说了，我还说个屁啊。"

颜伯虎："别介啊师傅，我们哥儿几个还等着您指示呢。您没见能耐梗早就端着酒杯跃跃欲试了吗？"

姚个奇拍了下桌子说："好！那我就说两句开场白。我是阴历腊月出生的，都说腊月生的孩子冻手冻脚（动手动脚），结果我还真干了公安，而且干的是咱们这行里行动力最强的刑警，想不动手动脚都不行。再过一段时间就是我生日了，回想这些年也没过上个完整的生日，所以你们师娘就操持着想给我庆祝一下。原本是想临近的时候再告诉你们，到时候我儿子小刚也能从外地回来，咱们一块热闹热闹。"

几个人听到这儿都很兴奋，郭玉昕插话问道："师傅，我如果没记错的话，您过生日应该是六十六大寿吧。俗话说，六十六得吃块肉，我给您弄半扇肉。"

大家都知道郭玉昕是把俗话"六十六，掉块肉"改成了吃块肉，意思是想讨个吉利。袁竹林忙抢着说："六十六这块肉得闺女给，给割肉。你连媳妇都，都没在身边，没资格。师傅，我让我媳妇给您割块肉。"

颜伯虎露着坏笑说："钱串子，你够下本的。你媳妇瘦得跟腊肠似的割哪块肉啊？表忠心也不是这么表的吧？别一刀下去肉没割出来，弟妹用骨头再把刀夹住了。你这是给师傅拜寿呢，还是给师傅添堵心呢？"

袁竹林急忙说："师傅，檐末虎他，他挤对人。我的意思是让，让她割别人的肉。"

"更麻烦了，你这叫教唆你媳妇行凶伤人，买一个，饶一个。"

"我，我不是这个意思，我不跟你这没素质的人说，说话！"

姚个奇摆摆手再次端起杯来说："都别斗嘴了，咱们还是老规矩，边吃边聊。来，大家伙先喝一个。"

几个人一起把酒杯举起来，摆了个众星捧月的造型一饮而尽。姚个奇招呼着大家吃菜倒酒，轮了一圈之后把目光转到沉默不语的高克己身上说："是什么原因让我提前把你们叫来一起吃顿饭呢？就是因为老二克己在复查现场的时候，发现了一个物证。这个物证想必你们也都看见了，不瞒你们说，老五给我看的时候我第一反应就是太熟悉了！太像二十五年前那个触发装置了！在座的也包括没来的老疙瘩李正弘，你们都是当年那起案件的亲历者。记得当年是侦破手段和科技的运用远远不如现在，大兵团作战分队分组地去跑线头，你们都不同程度地参与了某个阶段的侦破工作。所以，我想听听你们的看法。"

颜伯虎看了一眼高克己说："师傅，'9·30'这个案子当年不是已经结案了吗？罪犯当场自爆身亡，为此老大成玉坤还搭上了条命。"

袁竹林点头道："记得当年是公安部派来的刑侦专家经过多方侦查，推理研判和掌握充分的证据之后才下的结论。可是……"

颜伯虎打断了袁竹林说："有什么可是，当年定案可是证据确凿！"

郭玉昕把酒杯放到桌上，看着颜伯虎说："证据确凿？证据确凿，你当年跟着窝囊废联名上书领导瞎起哄？"

"我那是为了老大成玉坤，"颜伯虎转头对着郭玉昕说，"成玉坤在现场死得不明不白，最后连个烈士都没评上，我们是替他冤得慌，跟这起案件没关系。再说了，你当时不是也签字了嘛。"

"我是签字了，但我不单纯是为了老大成玉坤的名分，我是质疑这起案件的结论！"郭玉昕回答道。

"你质疑？你能质疑什么？"颜伯虎的情绪有点激动地说，"当年案发时你没在现场，是跟着师傅后期赶到的。案子进行到一半，你又和师傅被抽调到铁道上摆障的案件，专案组快解散了你们才回来。中间间隔了这么长的时间，你能有什么发言权。"

"你全程跟着这个案件，从案发到结束，你有发言权。可窝囊废提出线索的时候，你在哪儿？你怎么不说话呢？"

"我当时不在场,是他和钻天猴在一块!要证实他的话也得是钻天猴!"

颜伯虎此言一出,几个人不约而同地将目光汇聚到高克己这边。而高克己则两眼紧盯着手中的酒杯,酒杯里的酒随着他手臂微微的颤动泛起阵阵的波澜,郭玉昕、颜伯虎和袁竹林的话在他耳边嗡嗡回响,似是火车车轮在钢轨上不停地转动,颠簸震荡,发出来的声音。又像是男女老少各种嘶喊声一起往他耳膜里钻。他出神儿了,瞬间他又回到了二十五年前的那趟列车上,车厢里满满当当的都是人,他甚至都能闻到弥漫在车厢里烟草、方便面和各种劣质化妆品与汗水的味道,他和李正弘一前一后地巡视着。

他看见前方一个年轻男人正侧身分开众人朝自己这个方向走来。冷眼扫过去,他的眉头立刻皱紧了,他见过这个人,而且知道他是从德昌站上的车。让他能马上想起来的原因很简单,因为上车的时候这个年轻男人没有什么随身行李,只是斜挎了一个绿色的背包,这种背包一般都是在部队当过兵的人才能有的,俗称叫"军挎"。因为德昌站是中间站,下一站到达需要两个多小时。这身打扮如果放在白天尚且说得过去,但现在已经是夜晚时分,这人又不像是铁路跑通勤的职工,或者是出差的工作人员,就显得可疑了。况且这个"军挎"有点与众不同,在背包盖的边角上绣着一个红色的五角星。一般情况下需要装饰,五星都会绣在背包盖的中央,可他却绣在边上。这只能说明背包盖边上有破损,绣五星的人用这个图案来遮盖住残缺。他轻轻咳嗽一声示意身旁的李正弘,李正弘循声望去也注意到了目标,四目相对李正弘点点头,微微用手拍了大腿两下。多年在一起的摸爬滚打,彼此都熟悉对方的动作和暗语。他知道李正弘拍腿的暗示，意思是说"等等"，如果对方真是个扒窃的罪犯，那就要捉人捉赃，人赃俱获，现在只能把他当成目标。如果李正弘把拍腿的动作换成向上提起，那就是暗示要动手抓人。他眨了眨眼同意李正弘的判断，两人与年轻男人擦身而过，没有惊动对方。但当他们巡视回来再次看见对方时，一个细节让他皱起了眉头。这个人身上的"军挎"不见了。

他急忙用眼神儿示意李正弘，又用手划拉一下衣服。这么明确的指向和暗示李正弘当然看到了，两人仔细端详了一下迎面走过来的这个年轻男人，都在瞬间记下了他的体貌特征和衣着，然后继续向前走去，再次和他擦肩而过。两人走到车厢连接处停下来，这个地方有烟灰缸，一般都是他们交换情况，简单分析旅客人员成分和闲聊的地方。李正弘给他递过去一支烟，顺手拿出打火机点燃各自的香烟，抽了一口说："刚才听檐末虎说，老大成玉坤上来了。"他愣了一下答道："他不在警卫包车上，跑咱们这儿来干吗？"李正弘说："谁知道呢？兴许是看见咱们哥儿几个就兴奋，还认为自己在刑警队呢，拉开车门就上了！"他点点头说："有可能，不过他没上警卫包车算不算漏乘？警卫工作可没小事，要是让上面知道了，非得批评他做检查不可。"

李正弘摆摆手说："你就是小题大做。现在是夜间行车，警卫对象也许早就休息了。再说前方站到站最多两个小时，车到站他再回去呗，又不耽误事。"

他觉得李正弘说得对，想着难得出差时哥儿几个又能聚在一块，待会回餐车沏上杯茶，几个人正好聊聊各自的工作见闻。他刚要说方才发现的那个年轻男人有可疑的情况,嘴张到一半耳鼓中突然传来一声闷响,"轰!"这声闷响震颤得整个车厢都随之抖动,车厢里的灯也紧跟着闪烁了几下。他张开的嘴变成了O形,和李正弘几乎同时喊出一句:"啊!出事了!"职业的敏感让他们俩在极短的时间内快速做出反应,迅疾推开车门往发出声响的车厢跑去。就是这短短的一两秒钟,给他们争取了跑进车厢里的时间,因为短暂的寂静后,紧跟着昏睡和惊诧的人们反应过来了,呼喊声、吵闹声和哭叫声连成了一片,他们俩立即陷入人群之中。慌乱中不知道是谁拉下了紧急制动,列车车轮和钢轨摩擦产生出刺耳的鸣叫充斥着整列列车,人群随着刹车的惯性集体朝一个方向涌去。

"你想什么呢?问你话呢!"高克己被郭玉昕的喊声惊醒,他不自觉地摇摇头,想说点什么但又不知道从何说起。郭玉昕斜了他一眼说:"又出神儿了,窝囊废,师傅问你话呢!"

高克己尴尬地眨眨眼,看着姚个奇说:"师傅,我想起来以前的事了,是有点反应慢。您问我什么?"

姚个奇说:"老二,按照办案程序,你在勘查现场的时候发现的这个物证是怎么处理的?"

高克己回答道:"师傅,当时我是和刑警的小刘去的现场,本来认为就是一次普通的现场复核。但是我到了现场核对完位置后发现,选择这个地方作案的确不是理想的地方。况且任务前的巡逻巡线、任务时的人员上岗警卫都能覆盖到案发地点。所以我就推断……"

"有人事先进入现场,并预设了伏击点!"郭玉昕紧接上一句。

"你，你就不能等，等人家把话说完，完吗？"袁竹林不耐烦地打断郭玉昕。

高克己看看他们俩，又看看一直沉思的姚个奇继续说："按照当时警卫上岗的民警报告，他们没有发现任何的可疑人和车辆在警卫区域附近，所以我就想是嫌疑人事先进入了现场，并设置好了击发装置，在警卫列车通过的时候击打列车。但是，这个念头闪现之后我又有些困惑，甚至是想不通。"

姚个奇点点头："你困惑的是，嫌疑人是怎么知道警卫列车通过的车次和具体时间的，同时他又怎么能事先到达这个地方，预设好击发装置的时间，可以如此严丝合缝地正好打在列车上。"

颜伯虎摇摇头说："如果真是这么精准的话，那这个人何必这样做呢？直接把击发装置做大做强，然后放个炸弹不就得了。"

高克己说："你说得不现实，如果放大设备还需要考虑诸如支撑点的承受力，当时的风速和打出去的力量，还要设计炸药的体量，这些事情在短时间内是完不成的。所以当时我就扩大了搜索范围，才在临近的树上发现了它。现在这个物证和视频我已经都转给警卫和刑警支队了。给你们看的，是我手机里拍摄的一段。"

郭玉昕不耐烦地打断高克己道："你到底想说什么呢？絮絮叨叨的一火车，折腾来折腾去看不见你进站停车。"

高克己叹了口气："我是想说，这个装置做得很粗糙，也很简单，说它是小孩子闹着玩的玩具也说得过去。虽然造成的伤害不大，可它的确起到了作案的目的和效果。但做这个东西的人没想到，它和二十五年前的那个爆炸装置如出一辙，他也没想到能让我看见。"

高克己的这句话令全屋的人陷入沉默，鸦雀无声。

郭玉昕盯着高克己的眼睛说："你该不会是想说，是当年那个死鬼的魂魄回来作的案吧？"

袁竹林说："什么，什么鬼呀魂呀的，你，你看神鬼妖狐的电视剧看多，多了吧。老二是想说，那个人没死。"

郭玉昕："放屁！你这话说得比我还没味呢。现场的人都炸成炸酱了，你告诉我他怎么活过来？"

颜伯虎操起酒瓶给高克己的酒杯里倒满一杯酒："他是想说，当年那起案件的嫌疑人不止一个。或者是另有其人。"

姚个奇摸出口袋里的烟点上默默地抽着，少顷才抬起头看着高克己说："老二，我知道回忆也许会让你很痛苦。但我还是想让你再仔细地回忆一下，当年你和李正弘拼命赶到现场、保护现场的情况。如果可以，我们就算是一次纯民间的讨论，今天就在这里再复一下盘。"

高克己点点头，颤抖地端起手里的酒杯一饮而尽。

爆炸声响过之后，顺着爆炸的冲击波和气浪的方向，他和李正弘短瞬间拼命分开人群朝现场冲去，两人的判断都很准确，爆炸的声音离他们这节车厢不远，就在前一节车厢的连接处。他们两人举着枪跑到前一节车厢时，眼前的一幕让他们不寒而栗。爆炸的冲击力是毁灭性的，车厢头顶上的铁皮被整块掀了起来，露出了黑漆漆的夜空，脚下的车底板也被炸开一个大洞。多名负伤的旅客号叫哭喊着指着车厢连接处，而连接处因为刚才的爆炸形成了个恐惧的真空，旅客们纷纷躲避着这个地方，还有旅客正打开车窗往外爬。他和李正弘不由分说跑进爆炸现场，这个时候他们俩的第一反应就是保护现场，救助现场的伤者。两人一前一后跑进风挡，第一时间封闭了两边的车厢门，其实说封闭车厢门还不如说他们俩用身体挡在了车厢门口，因为连接处两边的车门都被炸毁了。

他们就这样举着枪站在车厢门边上，呼喊着旅客不要靠近，以免造成踩踏破坏现场的事情发生。他回头看了一眼，倒在地上的两个人都已经被炸药的冲击力炸得血肉模糊，车厢连接处的挡板上满是飞溅的血迹和被爆炸冲击力撕碎的附着物。他大声喊着李正弘的绰号老疙瘩，让他帮助观察自己这边玻璃被炸碎的车门，防止有人慌乱中爬进现场。李正弘大声应答着，因为他知道他要第一时间做现场勘查，收集现场可能提取的一切证据。

他极力集中精神控制着自己的恐惧，蹲下身借着微弱的灯光，仔细地查看着周围的情况。车厢里被各式各样的包裹充斥着，两个人都仰面朝天地倒在地上，他们胸口以下都被炸得血肉模糊，他无法判断两个人是否还有气息，只能凑近去翻看他们残缺的躯体，还没有翻到东西，他的两手已经沾的全是血浆，急得他直往车厢壁上抹。就在这个时候李正弘大声地喊叫他的名字，问他能否确定倒在地上的人是否还活着。他咬紧牙关上去先试探一下左边躺着的人，发现已经停止了呼吸，再转向右边他忽然发现这个人的面貌是这么熟悉。他用手捋开这个人面部的头发和血迹，突然啊的一声喊道，是老大！这个人是成玉坤！他的喊声让李正弘浑身颤抖了一下，紧跟着问道："人怎么样，还有气儿吗？"他使劲捂住成玉坤汩汩冒血的胸口，用力压住他脖子上的颈动脉试探着还有没有脉动。"完了，没气了！"他说不出是无助还是悲愤。李正弘猛地跑过来把他从成玉坤的尸体旁拉开，指着对面的车厢门说道："老二，保护住现场吧！这个现场不是咱们能勘查的啊！"

"可人得抢救啊，万一还能救活呢……"

"你看看周围的环境，这个列车都乱成一锅粥了，你去抢救谁？你往哪里找大夫找医护人员啊！"

他还不死心地想去搬动成玉坤的身体，被李正弘一把拽了回来。李正弘瞪大眼睛盯着他喊道："高克己！现在这个案子不是你我能处理的。保护现场，只要保护住现场就能为以后侦破提供线索，我们就立功了啊！别犹豫了，咱们一人一边把门守住了，不要让旅客冲进来。"

他被李正弘的话镇住了，虽然他想反驳对方的观点，但知道现在李正弘的判断是正确的。他们俩是第一时间赶到现场的警察，他们有责任保护现场的完整和不被破坏。虽然他们还有救助伤者的义务，可眼下这个形势他们无论如何也做不到后者的要求。车厢里的灯还在亮着，他借着微弱的灯光观察着零乱的现场，极力搜寻着爆炸点和爆炸物的残骸。

"以后的事情你们都知道了，我和李正弘始终把住车厢两边的门，阻挡着惊慌的旅客，防止他们破门而入破坏现场。"高克己看着颜伯虎说，"一直等到老四伯虎他们带着当地公安局的人过来，才把我们换下来。"

颜伯虎点点头说："当时人群混乱四处奔逃，又要收拢旅客又要检查伤者，还得维护秩序别造成踩踏伤亡，等我们赶到的时候看见，他们哥俩守着的车门玻璃都让旅客砸碎了，现场一片狼藉。但是他和李正弘保护的现场,以后经勘查人员介绍,基本上保持了原样。"

姚个奇嗯了一声:"我们赶到的时候,公安处刑警队的技术人员和当地公安局的同志已经做完了第一轮勘查,现场的杂乱无章和旅客的密集程度咱们都看见了。老二和老疙瘩当时的临机处置很及时,如果不是他们俩赶到现场并且很快控制住,那么慌乱的旅客说不定把现场踩踏得更加混乱了。"

"就,就因为这个,局长来的时候,不是当场表示要给他们俩记,记功吗?"袁竹林依旧慢悠悠地说道,"结,结果要不是老二说的那个线头无法证实,嘉奖不就他跟老疙瘩一人一,一个了吗?"

郭玉昕听到袁竹林的话刚要接茬儿,瞥了一眼沉着脸的姚个奇,悄悄地把想说的话咽回到肚子里了。其实他想说的是,窝囊废高克已你快点进入主题吧,不要总沉浸在这段忆往昔的峥嵘岁月里,况且回忆对于他来讲,几乎每一处都是痛苦的。既然回忆是痛苦的,那就索性扒开伤疤,总比遮遮掩掩地偷偷抹药强。令他没想到的是,高克已却跳过了很多桥段直接奔向了主题。

九

平海公安处临时租赁的宾馆成了"9·30"专案指挥部。案发地点附近的医院也被定为临时医疗救助点。平海铁路公安处和上级铁路公安局的人马,一个晚上就把这里围拢得水泄不通,再加上当地公安机关的警力,一时间都分不清谁对谁,谁是谁的上级,谁是谁的兵。好在警察是个纪律部队,很快就各自归拢了建制,调查取证,走访询问工作忙而不乱地进行着。高克己和李正弘他们几个人被临时分配到了几个小组,高克己、郭玉昕、颜伯虎等人跑外线,李正弘和袁竹林在驻地负责信息汇总、资料分发,大家都忙得像陀螺似的脚不沾地,偶然在餐厅里吃饭碰见对方,也只是寒暄两句,赶紧吃完手里的饭,又回到自己的工作状态中。随着案件的进展,每天都有案件线索发放到他们手里,当有一天新的案情通报发到大家手里时,高克己看着查找物证的通报上贴着现场碎片和模拟实物照片时,猛地愣住了。他急忙翻看下面的文字,通报上清清楚楚地注明:"该背包俗称军挎,经检验是犯罪分子用来装爆炸品的工具,图片一是现场收集的零碎证据,图片二是根据碎片还原的实物,请各组人员工作中注意侦查发现……"

高克己的脑中仿佛像响个炸雷一样,砰的一声裂开了,他瞪大眼睛看着通报上的图片,脑子里不停地嘣嘣直跳,一个莫名的声音在耳边回响着:"这个包我见过!就是车厢里那个嫌疑人背过的包。"他怕自己看错了,急忙翻看前两天案情汇总和通报,上面明确地写着爆炸现场简述,还特别注明离炸点最近的人,有可能就是引燃炸药的罪犯。他急忙给负责信息收集的李正弘打电话,接电话的人却是袁竹林。他跟袁竹林说赶紧找来李正弘,我有个很重要的线索要和他印证,袁竹林回答他说李正弘刚出去,他又问袁竹林看见查找物证通报上那个被炸碎的背包的实物了吗?袁竹林说看见了,他又急着问你能叙述一下上面有何明显的标志物,或者什么重要特征吗?袁竹林想了想说,背包炸得很烂,技术人员勉强拼出来个形状,但我记得背包盖边上好像绣着什么。他没等袁竹林说完紧跟着问道,是不是绣着一个红色五角星?袁竹林回答得很严谨,这个不好说,但是很像个红色的五角星。听到这话他有点呼吸急促,连声说你去找老疙瘩,我有要紧事要问他,你快去!

等了很久,袁竹林也没有找来李正弘,李正弘也没有给他回电话。心急火燎的高克己在路上拦住一辆去指挥部的汽车,风风火火地赶到地点。当他推开会议室门的时候,里面的情景让他顿时愣住了。公安部、公安局的几位专家,还有局长、处长、刑警队长一帮人正围拢在一起探讨着案情。李正弘在旁边分发资料,端茶倒水地伺候着。他本来招手想叫李正弘出来,但被扭回身的处长看见,询问他这么慌乱有什么事情,他情急之下脱口而出说,我想反映个情况,处长说就在这儿反映吧,领导们都在。高克己想都没想脱口而出,查找物证通报上这个包我之前在车上见过,但不是这死者拿着的!这句话扔出来把屋子里所有的人都震了一下。处长朝他摆摆手说,我没听清楚,你详细地说说情况。高克己简明扼要地介绍了案发前火车上的情况,确切地说自己见过另外一个嫌疑人背过同样的挎包。处长疑惑地盯着高克己问,还有没有别人看到过你说的这个情况?高克己用手一指旁边的李正弘说,当时他也在现场,他跟我一起看见了!

处长回过头来看着李正弘说,你说说当时的情况。瞬间的冷场之后,李正弘一脸茫然的表情让高克己终生难忘。在众目睽睽之下,李正弘沉吟了一下,连说两遍我是在场,但我没看见。高克己的脑袋猛地涨了一下,眼睛瞪得大大地盯着李正弘问道,你说什么?你说你没看见?李正弘的手微微颤抖了一下,随即把暖水瓶稳稳地放在桌上，回头盯着高克己的眼睛，确切地说，我没看见过你说的挎包，也没看见你说的嫌疑人背过这样的挎包！这个回答算是把高克己放在了炙炉上，他感觉周身都像被炭火烧烤一样火烧火燎，他紧跑两步来到李正弘面前一把抓住对方的衣领说，当时我们俩一前一后地在一起，巡视回到风挡我还给过你暗示，你怎么能说没看见呢？李正弘没有挣扎，也没有试图摆脱开高克己的双手，而是依旧平静地说，也许我们各自观察角度的问题，我的确没看见。这个姿态在周围的人看来完全像高克己有些穷凶极恶，李正弘则是客观冷静、气定神闲。旁边的人急忙站起来拉开他们，高克己不再理睬李正弘，而是直接对屋里的所有人说道，不管他李正弘看见没看见，但我必须如实向专案组反映这个情况，案发当天我在火车上见过另外一个嫌疑人背过同样的挎包。

既然案件有了新的线索就要对其展开调查，专案组的领导叫来画像师，让高克己详细地叙述嫌疑人的模样，画像成型后即可分发给各个小组在工作中进行查找和辨认。随后更新的情况反馈出炉了，技术支队的技术员还原了炸药的触发装置，是个带有凹槽，类似小型弓弩的装置。据技术人员推断，触发前嫌疑人肯定设置了延时装置，比如皮筋或者有弹性的东西，这样才能保证时间上的充裕。也就是说，嫌疑人自制了一个定时炸弹，他不能确定爆炸的具体时间，只能估摸个大概。但就是这个大概的时间，也够他把这个东西顺利地带上车然后引爆。复原后的触发装置又拍成照片，伴随着画像师按照高克己的叙述画出的模拟画像，雪片一样地发放到所有一线办案民警手中。出乎意料的是，模拟画像上的嫌疑人和这个装置都像石沉大海般杳无音讯。结果间接地证明了一个事实,那就是高克己提供的线索无法查证。

这下问题出来了,高克己提供的线索干扰了侦破此案的侦查方向,案件又回到原点。高克己也因为提供的线索未被证实,引来了很多风言风语和质疑,严重一点地说,高克己是立功心切,自己编造出一个假线索,误导了专案组领导的判断,从而干扰了侦查方向。轻一些地说,他被当时的爆炸炸晕了,脑子出现问题了,时常会有些迷糊和不切实际的幻想。总之,高克己当时在会议室的举动,把自己完全置于风口浪尖上,成了众矢之的。但要命的是,高克己执拗地坚持着他的观点,并且在上次会议室内的事件之后,不知疲倦地连续向上级反映他的线索。最后专案组的领导们不胜其烦但又不能打消他的积极性,只好打发他和颜伯虎、袁竹林去查找触发装置的线索。这也是他们为何对这个东西记忆犹新的原因。也就在这个时候,他错过了和徐雅晴的多次约会,同为公安处民警的徐雅晴开始表现出来对高克己的理解,并利用向专案组送物品的机会假公济私来探望,可每次来每次都见不到人,倒是总看见留守在这里的李正弘。两人本来就认识,再加上李正弘的关心备至,慢慢地徐雅晴的情感天平倾斜到了李正弘的身上。专案组结束了,案件定性了,高克己落了个提供不实信息,干扰侦查方向的结论,灰溜溜地离开专案组。而李正弘在获得了各级领导一致表扬和认可后,还收获了徐雅晴的爱情。

复盘是围棋里的术语,双方棋手面对自己对弈过的棋局,一手一手地拆解和分析,总会发现有比当时更好的选项。问题是当时你为什么没有选择这个最佳的途径,偏偏走出了不利于局势发展的步子呢？很多人将之归结于临场发挥不好和时间紧张等等原因，才会导致这种现象的发生。可是在姚个奇的家宴上，在座的这些人无论如何复盘都支持高克己当时的做法，虽然他提出的线索始终无法确定。但是作为侦查员的他们都坚信一个道理，那就是有线索就绝对不要放过，不能眼睁睁地看着它从自己的手中滑过去。

屋子里陷入了一种压抑的沉默，过了许久姚个奇才说道："也许是我心里的执念太重了吧，这个毛病你们几个人里克己是最像我了。要不是他始终念念不忘这个案子，试问你们几个人，谁还能记得起来呢？"姚个奇摆摆手制止了他们继续说："当年我是没有一直跟下去办这个案子，中间离开过一段时间。但事后我也详细地阅读了整个的案卷，也有过疑问，也分别找你们询问过，尤其是成玉坤的死，我始终无法释怀。虽然事情过去这么多年了，我也想慢慢地忘记，可总是感觉如鲠在喉无法解脱，现在它却突然冒出来了，你们几个人谁能解释一下这个问题？"

郭玉昕把酒杯重重地朝桌子上一蹾说："我看这就是挑衅！这也是对二十多年前那个案子的回报，说白了就是蠢的。如果当年真按照窝囊废提供的线索继续深挖，说不定案件的性质就不能单纯地定性为报复社会，从而简单地结案。继续深挖，这个人就跑不了，现在他也不会再出来折腾。"

袁竹林摇摇头："话不能这么说。当年专，专案组也按照克己提出来的线索，索展开调查了，结果是查无实据啊。虽然啊，我们都相信克己他不，不会撒谎。可能给他证明，明的人全盘否定了呀。"

颜伯虎点点头:"克己就是孤证不立。"

郭玉昕说:"我看是他钻天猴钻了孤证不立的空子。当年如果他能证实窝囊废的话,兴许案件的发展侦破就会有不同的结果。"

"你现在还说这个干,干吗呢?"袁竹林朝郭玉昕撇撇嘴。

"当然要说了,"颜伯虎拍了下椅子扶手道,"假如侦破有不同的结果,成玉坤的死就能说清楚。现在倒好成玉坤和罪犯死一块了,调查结果也没能说明白,他到底是发现了罪犯后靠过去抓捕讯问,还是碰巧赶上了爆炸被炸身亡,到现在也是个解不开的谜。"

高克己把目光移向姚个奇,踌躇了片刻说:"事出反常,必有妖孽,现在这个事情既然冒出来了,我想师傅您把我们叫来一定还有想法要说吧。"

姚个奇冲高克己哼了声说:"是你小子首先发现的线索,也是你把这件事情勾起来了的,你心里就没有一丁点想法?"

高克己说:"不瞒您说,我有。我想向上级领导请示,重新调查'9·30'这个案件。虽然时隔这么多年,但我相信只要能提供出与之相关联的证据,上级一定能重启调查的。"

"你这是贼心不死捎带着有点天真,"郭玉昕指着高克己说,"先不说事情过去这么多年,当时很多现场无法还原,现场的证人也无处去找。就说当年的结案报告你们不也是都看了嘛,就是罪犯报复社会在车厢里自爆。你想凭一个相似的证据推翻这个结论?"

"我们没必要再去搞大规模的调查啊,就按照现在这个证据查!"

颜伯虎摇摇头说:"不是我给你拔气塞子撒气儿,够呛。"

袁竹林也附和说:"我,我,我看也是。"

"合着说了半天,你们都是来看热闹的吗?"

郭玉昕朝高克己摆摆手:"我现在都不是警察了,就是一看热闹的。你朝檐末虎和钱串子说。"

颜伯虎抬手推了下郭玉昕:"你这是什么话?不拿你当兄弟师傅请吃饭干吗叫你来?你得保持住本色!"

袁竹林说:"他,他现在还有什么本色儿,早变成唯利是图的商贾了,还好意思,思说我。"

郭玉昕猛地一拍桌子:"我就是变成钱串子了,就认识钱了,也比你们受窝囊气强。你看看你们三个,一个天天窝在办公室里做假账骗小钱,一个在食堂里抡炒勺蒸馒头,一个躲在档案室里回忆过去。还他妈平海六骏呢,我看干脆叫平海六大废物得了。"

颜伯虎冲郭玉昕喊道:"你说得对,这六大废物里也他妈有你一份!"

"都别吵了!你们眼里还有我吗?"姚个奇挥手把酒杯摔在地上,"你们是废物我是什么?不是我把你们这批废物教出来的吗?"

高克己急忙跑过来扶着姚个奇说:"师傅,您别生气,您别生气。玉昕他是气话,其实他心里不是这么想的。"

姚个奇说:"不管你们怎么想的,我今天叫你们来就是想告诉你们,我也没忘记这个案子,更没忘记成玉坤。本来今天想跟正弘念叨念叨,他没来我明天就找他去。现在单位里是他主持工作,我这个老警察请他牵头重新调查!"

李正弘是故意没去姚个奇家里吃饭的。因为他能想象得到这个见面会是什么结果，也能想象得到从前称兄道弟的几个师兄弟坐在一起会是什么样，更能预料到姚个奇当着众人的面会向他提出什么要求。他无法面对，也回答不了，所以只能在高克己给他发信息的时候又强调了一遍，自己在单位开会呢。

　　那天晚上他气急败坏地打发走徐雅晴后，坐在屋子里浑身突然打个冷战。他不是恐惧徐雅晴提出来的离婚要求，两人本来分居很长时间了，而且这也不是她第一次向自己提出离婚。说实话他都有些习惯了，尤其是最近一段时间，两个人见面如果不提这件事就好像吃炸酱面没放菜码儿一样。让他感觉到寒冷的是高克己要喷出火来的眼神儿和不容置疑的诘问，把他逼得几乎语无伦次，无法招架。这使他原本想好的自己居高临下施以恩惠，帮助高克己解决了搁置多年的级别问题，也算是报答了他在调查人员面前的仗义执言，对方肯定会感激不尽，顺便还能融洽疏离了好多年的兄弟情义的设想荡然无存。他敏锐地感觉到高克己肯定是受到什么刺激了，这个刺激来源于他接触到的人和事，他操起手机就给刑警队值班室打电话，询问这两天的工作安排与出警情况。当得知高克己和小刘复查过石击现场时，他又毫不犹豫地直接将电话打到物证室，让值班的科长跟他手机连线，当他通过视频逐一查看上交的现场物证，镜头转到那个封在塑料物证袋里的触发装置时，他不由自主地贴近屏幕不动眼珠地看了好久，当他确定这个东西似曾相识后一屁股瘫坐在沙发里，手机顺着张开的手滑落到地上，耳朵里像蜂鸣般嗡嗡作响，连值班科长的喊叫声都听不见了。

李正弘清楚地记着当年高克己推开屋门时的样子，他认为高克己是发现了前几期案情通报上有价值的线索，赶回来向领导汇报。可还没等他脸上泛起笑容，高克己就不管不顾地一通狂喷，最后还把自己也捎进去了，非要在众目睽睽之下让自己证明他的话。他当时的心像揉成一团的面那么纠结，暗地里埋怨高克己，就在你进来之前部、局的几级领导刚刚统一了认识，确定了侦查方向，你这么一闹无异于旁生枝节撼动了刚才的决定。假如上级领导责问起来，这个责任谁来负？自己无论如何也不能和领导的决定有分歧，更不能站到对立面上去。短暂的时间里他迅速做出决定，不能附和高克己的话，哪怕他说出来的话多么真实，多么的有价值。时隔多年以后，他也不时地回忆起当时的场景，每次他都能坚定自己当时的决定，毕竟领导也对高克己提出的线索进行排查了，结果是查无实据。自己没有任何责任，而且在后来的工作当中他勤勤恳恳、任劳任怨，对专案组的工作尽心尽责，受到了几级领导的一致好评。公平地说，如果没有这些优势，他不可能作为预备干部来培养，更不可能在和徐雅晴相爱后获得老丈人的大力支持，这些都是与他在专案组的表现有关联的。

但当他视频看到物证室里的物证时，猛然醒悟刚才高克己对自己的态度和质问，他坐在沙发里双手不停地揉搓着，意识到自己很可能办了一件错事。那就是把高克己调到了警卫支队，原本是想给老战友解决级别的问题，现在看来很有可能是撞到了枪口上。可谁能想到在这个节骨眼上阴差阳错地冒出来这样的事呢？更让他百思不得其解的是，高克己坚持笃信了这么多年的线索，究竟真的存在吗？

十

　　作为一名老刑警,姚个奇一贯的风格是言行一致,说到做到,转天他就来到公安处的大院里指名道姓地要见处长李正弘。门卫的保安不认识这位腰板笔直、精神特别旺盛的老头,按照常规推断把他当成了退休老同志来单位提要求,马上客客气气地请姚个奇进屋休息,同时有个人飞快地跑到旁边的屋子里给办公室打电话,告诉办公室主任说,有个老同志来单位点名找处长,看这个架势是要上访。办公室主任一溜小跑地来到门卫,看见姚个奇立马松了一口大气,急忙从老远就伸出双手摆出副热烈欢迎的造型,嘴里还不停地念叨,原来是老领导回来了,有失远迎,有失远迎。姚个奇也没客气,伸出被对方紧握的手顺势指了下办公大楼说,我想见见李正弘李处长。办公室主任堆着笑脸说,这还不好办嘛,我领您去。把姚个奇领进处长办公室,给他倒上杯水,躬身说道,李处正在开会,您在这儿等等,会议结束他就回来。从办公室主任毕恭毕敬地离开屋,姚个奇等到中午也没见到李正弘的人影。就在他负气要离开的时候办公室主任又回来了,照例笑容可掬地对他说,平海市局下午有个会议,李处接到通知后开完会直接奔市局去了,他让我带您先去咱小食堂吃饭,吃完饭……没等办公室主任把话说完,姚个奇打断他的话说:"我不是回单位来蹭饭的,你告诉李正弘,让他明天等着我,明天我还来找他!"

办公室主任满口答应着将姚个奇送出公安处的院子。

转天姚个奇刚来到公安处大门口,就看见办公室主任站在门口四下张望,像是在寻找什么人。姚个奇走到他身边哼了声说:"你是等我吧?"办公室主任看见他立刻点着头答道:"您不愧是老前辈,神机妙算,我就是等您呢。"

"李正弘让你在门口等着我,拦着我不让进去?"

"可不是这样!"办公室主任急忙摇晃着双手说,"昨天接到的通知,明天有警卫任务,李处今天去沿线检查警卫岗点的落实情况了。临走之前特意嘱咐让我在门口迎接您,请您先去他办公室休息,等他回来就跟您见面。"

"他什么时候回来呢?"姚个奇问道。

办公室主任摇摇头说:"这个就不能确定了,您也知道咱们公安处管着百十公里的线路呢,沿途各个站点李处都得去检查,时间上真是不好说。"

姚个奇抬眼看了看公安处院里的大楼,心里琢磨着八成李正弘是不愿意跟我见面,就算是不待见我这个老民警,可我还是他师傅啊,他不至于搬出警卫任务这个谎话搪塞我。想到这儿他沉吟一下对办公室主任说:"既然你说有任务,我不问,也不打听。你就告诉李正弘说我明天一早顶门来找他,有重要的事情要向处领导汇报!"

"瞧您说的,怎么能是汇报呢?您是来指导工作的。您放心,我一定把您的话原原本本地转达给李处。"

第三天早晨,姚个奇踩着上班铃声到达公安处门口。出乎意料的是,没有想象中笑得像花儿一样灿烂的办公室主任迎接他,却碰上迎面急匆匆走出来的几个彪形大汉，领头的是刑警队的政委。两人猝不及防地在门口相见，刑警队政委先是愣了一下，随即赶紧伸手去握姚个奇的手，嘴里还不停地说："老领导您怎么来了，怎么事先也不跟我打个招呼？"

姚个奇说："我不是找你来的，我找李正弘。"

政委凑过来说道："真不巧，今天您在这里可找不着李处。"

姚个奇说："你这是什么意思？难道他还躲着我？"

政委看看周围小声地对姚个奇说："出事了，李处去现场了。"

姚个奇说："出什么事了？"

政委说："火车让人劫了。"

"什么？"姚个奇听到这句话差点没从原地蹦起来，他瞪大眼睛追问道，"你说，火车？！"

"就在柳青站站内，我马上得带着小哥儿几个去支援，特警队已经出动了。"

"这可真邪门了……我没听错吧？"

刑警队政委说得没错，一列火车在柳青站真的让人劫持了。

高克己到柳青站正好碰见柳青站派出所的杨所长出来巡查，两人是老相识，又一起搞过案子，于是就站在车站前的小广场边上聊了几句。杨所长对高克己来到柳青站很诧异，问他是不是走错门了，因为最近派出所管界内没发生任何刑事案件，刑警队的哥们儿怎么跑到城乡接合部来了。高克己笑着说，我现在不是刑警了，调到警卫支队去了。杨所长说，那更不对了，以你的资历，你的能力调到警卫支队肯定是坐办公室里当大爷呀，怎么还跑到沿线车站溜达呢？高克己说，你有点官僚了吧，我昨天传的通话是怎么跟你们说的啊，看来今天的警卫工作你们没有落实好。杨所长急忙摆手告诉高克己，接通话的是值班副所长，我就是因为这次警卫任务才出来巡视岗点情况的带班领导，谁知道警卫支队怎么把您这位老同志派来检查督导工作，以往不都是年轻的弟兄们出外勤吗？高克己摇摇头说，最近任务多，支队里年轻的弟兄们都出去了，咱总不能让比我更老的同志，或者支队长政委来你这儿站岗吧。话又说回来，他们要是来了查出你点问题，你可就没腾挪的空间了。杨所长连忙拍着高克己的肩膀笑着说，还是你懂基层的苦衷。高克己说你别给我抬轿子，你知道我这人不吃这个，走吧，咱们看看警卫岗点去。杨所长急忙摆出个前面带路的姿势，领着高克己走进了车站。

两人边走边聊边看，高克己看完车站里的警卫岗点后，突然像想起来什么似的询问杨所长说："老杨，我记得前两天那起石击案件就发生在你们管界内吧？"所长老杨点点头回答道："你快别提这起案子了，就因为它把我们折腾得人仰马翻的，先不说局、处两级领导来检查督导，就说重新审核落实这些警卫岗点就让我们磨烂了两双鞋。话说回来，这些岗点当时可都是上级审查落实以后备案的，哪处都是关键节点，根本不会存在问题。"

高克己看看所长老杨说："可你们毕竟还是出岔子了。"

所长老杨说："所以我说这是个意外嘛。警卫支队、刑警队还有技术支队来了多少人勘查现场都没结果，到现在也说不清楚从哪里飞来的这块石头子，要我说就是个天外飞仙，纯属意外！"

高克己没有再搭腔，他心里琢磨着，看来杨所长还不知道他已经找到了树上的触发装置。而且凭此推断是有人预先在此地放好这个装置，虽然目前无法推断具体的时间，但是作为当时警卫岗点上的人员，没有将检查范围扩大，没有发现和查找出隐患，也是有潜在的责任。可话又说回来，铁路沿线上的警卫不像集中的一处楼群、一片小区、一类人群那样能监控得过来。单凭两三名民警梳理几公里长的线路的确会捉襟见肘，所以沿线派出所的民警平时都会花很大力气去摸排调查沿线的治安状况，也会根据实际情况分类出很多重点人群，其中就包括有前科劣迹和精神病人的调查掌握。有了这些基础工作，他们才能保证铁路沿线的安全和稳定。想到这里，高克己倒是有些理解杨所长的话了，从他的角度上看，这类石击事件更像是偶发的事故，而不是有人预先设伏。

　　由于警卫任务要提前上岗进入状态，两人很快就将车站内的明岗暗哨检查了一遍，所长抬起手腕看看手表说，时间差不多了，一会儿"轧道车"该进来了。高克己知道所长说的是俗话，意思是警卫任务前到站的一趟车。因为是在任务前进站或者通过，所以警卫人员必须也要对这趟车格外关注，这才有"轧道车"的戏称。"轧道车"可以是客车，也可以是货车，今天这趟是正巧赶上在柳青站有停点的旅客列车。此时他们两人谁也想不到，就在几分钟后，在这趟"轧道车"上发生的事情会闹得天翻地覆。

　　柳青站进站检票口的女服务员小孟今天很开心，因为男朋友告诉她，要开着新提来的汽车接她下班。心情好了，笑容就带在脸上，手脚也格外的麻利，给进站乘车的旅客检票进闸也变得飞快。一名三十多岁的男乘客拿着车票反复在验票口刷了几次都没有反应，高举着车票来到小孟的人工检票口让她验证过关。出于职业习惯，小孟接过车票看了一眼，发现车票没有问题，于是帮助男乘客在自己的验票口处刷了一下。出乎意料的是竟然也没刷过去。这个状况让小孟也有点奇怪，她举起车票凑到眼前仔细地查看，就在这个时候男乘客突然一把抢过车票张口说道："车都进站了，你还不让我进去，是不是瞧不起我这个打工的？"

浓烈的酒味随着刺耳的声音一起冲进小孟的鼻腔，她不由得往后退了一步，仍然笑着回答说："您别着急，我这不是想帮您解决问题嘛。"

"你解决个蛋！扣着我的车票不让我进去，就是瞧不起我。"

"我没有瞧不起您，您的车票刷不过去，我帮您检查一下。"

"不用你检查，我自己进去！"话说出口的同时男乘客就推开小孟闯过闸口。小孟不防备被推了个趔趄，但仍然想去抓住男乘客，这个举动明显地刺激了男乘客，他回身一脚将小孟踹倒在地上转身朝站台上跑去。周围的人们被男乘客这个粗暴的举动惊呆了，等他们反应过来想要帮助小孟制止的时候，男乘客已经跑上站台。小孟边在后面追赶边大声呼喊，提醒站台上的服务员和远处的民警有人跑进来了。喊声提醒了服务员和民警向这边聚拢，可也间接刺激了男乘客加快了奔跑的速度，于是站台上呈现出一幅奔跑追逐的画面，男乘客在前面拼命狂奔，几名服务员和民警在后面奋力追赶，所有候车的乘客不是惊讶地看着他们从自己身边掠过，就是急忙掏出手机想拍下这段视频，还有的乘客跟身边的同行人窃窃私语说这是拍电影吧，奔跑得这么投入。男乘客跑到列车机头的位置，抓住扶手向上攀登，驾驶室里的火车司机看见有人要攀爬进来，连忙打开门想去制止。人在紧张时的做法往往是愚蠢的，火车司机想当然地认为自己高高在上，打开车门可以将爬上来的人推下去。可他万万没有想到男乘客的动作比他要迅速得多，没等他开口说话，男乘客一把拽住他的腰带直接将他拉出车门扔向站台，火车司机还没弄明白怎么回事，人已经重重地摔在了站台的水泥地面上，男乘客借着下拉的这个力量一纵身钻进了火车驾驶室。紧跟着副驾驶也狼狈地从驾驶室里连滚带爬地跑下来，男乘客在瞬间宣告占领火车头成功。

　　高克己和杨所长得知此事时第一个反应是一身冷汗，两人不约而同地朝列车机头处奔跑过去。高克己边跑边对杨所长说，马上启动所里的应急预案，赶紧报告公安处指挥中心这里的突发情况，同时通知车站调度部门立即做出车次调整，对进出站还有通过的列车实行信号管制。千万别把这辆车放出去！杨所长满头大汗地一手举着手持电台，一手举着手机不住地叫喊，虽然弄不清楚他是冲哪个叫喊，但声音大得好像把肺都要喊出来。高克己跑到站台前段的火车机头旁边，他没有莽撞地爬上机头，而是先压抑住由于快速奔跑不住跳动的心脏，大口地喘了几口粗气，然后来回扫视着周边的环境。两名火车司机已经跑到远处的广告牌子后面躲起来了，周围没有旅客，也没有车站服务人员，他抬头向上望去，能看见车窗里那个躁动的身影在前后跃动。"现在该怎么办？嫌疑人会不会开火车？他在里面万一触动了哪个开关怎么办？他会不会点燃火车？他身上还有没有什么危险品？"这一系列的念头像闪电似的一道一道地在他脑中划过，每一次的爆闪都让他浑身发紧发麻。"得先跟他说话，不停地干扰他，不能让他有时间去触摸火车驾驶室里的东西和按钮，必须得缠住他。"想到这些，高克己回身看了眼紧跟过来的杨所长和气喘吁吁的几名民警，摆手示意他们先往后退，离自己远点。然后他往前走了几步，抬头冲驾驶室里喊道："里面的兄弟，你干吗呢？这是火车头不是车厢，你在里面待着没人开火车，大家都回不了家……"

稍停了一阵，车门的窗户被从里面打开一条缝，从缝隙中传出来个沙哑的声音："小火车哞哞叫，没人开车我自己开，开过南京到北京，买的没有卖的精。"车窗里传出来的几句话把高克己弄愣了，这分明是四六不靠谁也不挨着谁，好比是我问你城门楼子在哪儿？你回答我说手里有块大砖头子。瞬间的发愣没有耽搁高克己的思维，在没有确切判断对方意图的情况下，他必须继续和对方喊话。"驾驶室里的兄弟，你知道这是火车驾驶室吗？铁路部门有规定，不允许无关人员登上机车。"

"我有本儿，我有驾驶证。"

高克己听见对方回答继续说："你有本也不行啊，这是火车不是汽车，你的汽车驾驶证开不了这个大家伙。我刚看了一下，这个火车机车是东风10F型。你的驾驶本开不了这个。"

"我开得了！东风250型我也开得了。"

几句对话真的把高克己弄得有点蒙，劫持机车的嫌疑人回答得一会儿有逻辑，一会儿又云山雾罩，他到底是精神有问题，还是劫持火车的罪犯呢？无论怎么说，作为现场的公安民警，他都要稳定住局面，尽快判断出对方的意图，尽全力保证旅客的生命财产不受损失。他是第一个和嫌疑人对话的人，当下的局势也只有他才能想办法接近嫌疑人。高克己想到这里又朝车窗里喊道："好，好，我相信你能开火车，可是你想把火车开到哪儿去呢？"

"我要回家，我开回家去。"说完这句话对方突然停顿了一下，随即车窗里传来一阵电话铃声。"喂，我上车了……"他这个时候还能和外界通电话？这家伙的心理素质也太好了吧？高克己边想边慢慢地往机头前挪动脚步，刚走了两步车窗里传来对方的吼叫："你别往前走了，再往前走，我就点火烧了火车。"

高克己急忙停下脚步，朝车窗伸出双手说道："你看我什么都没有，我听你说话声音有点哑，想问问你要不要喝点水啊？"

"要！你去拿水给我。"

高克己答应着往后退，一直退到杨所长站的地方才停下。杨所长看到高克己走回来，急忙上前一把拉住他说："老高，应急措施都已经落实，车站也关闭了行车通道，公安处支援的人已经在路上，很快就到，客运部门正在疏散旅客。现在麻烦的是咱们这儿成新闻热点了，微信微博的朋友圈都在发刚才的小视频，估计很快就上热搜了。"高克己说："你怎么不启动网络管制呢？"杨所长哭丧着脸说："这么大的流量是我一个小派出所能屏蔽的吗？你没看见从车厢里撤出来的旅客，一边下车还一边拍呢。"高克己无奈地摇摇头，他心里知道在当下这个信息社会里，人人都可能是新闻记者和摄影师，只要手机在手里，打个饱嗝的时间就能把信息扩散到海南岛他二姨家。

李正弘率队赶到柳青站的时候，先期进入的特警队和刑警队的队员们已经严阵以待各就各位了。从下车到站台上这段不远的距离中，李正弘趔趄了两次，他不是害怕，从干警察的那天起什么场面没见过，真刀真枪生死边缘也游走过几次，更何况在柳青小站上的一个突发事件。他焦虑的不是这个案件能不能解决，说实话他根本就不会考虑这些，在临来之前的车上他已经听完了现场汇报，对案子的大致情况也有了个判断。说穿了不就是个喝多了酒的乘客撒酒疯，现场没处理好演变成了劫持公共交通工具嘛。第一没人质，第二没伤亡，第三这个喝蒙圈的乘客还不会摆弄火车，他还能作妖到天边上去吗？让他真正百爪挠心的是，一个小时以后那趟警卫列车就会在柳青站停靠，停点是三分钟。如果在这个短时间内解决不了问题，那就意味着嫌疑人和警卫对象同在一个警卫区域里，先别说采取任何措施规避风险，单说由此引发的一系列事件，就够他这个处长喝好几壶的。李正弘没有去派出所里的临时指挥室，而是径直来到站台上。特警队和刑警队的支队长们一窝蜂地跑过来汇报情况，李正弘斜了眼围着自己的人问了句："警卫支队谁来了？"

刑警队长答道："王支队长他们正往这边赶，提前到达准备接警卫车的高克己在了。"

李正弘皱起眉头问道："他来这儿干吗？"

刑警队长说："他是警卫支队派来专项警卫的啊。"

李正弘猛然意识到自己问的话有点官僚，高克己调到警卫支队还是他提出建议的，都是让最近这两天的事情和眼前的事件干扰的，脑子明显地出现了短路。"高克己现在人在哪儿？"

"他在站台上跟劫持机车的嫌疑人对话呢。"

李正弘抬头朝远处看了看，"找个能说会道的人先缠住嫌疑人，把高克己换下来，我要知道嫌疑人的情况。"

刑警队长答应着跑过去，过了会又颠颠地跑回来说："柳青的所长把高克己换下来了，可是……"

"可是什么，别吞吞吐吐的，说整句的话！"

"可是高克己说请您移步过去，因为是他第一个和嫌疑人接触的，现在换个人接触，他怕有突发问题离得远，他没法及时有效地和嫌疑人沟通。"

李正弘在心里骂了句"高克己的老毛病又犯了"，但还是迈步朝前走，来到被一群防暴警察和特警队员簇拥着的高克己身边。高克己看见他过来也没客气，指着站台尽头的机车说："李处，我给你介绍一下情况，嫌疑人，男性，三十多岁，本地口音，身体健壮，奔跑能力极强。现在他劫持了机车驾驶室，并且从里面反锁了车门。所长杨东和民警询问过被甩下车的火车司机，钥匙在驾驶室里。你们来之前我跟他对过话，感觉此人逻辑不清晰，思维上也有问题，像是有间歇性的精神病，发病原因不清楚。但据派出所民警调查走访，此人闯入时满嘴酒味并且打了车站服务员，我判断此人有暴力倾向。"

"东风机型的驾驶室是两头的，你们之前做过尝试从另一头上车吗？"李正弘紧跟着追问高克己。

"试过，但另一头的驾驶室也是锁闭的，因为每辆机车都是专用钥匙，硬撬很难打开，还容易刺激嫌疑人，已经跟技术科联系过了。他们很快就会带专用工具上来。"高克己指着机车回答李正弘。

李正弘环视一圈周围的人，几名支队长心里明白这是处长在问话，需要赶紧表态。刑警队长抢先开口说："我们的人在协助疏散旅客的同时，已经抽出两个小组埋伏在车头两侧的死角里，准备听命令强攻。"特警队长说："特警队已经占据好有利地形，狙击手也已经就位。"技术队长说："支援的力量已经在路上,很快就到,现场监控联网已经落实,无人机等待起飞。"李正弘皱着眉头问道："我不想听这些,就问你们现在有什么办法没有!"刑警队长、技术队长和派出所政委不约而同地把目光转向特警队长,这个意思很明确,我们都已经准备好,现在就看你们特警的了。可是特警队长此时也是心里有苦叫不出,因为嫌疑人蛰伏在驾驶室里,狙击手只能在靠近站台这边寻找狙击位置,机车车头正面是宽敞的铁道线,无法隐蔽,另一面是站台,根本没有狙击位置。而靠近站台的这一面又因为有罩棚的遮挡,从高处无法看到机车窗户,总不能让狙击手举着枪贴近窗户去打嫌疑人吧。再说也许还没等狙击手爬上车门,嫌疑人就看见了,我在明,敌在暗,嫌疑人再操起驾驶室里的头号扳手给狙击手来一下子。特警队长刚把这个顾虑说完,早已按捺不住的李正弘爆发了,他用手画了个圆圈指着周围的人喊道："平时你们一个个牛逼吹得山响,现在遇到点事就束手无策,我告诉你们,一个小时以后,不对!是五十分钟后警卫列车就要停靠在这里。我限你们四十分钟,不行,半个小时给我解决问题。解决不了,明天我在办公室等你们交辞职报告。然后从我开始一律追究责任!"

看着龇牙咧嘴发火的李正弘,高克己走到技术支队架设起的监控屏幕前,他轻轻碰了下有些慌乱的技术人员,小声说道："你还不赶紧把无人机放起来,屏幕上有画面,钻天猴的注意力就集中到这边来了。"看着年轻的技术员茫然的眼神,高克己意识到说秃噜嘴了,连忙更正说："哦,李处长,还有领导们都会从这里看现场。"技术员虽然年轻可也不是傻子,急忙给信号让操作员放飞无人机，同时将画面传输到监控屏幕上。果不其然，屏幕上呈现出机车的画面时，李正弘和支队长们都围拢过来，边看屏幕，边寻找突破点。无人机飞到机车侧面的时候，高克己和李正弘都敏锐地发现，机车副驾驶旁的车窗是打开的。李正弘瞥了一眼，刚要指挥无人机换个角度时，在旁边的高克己猛地喊道："先别动，看操纵台上那是什么？"喊声让李正弘浑身紧缩了一下，连忙对技术员说："听他的！无人机角度固定，放大图像。"

随着图像的放大，在场的人都清晰地看到操纵台上放着的是一串钥匙。

高克己和李正弘四目相对同时说道："找司机辨认！"

火车司机被民警带着一溜小跑地过来，辨认出画面上的钥匙就是开车门用的。李正弘当即拉过高克己小声说道："克己，把你的想法说一下，快！"

"你怎么知道我有想法呀？"

"多年的老伙计，这点默契度我还有，别卖关子。"

高克己心想钻天猴这句话说得还算是实在，其实当他确定操纵台上的那串钥匙是开车门的之后，一个大胆的想法就在他心里生成了。按说都是两肩膀扛一个脑袋，谁比谁的智商也差不了多少，但他钻天猴这么多年当领导，已经把所有的灵光乍现和急中生智都消耗成了官场上的斗智斗勇。如果倒退二十年，在找到火车司机确认完钥匙后，他们俩的想法应该是不谋而合。他脑子里想着这些，嘴上却没有闲着，"我的意见是，找个能说会道的人在前面跟嫌疑人喊话谈判，干扰他的注意力，然后让咱的人先预伏在后面车门，同时用无人机带探杆伸进驾驶室里把钥匙掏出来，随后……"

"拿到钥匙的弟兄们，从后面开门冲上车，制服嫌疑人！"

"对，我就是这个意思！"

"好，我同意！"李正弘一拍高克己的肩膀，"尽量不动刀不动枪，把不利影响减少到最小。这样更符合警卫工作的程序。"高克己想躲开还是没来得及，肩膀上着实挨了李正弘一巴掌。

李正弘看着手表焦急地说："方案就这么定了，你有上去谈判和操控无人机的人选吗？还有，无人机的噪音很大，近距离难保不被嫌疑人察觉啊……"

高克己说："内燃机车驾驶室里的噪音更大，完全能盖住无人机的声音。再加上谈判的人不停地干扰，嫌疑人顾不上考虑这么多。其实谈判这样的事檐末虎最合适，他是预审出身，又会拔色，可惜他不在。操控无人机圆珠笔是这帮年轻人的前辈，我见过他用无人机钓鱼，可惜他也不在……"

"袁竹林在，他跟着我的车来的。就让他操控无人机。"李正弘一挥手说，"颜伯虎不在，你上去谈，你刚才不是和嫌疑人交流过吗？他会认同你的。"

高克己心里想着袁竹林怎么会在你的车上呢，但还是对让自己去谈判表现出拒绝的态度，他摇着手说："我不行，我真不行，我承担不了这个责任。"

李正弘的目光瞬间变得犀利和阴冷，语调也变得异常严肃："你不行？你不行难道让我上吗？告诉你窝囊废现在不是平时你可以耍脾气使性子，这是紧急处置现场，我是总指挥。服从命令听指挥，这是你穿上警服第一天上班就听到的第一句话！你上！"

还没等高克己答应，远处机车突然传来一下短促的汽笛声。

这个响动让高克己和李正弘浑身一颤,第一反应是嫌疑人在试图操纵火车。稍微有铁路常识的人都知道,一趟列车在车站停靠让旅客上下车,然后再鸣笛开车驶向前方站,这个过程中间机车是不熄火的。也就是说,如果嫌疑人无意当中缓解刹车,再推动操纵杆,那么这趟列车就算开出去了。真要是这样,后果简直不堪设想。情急之下,高克己想都没想冲李正弘喊道:"给我来个喇叭,我上!"

李正弘点点头,转身招呼各个支队长们围拢过来说,我来宣布一下现场处理方案,我的意思是第一步……都听懂了就赶紧实施,争取十分钟之内解束战斗。高克己此时没有心思去想,自己的建议怎么变成李正弘的方案了。他看着指手画脚的李正弘猛然想起一件事,于是急忙掏出手机拨通袁竹林的电话,"喂,圆珠笔,你到现场了?"话筒里传来袁竹林熟悉的结巴声音,"我,我在了,正给无人机调位置呢。"

"太好了!马上钻天猴就得给你布置任务,让你用无人机加探杆把驾驶室里的钥匙挑出来……"

"他怎么知道我会这个技术?"

"我告诉他的。你现在别跟我说其他的,我在前面跟嫌疑人对话掩护你,咱俩得定个行动暗号和行动节奏。"

"你喇叭一喊我这边就开始。得手后我把无人机飞你那边去。给你信号,然后你提速干扰他。给,给……"

"给行动的弟兄们做掩护!就按你说的办!"

从年轻时就在一起摸爬滚打的默契,几句话就沟通得简单明了。高克己放下手机,操起民警递过来的喇叭径直朝机车走过去，此刻他心里只有一个目的，拖住嫌疑人给袁竹林和准备强攻的同事们争取时间。他真是担心袁竹林操控无人机的稳定性，还有强攻进入驾驶室队员的每个步骤，如果稍有差池，整个计划就会失败，而警卫列车正在一步步地接近柳青站。

"驾驶室里的人你听着，刚才你要喝水怎么不打开门啊？"高克己举着喇叭喊道，"你不开门怎么给你送水喝呀？"

"你们别骗我，一开门你们就会打死我！你们都是坏人！"

"不会的，我向你保证不会这么做。"

"我不相信你们，我自己开着火车回家……"

高克己急忙喊道："你先别激动，你不开门也可以，你把窗户打开，我给你把水递进去，你先喝口水润润嗓子。"

警用喇叭的声音隔着机车发动机的噪音依然传得很远，机车后面的袁竹林听到信号立即将装置好的无人机调好角度，冲着副驾驶位置边上的窗户，慢慢地靠过去。

十一

无人机前面绑定了个一米多的探杆，袁竹林要目测和监控同时使用才能让无人机贴近打开的窗户，同时从缝隙中将探杆伸进去，插到钥匙环里挑起钥匙，再慢慢地将钥匙从窗户里顺出来，其困难程度不亚于将细丝纫到针眼里。他要保持无人机前段的探杆稳定运行，还不能有轻微的抖动，因为每一次颤抖都会影响到杆头的位置，或远或近或左或右，都不能插到钥匙环里。两个年轻民警一个给他测风速，一个帮他观察瞭望，袁竹林凝神聚气地操作着无人机慢慢地向机车窗户靠过去。从远处望去，绑着探杆的无人机像一个挥动双翅飞舞的蝴蝶，在机车窗户边来回盘旋。他刚要通过无人机前端的镜头指引将探杆伸进去的时候，突然旁边年轻民警急促地喊道："有侧风，有侧风！"

侧风对飞行器的影响非常大，有时候会变成瞬间强风，强风会产生升力使飞行器改变方向。最好的办法就是降速和降低高度躲避侧风，或者驶入侧风的方向。深谙此道的袁竹林当然知道这是个危险的信号，他急忙将无人机退后、降低高度躲避侧风。时间在一秒一秒地过去，观察风速的民警还没有解除危险的信号。袁竹林脑门上的汗流下来了，他能想到自己这边每耽搁一秒钟，都会给前面的高克己增加危险和难度。假如嫌疑人真的无意中启动了列车，那这个后果就是灾难性的。想到这儿，他伸手摸了把脸上的汗，冲身边的年轻民警说："不管它！你负责观察，我盯着显示器，升空！"

年轻民警惊讶地说："这时候升空有危险，万一撞上……"

袁竹林也不知道哪儿来的劲头，斩钉截铁地说："升空！出了事算我的，成功了算你们俩的！"

无人机在袁竹林的操控下又一次飞了起来，无人机在摇摆不定中慢慢地对正方向，前方的探杆直指向机车窗户。袁竹林使出浑身解数，双手不停地左右操控杆，保持住机身的稳定，然后渐渐地平移让探杆顶端伸进钥匙环里。当探杆挑起钥匙环袁竹林正要向后退出机车时，观测风速的年轻民警又喊道："强侧风加气流，赶快降低高度！"

"闭嘴!"袁竹林眼睛盯着屏幕根本没理会警告。

他知道这个时候降低高度无异于功亏一篑,同时也清楚继续飞行的后果,但袁竹林感觉到自己没有退路了,他必须要将钥匙挑出来。他目不转睛地盯着屏幕,内心里不住地念叨着,我能做到,我能做到,窝囊废你在前面可要顶住了!探杆一点点地退出窗户,当挂在车门边的特警队员拿到探杆头上的钥匙后,袁竹林终于失去了对无人机的控制,无人机像是在汪洋大海中颠簸的轮船一样,先是向上猛冲,然后侧飞一段距离,随即又狠狠地砸向了地面。

机车正面的高克己已经喊得口干舌燥,但脚底下放着的一箱矿泉水他一口也没喝,而是不停地朝嫌疑人打开的车窗里扔。按说机车车窗打开后范围很大,有点臂力的人就能投个八九不离十。可高克己往窗子里扔了五六瓶,不是距离不到中途落在地上,就是砸在车门和窗户边上。但他还是边喊话边给嫌疑人扔水。这个场面被李正弘看到了,他看的不是高克己扔水,而是他每次借助扔不准的时候都会悄悄向前挪动一步。此时的高克己心里无限怀念颜伯虎,如果他在,这个和嫌疑人"话疗"的场合他肯定比自己干得出色,凭颜伯虎纵横捭阖天上一脚地下一脚口若悬河的能耐,能把嫌疑人聊得主动走下机车,抱着他双腿失声痛哭都说不定。可是眼下没有支援,别人也帮不上忙,他只能靠自己扬短避长和对方周旋。"里面的兄弟,我说这么半天你应该知道了吧,有什么要求,什么条件,你可以提出来咱们商量。"

稍停一下驾驶室里传来喊声:"我不跟你谈,我要跟你们这儿最大的官说话。"

高克己说:"我能代表他,只要你下车我能保证你的生命安全。"

里面稍停一下又继续喊道:"你保证不了,我要和你们最大的官谈判,如果没有,我现在就开火车回家。"

高克己急忙喊道:"有,有,我们这儿有大官,你想和他怎么谈啊?"

还是稍停一阵,嫌疑人喊:"你让他过来,我要看见他。"

"行,我马上给你叫过来。"

嫌疑人说话的语气和语速,还有中间隔断的时间让高克己有些疑惑,他好像是在跟什么人交流,又好像是在等待指示,可是驾驶室里明明只有他一个人啊?时间紧迫,容不得细想,高克己将喇叭话筒上扬,对着身后的人群喊道:"李正弘处长,李正弘处长,请你到前面来,嫌疑人要和你对话!"

听到这个喊声,李正弘鼻子差点气歪了,心里话说窝囊废你等着,回去我再跟你算账!但他还是习惯地抻了抻衣服,挺胸抬头地向前走去。旁边的特警队长急忙拽过来件防弹背心要递给他穿上,被李正弘一把打落在地,"你给我这个干嘛!嫌疑人没刀也没枪,我穿个防弹背心去丢人现眼嘛!"慌得特警队长赶紧退到一边。李正弘走到高克己身边,斜了他一眼,接过喇叭冲驾驶室里喊道:"里面的人听着,我是平海铁路公安处处长李正弘,你有什么话现在可以跟我说!我们的政策是……"高克己心里说,完了,但凡这样的场合最忌讳的就是和嫌疑人宣讲政策,这无异于画虎类犬、与虎谋皮。不是说宣讲政策不对,而是在这样的环境下嫌疑人第一听不进去,第二会主动反映出你在和他拖延时间。没容高克己细想，嫌疑人就做出了反应，他在驾驶室里喊道："政策个蛋！你别跟我拖时间，你给我滚！"李正弘没想到对方会这么决绝，愣了下急忙喊道："你别冲动，先听我说！"

嫌疑人喊道："你们当官的说话都是放屁，你就是个腐败官僚！傻逼处长！我现在就开火车回家。"话音刚落随即传来一声短促的汽笛声。

这是嫌疑人再一次按响汽笛，不能让他把注意力集中在操控台上，如果这样的话，他也许瞥一眼就会发现窗外的无人机。想到这些，高克己忙张开双手边挥舞，边朝嫌疑人喊道："你说得对，他就是个腐败官僚，傻逼处长。可你是跟我谈判的，你提出的条件是要见当官的。见了当官的，你可以跟他提条件啊。"

"我就是想回家，开着火车回家。"

"火车是两个人开的，你一个人开不走。要不然我给你找个火车司机。"

"我不用司机，我会开火车。"

"就算你会，你也得等着车站给火车加水吧。没水火车开不动。"

此时的高克己开始胡说八道，急得像热锅上的蚂蚁了，根据时间上的判断，袁竹林应该得手了，他不停地用眼睛瞟着机车的上方，始终没发现无人机飞到机车前面。可他又担心李正弘举着喇叭再说出一些官话套话刺激对方，正在他焦虑万分的时候口袋里的手机铃声急促地响了起来，他看到是袁竹林的电话连忙接听，"快！准备行动！"电光石火之间容不得他思考，冲上去一把夺过李正弘的喇叭，向前一步站在前面朝驾驶室喊道："嫌疑人你听着！你要见领导给你叫过来了，你提的条件也已经满足你了，现在是该你表现出诚意了。你打开车门走下来，我保证你的人身安全，否则就要对你采取强制措施，由此引发的一切后果都由你自己负责，你听见了吗？你听见了吗？"喊声大得震得身后的李正弘耳朵直嗡嗡，他刚要瞪眼去抢回喇叭，猛然看见高克己背向腰间的手在向他不停地打着节拍，"两短、两短。两短、两短"，这是以前他们在刑警队时自己设置的手语，意思是"行动！行动！"，他立刻明白了高克己突然发作的原因，用刺激性的举动引起嫌疑人的注意，干扰嫌疑人的意识，让他无暇顾及身后的重拳突击。

果然，嫌疑人被激怒了。他从车窗中露出头来冲高克己喊道："你他妈的跟这个傻逼处长是一伙的！你也给我滚蛋！"

高克己往前紧冲了几步大声喊道："我们就是一伙的，我不走你能怎么着！"

"你他妈的给我滚开！"

"你他妈的给我下车投降！"

"你不滚蛋我开火车走……啊！"

埋伏在机车后面门外的特警拿到钥匙迅速打开车门，第一个特警以飞快的速度纵身跃进驾驶室，直奔嫌疑人扑过去。嫌疑人刚反应过来就被特警按住，接踵而来的第二个特警也冲上去死死控制住嫌疑人。高克己在外面听到"啊"的一声，就是嫌疑人被扑倒在地的惨叫。

一场危机就这么兵不血刃地化解了。在场的人都松了一口气，但随即又为接踵而来的警卫任务捏了一把汗，因为此时乘载着警卫对象的旅客列车马上就要进站了，而且按照之前的调度计划，列车就要停靠现在这个站台。如果照常规的步骤，解决完突发事件之后押解嫌疑人回程，留下一部分警力调查取证，同时公安和客运服务员组织旅客上车，列车发车开出车站就算大功告成。可眼下情况特殊，不能再按照常规的做法行事，因为短时间内根本无法让在外面滞留的旅客都上车，就算能完成这个工作，列车的发动开出还要调度、信号等这些部门重新安排才可以。李正弘想到这些，高克己也想到了，他急忙拉过李正弘压低声音说："得赶紧想个办法，要不然可就更麻烦了。"

李正弘点点头："我能跟车站协调，让他们放警卫列车进对面的站台，这样就不会冲突了。可这些旅客怎么办？车站里的警卫怎么办？"

高克己沉思了一下说："我们可以拿这列客车当墙用，现在就组织滞留的旅客赶紧上车，这样能平息旅客的情绪。然后把特警队的弟兄们调到对面站台当警卫，等列车进站后稍作调整，先发滞留的旅客列车，后发警卫列车。这样就能摆布开了。只是……"

"只是嘛？快说！"

"只是咱们特警队的弟兄们都没在警卫名单上，也没做过审查和审核，好像有点不符合程序。"

李正弘"嗯"了声说："你刚到警卫支队没几天，业务就这么熟悉了？我明白你的意思，不就是需要领导负责嘛。这个责任我负，我公安处特警队的弟兄们都是好样的，我现在就宣布他们都是警卫力量，归你调遣。说句不好听的，这个时候我的民警要有问题，我他妈也别干了！"

"行！"高克己答应完转身朝通道跑去，他要第一时间赶到对面的站台安排随即而来的特警们。

如果有航拍摄录下柳青站当时的景象，给人的感觉肯定是冰火两重天。一边是疏散完的整列车旅客又开始陆陆续续地重新登车，一边是缓缓进站后的列车停稳后特警队负责外围警戒的站台，一边熙熙攘攘人头攒动，一边稳稳当当风平浪静。高克己站在列车尾部和警卫支队添乘的老赵办了下简单的交接，两人聊了几句后老赵突然看看手表说，怎么还不开车啊，好像有点晚点了。高克己急忙指着对面站台上缓缓启动的列车说，你们是早点进来的，估计是先发旅客列车。老赵点点头又环顾了四周，有点兴奋地对高克己说，你有两下子啊，咱们一个普通的警卫任务你把特警队都叫来了。高克己忙说是赶巧了，特警队进行反恐演练执行任务，正好来客串当一把警卫力量。说完他自己都想打自己的嘴，我怎么学得和檐末虎一样了，说瞎话张嘴就来，都不带打磕巴的。

列车开出站台后，高克己才长出了一口气。

回程的路上高克己拉着袁竹林坐一辆车里，他有些疑惑地问袁竹林你怎么跟着李正弘来的柳青。袁竹林告诉他自己是误打误撞拿着文件找他签字，没想到让他拽着上了车，在车上李正弘一个劲儿地追问那天在师傅家吃饭的情况，我就跟他简单地说了说。高克己听完立刻说，你没告诉李正弘师傅这两天找他吗？袁竹林说我告诉他了，他愁眉苦脸地没说话，跟圈里的猪似的哼哼了两声。然后袁竹林问高克己，你怎么关键时刻把我当礼献出去了呢？全公安处没几个人知道我会玩无人机。高克己拍拍袁竹林的胳膊说，咱们总不能紧要关头看着钻天猴坐蜡吧。袁竹林点点头把目光投向了车窗外面。其实他们心里都明白，干了将近一辈子警察，相互有不合有矛盾，有冲突也有不愉快，但当困难和危险来临的时候，这些人都能自觉地摒弃那些龌龊，主动地选择伸出援手相助战友。这也许就是传说中的警察的素质，但更多的还有种说不清楚的潜藏在内心里隐隐地冲动。

看着嫌疑人被押进讯问室，高克己没有回办公室，而是一溜小跑地来到食堂。进门前他先平息了一下自己的呼吸，推开门，拦住换好衣服要出门的颜伯虎。颜伯虎看见高克己脸上立即露出夸张的表情，眨巴着眼睛打着哈哈说："据说你今天癞蛤蟆打立正露一小手啊。可你露完脸不应该跑食堂来呀，你得去钻天猴那边领赏去。哈哈哈。"

高克己无奈地摇摇头："我也是昨天晚上没做好梦，第一次去执行警卫任务就遇到这样的事。说心里话，我跟嫌疑人谈判的时候，无时无刻不在心里念叨着你的名字。当时想如果你在，也就用不着我出这么多汗了。"

颜伯虎脸上露出些许得意的表情，"你这不也解决得挺好嘛。能不间断地和嫌疑人扯着脖子喊这么久，我也不见得顶得下来。"

高克己急忙肯定地点点头说："你肯定行！我是瘦驴拉硬屎，强赶着鸭子上架，咱们哥儿几个里面要论预审拔色，能把嫌疑人绕得五迷三道，你是第一份！"

"闻道有先后，术业有专攻。要说起审查来，我还真不能谦虚。"

"就是嘛，所以说有些时候老同志的作用是不能忽视的……"

"等会儿！"颜伯虎突然叫停了高克己的话，斜着眼睛看看对方说，"我怎么感觉自己要掉进别人预设好的圈套里呢？你从来没这么捧过我，今天这是怎么了？是太阳从东边落山啊，还是你的脑袋让火车头的门挤了？"

"你别这么损我，我说的是真心话。"高克己满脸的坦诚看着颜伯虎。

"那我也得想想，你是不是有什么马后炮之类的暗招。"

高克己摊开双手道："真没有。我是预感今天他们审查会很艰难，弄不好要拖晚，所以才跑过来提前跟你说一声，给大家预备点好吃的。"

"就这事？"

"就这事！"

颜伯虎听完高克己的话，咧嘴一笑说："嗨，这点事放在颜师傅这儿是手到擒来，不就给哥儿几个加顿餐嘛。我现在就去准备，大不了晚上加个班呗。"

高克己点点头说："那你也得跟弟妹说一声，今天回去得晚。"

颜伯虎掏出手机朝高克己比画一下说："我现在就炖牛肉吊汤，让你们尝尝颜师傅的招牌牛肉面。"

高克己挥挥手转身走出了食堂。出来后他又回头看了一眼，最终还是决定隐瞒下内心的想法，不跟颜伯虎和盘托出。因为他知道抓获的嫌疑人的状态，也清楚几位预审员的路数。要让他们和通常类的犯罪嫌疑人较劲，哪怕是穷凶极恶的毒贩子和十恶不赦的匪徒，他们都有能力战而胜之。可眼下这个嫌疑人太特殊，甚至还有点另类。去食堂找颜伯虎之前，他就看见处里的法医走进了讯问室，这是要先对嫌疑人做个简单的鉴定。如果被自己不幸言中，嫌疑人有间歇性精神病，那么再按照常理出牌审讯就显得有些笨拙。最让他心里纠结的是，在驾驶室的现场里，特警队的队员们还缴获了嫌疑人的一部手机，虽然在打斗中手机被损坏了，但这就能说明，当时嫌疑人在驾驶室里的时候是始终与外界保持通话联系的，而能左右这个精神病人的人是谁？把这些问题都串联起来分析，这次偶发的事件就变得不这么简单了。公安处预审队的预审员们应对这样的嫌疑人明显捉襟见肘，因为他们都太专业了，专业到对各种预审技法和技术、证据的运用与随机应变得使用娴熟，但就是不能走进嫌疑人的心里。而当年"捉心理""拔溚色""换位思考""以人度己"这些高超的审讯手法，姚个奇只传授给了颜伯虎。倒不是姚个奇心存偏袒，而是当年颜伯虎在刑警队里负责预审工作。由此一来，颜伯虎这个半路出家的预审员经常能拿下别人拿不下来的"杠头"，高克己更知道颜伯虎的另一个能耐，就是能教精神病背诵唐诗宋词，那种投入的程度就仿佛他和精神病人是拜把子兄弟一样，两人能一起壮怀激烈地背诵《满江红》，还能手舞足蹈地举杯邀明月，对影成三人，然后和精神病人一起满地找影子，最后精神病人遇到知己获得了极大的满足，颜伯虎也得到了他想要的信息。

事情的发展没有出乎高克己的意料之外，预审队的几名好手轮番上阵像开挂似的跟嫌疑人从天亮聊到天黑，"话疗"的级别一路攀升，还差一步就到预审队长老陈跟前了。气得老陈在门外朝手底下的这帮"精英"们一通开训，意思就是耗时这么久，人员换了一拨又一拨，怎么连个像样的笔录都拿不下来呢？非要让我亲自去跟嫌疑人碰个面过过招吗？那要你们干什么呢？高克己看到这个场面悄声地离开楼道，疾步向食堂方向走去。他也许是走得太急，没注意到有个人影在后面悄悄地跟着他。

刚走进操作间就看见颜伯虎正在热火朝天地往保温桶里倒牛肉汤呢。他连忙紧走两步过来帮忙，被颜伯虎拦住说："你别管，留神弄你身上。我这汤头可是吊了一下午，保证他们闻见就得流口水。"

高克己摇摇头说："汤味道是不错，但我想那哥儿几个恐怕没心思喝。"

颜伯虎放下手中的汤勺问道："怎么了？没拿下来？"

高克己点头说："嗯，到现在还僵持着呢。"

颜伯虎把汤勺朝灶台上一扔说："你这么久没过来找我，我就琢磨着得是这个结果。陈印祥这个糊涂蛋，他那两下子玩玩硬茬见红的，玩玩缉门毒品还行，玩这个他不灵。估计他现在一准咧着大嘴跟叫驴似的训手底下那帮人呢。自己玩意儿不行还训别人，我就瞧不起他这样的。"

高克己摆摆手说："你别这么说，我看他够上火的了。"

"活该！"颜伯虎像指点江山般地挥着手说，"他上来路子就走偏了，再怎么较劲也扳不过来。"

"抓着嫌疑人立马快刀地进行突审，第一时间拿下口供，我觉得挺对的啊。"

"对个屁呀！"颜伯虎盯着高克己，眼神里露出不屑的神情，"我告诉你他错在哪儿了。嫌疑人是间歇性精神病人，间歇性的症状是突发妄想，情绪激动，行为异常。有时候会发生攻击自己和攻击别人的倾向,这个人劫持火车机车就是典型的表现。但他会有一个缓冲期,一般是十几个小时或者是一天,等缓冲期过去他又会变得和正常人一样。从你们把嫌疑人抓获到现在,算起来也快十个小时了。这段时间最好的办法是晾着他,不接触不说话不讯问,再遵医嘱给点药吃,让他自己把这个劲耗过去。等他似醒非醒的时候再上手,那不就成咱手里的面团,想怎么捏就怎么捏了吗?"

"你这理论还一套一套的。"高克己脸上露出赞许的神情。

"废话,想当年咱师傅就是这么教的我。现在倒好,他陈印祥保准是跟精神病玩上车轮战了,估计预审队里的那几大著名废物都上场了吧,我拍拍屁股都能想到,直至现在他们也拿不出个像样的笔录来。"

"你猜得还挺准,可这是为什么呢?"

颜伯虎清清嗓子,"咱们是正常人,面对的是神经病。你用正常人的思维去和神经病抗衡,你说谁占便宜?"

高克己:"神经病占便宜。"

颜伯虎:"这不结了嘛,要不我说他陈印祥是糊涂蛋呢。不过也许不全怪他,兴许是钻天猴给压力了,催着他要嫌疑人的笔录好交差,要不然他就算想不到我说的这些事,也不会上来就这么拉开架势猛冲猛打的。这弓拉满了容易,要再退回来可就难了。"

高克己顿了一下说:"要按你的逻辑,现在嫌疑人间歇性发病的时间也差不多了,我赶紧告诉老陈让他缓缓,然后再加大力量讯问。"

颜伯虎说:"没用了。本来要按我说的办法,从人进讯问室开始就晾几个小时再审,可能现在笔录都拿下来了。但是他们不间断地突击审查，等于是不停地刺激嫌疑人，就好比喝药，这个药劲儿还没过去又顶上一服药，嫌疑人想不亢奋都不行。"

高克己有点沮丧，"那就一点办法也没有了吗？"

颜伯虎抬手把保温桶的盖子盖上说："活人还能让尿憋死啊，办法倒是有，不过他们不一定使得出来。话说回来，钻天猴也不一定同意呀。"

高克己说："这碍着钻天猴嘛事呀，把他交代的工作完成了不就行嘛。"

颜伯虎说："像这类的突审行动，每走一步都得跟钻天猴汇报。更别说改变审查方案这样的事，他不同意，陈印祥敢擅自做主吗？所以我说陈印祥是糊涂蛋，钻天猴比他也好不到哪儿去。"

高克己说："你的意思他们就是一对糊涂蛋呗。"

颜伯虎说："说起来钻天猴应该比陈印祥强点。可他这些年在上层建筑里待的时间长了，敏锐度下降，记忆力丧失，判断上退化，办案直觉基本没有。所有的聪明才智都陷在官场争斗和推卸责任上了，现在他的办案智慧比刚入警的小年轻们强点有限。"

高克己沉默了，其实在他的心里也很认同颜伯虎的看法，但眼下毕竟是箭在弦上，不得不发，况且很多疑点还要从嫌疑人身上找到出口。此刻他心里有种隐隐的预感，这件事不单纯是精神病人劫车这么简单，或许跟他内心的隐疾有着若隐若现的某种联系。想到这些，他提了口气对颜伯虎说："老四，你上吧！"

"你说嘛？"

"我说你替换他们去审查嫌疑人，你上！"

颜伯虎把拿起来的汤勺又扔在案板上，瞪起眼睛看看高克己说:"你不是跟我开玩笑吧?你让我上去审查,我一个公安处食堂里抡大勺做饭的老民警……我明白了,为嘛你白天跑到食堂来跟我这儿无事献殷勤呢,原来你早就想到会有这么一出。你是拿我当预备方案使了啊。"

高克己坦诚地点点头说:"咱们是兄弟,我不能瞒你,当时我的确是想让你帮忙来着。但只是帮忙出出主意,没想到老陈他们拿不下来,这不才想让你上嘛。"

颜伯虎说:"窝囊废你心思真够缜密的,把师傅他老人家走一步看三步,事先考虑、未雨绸缪的精髓算是学到家了。"

高克己说:"既然你说到师傅我不妨直言,这件事跟师傅和我追踪的事件有很大关系。虽然现在我还说不清楚,但直觉告诉我肯定有其内在的联系。"

颜伯虎说:"你搬出师傅来压我?"

高克己叹了口气说:"唉……即使没有师傅这层关系,这是我第一次出去执行警卫任务,遇到这样的事情我也是责无旁贷,放眼整个公安处也就你能治这种疑难杂症,你就算帮帮我行了吧。"

颜伯虎的情绪缓和了下来,眼睛盯着高克己说:"老二,不是我不帮你,是我跟预审队这帮人凑合不到一块。想当年我为什么离开一线来食堂做饭啊,就是看不惯他们做事太条条框框,干预审的不光是讲证据讲政策玩科技,最主要的是拼知识储备和随机应变的能力。你看看现在他们这个德行,一个个穿着警服笔管条直油光粉面地进去,知道什么人什么对待吗?知道衣服的颜色可以针对不同的嫌疑人产生不同的效果吗?知道问话要找气口儿、对话要抑扬顿挫吗？最可气的还要详细记录嫌疑人和预审员的细微动作，记录嫌疑人的举止反应没问题，你记录预审员的干吗？是不是审讯中预审员放个屁都要记录在案，上面写着此时嫌疑人没说话，预审员放了一个屁！还开着监控看着电脑戴着耳麦，时不时地还得听外面监控人员的提示。我就他妈的不明白，审讯现场谁来掌控？是直面嫌疑人的预审员，还是外面看着监控总把自己的意见强加给预审员的人？"

高克己说："你就别发牢骚了，依着你怎么办？"

颜伯虎哼了一声说："依着我就得重新调整审讯方案，先把这些人都撤出来，不要再轮番轰炸了。给嫌疑人留十到十五分钟的空白时间，用喇叭放一首舒缓点的轻音乐，监控人员详细观察这段时间他的反应，然后准备好吃的喝的当道具，这些条件具备了我再出马跟他过两招，也许能拿下来。"

高克己焦急地说："那还等什么啊，就按你说的办吧。"

颜伯虎不屑地说："你当自己是钻天猴呢，你说了算吗？"

"他说的不算，我说了算！"

此言一出让高克己和颜伯虎都颤了一下，两人的同一反应是深夜食堂里怎么还会有第三个人呢。随着话音李正弘推开操作间的门冲着颜伯虎说："你刚才说的方案我批准了，现在就着手准备实施吧。"

"别介啊，钻天……李处，"颜伯虎连忙改着嘴说道，"我是和克己瞎聊，你可别当真啊。再说我是在食堂里说的话，跟业务无关不能算数啊。"

李正弘朝前一步凑到颜伯虎跟前说："军中无戏言，食堂也是公安处的食堂，没出单位的管辖范围。方案批准了，你还有什么要求。"

"我，我……"颜伯虎用极其愤怒的眼神盯着高克己，意思是说原来你们两人设计好圈套让我钻。高克己则满脸的无辜，朝颜伯虎摊开两手，意思是说我不知道他跟在我后面来的。短暂的对视后颜伯虎一咬牙说："我需要个记录员，让高克己同志担任。"

"同意，高克己同志协助你审讯嫌疑人。"

"到现场听我安排，别人不许瞎指挥。"

"你主审听你的，还有吗？"

"没了。我现在就把牛肉面给弟兄们送过去。"

十二

高克己和颜伯虎两人抬着大保温桶从食堂去办公楼，一路上颜伯虎的嘴像上满了弦似的不停地埋怨着高克己。在他嘴里，高克己被形容成背信弃义见利忘义趋炎附势溜须拍马出卖同志的无耻之徒。高克己则一声不吭地听着也不做反驳，直到两人把保温桶抬到楼道拐角停下歇口气的时候，高克己才对颜伯虎说你走一路数落了我一路，口腔体操做得也差不多了吧。颜伯虎说你等会我还有半套没做完呢，后面的话更恶毒。高克己说你留着跟神经病嫌疑人说多好，跟我较哪门子劲呀。颜伯虎说谁让你拿我当预案用啊，我还不得拿你练练嘴。高克己不再言语了，朝楼上做了个请的手势，此刻他心里明镜似的透亮，甘愿挨颜伯虎夹枪带棒的挤对，因为这是颜伯虎上阵前做的预热。以前年轻的时候，他见过颜伯虎在预审前除去认真细致地查看证据和资料外，另一个独门功夫就是进门前默诵大段的绕口令或报菜名。用颜伯虎的话说，和嫌疑人斗脑子就是斗嘴，第一，反应迅速，嘴不能瓢，半个栗子也不能吃。第二，敌快我慢，敌慢我快，始终掌握审讯节奏，当年下种隔年收粮，预设陷阱请君入瓮。第三，拍桌子瞪眼发怒叫板之类的激将法，属于横切一刀，只能用一次。用了就要泰山压顶，摧枯拉朽，否则还不如不用。

两人走进楼道，眼前的景象让他们愣神儿，老陈带着七八个预审队里的预审员都在墙边上靠着呢。还是颜伯虎反应快，冲老陈笑笑说："哥儿几个都饿了吧，看这架势是夹道欢迎我送饭来了吧。"老陈斜了他一眼说："我们哪还有脸饿啊，连个神经病都拿不下来。这不是我把预审队的骨干都召集到一块，等着向你檐末虎老师学习呢。"

颜伯虎嘿嘿笑着说："老陈醋，咱俩认识可不是一天两天了，唯独今天你这个态度是很端正的。就冲你这敏而好学，不耻下问的德行，我露两手给你开开眼。省得你以后故步自封，停滞在钻研业务和学习进步的道路上。"

老陈点点头说："对，你快点让我见识见识你的手艺吧。是老爆三还是锅塌里脊，别露不了脸再现了眼，我好歹还是锅夹生饭呢，别到你颜大厨手里再给爆煳了锅。到时候咱俩指不定谁停滞在半路上等雷劈呢。"

颜伯虎摆摆手说："治大国若烹小鲜，审讯也和做饭一样，不能光是八大菜系满汉全席地招呼，时不时也得来点家庭小炒风味特色，这样才能兼收并蓄不断地解决嫌疑人日益增长的口味和你们简单操作的矛盾。"

老陈脖子一扬说："你颜大厨的意思是说，我们正规正式的一道道菜，还比不上你这一锅汤二两面是吗？"

颜伯虎点点头说："得分时候，也得分吃饭的人是谁。像今天屋里坐着的这位，你们的菜谱，没戏！"

老陈让颜伯虎噎得有点挂不住了，声音也提高了八度，"我们没戏你来啊，谁让你是李处钦点的人才呢。你看看我们这帮人都是配合你的，这道菜你做熟了，我以后不喊你外号檐末虎了，我喊你颜老师。可是如果你做不熟呢？"

颜伯虎又摆摆手说："做不熟就做不熟吧，我又不是你们专业做宫廷菜系的，犯不上总端着盘子给上面献殷勤。"

"你要这么说话可就有点不讲究了。"

"不讲究你还能咬我呀，正好我算工伤。"

眼瞅着两人越说越戗，火苗子直往房顶上蹿，高克己知道两人以前在预审队的时候有点过节，陈印祥是院校科班出身，凡事讲究中规中矩。而颜伯虎是得到了姚个奇的真传，审查总是剑走偏锋。两人一个说对方土八路游击队不是正道，一个说对方假正统死脑筋不懂得变通。双方各执一词，以前的工作中也是暗地里较劲，难免会有些摩擦。看到这个情况，他急忙伸手拦住两人说："你们二位都是老枪，现在可不是开玩笑的时候，"说完他指指屋子里，"咱先把正事办了，办完正事你们俩再讨论。"颜伯虎和陈印祥虽说是有点斗气，但事关大局，还能分得出轻重。两人同时一对眼神儿，老陈颔首示意，颜伯虎先错开一条门缝朝里面看了看，然后回身说："音乐不对，抓紧换一个。"

老陈说："都听你的，你说换什么？"

颜伯虎说："换你那个年代的有质感的，《听妈妈讲那过去的事情》。"

这句话差点没把老陈鼻子气歪了，他压低嗓音冲颜伯虎说："这歌比我岁数还大呢，你让我往哪儿找去！"

颜伯虎说："那我不管，我主审就得听我的。再给我找个电扇，没有电扇用扇子也行，东西找齐了我就开始审。"

高克己伸手拦住又要起火的老陈，朝颜伯虎说："你要的东西我给你找，这么多人可都瞪大眼睛看着你呢，你别掉链子就行。"

"你放心吧，拿不下来我给老陈醋当学徒。"

高克己答应能给颜伯虎找来他需要的东西，不是顺口答应而是他心里有底，他知道这些东西从哪里能拿来，那就是去找袁竹林。况且他也能预计到，这个时候袁竹林一定没下班回家，而是在办公室里窝着等消息呢，有了结果他会第一时间告诉给师傅姚个奇。推开屋门高克己就看见袁竹林正在摆弄摔坏的无人机，各种零件摆满了办公桌，他没废话开门见山地就找袁竹林要音乐和电扇。袁竹林回答说一听这些邪门的物件就知道是檐末虎要的，其实现在手机搜索很方便，就是下载后转个格式的问题。说完从档案柜后面拎出个小电扇递给高克己，让他先把这个拿过去，自己随后弄好音频就给预审的同事送过去。高克己感慨说你真是个技术控，在你这儿多蹊跷的东西都能找着。袁竹林说这不是说我财迷钱串子嘛，我颈椎不好受不了空调，所以才留个小电扇夏天解暑用。高克己说你能猜出来檐末虎审嫌疑人用什么招吗？袁竹林想了想说我拿不准，审查这方面他是行家比咱们都强。高克己点点头说我现在倒是猜出点眉目来了。

时间在一分一秒地过去，颜伯虎除了让预审员反复地播放《听妈妈讲那过去的事情》这首歌曲，还将电扇开到最低档对着门缝吹牛肉汤的热气之外，没有半点要审查嫌疑人的意思。这可把在监控室里等着的老陈等人急坏了，要不是高克己拦着，他好几次都要出去问问，颜伯虎装神弄鬼的到底想要干什么。高克己知道颜伯虎是在杀时间，他要用营造好的外部环境消耗掉嫌疑人的对抗情绪，软化他的亢奋心理，然后再迅雷不及掩耳地出手一击而中。从监控和单面玻璃中看到，嫌疑人躁动不安的举止停下来了，眼神和面部表情都表示他在寻找声音的来源，还有肉汤香味的来源。颜伯虎在楼道里抽完烟盒里的最后一支烟，拍拍衣服推开门走进讯问室，他进屋后没有像其他审查人员那样坐到椅子上，而是先凑过来仔细端详了几下嫌疑人，然后说道："我叫颜伯虎，是平海铁路公安处公安民警，我跟刚才几位的工作不一样，我是食堂做饭的民警，我是来给他们送夜宵的。你饿吗？"

嫌疑人说："我饿了。"

颜伯虎问："你想吃什么？"

嫌疑人答："我想吃牛肉。"

颜伯虎问："外面的味道好闻吗？"

嫌疑人答："太香了……"

颜伯虎说："我做的，给你盛一碗尝尝？"

嫌疑人急忙点头说："嗯嗯，我尝尝。"

监控室里的高克己小声对老陈说,檐末虎开始了。老陈点点头说我注意到了他一连说了四个我,最后才是你饿吗,他是想让对方回答有主语的问题,借以测试他逻辑性是否连贯,然后确定他现在的精神状态,这些都是常规做法啊。高克己嗯了声说,可就是这些常规的做法,你没用,他用了。老陈一时语塞,想不起用什么话来反驳高克己。猛然看到颜伯虎走出门,连忙调整楼道的监控,见他拿着塑料餐具正在往里面盛汤和放面条,老陈用胳膊肘碰碰高克己说:"檐末虎真要给嫌疑人上饭啊,我们还没吃呢。"

高克己说:"你们赶紧趁热吃,我猜他这碗汤面没这么简单。"

颜伯虎把汤面端进去放在嫌疑人眼前的桌上,好像没看见他被束缚的双手一样,还把小勺放到碗里。嫌疑人使劲挣了挣双手朝颜伯虎说:"给我打开啊,我吃不了啊。"

颜伯虎恍然大悟般满处找了半天,无奈地回头朝嫌疑人摊开双手说:"没找到钥匙,要不你等等,等他们回来我再给你打开。你先说说,我这个牛肉汤闻着怎么样?是不是有大厨的味道?"

嫌疑人忙不迭地点头:"有味道,闻着就香。"

颜伯虎问道:"你进火车站之前吃饭了吗?他们说你喝酒了,大清早起来你喝什么酒啊?他们估计是冤枉你了。我能给你做个鉴定,抽血测验一下,如果血液中没有酒精含量就证明他们说错了。你想做这个鉴定吗?"

嫌疑人摇摇头说:"我不做鉴定。"

颜伯虎说:"不疼,就是抽点血。"

嫌疑人说:"我喝酒了。"

颜伯虎说:"这我就不明白了,早晨起来你就喝酒,你有酒瘾吗?"

嫌疑人说:"我下夜班,想睡觉才喝点酒。"

颜伯虎说:"你下夜班喝酒想睡觉,怎么跑到车站来了呢?这都不挨着啊。"

嫌疑人说:"怎么不挨着啊?"

颜伯虎说:"你睡觉应该回家呀,跑到火车站干吗呢?"

嫌疑人说:"是他告诉我坐火车能回家,我才来的车站。"

这句话让监控室里的高克己和老陈立即敏感起来,老陈条件反射似的抓住话筒想告诉颜伯虎,要马上做出反应揪住这句话追问下去。高克己急忙按住老陈的手,伸手指了指耳朵,示意颜伯虎没有戴耳机,然后把手往下压了压,让他相信颜伯虎会及时跟进的。可出乎他们的意料,颜伯虎好像压根没听到这个敏感词一样,仍旧继续和嫌疑人交谈。

"火车站进站需要买票,你肯定是没有票闯进来的吧?"

"我有票,他给我的火车票。"

"你有票怎么还跑到火车头上去了啊。"

"他说有人拦着就是刁难我不让我走,我就得自己开火车回去。"

"可是你不会开火车啊?"

"我会,他能教我开火车。"

颜伯虎往前凑近些说:"怎么教你开啊?"

嫌疑人没有躲开颜伯虎的举动,他向前探了探身子说:"手机发微信告诉我怎么开火车。"

颜伯虎语速加快了："怎么教你的，打字？语音？还是视频？"

嫌疑人回答说："语音直接说啊。"

颜伯虎突然提起语速问道："他是你爸爸吗？"

嫌疑人不假思索地答道："他不是我爸爸！"

"他是谁？！"

"他是我们工厂里的徐师傅。"

"你手机里有他的照片吗？"

"有，可是手机在你们那里呀。"

监控室里的人们听完这番讯问都像打了鸡血似的亢奋起来，两人的对话信息量太大了，颜伯虎看似东一榔头西一棒子地聊闲天，可每句都勾着嫌疑人的行为轨迹，嫌疑人在他的代入下叙述着劫车前的事情却浑然不觉，而且他还故意露出破绽允许嫌疑人反驳，在反驳中快速跟进使对方说出了隐匿在背后的指使人。两个人你来我往，把本来剑拔弩张的对立审讯变成了娓娓道来的闲聊，他甚至都不去问嫌疑人的姓甚名谁，籍贯住址，年龄大小等常规的问题，合并了同类项省略了常规的问话，直接将嫌疑人带入瓮中。当嫌疑人看着桌上的牛肉面无法下嘴，提出来要颗烟抽时，颜伯虎掏出来口袋里的空烟盒向他示意，然后借口找烟盒、找钥匙走出讯问室。留下了一碗尚有余温的牛肉面和不知所以的嫌疑人。高克己兴奋地拍了下桌子对老陈说："檐末虎这门土炮还挺管用哈。"老陈点点头但又有点不服气地说："他，他檐末虎有点违反讯问程序吧？"高克己指着嫌疑人说："老陈，你们跟他循环往复地较了这么久的劲儿。他的家庭职业生活环境早该了如指掌了，而且我相信相关的证据调查你们已经有眉目了，这个时候颜伯虎假如再照流程走一遍的话,也就不会有现在的结果。你说是吧?"

老陈点点头表示认同高克己的说法。颜伯虎推门走进来冲老陈说道:"老陈醋,该我干的活儿我可都干完了,剩下的事你们自己收尾吧,给我来颗烟抽。"老陈递过去烟盒说:"都给你,省得你说我小气。"颜伯虎接过烟盒笑着说:"咱们约定那事你现在不用急着兑现,等明天去食堂吃饭的时候,当着大伙喊一声颜老师就行。"

老陈说:"檐末虎,你不要没完没了。这话我是说了,可你也没答应呀。"

高克己连忙岔开两人说:"我证明,我证明,你是说过想喊颜老师,可颜老师确实没答应。"

颜伯虎嘿嘿笑着举起手机说:"就知道你老陈醋说完不认账,进讯问室之前我就开着手机录音呢。到时候我找圆珠笔把咱俩的对话这么一加工,你就证据确凿,无可抵赖了。"

老陈说:"你那叫篡改证据,同志们不会相信你的一面之词。不过话说回来,你能告诉我就说明你不会这么做。毕竟咱俩同事这么多年,你檐末虎虽然平时嘴损点,但绝不会做这么下三滥的事。"

颜伯虎拍拍老陈的肩膀:"这几句话捧得不赖,还挺舒服的,我接受。"

老陈用肩膀拱了下颜伯虎:"说吧,你到底还有嘛事想让我办的。"

"跟聪明人说话就是顺溜,"颜伯虎用手指指玻璃窗里的嫌疑人说,"你让他把那碗面吃了,然后找几个人帮我收拾下东西,我还得回食堂收摊呢。"

讯问的后半程很顺利,高克己和预审队员们很快就拿下了嫌疑人的笔录,同时在他的叙述下画出了被称作"徐师傅"的模拟画像。天刚蒙蒙亮刑警支队和警卫支队的两拨人马就杀向柳青镇,在和先期开展工作的派出所会合后,没到中午时分就将与嫌疑人有关的所有线索落实得爪干毛净。嫌疑人叫肖启佳,在柳青镇的一家仿古木器厂上班,工作是给仿古木器制作画样。父母都是退休工人,家里就这么一个儿子,因为总搞不到对象平时有点轻度抑郁。尤其是喝完酒以后有间歇性精神病的倾向,家里和工厂里的人都认为是喝多了撒酒疯,谁也没往精神病那方面想。但有一次他把人家送快递小哥的电动车开走兜风,一边开一边还像天女散花似的沿途抛撒快递箱子,最后要不是冲进一家超市,电动车骑在货架子上,他一头钻进装速冻食品的冰柜里,可能连交通警也追不上他。有了这次教训,家里对他开始治疗,中西医结合丸散膏丹汤饮片剂没少吃,无奈他好的时候跟好人一样,并且能持续好长时间不犯病,父母和厂子里的人就认为他病好了。肖启佳供述的喝酒的地方也找到了,是个安徽人开的板面馆,里面有监控可是坏的跟没有一样,询问板面馆老板当时的情形,回答说确有两个人坐在角落里吃过饭,拿着肖启佳的照片和"徐师傅"的画像给老板辨认,老板一眼就认出了肖启佳,可对徐师傅的画像老板却一脸茫然。追踪和肖启佳通话的手机,发现手机卡是个死了好几年的人使用过的,家里人贪图小利没去注销,将手机卡卖给了街边的二道贩子。再去电信部门调查通信记录,虽然刑警队的人手续齐全，可人家说提取信息需要等一段时间。铁路部门也来消息了，肖启佳持有的火车票是一张仿制逼真的假票。

这个结果让李正弘很是郁闷，也就是说，嫌疑人肖启佳供述的证据，除了他自己的以外都无法证实，问题是他自己还是个间歇性的精神病人。李正弘好比是老虎遇到了刺猬，看着像块肥肉，可就是下不了嘴。更让他头疼的是偏偏在这个节骨眼上，师傅姚个奇又登门拜访。这回他是躲不开了，急忙长脸变圆脸使劲调动起面部肌肉笑着将师傅请进屋里，又是让座又是倒茶，还一边说着总想去看您，就是工作忙给耽误了，您来处里找我我也知道，这不是摊上事了嘛，所以又让您白跑一趟。姚个奇说你现在是处长一把手，千头万绪的工作都得找你我能理解，但也得关注下老同志的请求吧？李正弘忙说您还是喊我老疙瘩吧，我听着亲切，别叫我处长，师傅您有事就说，我一定办好。姚个奇也没含糊，开门见山地说出自己的来意，最后特别加重语气说，你也知道这件事在我心里压了很多年，让我排解不开的还是你大师兄成玉坤的死，所以你一定要想办法重新开启调查。李正弘沉吟片刻说，当年这件案子我参与了，因为其中的一些事情还与克己和另外哥儿几个闹得很生分。现在您提出来这个事情我也知道，下周开处务会我把这件事当重要议题上会，到时候我会争取让班子成员通过这个议题。说完话之后李正弘感觉还差点力度，又继续说道师傅我虽然是处长，但也不能一言堂让别的领导说咱不民主。姚个奇点点头说你按照程序走没错，我就等你的好消息了。临出办公楼大门前，姚个奇回头对跟在身后送出来的李正弘说，过些日子是我生日，到时候你提前把事情安排好过来吃个饭，克己玉昕伯虎竹林他们都来，大家坐一起畅快地聊聊，很多心里的疙瘩也就化解开了。李正弘不停地点着头答应说我一定去，一定去。

话往往答应得很痛快，承诺的人也不会考虑很多无法预料的因素。尤其是像李正弘这样手握权柄又能掌控局面的人，即使是突发状况或是因时因事届时无法成行，他也会择日另行拜访，肯定不会让这顿饭变得遥不可及。但他没有想到的是，以后事情的发展会出乎所有人的意料，就像每年三四月份的天气说变脸就变脸，刚刚还阳春三月暖风和煦，陡然间就雷雨冰雹狂风加雪，打得人无法招架甚至浑身伤痕累累。

十三

高克己和颜伯虎来到古文化街"闲得难受"文玩店时，郭玉昕和袁竹林已经在等他们俩了。他们四个人凑在一块是颜伯虎建议的，因为按照以前师兄弟们的惯例，每办完一起案子都要聚在一起复复盘。开始的时候是由师傅姚个奇捏总攒局，带着他们前后盘点逐一捋顺每个环节，然后一起吃顿饭。后来就改成大师兄成玉坤带着大家讨论，再后来成玉坤牺牲就改成高克己，再后来师兄弟们如郭玉昕所说，离开的离开，做假账的做假账，抡大勺的抡大勺，蹲办公室的蹲办公室，还有一位天天听汇报的，就再也没有凑到一起了。这次正好赶上高克己同志执行任务时"遇难"后挺身而出舌战嫌疑人，袁竹林同志巧妙配合钩出钥匙坠毁了一架无人机，还有颜伯虎同志横刀立马危难之处显身手摆平精神病，每件事情可圈可点可以吹牛显摆。所以颜伯虎建议去郭玉昕文玩店复盘讨论，对于这个建议，高克己起初有点犹豫，但经颜伯虎解释后也释然了。因为这件事属于偶发案件，一不涉及机密，二已经暂时算告一段落了，至于第三第四更重要，你不是心心念念地总想着"9·30"嘛，而且师傅也找过李正弘准备重启调查。说起来郭玉昕也是当年的当事人，借着这个机会大伙碰个头，既可以探讨交流又能联络感情，还能让郭玉昕羡慕他没这个机会参与其中，然后还能为师傅生日提前暖暖场，一举好几得，何乐而不为。高克己问袁竹林意见，袁竹林想都没想就答应了。

几个人围坐在茶海前，郭玉昕大马金刀地坐在主位上给他们轮流倒着茶说："我先说一句啊，咱们还是老规矩，在谁家聚就在谁家吃。我都已经安排完了，你们各自心里有底就行。"俨然一副老大加能耐梗的派头，一点没把师兄高克己放在眼里。不光是高克己，加上颜伯虎和袁竹林其实也已经习惯了，谁让他能耐梗就这么强势呢。

袁竹林接茬说："我已经告诉媳妇了，今天晚上不回家吃饭了。让她别、别等我。"

"老五，你瞧你这个倒霉德行，"颜伯虎指着袁竹林的鼻子说，"真是把财迷转向发挥得出神入化，只要自己不花钱吃谁都行。你什么时候能在家请我们哥儿几个吃一回呢？"

"行啊，下回都去我们家吃捞面。"

"哎哟我操！是不是你买好了面，我带着肉丝虾仁和菜码儿，老二带着鲜货水果瓜子，老三带着啤酒饮料矿泉水，然后我打卤，你媳妇煮面就算齐活了。"

"不能够,我不让你花钱。你回家没法报,报销。"

"我抽你!"

高克己了解颜伯虎的脾气秉性,知道他嘴损心善喜欢开玩笑,绝不会真的去打袁竹林。他把郭玉昕泡好的茶盅朝颜伯虎面前推过去说:"你先喝茶,一会儿咱们跟老三念叨念叨,主要是说你怎么讯问嫌疑人的事。"

颜伯虎摇摇头说:"复盘得有头有尾不能挑着说,要说就得从头开始……"

由颜伯虎开头,几个人边喝茶边分段叙述,将几个现场独立分析又拼接到一起,描述的时候又都加上自己的见解和判断,尤其是对细节的把控,他们都能做到一丝不漏。因为以往分析讨论,并不是每一个案件他们都能参与,而没有参与的人作为旁听观众则相对会提出意见,这就是所谓的"旁观者清"的道理。可他们三个人复盘下来,一直给他们倒茶添水的郭玉昕竟然一句话都没说。沉默了一会儿郭玉昕才说我没感觉出这个偶发的事件和二十多前的"9·30"有什么关系,也没和那个触发装置有什么必然的联系。要说有疑问就是嫌疑人的供述,他交代的这个人现在没法落实,那我就质疑是否真有这个人的存在,抑或是嫌疑人在神志不清楚的时候自己编造出来的谎言。退一步说,如果真有这个徐师傅,也真有两人之间的通话和微信联系,谁知道会不会是某个了解他底细的人成心拿他找乐开玩笑,就是想看他怎么发病,就是想看他惹了多大的祸呢。这种心理不正常的人飘荡在社会上无所事事,生活的乐趣就是想看别人怎么倒霉,社会职能部门怎么疲于奔命地解决各种矛盾。前者是嫌疑人神志不清胡说八道,后者是坏人别有用心看热闹不怕事大。郭玉昕的这段话把颜伯虎说得直上火,他站起来说:"老三,你的意思是我费了半天的劲,拿回来的口供没价值吗?"

郭玉昕摆了摆手说:"也不是完全没有用,就是价值不大。"

颜伯虎让郭玉昕不疼不痒的两句话撑得没脾气,想反驳一时间又找不出合适的理由,只好端起茶盅抬眼望着房顶子运气。倒是高克己看着袁竹林做的笔记不停地用手敲着椅子扶手,这个动作本来是在思考时的下意识反应,可是在郭玉昕看来就像是不耐烦。他把手里的茶壶使劲蹾在茶海上,朝高克己说道:"老二,有话就说,有不同看法就提,弄这些小动作干吗呢?"

这句话点醒了正在沉思的高克己,他一把抓过袁竹林的本子又仔细看了看,嘴里喃喃自语道:"你们不觉得,这就是个小动作吗?"

袁竹林瞪大眼睛说:"都劫火车了,这事还小?"

颜伯虎把头扭向一边:"你又浮想联翩了吧。"

唯独郭玉昕把手按在茶壶上,朝高克己示意让他说下去。

高克己说:"我们习惯就事论事,就一个案子说一个案子,即使是以前搞过的串并案件也是具象的案件性质、案件规律、案件地点、作案方法和侵害目标等等,很少考虑它的辐射性和延伸性。你们别误会,我不是什么都想硬往'9·30'上靠。而是这起突发的案件在柳青站,前些天石击的案件也发生在柳青站的管界内。如果我们综合起来想想,为什么在这短短的十几天的时间内,两起看似毫不相关且性质不同的案件都发生在以柳青站为圆点,方圆几十公里的地方呢?"

"你是说这是有人蓄谋已久搞的行动?"颜伯虎疑惑地问。

"我没这么说,至少现在没有证据能支持我的想法。"高克己继续说,"但我总感觉好像有人在提醒我们,提醒我们关注柳青站,关注柳青镇。如果这个提醒成立,那么他肯定是恶意的。因为这两起案件都是以危害公共交通工具,制造危险事件为基础的!假设这两件事情都是小动作,都是给以后更大的危害行为做准备,那么更大的动作是什么?"

"你说得我有点后背发……发凉。"袁竹林挪动了下身子。

高克己说:"我也是看了你画的纵横线条、标志点位和圆圈才突发奇想的。石击案件发生在既有线正线一百三十二公里处,肖启佳劫持机车发生在柳青站站内,柳青镇的中心点是以柳青镇政府和火车站为两端的一个小圈,这片属于中心地带,那么你画的这个大圈就把一百三十二公里的案发地圈进去了。我知道你是按照嫌疑人有机动车这个条件设计的,那么现在问题来了,是谁在这么肆无忌惮地制造事端?"

"也许真的是巧合呢?"颜伯虎说,"石击列车可以解释为小孩子制作的手工,挂在树上打着玩。肖启佳就是个突发的间歇性精神病人,受人怂恿去劫持的火车机头才引发的案件,看不出二者之间有什么必然联系啊。"

"好。就算是这二者之间没有必然的联系,那么至少说明柳青站在安全警卫工作方面存在着相当大的漏洞和问题。我已经和支队长建议了,重新调整制定并审核柳青站的警卫工作方案,周边环境调研,沿线五公里的人员层次,各个警卫岗点警卫人员的编排,重点部位重点人口的审查,这些都需要认真核实。我来专门负责这件事,明天我就进驻柳青站派出所去督促检查落实情况。"高克己这话说得语气坚定且不容置疑。

颜伯虎叹了口气说:"你呀,你是醉翁之意不在酒啊。"

始终没说话的郭玉昕将手离开茶壶说道:"柳青镇方圆上百里,常住人口将近百万,这还不算在当地打工的流动人员。关键的是柳青站是平海市南下的交通要道,同时还是平海市打造的旅游小镇,凭你和派出所的警力搞彻查,短时间内恐怕拿不下来。我对柳青镇还算熟悉,也有几个朋友,明天我就去柳青镇古玩一条街设个点。你走你的官面儿,我玩我的民间,我先把旅馆饭店小饭馆之类的地方摸一遍,就当是给师傅打个前站。"说完话,郭玉昕用眼睛扫了一下颜伯虎和袁竹林说:"你们俩现在也帮不上忙,留在市里没事多往师傅家里去看看。"

颜伯虎接过话茬说:"师傅肯定是初心不改,我敢保证钻天猴不给他确实的消息他准没完没了。"

袁竹林说:"我知道他已经去找钻天猴三次了。"

郭玉昕站起来说:"别提钻天猴,提他我就烦。天也不早了,咱们也得吃饭吧。我在街口的九河小酒馆订了座位和几个菜,我喝酒,你们不喝酒的喝茶,边吃边聊正好商量下怎么给师傅过生日。"

几个人起来往外走,郭玉昕的手机响了起来,他举起手机看了看对几个人说:"嘚啵了一个下午的柳青镇,来电话的就是柳青人。"接通电话没说两句他就挂断电话,然后略带神秘地对高克己他们三个人说你们先走,我处理点事就过去,到了小酒馆提郭三哥订的餐就行。颜伯虎说你神神秘秘的干吗呢,郭玉昕挥挥手没再说话。其实这个电话没有多少神秘,就是韩胜喜想过来找他借钱。

韩胜喜来到"闲得难受"时，郭玉昕已经把两万块钱准备好了。韩胜喜看着桌上的两沓钱不好意思地说："玉昕，我真是没办法才找你张的口。刚才我那个大儿子领着女朋友来了，人家看上我那件明末的红木首饰盒了，这个败家子问都不问就拿给人家了，我真不是心疼这两个钱，问题是别人给定金了啊。一会儿人家就来取货，我口袋里才几百块钱，怎么赔给人家啊。"

郭玉昕急忙安慰说："等会把钱给买主，多赔不是，多说好话，事就算过去了。不过你这买卖干得不算赔呀，东西好歹不还是给了儿媳妇嘛，出东门进西门都是你们自己家的事。"

韩胜喜苦着脸："你快别说了，就这女朋友交的。唉……"

看着韩胜喜这副嘴脸倒把郭玉昕的好奇心勾起来了，他扬手拍了下对方的肩膀说："看你这揍性，儿子交女朋友是好事啊，你愁眉苦脸的干吗？"

韩胜喜说："你是没看见，别的不说人家女方可是大公司的老板，咱这平民百姓的孩子跟人家能般配吗？还有就是这岁数也不行呀，相差得太多。"

郭玉昕说："女方大点知道疼人，差多少？不至于差十几岁吧。"

韩胜喜掏出手机说："我不说了，你看看合适吗？"

郭玉昕有点纳闷地接过手机，当看到两人的合影时瞬间睁大了眼睛，马上又怕看错似的使劲揉揉自己的双眼，等确定手机屏幕里的照片自己的确没看错后，不由自主地咬牙咧嘴地摇摇头说："老韩，你儿子真他妈有本事！"

他看见照片里的这个女人，是李正弘的老婆徐雅晴。

高克己不会开车，本来想坐火车"过站"去柳青站，刚出门就接到郭玉昕的电话，电话里说让他在老地方等着，过会开车过去接他一起去柳青。高克己知道郭玉昕说的老地方是哪里，是平海火车站外面的邮局。以前他们出差搞案件或者是组成"铁鹰"小分队跟车打击流窜犯罪，都会在这个地方集合碰头。联想到头天晚上他说过要一早去柳青，郭玉昕肯定知道自己不会开车，而坐过站要等有停点的车次，时间上很难掌握，也不机动，所以才开车带着他走。想到这些高克己的心里微微泛起一股暖意。

郭玉昕开着车一路上几乎没怎么和高克己说话，车到柳青站广场时，郭玉昕把车停在路边点上颗烟，没有让高克己下车的意思。高克己转过脸问，你是不是有话想跟我说？郭玉昕猛抽了两口烟说，钻天猴最近怎么样？我是想问他跟徐雅晴的关系怎么样。高克己停顿了下说不怎么样，两人也许要离婚吧。郭玉昕说要是这样我就释然点了。高克己说，我怎么感觉你有点幸灾乐祸的味道呢？郭玉昕吐出口长长的烟雾说幸灾乐祸的应该是你吧，我虽然离开公安处了，但你和徐雅晴的那段事我可没忘。高克己说你要是为了跟我说这个我就下车，谢谢你送我到车站。郭玉昕忙伸手拉住高克己说，我朋友的儿子在徐雅晴的公司里是个小鲜肉，现在是她名义上的男朋友。高克己听完这句话，脑中迅速闪现出多天前超市里的一幕，徐雅晴满脸洋溢着温柔幸福的眼神，还有她身后那个穿着入时的年轻人。

柳青站派出所所长老杨打心眼里就腻歪高克己这个"钦差大

臣"。原本重新调查与核实警卫工作方案就很庞杂和繁琐，所里的警力又不富余，总是停留在十几个人、七八条枪的这个状态上。他也打过好几次报告向上级申请，请求给派出所多增添人手，正式民警没有，多来点辅警也行啊，可每次都是让他再等等，结果人手没等来，倒把大雷等来了，在自己的管界内两次警卫任务两次出问题，他在交班会上做出深刻检查的同时，顺便把辞职报告也交上去了。这回等来的是李正弘更严厉的批评，让他放弃幻想戴罪立功。意思就是说，想辞职拍拍屁股走人，没门。不仅不能走，还得在原岗位上继续干出成绩来。杨所长一咬牙带着内勤、内保、刑侦、执勤几个组的骨干加班加点连轴转，开启了疯狂扫荡的模式，从里到外，从车站内部到沿线所有的乡镇、学校、工厂和商店超市进行地毯式摸排调查，几天下来人都累瘦了一圈。就在这个时候，始作俑者高克己来了，还顶着个检查指导工作的帽子，你说杨所长能有好气儿嘛。可偏偏高克己摆出个扶贫干部下乡扎根的造型不以为忤，对他时不时念的"山音"来了个聋子宰猪——满不听哼哼，不仅不搭理他，反而天天看各种资料，走访研究，弄得更细致了。杨所长没办法只能关照手下的民警多给高克己些生活上的关心，各种材料和信息要更严谨和翔实，千万不能出任何纰漏，让高克己找出毛病来。其实他哪里知道高克己的想法，这次他来到柳青镇真如颜伯虎所讲"醉翁之意不在酒"，他是想借助完善警卫工作方案的机会，把那个触发装置的谜团解开。

　　李正弘这两天日子也不好过，一边要应付上级领导对前期警卫工作时发生状况的问责，一边还要安排布置整个公安处的各项工作,同时徐雅晴又给他打电话发信息"逼宫"离婚,再加上乘警支队反馈上来的信息说,从南方值乘回来的乘警反映有一种比流感更厉害的病毒传播得很厉害,不知道是什么玩意,但从旅客们互相交流的口中察觉到很惶恐。缠头裹脑的事情挤堆在一块掰扯不开,可他还是得继续主持日常工作。到了开处务会这天,他听着几位副处长说着分管工作的汇报,脑子却神游到十万八千里以外了。等他回过神儿来的时候,发现从政委到几位副处长目光都集中到他脸上,他意识到该自己发言了,可他的确想不起来刚才他们都说些什么,什么是重点,哪个需要自己表态,哪个自己要提纲挈领地说几句不疼不痒的话。情急之下他脱口而出说,前段时间退休的老同志老专家找到自己,对二十多年前咱们处主办的那起"9·30"案件有质疑,好像新近突发的案子跟"9·30"看似有着某种联系,所以提出想重新调查。正好大家都在,他想听听各位分管领导的意见。其实李正弘抛出来这段话的意思很鸡贼,他是想在座的论起资历来,除了政委和分管刑侦的副处长跟自己不相上下,其余几位不是专业资历不深,就是根本没参与过当年的案件调查。况且政委和刑侦副处长还是从外单位调来的,对当年的事情只停留在耳闻,并没有实际接触过。他说完这段话大家一通议论,最后如果同意重启调查,向上级汇报时是班子集体决议的,自己还能对师傅有个交代。即使是没议出个结果,也是班子集体决定的,位于公安处金字塔尖上的他能游刃有余。进可攻退可守,既能体现博采众长、集思广益的工作作风,又能展现尊重老同志的优良品质,最关键的是把刚才走神儿的事情遮掩过去了。

没想到他此言一出,主管刑侦的田副处长率先发言了。田副处长快人快语，说话言简意赅也不拐弯抹角，意思很明确就是同意李正弘处长的议题，并建议刑侦、技术和警卫几个部门派出经验丰富的骨干联合调查，还案件一个本来面目。田副处长刚说完，政委紧跟着就表示附议，还特别提出如果需要找外兄弟单位协助的话，他可以去组织协调。这俩人的表态有点让李正弘犯嘀咕，因为按照以往的惯例，政委和田副处长除去立功授奖、表彰先进以外，别的事情几乎都犯顶，跟自己是战友但绝不在同一个战壕里。可为什么在重启调查这件事上转而支持自己了呢？李正弘脸上没有任何表情，只是缓慢地点头表示在认真地听他们的讲话，但心里却在不住地打鼓。"9·30"这起案子自己是当事人之一，而且负责专案组的资料汇总和案情进度的报告，可以说除了当时的各级领导，他是离核心最近的人。现在这个形势政委和田副处长没有揪住警卫任务时发生的事件不放，而是积极响应自己的提议，是不是另有什么想法啊？想到这些他把目光转到分管警卫工作的刘副处长身上，用眼神向他做出示意，意思是该你说话了，别总跟鸵鸟似的趴在眼镜后面躲清闲。刘副处长立刻明白了李正弘的意思，他心里本来很笃定这个眼神儿的含义，那就是越是别人支持的他就越得跟着处长反对，反之他就得支持。可这次提议是李正弘提出来的，政委和田副处长竟然附议了，这让他一时想不起如何表态。但毕竟是做了这么多年的副职，辩证法在他这儿早已烂熟于心，负负得正，反过来就是正正得负。否定之否定的悖论就是肯定之肯定。想到这儿他扶了扶鼻梁子上的眼镜说，重启调查这件事得慎重，不能因为老同志老专家提出质疑我们就推翻之前的结论。况且"9·30"案件当年是经过部局、局、处还有公安部专家们做出的结论，犯罪嫌疑人报复社会，人当场死亡，现在仅凭着个似是而非的证据就说以前的结论不准确，而且还要展开调查是否有些草率。话刚说完田副处长就和他杠上了，并言之凿凿地明确自己的观点，有错必纠有错必改，是我们公安机关践行为人民服务和司法公正的意志体现。刘副处长也没含糊立即反驳回去，那也不能眉毛胡子一把抓，没有实锤的证据就调查已经有结论的案子，牵扯精力占用警力和办案资源先不说，落实不了怎么办？谁来负这个责任？眼瞅着两边的火苗子噌噌地往上冒，李正弘感觉自己该表态了。他先摆手安抚下两边的情绪，然后慢慢地说出自己的意见，既然我提议的重启案件调查这件事大家思想不统一，那就先缓缓，我们回头都各自多搞一些调查研究，下次处务会再议。

　　姚个奇挂断李正弘打来的电话后，独自在书房里待了好半天，直到杜雨莉叫他吃饭才慢慢地走出来。开始杜雨莉还认为他躲在书房里抽烟呢，可推开房门一看，屋子里一丝烟味都没有，相反的是简易小床上摆放着很整齐的一套运动服和遮阳帽，以及笔记本放大镜和钢笔皮尺、指南针地图还有一个老式的警用甩棍。熟悉姚个奇生活规律的杜雨莉知道，这是以往老姚出差时的装备，假如他现在还干刑警，配上把手枪和副铐子一准能精神抖擞地驰骋千里。吃饭的时候杜雨莉特意给姚个奇倒上一杯酒，姚个奇闷头喝完说了几句话把杜雨莉逗乐了。姚个奇说事出反常必有妖，这么多年你给我倒酒的次数掰着手指头都能数得过来。你不就是想把我灌醉了从我嘴里套话吗？不用你套，我主动招了。杜雨莉笑着说那你就自己撂吧，收拾得这么整齐想干吗去啊？姚个奇说我离家出走。杜雨莉笑得更灿烂了，就你还离家出走啊，离开我你得饿死。趁着我现在心情好你快点说，一会儿我还得刷锅洗碗呢。姚个奇嗯了一声，从把前几天叫几个徒弟到家里吃饭说起"9·30"的案子开始，一直到他找李正弘重新调查被委婉地拒绝结束，最后说道他们不调查我自己干，总不能把这个证据放过去吧。杜雨莉听完沉默了片刻说你怎么还这么较劲呢，其实她心里清楚凡是工作上的事情，只要姚个奇下定决心，任凭谁也阻拦不住，更何况这件事是他一直深埋在心里的隐疾。但她还是想尝试着劝劝姚个奇，于是她试着建议说你可以让另外几个徒弟帮帮忙呀，高克己颜伯虎袁竹林他们不都是你的得意弟子吗？姚个奇摇摇头说，他们都有自己的一摊工作，找谁参与进来都不合适，还是我自己先折腾着吧。等有了眉目再找他们跟进，那样兴许效果更好。杜雨莉不再说话了，她收拾好碗筷走进厨房，开始给姚个奇准备明天出门带的饭食。

十四

　　高克己和郭玉昕像是朝着相同目标却又奔跑在两条道上的车一样，一个是踏平坎坷成大道，斗罢艰险又出发；一个是一条小路曲曲弯弯细又长，一直通向迷雾的远方，两人互相看得见听得着，但又谁也不挨着谁，偶尔停下来的时候会各自观望对方几眼，却又互不通气很少有沟通。说起来原因也很简单，高克己的职业是警察，不能做到将自己掌握的情况信息和郭玉昕资源共享，尤其牵扯到警卫工作那更是涉及机密，是无法告诉对方的。

而郭玉昕则是性格使然，打心眼里压根就看不上高克己，心高气傲外带牛逼闪闪的脾气，让他面对除去师傅之外的师兄弟们，从来都是占据碾压式的心理优势。他坚信虽然自己现在不做警察了，但对很多业务还是轻车熟路的，更看不惯高克己亦步亦趋像蜗牛似的做派。所以他从来不主动去找高克己，倒是欢迎高克己到他在柳青镇开的分店里来坐坐。可是他们俩无论如何也想不到，还有一个人抛开他们俩人的轨迹也在独自行进着，这个人就是他们的师傅姚个奇。更令他们没有想到的是，一场突如其来的疫情把他们设想的调查节奏打得一片混乱。

疫情刚开始似乎还在长江以南，对平海这个华北平原上的城市好像没有多大影响。高克己还是照常地搭郭玉昕的车来柳青镇，郭玉昕仍旧把高克己撂到火车站广场上自己再拐个弯去分店，姚个奇开着小电动车在他设定的几个范围内穿行着。他们各自选择的方式也不同，高克己是犁地深耕从基础工作做起，誓要将柳青站周边所有与之有关的疑点查个遍。郭玉昕是以物找人，用柳青镇上的分店当据点，拿加工修缮老木器当幌子，撒大网寻找能制作这个触发装置的人。而姚个奇则是圈定了石击现场、车站，还有肖启佳的住处和常去的这几个地方，然后每个点画出半径不等的几个圆，他边在这些圆圈覆盖的范围内走访，边把几个圆圈的交会点在地图上标出，当作重点位置重点侦查。三个人各干各的虽然操作方式不同，却异曲同工。但疫情的传播速度超出了正常的预判，没过几天街上的行人就明显减少了，又没过几天不仅人们都戴上了口罩，而且连住宅小区都封闭得只留一个门出入了。高克己和郭玉昕还好说，姚个奇的出行明显地受到了限制,好几次从柳青镇回平海市里差点被堵在外面。郭玉昕从师娘杜雨莉那里得知姚个奇又像以前那样"千里走单骑"了,急忙给姚个奇打电话让他来自己的店里歇脚休息,其实他是想劝师傅回家不要再出来了,没想到姚个奇来到他的店铺里一看,当即决定以后如果拖晚回不去市里就住他这儿。把郭玉昕急得直抽自己的嘴,心里话说这不是弄巧成拙吗?本来想劝你回去的,这下可好你跑我这儿当房东来了。

高克己也知道了姚个奇的情况,他好几次想给李正弘打电话,让他以官方的身份劝阻姚个奇回去。瞎话都帮他编好了,就说组织上有全盘的统筹安排,正在逐步开始对"9·30"案件的调查,这个时候需要的是姚个奇回去,因为他以前也参与过此案的侦破,需要他查阅资料,提供些掌握的情况。可每次拿起手机想拨李正弘的号码时却又放下了,两人自从在柳青站制服精神病以后就没有再说过话,几次在公安处办公楼的走廊里不期而遇,也是点点头就擦身而过,两人心里都跟明镜似的,那天晚上的这个疙瘩分别揣在怀里一时半会儿解不开。碰巧这次郭玉昕难得跑到车站派出所来,让他帮忙想个办法赶紧把师傅弄回家,他将自己的想法告诉了郭玉昕,郭玉昕立即表示你赶紧给钻天猴打电话,这个办法可行。高克己拿起电话还没拨出号码,就看见屏幕上来电显示出三个字——"老疙瘩"。郭玉昕也看见了"哎哟"一声说道,真不愧是老搭档,你们俩是心有灵犀啊。高克己朝郭玉昕按下免提,电话接通后里面迅即传出来李正弘略带急促的声音:"克己,你现在在柳青站吗?"高克己连忙回答说:"我在。"话筒里的声音像是喘出半口长气,随即又提高声音说:"有个紧急的事情需要你协助派出所马上处理……"高克己听着李正弘电话里的急切叙述,眉头紧紧地皱在了一起。

因为疫情的缘故,很多商业活动呈断崖式的下跌,各种公司、商店、娱乐、培训机构纷纷关门停业,伴随着社会面上的治安环境好转,黑恶势力蠢蠢欲动有些抬头。平海市一家民营企业的老板不断地受到敲诈勒索,开始他抱着息事宁人的态度花点钱了事,但是后来对方胃口越来越大,老板忍受不了威胁选择报警。平海市公安局很快就掌握了黑恶势力的犯罪证据,一通犁庭扫穴式的连续打击将这伙歹徒几乎一网打尽。漏网的歹徒狗急跳墙,仿照大盗张子强的样子,身上绑着炸药来到老板的家里,张口让他拿出一千万,否则就同归于尽。由于当时老板家里只有他们夫妻两人,再加上疫情各家各户封闭得都很严,老板太太惊慌的喊叫未能引起邻居的注意。两名歹徒控制了老板夫妇后,将家里的现金财物搜罗一空,逼着老板用手机转空一张银行卡里的钱款,又逼问出另外几张卡号的密码,然后将两人捆绑结实塞到床底下,才离开住所逃跑。幸亏小区里的志愿者们挨家挨户地送菜送副食,来到老板的门前敲打很久没见人应声,仔细听听屋子里好像还有动静,急忙打电话报警。民警及时赶到解救了两人,问明案件情况后立即发出协查通报。其中一名歹徒自己驾车想混出平海,还没上高速就被抓个正着,他供认另一名歹徒和他相约分道离开平海,他说过要搭乘火车潜往外地。平海市公安局立即向平海铁路公安处发送协查通报,平海管界内的几个火车站和高铁站一线民警手里很快就得到了嫌疑人何东的资料,并且使用大数据查询何东的购票记录。经过查询发现,何东的确在平海南站购买了去南方的车票，公安处立刻调集预备警力向南站驰援，同时通知南站派出所所有民警都上一线做好查缉和抓捕工作，并对每名进站上车旅客进行摘掉口罩对照识别的程序。可是直到高铁即将发车的时候，嫌疑人何东仍旧没有露面。

这个情况让李正弘犯了嘀咕，他的第一反应是不是何东虚晃一枪，在铁路售票系统里实名购票故意暴露行踪后，转而搭乘其他交通工具，或者是隐匿行踪从平海另外的几个火车站进站上车呢？这个想法一产生，他马上告诉技术科收集近一个小时内平海所有车站进站口和站台上的监控录像，按照嫌疑人何东的照片和体貌特征逐人比对。虽然是疫情期间旅客较比往常要减少很多，但作为日均发送旅客十多万人的火车站，逐一比对不是大海捞针也和草地里找蚂蚱差不多。李正弘正在焦头烂额的时候，袁竹林来到指挥中心收集每天归档的资料，看见整个指挥中心热火朝天的景象低头叨咕了一句："万一嫌疑人走通勤口呢，这么多人不是白费劲吗？"这句话让李正弘听见了，他一把拉住袁竹林说："圆珠笔，你再说一遍！"

袁竹林慢慢推开李正弘的手说："我说，万一嫌疑人不按常规出牌，不走正常的进站程序，而是走铁路职工出乘退乘的通勤口呢。咱们这么多人不是瞎子点灯——白费蜡嘛。"

这句话真是醍醐灌顶猛地打醒了李正弘，他立即命令平海管内的车站调集职工通勤通道的监控录像。结果还真让袁竹林不幸言中，就在平海站通勤通道的监控中，发现一个身穿铁路职工制服模样的男青年，拎着个日常的背包走上了在站台上停靠的列车。经过及时对画面的处理和人像对比，百分之九十可以确定，该人就是协查通报上的嫌疑人何东。再查那列停靠的火车，十分钟之前已经发车离开平海了。赶忙查询这列火车途经的站点，发现开出的第一站就是柳青站。此时的李正弘早已抛开了平时的官威和矜持，一边在指挥中心召集人马现场制定抓捕方案和增援方案，一边让乘警支队联系车上值乘的乘警迅速开展工作。因为他清楚火车的运行线路，普速列车从平海铁路公安处管界内驶出的第一站是柳青站，而最后一站就是德山站，按照管辖线路的分配。德山站是平海和临近公安处的交界口，事实上德山站从地理上早已出了平海市的管辖，如果载着嫌疑人的列车再驶出德山，从理论上讲除去运行中的火车是平海公安处的地盘，剩下的都跟他没什么关系，那就真成了断线的风筝了。这时田副处长在旁边说，列车在柳青站停点三分钟，让柳青所先上去几个人协助乘警查缉抓捕，这样至少在人数上我们占优势，拿下个歹徒还是有把握的。李正弘表示意见正确立马采纳，操起电话就给所长老杨打电话，简单说明情况后让他组织现有警力上车。老杨听完就说了一句，所里除了值班听电话的就剩下我了，我自己上车。李正弘说难道就没有别人了吗？老杨说所里的人巡线的巡线，搞调研的搞调研，把正常执勤的民警抛开就剩下听电话的女警和我。哦，还有一个警卫支队的高克己。李正弘说你别管了，我让高克己跟你一起上车。他心急火燎地给高克己打通电话，讲述了这些情况。

高克己听完李正弘的电话后看看手表说，我知道了，列车还有十分钟进站，我马上去站台上等着。郭玉昕在旁边拍了下高克己的胳膊说："来得早不如来得巧，这事让我碰上了就得算我一份。"高克己摇摇头说:"你怎么行啊,你又不是现役民警,我们这是执行任务。"

郭玉昕把脸朝上一扬说:"老二,你就别跟我盘道装大个的了,我现在是不跟贵单位混了。但我也是良好市民,是治安积极分子,见义勇为是我的基本素质。再说句不好听的,我真怕你们几块料拿不下来人家。"

没等高克己说话,他的手机又响了起来。低头看过去屏幕上显示出李正弘发来的一条信息,"平海市局传来的最新消息,嫌疑人何东身上可能带有武器和爆炸物,如发现嫌疑人千万不要轻举妄动,迅速反馈情况。"这条信息郭玉昕也看见了,他对高克己说道,这次你更得让我去了,我比他们有经验。同时你也得换身便服,按咱们的老规矩办。

高克己不再坚持了,他深知郭玉昕说的话是对的,尤其是在运行的列车上识别和抓捕嫌疑人,着便服比穿着警服更容易接近对方。看着高克己犹豫的神情郭玉昕把手一挥说,老二你也别为难,我算正常旅客上车行吗?能帮上忙我就搭把手,帮不上忙算我坐火车兜兜风,车票钱我一分也不会少铁路的。换好了衣服,高克己让老杨带齐了手枪、手铐、喷雾剂、辣椒水和郭玉昕一起在站台上等待列车进站。郭玉昕明显地有点按捺不住的兴奋,双眼放光,不停地趸摸着站台四周,这个情景高克己看在眼里,不由得心里一阵荡漾,郭玉昕的样子何尝不是二十多年的自己啊,何尝不是二十多年的我们啊,那个时候无论得冒着酷暑还是顶着寒风,只要他们几个人到站台上一站,望着缓缓驶来即将进站的列车,心里的炽热足以融化所有的寒冰,也足以面对所有未知的危险与困难。

郭玉昕刚把目光转过来要跟身边的高克己说话，忽然看见个熟悉的身影推着小车走到站台上。"哎，你怎么跑这儿来了？"推车的人是韩胜喜。

韩胜喜看见郭玉昕也有点意外，他忙放下小车凑过来说："你怎么不在店里待着跑车站来了。我这是给车上送食品和餐料，儿子在的那家公司不是承包了所有列车上的业务嘛。最近疫情员工少，我就回柳青这个点管送货了。"

"你市里古文化街上的门脸不管了？"

"一看你最近就没回市里，门脸还开着呢，让我小儿子盯着呢。他自己看书学习的也没人打扰。"

郭玉昕知道韩胜喜说的儿子的公司，其实就是徐雅晴当老板的分公司。当年徐雅晴和李正弘结婚后，因为司法系统里有规定，夫妻二人不能在同一单位里供职，徐雅晴选择了脱警服离开公安处，到铁路部门的多种经营公司去上班，至于她这么做有没有躲开高克己的意思也就未可知了。但事实上徐雅晴到了多种经营公司之后很快就干得风生水起，一是有当副局长的亲爹帮忙，二是她有当警察的经历，豪爽敢干，没多久自己就开了几家公司，再过段时间她的公司把铁路的多种经营公司业务都承揽过来，实实在在地把对方架成了个空壳。要想富吃铁路这句话，在徐雅晴身上得到了完美的诠释。郭玉昕本来还想对韩胜喜说两句什么，但看到高克己凌厉的眼神，最终没有再开口。

火车进站了。高克己和郭玉昕、老杨三个人没有急于上车，他们先是观察下车旅客的人数和体貌特征，确定没有与嫌疑人何东相符的对象后，才在发车铃声响过之后迅速地鱼贯而入，登上这趟普速列车。

一上车高克己跟郭玉昕几乎同时回头说了句大致相同的话："老规矩没变吧？""你还记得老规矩吗？"说完两人莞尔一笑都感觉有点多余。高克己对郭玉昕和老杨说："我去找乘警，顺便直接奔小头，你们俩就辛苦点吧。"

郭玉昕说："放心吧，我和杨哥去大头。咱们餐车见！"

高克己说的大小头其实就是火车上的硬座和卧铺。通常情况下老刑侦们都会以人多的硬座称为大头，而旅客相对少的卧铺则被称为小头。他们兵分两路，以中间的餐车为界，开始在列车上搜寻起来。高克己在卧铺车厢遇到了乘警，亮明身份后乘警忙说我已经接到"地上"的通知了，辅警现在在硬座那边和我分别开始巡查工作。我也已经和车长接洽完了，一会儿他们会发广播和派乘务员帮助咱们。

高克己说太好了，我们也有两个人过去了，你用电台喊一下辅警，他们会合后好进行甄别，咱们俩就从这边往回推。车厢里的广播响了起来，播放的意思是说接到上级通知，为防控疫情，列车乘务员要和乘警对每名旅客再进行一次实时体温检测，请大家做好准备。车厢里的乘客都戴着口罩，这又给逐一查询增加了难度。高克己和乘警刚检查完一节车厢，他脑子里突然冒出个念头。何东是伪装成铁路职工上的车，即使他上车后手中持有车票，因为是实名制购票，那也一定与本人不符。所以得改变策略，先查车上的通勤职工和软卧、厕所这些有门能关闭的地方，然后再核对旅客车票。还没容他跟乘警商量，口袋里的手机铃声就响了,原来是郭玉昕也意识到大面积筛查不对,告诉他已经和杨所长正在车厢里检查厕所和通勤职工呢。

卧铺和硬座车厢的两边人马不约而同地朝中间汇集,很快就检查到了餐车。郭玉昕走进车厢迎头撞见韩胜喜坐在椅子上,还没等他走过去询问他怎么没下车,就看见对面车厢门猛地被撞开,跑进来个穿着铁路制服的年轻男子,他跑进来迎面看见穿着警服的老杨和辅警,慌不择路地一把抓住座位上的一名女乘客,举手亮出个带着电线的按钮高声喊着:"你们都退后!不退后我就炸了车厢,和她和你们一起死!"

这个人就是高克已和郭玉昕寻找的嫌疑人何东。

何东混上列车后一直躲在离餐车不远的厕所里,因为他知道开车以后,乘务员和乘警照例要进行一轮检查。等躲过这轮检查后他再溜进餐车找个地方坐着,过段时间火车开出平海管界,他再下车搭乘汽车继续逃窜。车厢里的广播他在厕所里也听见了,这倒给他吃了颗定心丸,认为乘警和乘务员们的注意力都集中在旅客车厢里。他刚打开厕所门走出来,就碰上朝餐车走过来的高克已和乘警。高克已看过传来的嫌疑人体貌特征和照片,再加上何东出来时忘记戴上口罩,瞬间的一瞥让高克已立即觉得此人眼熟,他想起颜伯虎说的横切一刀,脱口而出喊道:"何东!"嫌疑人何东没有防备顺口答应道:"哎!"话音落地何东也反应过来,撒开腿奔着前方跑去,高克已和乘警一路将他追进餐车。何东看见前有堵截后有追兵,穷凶极恶抓住女乘客当人质和高克已他们形成对峙,狭小的车厢里空气陡然紧张起来。

十五

李正弘接到列车上发现何东,并且持有爆炸物劫持了一名人质的报告后,急忙在指挥中心展开紧急磋商议定抓捕和解救人质的方案。因为现场已经形成了警方与嫌疑人何东的对峙,双方都在行驶中的列车这个固定封闭的空间里,列车不停站任何支援和帮助都上不去,所有设想也都实现不了。像什么直升机往车顶上空降特警队,打开车顶子钻进去。还有什么汽车追火车,特警队员们拽住车厢门登上高速行进中的火车车厢。这些都是影视剧导演、编剧们的主观臆断,抑或是为达到视觉效果设计出来的桥段,属于天马行空胡说八道。先别说铁路公安处、局一级的单位没有直升机这样的装备,就连平海市公安局也没有,即使是有,这种行进中的飞行器和火车对接,也不是一般飞机驾驶员能做到的。更不要说铁路两侧绵延不断的钢铁护网,开着汽车追火车,给你个红旗奔驰保时捷玛莎拉蒂,也得够得着才行啊。况且列车在行进当中是不能停住的,也就是说,现在完全要依靠车上的警力稳定住何东,或伺机制伏解救人质,或等待列车进站停车后续力量能上车支援。可无论结果是什么,都有一个死结解不开,就是嫌疑人何东身上绑着的炸药。如果他孤注一掷引爆炸药,那后果就不堪设想了。公安处的智囊团们设计了无数个预案,最后都卡在了炸药这个环节上。时间在一分一秒地流逝过去,李正弘的脸色从通红到铁青,瞪着两眼不停地扫视着周围的人们,当他把目光投向坐在角落里的袁竹林时，发现袁竹林一手拿着笔在线路图上画着，一手操纵着电脑鼠标盯着屏幕上的列车时刻表，嘴里还在喃喃地不停念叨着什么。李正弘刚才是特意把袁竹林扣在指挥中心的，他了解袁竹林活电脑、技术控的特点，不用给他指定具体工作，他也能像智能机器人似的自觉开始运算。李正弘走过去用手敲了下桌面小声说："老五，老二和老三都在车上呢，我可全指望你这个活电脑了啊。"他说的老二和老三就是高克己和郭玉昕。这个时候他小声说出这么有温度的话来，是希望袁竹林能理解他焦急焦虑的心情。

袁竹林摆手让他闭嘴，又仔细对照了下手中的线路图上的标记，然后抬起头冲李正弘说道："有了！就是有点冒险。"

李正弘急赤白脸地说："人家都上咱们的车了，还管嘛冒险不冒险！快说！"

袁竹林举着手里的资料说道："我先说这个方案，有不清楚的地方或是不明确的关键点，说完以后你们再提出，我尽快一一解答。第一，立即通知在平海站担任日常警戒任务的特警队队员尹建涛、张晓亮穿便服佩戴武器装备，十二分钟后上在平海站三站台停靠的G1561次高铁，高铁的途经线路第一站是德山，它会在运行中追赶上并超越普速列车，四十三分钟后抵达德山站。第二，立即通知德山站派出所，让他们和车站协调将这趟普速列车停在易于疏散旅客交通便捷的站台。第三，和车上的高克己与乘警取得联系，告诉他们整个方案，让他们在从柳青站到德山站这一个半小时的时间内，无论如何稳住嫌疑人何东直到德山站停车再采取行动。第四，先于普速列车到达德山站的尹建涛、张晓亮会有五到八分钟的准备时间,待普速列车停稳后,两人分别从车厢两侧车门上车,一左一右击毙或击伤嫌疑人,解救人质。"

没等李正弘说话,旁边的田副处长问道:"这两个特警行吗?他们能完成这个任务吗?"

特警支队长急忙答道:"人选没问题,两人都参加过援疆反恐,很有实战经验,还都参加过世警会,拿过奖牌。他们擅长的是近身搏击和手枪射击,尤其是手枪射击,现在所有装备的警用手枪,他们都能熟练使用,做到三十到五十米之内指哪儿打哪儿,弹不虚发。"

李正弘说:"你的意思是用高铁追普速,打他个时间差!"

袁竹林答:"对,这么做取决于从开始到最后的无缝拼接,给尹建涛和张晓亮的时间很短。但最重要的还是车上,还是高克己和郭玉昕他们怎么能拖住嫌疑人何东。所以我的意见是将在外,君令有所不受,你直接授权给他们,到时候怎么打?打哪里?是击毙还是击伤?如果情况有变打不了怎么办?都由前线指挥的人自己临机决断。你……你能表态吗?"

李正弘沉默了。他能读出袁竹林话里的含义,这个前线指挥的人指的就是高克己。他不是不能做出决定,而是做出这个决定需要极大的勇气,极大的担当和准备负责任的。现在周围人群环顾,多少双眼睛都在盯着他看,这个场景让他既熟悉又陌生,恍惚间自己又回到了二十多年前的那个上午,高克己推门而入当着众人叙说着对案件的疑点,最后把目光投向了站在一旁的他,那个时候他也是整个房间里的焦点。他感受到周围人们投向他询问的眼神和高克己期待的目光,他内心涌动了一下,最终却没有给高克己最好的答案。可现在好像是轮回又把他推向这个漩涡，又一次让他必须做出正确的选择。

"李处长，现在的时间是以秒计算的，你赶快做出决定！否则耽误了G1561次高铁的时间，就没有下一趟车能追得上前面的列车，这个行动还没开始就流产了啊！"袁竹林连珠炮式地说完这番话，连他自己都有点惊讶，今天竟然没有结巴而且言语流畅得无懈可击。

"砰！"李正弘猛地拍了下桌面，震得桌上的笔筒和水杯都飞了起来。他像下定决心似的对屋里的人们大声说："按照刚才的方案执行，涉及的各个部门立即争分夺秒马上行动。特警队员上车后紧密配合，抓获、击伤、击毙嫌疑人都行，前提是确保嫌疑人手里的炸药不炸响，必须安全解救人质。所有参战人员一定注意安全，出了问题我负责！"

平海火车站站台上，拎着装备换好便服的两名特警队员尹建涛和张晓亮，以百米速度快速奔跑着冲进高铁车厢里，为了等他们这次行动，高铁司机接到调度命令，延迟十秒钟再关门发车。车上的乘警也接到命令，将两人带到没有旅客的头等舱，两人谢过乘警之后迅速打开背包仔细地检查枪弹。高铁启动了，车窗外的楼房和树木花草先是缓慢地向后移动，随即速度在逐渐地加快，仿佛所有的景物都在急速地向后退去，瞬间被抛得无影无踪。此时如果有航拍的画面，将既有线上的普速列车与高铁线上的高铁并列同框的话，就会发现快速行驶着的普速列车轰鸣着向前奔跑，而临近线路上的高铁则没有任何预兆地悄然追赶上来，给普速列车留下一阵呼啸后扬长而去，将之远远地甩在了身后。

车厢里的情况比李正弘、袁竹林他们想的要复杂很多。何东手握炸药的按钮，举着手枪劫持一名女人质当盾牌后，并没有让餐车里的人们都离开，而是让他们都原地不动坐在座位上。这个情况让高克己敏感地意识到，何东身上捆绑的恐怕是真的炸药，他所做出的举动不是惯常的恐吓，而是想让这些人给他陪葬。想到这些他急忙朝何东张开双手说道："何东，你先别紧张，也别冲动，你看看我，我手里没有家伙，身上也没带枪，你先平复下情绪，咱们谈谈。"

何东冲高克己喊道："你他妈的说了算吗？我不跟你谈，给我赶紧滚开，找你们能主事，当官的跟我说话！"

高克己仍旧张开双手说："我的职务是平海铁路公安处警卫支队一大队大队长，在这趟列车上警衔最高，职务也最高，换别人都不如我。我能和你谈了吧。"

何东看着高克己的装束露出鄙夷的神色说："你？看你这个样子就是个窝囊废，老警察！装什么大瓣蒜啊，滚蛋！你不滚开我现在就先打死她！"

高克己急忙说道："你先别冲动，不要伤害人质。我现在把乘警叫过来让他告诉你，你就知道我说得对不对。"在一旁的所长老杨和乘警都往前走两步对何东说他是我们的领导，两人的本意是想帮助高克己，同时也想更接近何东。没想到他们的举动反而刺激了何东，他高举起手中的手枪冲两人喊道："都退后，再不退后我就炸了火车！"

郭玉昕看在眼里，急忙伸手往后拽一下老杨，然后朝何东说道："兄弟，你和警察有过节就找他们当官的说，我们这几个老百姓别跟着吃挂落了，你高抬贵手让我们离开这个车厢吧。"

何东晃悠着手中连着电线的按钮说："都不许走！谁走我就开枪。谈不拢我就按下按钮咱们一块完蛋！快！赶紧让火车停车！"

高克己朝何东摆动着手说："在车厢里的人谁也没走，我现在跟你谈判，你有什么条件可以提出来，但我希望你要冷静，不要冲动。"

何东冲高克己喊道："我说了，让火车停车！我要下去！你让他们用电台喊司机，让他停车！"

高克己说："何东，我跟你说一个常识。火车在运行当中是无法停止的，除非到了预定的站点有停靠时间，否则在线路上是不能停车的。你说的乘警和乘务员手里的电台，那是只供列车车厢里的工作人员联系的，和司机驾驶室里的电台是两个信道，他们之间无法通话，你听明白了吗？"

何东仍旧大声喊道："那你去拉紧急制动！让火车停下来，快点！"

高克己指着窗外掠过的田野说："就算我现在拉下紧急制动让火车停下，你看看周围的环境。我可以负责任地跟你说，你下车后跑不了十分钟，就会有当地的公安和武警对你进行围捕。在这一望无际的田野上，你的腿能跑得过警犬吗？能跑得过汽车轮子吗？"

这几句话震慑住了何东，他惶恐地看了看窗外，随即转回头双眼冒着凶光说："那就让我们一块走吧！"

"你先别冲动，我还有话说！"高克己急忙向前伸手喊道，就在喊话的同时猛然看到被何东要挟坐在地上的韩胜喜，正在向他用手比画着动作,他的动作虽然笨拙但能看出来是以前老刑警们专用的手语。

在指挥中心里的袁竹林给高克己连发了三遍信息都没回音,他马上反应过来高克己肯定已经和嫌疑人接触上了,这个时候他是无暇兼顾手机电话和信息的。他又马上给所长老杨和郭玉昕发出了信息,告诉了他们这个方案,并让他们设法告知高克己。老杨焦急地看着郭玉昕示意他赶紧想办法告诉高克己,而此时他们待的地方却特别尴尬,正好处在和高克己平行线的位置上。也就是说在长条形状的车厢里,他们和高克己站在一边,对面则是何东劫持的女乘客和几个坐在地上的男乘客。这个时候他们稍微有一些举动都会刺激到何东,更不要说给高克己转达这么多的信息了。情急之中郭玉昕看到倚靠在车厢边上的韩胜喜,而韩胜喜正用眼神儿朝他这边看过来,四目相视他发现韩胜喜的眼里竟然没有多少紧张和恐惧,流露出的是平静和镇定。郭玉昕借着高克己和老杨与何东谈判的当口,慢慢蹲下身来,用两人的身体掩护住自己,朝韩胜喜打起了手语。

郭玉昕打的手语是以前刑警队的弟兄们互相惯用的联络方式,简单实用,通俗易懂,动作不大信息量却不小,非常适合在火车这个封闭的空间上使用。但对韩胜喜这样的门外汉仍旧是云里雾里看不明白,郭玉昕生怕韩胜喜不明就里,示意他盯紧自己的双手。他先伸出左手手掌,然后右手呈半握拳状撞向左手,再伸出右手两个手指,然后左手大拇指和食指伸直呈九十度,再左右手都伸出食指互相碰撞,右手食指指向前面再缩回食指挑起大拇指,然后将大拇指旋转指向地面。这几个简单的手势翻译过来就是"前方停车，两名特警，持枪上车，一左一后夹击，听你命令"。郭玉昕一连做了三次相同的动作，直到韩胜喜点头他才用眼神示意，让他将手语做给对面的高克己。

韩胜喜悄悄做出的手语虽然不规范，手势里还有些颤抖和模糊，但高克从余光中已经大概读懂了其中的意思。心里对郭玉昕的这个朋友不禁产生一些敬意，在这种高度紧张的情况下，人家还能帮你传递信息，足见是个见义勇为且有定力的爷们儿。时间容不得多想，高克己冲何东说："我给你出个主意，让乘警联系前方停车的德山站，给你准备好一辆加满油的汽车停在站台上。等火车到站后我给你当人质，你带着我一起上汽车开走，等你到了认为安全的地方再放我，你看这个主意行吗？"

何东想了想说："汽车要给我配个司机，这个女的和你都得跟着我。不许有警察，不许有特警狙击手，站台上要有旅客。否则我就拉炸药咱们一块升天。"

高克己伸手朝何东做出个下压的手势说："少安毋躁，你提的条件我代表领导都答应你。现在就可以打电话跟上级汇报，但你得先表示出点诚意来啊，放了这几名乘客，我们陪着你。你可能还没吃东西吧，说了这么半天话，口也渴了吧，为了体现诚意，我现在就让餐车服务员给你拿吃的，拿水喝。"

何东点点头，然后用枪指着坐在地上的几个人说，你们自己先过去两个人。几名旅客面面相觑，不敢相信这是真的。韩胜喜悄悄用胳膊推推身边的人，两名旅客才如梦方醒似的急忙站起身，连滚带爬地跑出餐车。乘警把瓶装水拿过来递给高克己，高克己朝何东拧开盖子自己先喝了两口，意思很明确，告诉他水没有问题。何东看在眼里，用脚踢了踢地上坐着的韩胜喜说，你给我拿过来。韩胜喜站起来走过去接过高克己手里的水，回转身时突然身体一晃，把水掉在了地上。何东恼羞成怒地用枪指着韩胜喜骂道："你他妈的想死啊！"

韩胜喜慌忙地蹲下说："我不是故意的啊，刚才火车晃悠了，我没站稳……"

高克己急忙说："何东，我们再给你拿水，你别伤害乘客。刚才是火车经过弯道，晃动是正常的。"

何东没再为难韩胜喜，冲高克己说："你现在就让人打电话，如果车停后我在站台上看不见谈好的条件，那就别怪我拉着你们一车厢的人陪葬了。"

尹建涛和张晓亮到达德山站的时候，还有五分钟普速列车就要进站了。德山站派出所所长将他们带到列车要进入的站台上，给他们指定好餐车的车厢位置，告诉他们按照紧急预案，接近餐车两侧的上车旅客都已经移到前面和后面的车厢了，下车的旅客会由服务员及时疏导走安全通道。你们看见的旅客都是咱派出所的民警和车站服务员临时装扮的，除此之外，我还预备了一支五人组成的机动小分队，配合你们行动。尹建涛和张晓亮边观察环境，边看着手机里传来的图片，那是郭玉昕在车厢里悄悄拍摄传给袁竹林的，里面呈现的是何东所处的位置和人质的情况。两人经过简短快速的磋商，和所长再次确定好攻击信号，一前一后进入预设的攻击位置。

火车转过一个弯道就要进站了。餐车车厢里的人们听到广播里传来的声音，突然都有些莫名的紧张感，高克己又朝何东递过去一瓶水，见何东没有去接瓶子，高克己打开瓶盖说："你不喝我喝，聊了这么半天，我嗓子都冒烟儿了。"

何东望着窗外说："火车马上就要进站了，站台上我看不见你答应的汽车，咱就有好戏看！"

高克己喝了两口水说："你也看见我和乘警当着你的面都打电话了，所以你放心，肯定会有加满油的车接你，进站停车后我去换这名女士，到时候你可以拿枪指着我，我给你当人质，让她跟着就行。你觉得这个提议可以吗？"

何东摇摇头："我要先看见汽车再说！"

火车鸣笛进站了，就在整列火车缓慢驶进站台的时候，尹建涛和张晓亮从预先埋伏好的柱子后面闪出身影，像两支出鞘的利剑一样飞身跃起，抓住车厢门的把手，掏出车厢门钥匙拧开车门闪进车厢。两人的动作迅速到站台上的人还没看清楚，他们已经进了餐车。

火车停稳了，高克己回头看看站台上的汽车和排队准备上车的旅客，回头对何东说："你看，我没食言吧，汽车在站台上呢。"而此时两人站立的位置正好重叠，何东用拿枪的手朝高克己比画，示意他挪开点地方好看清楚窗外的景物。高克己敏锐地感觉到机会来了，在他往旁边错开身子的同时，双手猛地握住瓶子向下挤压，瓶子中的水瞬间成为一道水柱直射向何东的脸，突如其来的变化让何东完全没有准备，下意识地用手去挡射向脸上的水。早已准备好的尹建涛和张晓亮从车厢两边突然跃出，没有丝毫犹豫地冲何东举枪就打，"砰！砰！"两枪分别击中何东按着炸药按钮与手枪的手和肩膀。与此同时，高克己和所长老杨、乘警一起猛扑上去制伏何东，解下了他身上的炸药。女人质惊叫着被韩胜喜拉着跑下车。

一场惊心动魄的战斗就这么结束了，结局顺利得超乎所有人的想象。何东被抓，人质被解救，炸药被排除，警察旅客无一人伤亡，旅客列车稍作调整就能重启征程。这个结果让所有悬着一颗心的人都不由自主地喘了一口长气，捏着一把汗的手也能在裤腿上擦擦了。高克己、郭玉昕等几个人走下车厢，看到被抬上救护车的何东，虽然他被击中两枪但都不是要害部位，意识还很清醒。高克己和何东四目相对，发现何东眼神里露出的不是仇恨和恐惧而是狰狞与绝望，当他对视到高克己的眼睛时，嘴角上露出一丝冷笑。这个表情太奇怪了，高克己不由得停住脚步站在原地回忆着刚才的每个细节。跟在后面的郭玉昕推了他一把说："别愣着了，看看返程的车次，咱还得回去呢。"

高克己说："我怎么感觉哪里不对呢？"

郭玉昕说："老二，你是太久没听见枪响了吧，震的？"

高克己说："我还没窝囊到那个程度吧。"

郭玉昕说："那就是你刚才在车上说话太多，累得。"

高克己说："不对，传过来的资料里说何东伪装成铁路职工进站时，手里是不是有什么东西啊？"

这句话让郭玉昕也犹豫了，他拍拍脑袋说："你给我看的照片和他的资料，过通勤口的时候，好像是他手里还拎着一个包。"

"包呢？！"

"坏菜了！"

郭玉昕此言一出，两人同时浑身打了一个激灵，转回身看着站台上缓缓启动的火车。高克己和郭玉昕不约而同地朝火车跑去，郭玉昕边跑边向车厢门前的乘警挥动双手，让他打开车门。高克己则朝所长老杨喊道："马上报告指挥中心，说警情还没解除，车上很可能还有炸弹！"

乘警对两人又跑上车来开始有点惊讶，等高克己气喘吁吁地对他说完事情的原委后，乘警的表情由惊讶变成了惊吓。高克己说现在咱们无论如何不能慌乱，赶紧捋顺下何东上车以后有可能藏匿的地方，厕所、餐车、盥洗间这几个地方咱们要仔细检查，发现可疑物品先别轻易触碰，一定等到咱们几个人会集后再做决定。乘警带着辅警奔卧铺车厢跑去，高克己一把拉住要去硬座车厢的郭玉昕说："老三，没想到还摊上这么个连环套的事，连累你了……"

郭玉昕甩开高克己的手说："嘛连累不连累的，这些年我闲得都长毛了，过往所有的日子加起来，都他妈没今天过瘾。老二我跟你说，今天如果运气好，咱俩能全须全尾地回去，我一定叫上师傅咱们喝几壶。"

高克己说："一定回去，师傅不还在店里等着你呢吗？"

郭玉昕点点头："废话少说，干活了！"

高克己刚检查完厕所出来，手机就响了起来。他急忙接通，电话里面传来李正弘焦急的声音："怎么回事？你怎么判断车上还有爆炸物？"

高克己边举着手机边来到厕所对面的盥洗间，"抓捕何东的时候是从他身上缴获了炸药和枪支，可是我们发现他混进车站上车的时候拎过一个背包，这个包在抓他的时候没看见，所以我怀疑何东有可能将炸药分开，一部分绑在自己身上，一部分藏在车厢里的某个地方。"

"你们要迅速查找，千万不能惊动旅客造成恐慌啊。"

高克己"嗯"了一声挂断电话，低头查看着盥洗间下面的铁皮挡板，当他把挡板打开先映入眼中的是黑色背包，他蹲下身子伸手慢慢地触摸，掐捏下背包的软硬程度，确定里面没有东西才将背包从挡板里拿出。当他取出背包看见下水口方向的管道时立刻瞪大了眼睛，一捆带着定时器的炸药被死死地固定在管道和墙壁上，显示器上的时间显示还有十分钟。"看来这小子早就盘算好了要在德山站下车，下车之后不忘留点记号扰乱侦查方向，"想到这儿高克己掏出手机拨通了郭玉昕的电话，"老三，我中奖了。"电话里传来郭玉昕焦急的声音，"在哪儿？几号车厢？"

"九号车厢的盥洗间，炸药好像是用强力胶粘在墙壁上的，有定时器显示还有十分钟……"

"你等着，我马上过去！"

"你听我把话说完！"高克己有点急眼了，"你现在赶紧通知乘警和列车长，让他们尽快疏散九号车厢和相邻车厢的旅客，离开得越远越好，我试试能不能排除这个东西。"

郭玉昕一个字没回应就挂断了电话，高克己咬了咬牙一下俯身去观察眼前这捆炸药。没过一会儿走廊里就传来急速的跑步声，高克己知道肯定是郭玉昕过来了。因为他很清楚这帮老铁路老刑侦的脾气，别管两人平时多有意见和看法，真遇到事是不会将对方扔下的。郭玉昕手里拿着钳子和改锥蹲在高克己身边，先看看墙壁上的炸药然后说:"已经通知完乘警和车长了,这会正在疏散旅客,家伙是从客列检员那儿借来的。你躲开,让我看看。"

高克己摇摇头说:"我中的奖,就别倒手让你兑奖了。你还跑过来干吗呢,买一个,饶一个,何必呢。"

郭玉昕盯着显示器说:"我不信任你,我怕你把它弄响了。"

高克己苦笑着说:"你能耐梗服过谁呀,不过这回你得听我的。第一,我现在就和圆珠笔视频连线,让他看看这个东西。第二,你和师傅连线,也让他老人家给我点意见。第三,你不走我也不轰你,我主导你协助咱俩干这个活儿。剩下的就看运气了,运气好,今天我回去跟你喝酒,运气不好,咱们哥俩一块去找大师兄成玉坤,也省得这么多年他一个人孤单。"

郭玉昕听完这番话破天荒地没有抬杠,而是伸出手重重地拍了拍高克己的肩膀说:"窝囊废,你要是想去看大师兄我没意见,可就再没人惦记着二十多年前的'9·30'了。你也就白叫一辈子窝囊废了!"

高克己点点头说咱就来吧!两人各自接通袁竹林和姚个奇的视频,简明扼要地说明了车上炸弹的情况,袁竹林指挥中心这边早就集中了特警队和技术队的几名专家,通过高克己的视频观察这个炸弹的外部构造,进行紧张的分析,姚个奇也戴上老花镜紧盯着手机屏幕仔细地看着。很快两边都做出了出奇一致的结论,那就是通向显示器上的红黄蓝三根电线,有一根是虚设用来迷惑拆除者视线的烟雾,余下的两根才是关键。这就像是给排爆人出了个三选一的选择题,当你费尽心思得出结果填好答案后突然发现,三选一又变成了二选一,而宝贵的时间就耗尽在这一次次的选择中。有没有可能一击得手就选中了呢？答案是肯定的。但你也有可能选错，如果不加科学地判断胡来，那不就成撞大运了吗？高克己和郭玉昕脸上的汗都流下来了，不错眼珠地盯着眼前的三根电线。"红色是积极热情，活泼欢快的意思，蓝色代表着冷静理智，梦幻与安详，黄色是轻快透明，充满希望的表达。你想剪哪根线？"郭玉昕抹了把流到脖梗上的汗说。

高克己盯着三根线说："我不这么看，红色是燃烧，蓝色是深邃，而黄色则是冷淡。这三根线跟何东骄横狂躁的性格都不相符，我确定不了剪哪根。"

一直在视频里关注着的袁竹林说："老二，有可能是反向性格的选项，我不在现场无法帮你确定，但你一定要选好啊。我们都等着你回来呢。"

郭玉昕对高克己说："老二，别人的话都是参考，现在主动权在你手里。你自己决定！"

高克己依旧没有抬头说："你走吧，离我远点，还有三分钟你能跑到别的车厢去。同时看看还有没有漏下的乘客。"

郭玉昕说："我还是那句话，怕你把它弄响了。"

高克己叹了口气说："老三，这么多年我一直没告诉你，我其实挺烦你的。遇到点事你总爱拔尖出头，文武带打七个不服八个不忿，檐末虎说你窝窝头翻跟头显大眼儿，孙猴的鸡巴能耐梗半点儿错都没有！都到这个份上了，你还没忘挤对我呢。我看你就是个大混蛋！"

郭玉昕笑了："这么多年头一回听见你骂街，真不容易。你今天剪什么色的线我都认，完事了咱俩再单挑，看我打不死你！"

高克己也笑了，晃动着手里的钳子说："那我就把咱们豁出去了。"

郭玉昕点点头朝高克己晃动手机，此时屏幕上正显出姚个奇紧张的面容，他仿佛在向他们说着什么，高克己明白郭玉昕的用意，两人同时举起手机挂断了视频。"动手，别让我瞧不起你！"郭玉昕说完这句话，一屁股坐在地上看着高克己。显示器上的时间在一秒一秒地朝前蹦，高克己任由汗水顺着脸颊往下流淌，举着钳子嘴里默默地说着："从容待死与城亡，千古忠臣自主张。等我剪完这条线，一定去问问钻天猴，这两句话是谁说的！"话音落地，他将钳子毫不犹豫地伸向黄色电线，齐齐地剪了下去。

十六

袁竹林看着突然黑屏的手机有些慌乱，他忙不迭地又往回拨，可无论他怎么拨打电话还是视频，始终显示对方无应答。这可把袁竹林吓坏了，他一把抓住李正弘的手说："他怎么不接电话呢，别再是出事了吧！你快点问车上的乘警啊。"李正弘边手忙脚乱地拨电话边喊道："你慌什么！你慌什么！没看见我正在问吗？"指挥中心里一阵躁动后变得鸦雀无声，人们仿佛都受到传染似的一动不动，静止地看着李正弘和袁竹林。"当当当，当当当，当当当"，袁竹林的电话骤然爆响起来，他急忙接通电话，里面传来高克己轻微的声音，"成了……"

袁竹林兴奋地对着手机狂喊道:"什么!你没死啊!你再说一遍!"

"成了,我剪的黄线。"

"他成了!高克己成功了!他把炸弹排除了!"袁竹林兴奋地跳了起来,冲着李正弘喊道,"他成功了!危机解除了!"

李正弘也猛地挥了挥拳头对袁竹林说:"你告诉高克己,就说我说的,给他请功,给他授奖,全力表彰他的英雄事迹!"说完转身对正在欢呼的人们说,都鼓足精神来继续工作,但他的声音早被人们的欢呼声压下去了。李正弘侧过身对旁边的政委说,政委,我刚才的表态你认为怎么样?政委毫不犹豫地点头说,我没意见,我马上组织政治处、宣教室的人组织材料,加大内外宣传的力度,一定把高克己同志的英雄事迹向全路干警推广。

李正弘朝门外大喊道:"告诉食堂,给今天所有吃饭的人一人加一个鸡腿,不吃不行!"

车厢盥洗间门里门外分别倚靠着高克己和郭玉昕,两人这时才发现汗水已经把衣服浸透了。郭玉昕抹抹脖子上的汗说:"有惊无险,我得赶紧给师傅他老人家报个平安。"说完拨通姚个奇的电话第一句就说,托您老人家的福,我跟老二都没事啊。姚个奇高兴地说太好了,没事就好,你们赶紧回来,我这几天调查有新发现。等你们回来,咱们摆上酒,我跟你们念叨念叨。高克己听见姚个奇电话里的声音也开心地说,看来师傅是真挺高兴,声音里都透着喜悦。郭玉昕说今天你真让我刮目相看,眼前一亮,真敢下手!高克己也擦擦汗说今天你的朋友真给力,他竟然一字不漏地把手语传给我看,看来警方的这点秘密都泄露在你手里了。郭玉昕摇摇头说，我当时纯属是赌一把，咱们对面除去罪犯和人质就没明白人了，我又没办法告诉你。好歹他还认识我这么多年，总能有点灵犀吧。高克己说咱们别靠着了，把现场交给乘警，前方站下车返程吧，要不师傅就该等急了。郭玉昕说没问题，可我忘了买票了，你看看能不能带着我，让我逃个票。高克己无奈地笑笑说，你没听见钻天猴说要给我请功授奖嘛，我都立功受奖了，你这个见义勇为的好市民，免费坐回火车还算事吗？直到现在高克己才想起来，自己一个上午生死时速般在鬼门关跟前溜达一圈，竟然没和媳妇陈子凡说一句话，是自己故意遗忘还是根本从心里就没这个概念，他也说不清楚。只知道这么多年关于工作上的事情他几乎不和陈子凡交流，就连"9·30"案件和徐雅晴的事他也一直藏在心里。

高克己和郭玉昕找了趟在柳青站有停点的普速列车返回来，刚下火车就看见所长老杨和韩胜喜在站台上迎接他们。原来两人也刚回来时间不长，得知他们在火车上冒险排爆成功的消息，就在站台上一直等着他们俩。老杨还带来处长李正弘的口信，让高克己到达柳青后尽快返回平海，政治处、宣教室的人还等着询问他情况呢。高克己说我先去看看师傅姚个奇，晚上再回平海，郭玉昕对老杨说咱们也算共过患难，一块去我那个小店里喝杯茶，晚上聚聚。老杨笑着说我还得值班呢，你们开心地聚吧，见了姚老师给我带个好，我好歹当年也上过他的刑侦培训课啊。郭玉昕点头答应着说一定带到，转回身对韩胜喜说你也一块去。韩胜喜说我还不知道你，一个人吃饱了全家不饿，我还是先给你们买点菜和鱼，让我媳妇做好了再带两瓶好酒给你送过去吧。郭玉昕说那太好了，我连酒钱都省了。

两人来到郭玉昕的小店门口，首先看见的是挂在门把手上的大锁。郭玉昕边拿钥匙开门边念叨着，这老头真行，知道咱俩回来还往外跑，该不会是给咱买好吃的去了吧。高克己答应道，兴许师傅是想犒劳犒劳咱，以前咱们出去办案子回来，师傅不都是会弄桌好菜让大伙吃嘛。郭玉昕让高克己坐在茶海旁说，你说的那是办成功了回来，办不成他哪回给过你好脸儿啊，不说你废物点心就不错了。高克己端起杯茶来喝着说，也是哈，那次我和钻天猴抓完人回来路过郑州，他一不留神让那小子戴着铐子跳窗跑了，我们俩是一通死追啊，结果没追上。后来还是人家地方公安局把人抓着给我们送火车站来了，回去之后师傅这通骂我们俩呀。郭玉昕边倒茶边说，我当时不是还为你们俩说好话了嘛。高克己说你快把电门关了吧，当时你怎么说的？你说干一辈子刑侦没跑过人多没面子啊，让师傅一脚把你给踹出去了。哈哈哈哈……两人像小孩子似的笑着，郭玉昕说我当时说的是钻天猴，可没带上你。高克己说我知道，但我们俩一组啊，好坏都得一块背着。两人你来我往地聊着天喝着茶，没注意到门外的天已经擦黑了。

还是高克己想起来这么久也没见姚个奇回来，让郭玉昕给他打个电话。奇怪的是郭玉昕连续拨打了几次姚个奇的号码，都显示对方关机。这个情况让两人不由得有点紧张，师傅的手机是从来不会关机的，是不是没电了？还是丢在什么地方了？被小偷偷去的可能性几乎为零，老爷子做了一辈子铁路公安，反扒的本事是基本功呀。两人迅速决定去外面找姚个奇，还没等他们出门韩胜喜带着酒菜推门进来了，得知姚个奇失联，急忙说现在疫情这么严重，老爷子别让人家给扣在什么地方了。高克己说就算是被留在医院观察，也应该允许打电话啊，事情不是这么简单。郭玉昕在里屋看了下说，师傅平时背的包也不在，如果出去买东西不应该带着装满用品的背包啊。三个人的情绪骤然紧张起来，急忙出门分头去各处寻找。月上梢头，华灯初上，三人又回到郭玉昕的店面前聚集，依旧是没见到姚个奇的人影。三人按照各自的约定叙说寻找的情况，高克己去地方派出所报警寻人的同时给老杨打了电话，老杨知道这个消息后立即将全所人员发动起来，除了值班民警以外，都跑出来帮助高克己找人。郭玉昕则根据姚个奇和他聊天时说过的几个地方开始查找，并给杜雨莉打电话核实，证实了姚个奇没有回家。而韩胜喜开着他的电动车绕了好多社区医院和柳青镇医院查找，最后也没有任何消息。一种不祥的预兆笼罩在高克己的心头，师傅莫非真的出什么事了？

  天蒙蒙亮的时候，高克己被一阵急促的手机铃声惊醒。他看了看手机上的时间显示，已经快早晨六点钟了。接通电话后里面传来个年轻男人的声音问，您是高克己先生吗？我是柳青镇东区派出所民警，是您昨天晚上报案说有一位六十多岁的老人出门未归吧，根据您提供的身份信息和体貌特征，我们想请您去现场辨认一下……话还没说完高克己脑子就"轰"地响了一下，他急忙说，你说什么？去现场！什么现场？对方停顿了下说，您先别激动，今天早晨清洁工上班的时候，在御河边的堤坡上发现一位躺着的老人，随即就报了警，我们出现场以后初步判断人已经死亡。一会儿我们有车去接您，您说一下具体位置。"这不可能！"旁边的郭玉昕听到电话里的内容跳起来喊，"一定是认错人了，师傅他不可能出这样的事,更不可能死!肯定是弄错了!"高克己忙询问现场地点,挂断电话和郭玉昕就往外跑。韩胜喜追出来喊着,太远了,坐我的小电车去。

柳青镇的御河在镇西边,韩胜喜开着小电车辗转了好几条街才来到河边。老远望去在河堤和邻近的街道上稀稀拉拉地站了很多人,时下虽然是疫情期间,但人们的好奇心还是一点儿不减。高克己和郭玉昕没等韩胜喜把车停稳,匆忙跳下车直奔警戒线跑过去。警戒线边上的民警见跑过来两人,急忙伸手阻拦,高克己掏出工作证说,我是平海铁路公安处的民警,咱们是同事,是你们派出所的兄弟打电话让我们来辨认的。民警放行后两人跌跌撞撞地跑下堤坡,郭玉昕一眼看见地上躺着的人穿的上衣,他"啊"了一声紧跑几步超过高克己来到跟前,首先是姚个奇苍白的面容,然后是被脖颈和胸膛流出来的鲜血浸透了的外衣。高克己也认出了躺在地上的姚个奇,并看见了他身边经常背着的背包……

高克己不记得自己是怎么回到郭玉昕的店里,他脑子里一片紊乱,只记得办案民警跟他说的话,老人的手机没找到,背包里除了毛巾、瓶装水和老花镜指南针等物品外,没有找到任何有文字记录的本子和纸张,钱包也没了,看现场的样子像抢劫杀人。现在只是初步推测,具体的情况要等刑警队和法医开展工作之后才能有结果,你们先回去等消息吧。高克己和郭玉昕满脸阴霾地回到店里,两人谁都不说话,坐在那里默默地抽烟,抽了几支烟后郭玉昕猛地将手里的烟头往烟灰缸里一拧说:"师傅死得这么窝囊,我不甘心,这里面一定有事!我不相信是抢劫杀人,他一个老头有嘛可抢的?"

高克己点点头:"你是说,师傅的死不是偶然的……"

郭玉昕冲高克己一挥手说:"外人不知道师傅在干吗,你我还不知道吗?傻子才相信是偶发的抢劫杀人案件呢。他老人家一定是接近了某个疑点的真相,罪犯担心暴露才杀人灭口的。"

高克己悲痛地说:"我也这么想啊,可师傅的东西都丢了,手机也找不着。看来罪犯是想销毁师傅找到的证据,从这点上能判断出师傅说的新发现,肯定是很有价值的!我现在疑惑的是,师傅他,他为什么不等等咱们呢?是什么原因让他如此着急地离开店铺。是接到了电话,还是有人带走了他?他当时身边要有个人多好啊,也不至于弄成现在这个样子。"

郭玉昕恨恨地说:"都是钻天猴这个蠢货,师傅跟他找了多少次让他重新调查他就不同意,现在出人命了,他应该负责任!"

高克己叹了口气说:"现在别再埋怨了,想想怎么处理后事吧,我们总不能瞒着师娘和家里人吧。如果我没记错的话,还有几天师傅就该过生日了。"

"唉!……"郭玉昕和高克己几乎同时地又叹了口气,这口叹气里夹杂着很多痛楚无奈和悲凉,更有很多无法名状的情愫,更有压抑在胸口中宣泄不出的一股愤怒。

灵堂设置在姚个奇的家里,高克己、郭玉昕他们几个人没有去找专司白事的"大了"来布置,几个人按照民间约定俗成的方式,将灵堂布置得庄重肃穆,文明整洁。灵堂上方高悬着姚个奇穿着警服的遗像,照片里姚个奇穿着新式警服,双眼睿智,嘴角微微上翘,露着若隐若无的笑纹,这张照片是高克己让陈子凡从杜雨莉那里找来加急洗印放大的。遗像下面是个斗大的黑色"奠"字，左右两边悬挂着挽联，上面写"忠魂不泯热血化一腔春雨英名垂青史，警界翘楚壮志千秋泣鬼神正气传千古"，从行文和字体上就能看出，这是出自袁竹林之手。房间的厅里左右两侧摆了两个小桌，一个上面放了签名簿，给来悼念的人签名留念。一个上面放了些祭奠用的物品。供桌上燃着一盏长明灯，两边放了几盘简单的鲜花、果品之类的供品。因为姚个奇的儿子远在外地正在往回赶，郭玉昕自告奋勇地承担起孝子的责任，穿好一身素白跪在灵堂里叩谢前来祭拜的人们。高克己和颜伯虎、袁竹林也戴上黑纱里外忙碌着。徐雅晴和陈子凡陪着杜雨莉，徐雅晴是听见消息自己跑过来帮忙，陈子凡则是高克己打电话叫来的。颜伯虎见到这个情况暗地里感慨高克己的心细，连忙和袁竹林商量也叫来各自的媳妇，让她们轮班地陪着杜雨莉。

郭玉昕按照民俗的习惯在香炉里燃上香，一张张地朝火盆里续着烧纸，嘴里还在不住地念叨着什么。高克己和颜伯虎都知道，郭玉昕是在给姚个奇烧纸，而烧纸的时候都会说上几句，无非是期盼死者一路走好或者帮他了却什么心愿之类的话。可当颜伯虎从郭玉昕身旁经过，听到他独自念叨的话时不禁心揪了一下，赶忙拉着高克己走出来悄悄地说："我看老三的形儿不对，嘴里一个劲儿地说老疙瘩不是玩意儿，还有就是要弄死害师傅的罪犯。你赶紧给老疙瘩打个电话，别让他来家里悼唁了，他们俩见面了我真怕出什么事啊。"

高克己心里也憋着一股气，推开颜伯虎的手说："我给李正弘打电话，他能听我的吗？人家现在是处长还是师傅的徒弟，我不让他来师傅家他就不来了吗？于情于理他都该来！"

颜伯虎连忙说："钻天猴是应该来，可你看看能耐梗的德行，我是怕他们打起来呀。"

高克己说："打就打吧，我要不是穿着这身号坎也想抽他！"

颜伯虎说："哎哟我的哥哥呀，打起来不就成闹丧了嘛。"

高克己说："闹就闹吧，让钻天猴醒醒盹也好。先不说我跟他提醒过让他关注新发案和'9·30'的联系，就说师傅单独找过他多少次让他重新调查，可他怎么做的呢？现在的情况是，师傅人没了，我倒要看看他怎么说。"

颜伯虎焦急地摆着手说："现在不是还没确定师傅的死因嘛，我还想劝你咱们一起跟老疙瘩说说，让他跟地方公安机关联合调查。老三要真闹起来，你就不怕他给你来个大义灭亲呀。"

"他敢！"高克己瞪大眼睛说道，"没经历过列车上排爆这回生死我还想不明白呢，这回我想明白了，也能感知到师傅为什么这么较真。老疙瘩来了我正想问问他，他也干了快三十年的警察了，他心里到底想的是什么！"

颜伯虎知道跟高克己是说不通了，急忙找到袁竹林说出自己的想法，没想到袁竹林翻个白眼说，都是师傅的徒弟，没有谁高谁低，李正弘在单位是处长，到灵堂里他就是来吊唁的亲朋好友，你咸吃萝卜操什么淡心呢。这个回答让颜伯虎七上八下的心彻底落到地上，他心里想完了，老疙瘩李正弘这顿打算是躲不过去了，算上自己四个师兄弟有两个憋着一肚子的邪火，那个还顶着一脑子的官司，李正弘来吊唁下场好得了吗？他想偷着给李正弘打个电话，告诉他别来吊唁，可转念一想，高克己说得对呀，先别说姚个奇是公安处退休的老领导老同志，就算是按照师徒的情分，李正弘也应该来家里吊唁致哀。姚个奇的意外遇害身亡好比给李正弘打了一个死结，他无论如何选择都要面对这个场面。

办公室主任急匆匆地跑到门口，见到立在门边的颜伯虎说道，颜师傅，李处来了，你受累跟里面说一声。颜伯虎叹了口气说，我在门口迎客走不开，你自己受累说去吧。说完话他把头扭向一边，看也不看径直走进屋里的办公室主任，他心里等待着即将要到来的狂风暴雨。果然，没过片刻屋子里就传出来郭玉昕牛吼般的喊叫"滚出去！"，颜伯虎本想等着办公室主任落荒而逃地出来，可等了半天没见到人，他心说坏了，主任肯定是跟郭玉昕磨叽上了，他不了解能耐梗的脾气，聊不上几句把他的火点燃了，主任就该被踹得像小鸟一样飞出来了。想到这些，他顾不上等李正弘，急忙跑进屋去劝解，就在这个时候李正弘紧随着他身后两人前后脚走进屋。这个举动在屋里所有人看来，都像是颜伯虎把李正弘带进来的样子。

郭玉昕狠狠地瞪了颜伯虎一眼，又把目光移向李正弘说："李正弘李处长，你干什么来了？"

面对这极不友好的发问，李正弘显得有涵养且很大度，他朝郭玉昕和屋里的人点点头说："老三，我知道的消息有点迟，所以才来晚了，请你和大家不要见怪。我和你们一样都是来吊唁师傅的。"

郭玉昕看着李正弘说："据我所知，有极个别人自称是师傅的徒弟，可是自从当了个狗屁不是的小官僚以后，近十年都没踏过师傅家的门槛。现在师傅走了，极个别人来吊唁还需要事先有人通报,还得有檐末虎之类的跑腿的领道儿,这算是哪门子的徒弟?"

这番话说得火药味十足,既讽刺挖苦又夹枪带棒,每句都冲着李正弘的软肋捅过去,而且还捎带着挖苦颜伯虎,连在旁边的袁竹林都觉得脸上挂不住,他急忙用眼睛去看高克己,高克己则一脸木然地看着师傅的遗像,仿佛对眼前发生的事情浑然不觉。李正弘仍旧没有发怒,他挥手示意要张嘴说话的办公室主任,上前两步朝郭玉昕说:"老三,我理解你悲痛的心情,其实我的心情和大家都是一样的。师傅没了,我也很难过,相关的事情我已经责成刑警的同志们去向地方公安机关咨询了,我可以负责任地告诉你们,绝对不会让师傅冤沉海底,一定找到杀人凶手给他老人家一个交代,绝对不会让凶手逍遥法外……"

"闭嘴!你现在说这些话有什么用?"郭玉昕瞪大眼睛冲李正弘喊道,"都是些马后炮,人死了你说这些不着四六的话给谁听呢。当初师傅不厌其烦地找你,让你调查警卫列车石击案件的疑点,你就是不干,师傅才自己去调查的!师傅没了,你跑过来猫哭耗子。你给我滚出去!"

"郭玉昕,你不要太放肆了!"李正弘再也忍受不住这样近乎于撕破脸皮的谩骂和羞辱,他冲郭玉昕大声喊道,"抛开我是平海铁路公安处处长,姚个奇同志曾经是我的老上级、老同事这事不说。就说他以前带过我教过我是我的师傅,我也有权利来吊唁,来给他烧炷香。你凭什么横加阻拦说三道四的!"

郭玉昕哼了一声说:"钻天猴,你还长脾气了。窝囊废、檐末虎、圆珠笔他们当你是处长是领导不敢惹你,可在我眼里你就是个力巴。你还敢跟我扯脖子叫喊，你忘了多少年前我是怎么收拾你的了，忘了我就给你再复习一遍。今天当着师傅的遗像，你再敢往前走一步试试！"

始终在旁边一言不发的高克己被郭玉昕这番话触动了，他不由自主地浑身颤动了一下，因为只有他和以前死去的成玉坤知道郭玉昕对姚个奇的感情，郭玉昕父亲死得早，到公安处以后姚个奇就是他工作和生活上的引路人，尤其是当郭玉昕和姚个奇谈起邻居刘大爷的时候，姚个奇拿出来一封信交给郭玉昕看，他才恍然大悟。原来刘大爷以前就是铁路公安一直使用的"特情"，很多年来始终暗地里为公安服务，他的直接对接人正是姚个奇。刘大爷的信里向姚个奇推荐郭玉昕是个好苗子，拜托他好好教育引导。自这以后郭玉昕不仅拿姚个奇当师傅，更多的是当老爸一般来尊敬。刚才他说出当着师傅遗像的话，看来是怒火顶到脑门上了，还没容高克己做出制止的举动，李正弘已经忍不住了。

被逼到墙角的李正弘就算再有涵养再没架子此时也已经火上房梁，他指着郭玉昕的鼻子喊道："能耐梗！你别跟我耍江湖流氓这一套。我是平海铁路公安处处长，可也还是个站着尿尿的老爷们，你的威胁恐吓只能吓唬三岁的孩子。我现在就去给师傅上香，谁拦着我，我就跟谁死磕！"

"你往前走一步试试！"

"我现在就上来了！"

两人针锋相对谁也不让谁，看着李正弘往前迈步，郭玉昕腾地站起来操起地上的马扎就要抡过去，高克己猛地横挡在郭玉昕身前一把抱住他说："老三，你干吗啊。他是来吊孝祭奠的，你有怨气可以骂，但我们不能打吊孝烧香的人啊。"

郭玉昕指着李正弘骂道："如果他早动用警力开展调查，师傅就不会死！师傅是间接死在他手上的，他是来吊孝的吗？他是来添堵的！"

颜伯虎也挡在李正弘的身前手忙脚乱地劝阻，李正弘隔着颜伯虎的胳膊冲郭玉昕喊道："重启案件调查是有程序的，你当过警察不会不懂，师傅自己孤身犯险，你不劝阻还推波助澜，你就是混蛋！师傅就是死在你手上的。"

"我去你妈的！今天我就打这个钻天猴的屁股！"

"我也去你妈的！我把你这个能耐梗掰折了！"

几个人像走马灯似的在灵堂里转圈，高克己拉着郭玉昕，颜伯虎拦着李正弘纠缠在一起。办公室主任被眼前的情形惊呆了，他哪里看见过这个场面，几个老民警围着处长像斗蛐蛐似的转圈，烟熏火燎摩拳擦掌地要动手，他拦也不是，不拦也不是，赶忙掏出手机想打电话叫人，电话还没拨出去，就让袁竹林劈手抢过来问，你想干吗？办公室主任说我赶紧喊人来劝架啊，您没看见打起来了嘛。袁竹林把他往旁边一推说道："别来这套，你想喊人来帮忙对吧。我看你这个主任是不想干，干了。我们几个人都是师兄弟老战友，现在闹意见有分歧就让他们自己解决，你如果叫人进来瞎掺和，李正弘处长面子上不好看不说。等回头他们和好了，倒霉的还是你。你自己好好想，想想。"办公室主任被袁竹林的话唬住了，急忙悄悄地溜到屋外。屋子里的几个人缠绕成一团，李正弘冲着郭玉昕骂道，你就是流氓习气，到死也这个德行！郭玉昕挥着胳膊回应说，你就是胆小如鼠的官僚，没囊没气的玩意儿！高克己和颜伯虎夹在中间奋力阻拦不停地劝阻，眼看着李正弘和郭玉昕挣脱开阻拦就要打到一起，猛然间旁边传来一声断喝，"都住手！"几个人被这声喊叫镇住了，不约而同地去寻找声音的方向。"都几十岁的人了，怎么还像小年轻似的胡闹呢！"喊话的人是徐雅晴。她身边站着的是被袁竹林和陈子凡搀扶着的杜雨莉。

　　杜雨莉环视着眼前的人们稍停下说道："老姚在世的时候说过，他这辈子教过六个徒弟，成玉坤、高克己、郭玉昕、颜伯虎、袁竹林和李正弘。你们都是他引以为荣的骄傲，都是他总跟我念叨的平海六骏，他把你们当成能继承他和几辈人公安精神的传承人来培养，可你们呢？你们就是这么回报你们的师傅的啊。克己，你是兄弟里岁数最大，也是进公安最早的大哥，就因为二十多年前那件事，你就一蹶不振把自己弄得窝窝囊囊，成天价遇事就躲遇人就撑，你哪有一点男子汉的气概呀。玉昕，几个师兄弟里数你能耐大脾气大，数你和老姚关系最亲近，可也数你最不听话，当年你打了正弘辞职离开单位，你听过你师傅的劝吗？难怪老姚总骂你，我看是骂得少啊。伯虎，你是他们之中最好开玩笑也是最机灵的一个，可你也不应该游手好闲这么消极地跑去食堂当大厨啊，你把你师傅教给你的那些本事都就饭吃了吗？竹林，你是做文字工作和技术的能手，这些年你除了把自己关在屋里，你用你的技术帮助过谁？参与破获过哪件值得你荣耀的案子吗？"一番话说得几个人都慢慢松开手，低头围绕在杜雨莉的身边。"正弘，你是老姚最后收的徒弟，他对你寄予的希望也最大，你在仕途上是没让他失望，也走向领导岗位当上了处长。可你想过他为什么要这么执着地调查这件事情吗？他为什么至死都不放弃'9·30'这个案子吗？就是因为他有心结，他要对得起他干了一辈子的职业。"

李正弘低下头尴尬得两手不知道放在什么地方。杜雨莉环视下高克己他们继续说道："今天正弘是来给老姚祭拜吊唁的，你们不该为难他，让他去给老姚烧炷香吧。"

入夜的风吹得屋外的灵棚呼呼直响，高克己他们五个人并排坐在长凳上沉默不语。过了好一会儿，高克己捻灭手里的烟头说："师娘说的话句句都扎在我心里啊，我想我们都是年过半百的人了，干警察这个工作也算有点资历。可是回头看看走过来的路，有什么是值得我们骄傲的或是值得我们跟后世儿孙吹牛的。你们也许会说，人的一生平平淡淡才是真，我同意，我不矫情。可平平淡淡是建立在岁月静好的基础上的，守护着岁月静好的人，不就是我们吗？既然我们是守护着岁月静好的人，我们就得干一件这辈子值得夸耀的事。让我们在退休的时候能感到职业中的自己值得别人尊重，让我们在迟暮之年感到生活中的自己值得尊重，让我们能挺直腰杆对得起警察这两个字，到时候我们就能看到现在，是否有这个回响！"

颜伯虎抬起头看着高克己说："老二，你说潜台词。"

郭玉昕也哼了声说："又拽文，你直接说。"

李正弘和袁竹林也将目光转向高克己。高克己站起身来面对他们四个人一字一句地说道："我想把师傅没做完的事情做完。这也是我们应该做的事情。"

袁竹林瞪大眼睛问道："你想独立调查这个案子？"

高克己郑重地点点头："确切地说是调查与之相关联的一连串案件，包括二十多年前的'9·30'，不是我一个人进行调查，而是我们在座的所有人。"

这句话让几个人面面相觑，然后把疑惑的目光都投向高克己。高克己看着大家说："你们不要这么看我，你们没听错，这件事就是需要我们来做。我不是孤胆英雄，需要你们的帮助。我也不会做什么战前动员，就是想跟大伙说一句，我们五十多岁了，我们快退休了，以后恐怕再没有能让我们热血沸腾的机会了，今天我们能缠在一起打架，就说明大伙的血还没冷，如果这样那我们今天就做一次冲刺，拿下这个案子，来证明我们的价值！"

铿锵有力的话听得几个人血脉偾张，郭玉昕第一个站起来说："一天当警察，终生是侠客，我干！"

颜伯虎站起来说："我也干！"

袁竹林站起来说："算上我！"

四个人把目光同时移到坐着的李正弘身上，李正弘缓缓站起身向前一步说："我还是那句话，重新调查旧案是要有程序的，我一个人说了不算。但是……"

"又拉抽屉。"郭玉昕的话刚出口就感觉胳膊被高克己狠狠地撞了一下，李正弘像是没听到一样看看郭玉昕，停顿了下继续说："但是我可以保证我会尽自己最大的力量促成此事，给大家一个交代。包括后续在调查师傅遇害一案上，也会让大伙鼎力协助。同时对你们的个人行为，我不支持……也不反对！"

高克己伸出手来说："那好，就让我们像以前一样，纵横千里一竿子插到底！"高克己、郭玉昕、颜伯虎和袁竹林交替地把手握在一起，李正弘在大家的注视下也伸出手和他们握在一起。"成和败努力尝试，人若有志应该不怕迟"，高克己轻轻地哼唱出这两句大家都熟悉的歌词。

"谁人在我未为意，成就靠真本事，做个真的汉子，承担起苦痛跟失意，投入要我愿意，全力干要干的事……"几个人齐声应和着，唱着这首他们熟悉的歌曲《真的汉子》，几个老爷们仿佛又回到了热血沸腾的年轻时代。

十七

柳青公安分局的效率很高，不到二十四小时就通过技术手段找到了姚个奇丢失的手机和其他物品，确定了姚个奇的死亡时间，大概是中午十一点钟，确切地说，就是和郭玉昕通完电话后的那段时间里。还找到了目击证人和疑似罪犯的监控视频。监控视频里嫌疑人戴着帽子和口罩，面部被遮挡住，但可以清晰地看见这个人和姚个奇走出郭玉昕小店所在的那条街，又乘着电动三轮车七扭八拐地走进一个楼群，当监控视频录像到御河边上的时候，发现嫌疑人几乎是拖拽着将姚个奇拉出画面。手机被砸得稀烂，手机卡也不知所终，钱包里的钱和银行卡完好无损，记事本被野蛮地撕去很多页，这一点从用力撕扯的痕迹上能看得出来。目击证人有两个，一个是环卫的清洁工人，一个是流动推车烤山芋的小贩。他们分别看到了没戴口罩的嫌疑人的侧脸和正脸，至于什么原因让嫌疑人摘下口罩，这个目前不得而知，但目击证人却在这个时候清楚地看到了他的嘴脸。得知这个消息李正弘异常兴奋，连忙派公安处的刑侦画像专家去协助柳青公安分局的同志，按照目击证人的描述给嫌疑人画像。并通知高克己他们等待消息，同时研究和辨认一下画像。

因为郭玉昕对柳青镇很熟悉，高克己特意叫上他和派出所所长老杨来一起参与其中。进公安处大门的时候郭玉昕还犹豫了半天，看着他朝大门运气的样子，高克己在后面推了他一把说，怄气的话谁都说过就你当真，我就不信你这辈子真不进这个大门了啊。郭玉昕长叹口气说，离开这里快二十年了，没想到今天就这么回来了。颜伯虎又顺势推了他一把说，不这么回来你打算怎么回？还得给你两旁列队鼓掌欢迎，对面红旗招展锣鼓齐鸣，然后拉开一个二丈的横幅，上面写着"热烈欢迎能耐梗郭玉昕同志来我处光临指导"，你别做梦了！两个人连推带拉地将郭玉昕拉进了大门里面。袁竹林给他们沏好了茶水，几个人还没聊上两句话，李正弘带着刑警队的人进来了。都是熟人，大家也没客套，李正弘让刑警拿出嫌疑人的模拟画像展示给大家。刑警刚把画像放在黑板架上，屋子里的高克己和郭玉昕、颜伯虎还有所长老杨都惊讶地瞪大了眼睛，尤其是所长老杨竟然不由自主地喊道："怎么会是他？这不可能啊！"

黑板架上画像的人正是韩胜喜。

高克己生怕看错了，揉揉眼睛凑过去上下左右地仔细看了好久，才转过身来对李正弘问道："这是最后确定的嫌疑人画像？"

李正弘点点头表示确认。还没等高克己说话，郭玉昕上前一步指着画像说："这是咱画像专家画的？他跟谁学的手艺啊，是跟他师娘学的吧？"

一旁的画像专家听见这话很不高兴，冲着郭玉昕说道："郭师傅，我知道你是咱公安处的前辈，但你也别出口伤人啊，画是我画的，可我也是根据目击证人叙述才模拟出来的。你看着不像或是有何问题可以直接说，没必要这么挤对人吧。"

"我就是因为看着太像了，才说你是跟师娘学的呢！"郭玉昕又追加了一句。

高克己急忙拦住郭玉昕，朝李正弘说道："如果真是最终确定的模拟画像，那么就的确值得商榷了。"

李正弘问道："你这话是什么意思？"

高克己回答道："抛开技术层面的东西不谈，画像上的这个人我们都认识，而且前天刚刚在一起经历了生死攸关的列车上劫持人质的事件。虽然排除炸弹的时候他没和我们在一起，但我能确定的是他没有作案的时间和空间。"

所长老杨紧接着说："李处，这个人叫韩胜喜，他就是柳青镇的人，我认识他。他是开木器行和古玩店的，因为儿子在送餐公司工作，他有时候也帮着给火车上送餐料和食品。就在前天他还帮我们一起在火车上解救了人质，然后和我一同回到柳青，等到老高和老郭回来才离开的。是不是搞错了啊？"

高克己说道："如果按照确定下的姚个奇的死亡时间，他根本没机会作案，他甚至都没时间去找到姚个奇，把他诓出来然后再杀害他。从逻辑上从理论上都不成立呀？"

郭玉昕哼了声说："我还想跟你们建议表彰一下人家见义勇为呢，这下倒好，平白无故地把个没作案时间，没作案动机的人当嫌疑人了。要不我说模拟画像不靠谱呢，这画的是什么玩意儿啊？"

几个人连续地质疑模拟画像，画像专家头上的汗直往脖子上流，但他还是擦了把汗坚持地说道："画像是根据当事人或目击者的描述，尽力还原嫌疑人的模样，这里面还有许多不确定的因素呢。比如目击者看到的角度，当时光线的折射，灯光的明暗度，还有就是嫌疑人有意识地对自己进行遮挡，最主要的还是目击者个人的叙述能力等等……"

沉默不语的袁竹林此时拿起案情分析报告说："这报告上说，清洁工人和小贩都清楚地看见了嫌疑人和姚个奇两人的模样，而且当时的天气阳光充足能见度很好，这两人的语言表达能力也没问题。好像地方公安的专家还画出了姚个奇的画像，准确度也很高。"

其实袁竹林这话是有意识地替画像专家解脱，给他个台阶，他心里的想法是都是搞技术的，他相信画像专家手艺没问题，也许是某个环节出现差异。可没想到画像专家误解了袁竹林的意思，冲袁竹林说道："袁师傅，我的老师是全国公安的刑侦画像专家张欣，他也是咱们铁路公安系统内的专家，你的意思是说我模拟画像的技术不如地方公安局的同行吗？你这不是厚此薄彼嘛。"

这句话把袁竹林噎得张口结舌，连声说道："我不是这个意，意思啊。"

看着袁竹林被撑，郭玉昕不高兴了，他朝画像专家说："他不是这个意思我是这个意思，刚才我们说的话你也听见了，我就质疑你的手艺不行！如果行你干吗画出个有不在现场证据的人呢？这不是扯淡嘛！"

画像专家被撑得满脸通红，他冲郭玉昕说道："模拟画像是专业技术，不是每个人都能掌握并评头论足的，反正我老师怎么教我的我就怎么画，郭师傅你也别拿无知当个性，肆意指责。"

"操，你老师要教你怎么画母猪，你是不是也得把双排扣画出来啊。"

"你！你这是侮辱我！"

"少给自己脸上贴金，侮辱你？你还不够资格！"

"你太胡搅蛮缠了。"

眼瞅着郭玉昕和画像专家就要开挂，高克己急忙拦住他们，冲李正弘说道："我们是不是找柳青分局的人联系一下，把目击证人找来，让他们现场辨认。"

李正弘点点头说这个办法行，可是找这个嫌疑人来辨认必须策略点，既不能伤害真正见义勇为的群众，又不能放过疑犯的线索，所以得想个好点的办法。屋里的人们听完高克己的话，不约而同地把目光都转向郭玉昕。郭玉昕看着大伙无奈地摇摇头说："我怎么觉得又跟过去一样了，扎手的事都是我干。"

高克己、袁竹林和李正弘几乎同时说了一句话："谁让你是能耐梗呢。"说完三个人相视一笑。他们都没有注意到，平时最爱开玩笑的颜伯虎今天竟然一句话没说，而是对着调查报告和模拟画像来回不停地端详着。

郭玉昕开车将韩胜喜带到公安处门口时，看着有些忐忑不安的韩胜喜感觉有些愧疚，于是伸手拍拍对方肩膀安慰他说，你别紧张，这就是个简单的流程，走个形式而已。韩胜喜不住地点头说我不紧张，就是看见警察有点害怕。郭玉昕说你在火车上看见拿着枪、拿着炸弹的匪徒都不畏惧，看见警察你反而害怕了，瞧你这点出息。韩胜喜急忙解释说我不害怕匪徒是因为身边有你们啊，可现在是警察叫我来，所以我害怕。郭玉昕说当时车上不也有警察嘛，你别担心，里面的警察你认识好几个呢，不会有人为难你的。韩胜喜像下定决心似的说，三哥你可得给我作证，我不是坏人呀。郭玉昕说我给你做担保，然后带着韩胜喜来到刑警队的辨认室，进屋前韩胜喜看见门口的高克己连忙恭敬地点头示意，高克己也对他客气地说别紧张，一会儿进去站人群里就行，不会耽误你时间的。韩胜喜对高克己露出感激的目光走进屋子里。隔着宽大的单面玻璃窗，被邀请来辨认的清洁工和小贩仔细地看着眼前一排人，观察了半天也没说出个子丑寅卯来，负责辨认工作的刑警和高克己几个人也不能提示或暗示两人重点观察谁，因为这在辨认程序上是违规的，只能焦虑地看着两人一会儿前一会儿后，一会儿左一会儿右地看着。随着辨认时间的推移，两人越来越犹豫，越不能确定，最后还是小贩指了下韩胜喜说，看着好像是他。高克己连忙对小贩说你别好像是啊，看准确了吗到底是不是？这么一问反而把小贩说愣了，定神儿看了看韩胜喜又说好像不是他。他这么反复地拉抽屉把高克己惹火了，直接上去说你到底能不能确定，究竟是不是你看见的那个人。小贩有点害怕急忙说您别着急，要不您说是谁就是谁。这句话差点把高克己气乐了，他指着小贩的鼻子说，是你看见的嫌疑人，你是目击者，你让我说是谁，这不是瞎掰嘛，要不咱俩掉个个得了。小贩委屈地说，我当时就看见一个侧脸和老人家的正脸，让我看那个老人我能认得准，这个人我看不准。高克己追问道，那你怎么跟画像专家叙述的呢，人家专家可是按照你们说的画出来的。环卫工人和小贩相互看了一眼都不做声了。

郭玉昕将韩胜喜送到门口，韩胜喜推说要给媳妇买点东西，拒绝了郭玉昕要送他回去的请求，自己溜溜达达地走到了商场的门口。隔着商场的玻璃橱窗他不住地向里面张望，他好像在看挂着的衣服和摆放的商品，又好像在看着川流不息的人群，他似乎看不清楚橱窗内的景物，揉揉眼凑到近前仔细地打量。橱窗的反光里映出他有些消瘦的脸庞。他向前探身，盯着玻璃中的自己仿佛是要找出脸上的皱纹，好久他才把后背慢慢地直起来，幽幽地叹出口气喃喃地说，我怎么又看见你了啊，你可真不让人省心呀……

与此同时，在对面临街的街口处一直跟随韩胜喜出来的颜伯虎，始终不错眼珠地盯着他的一举一动，像要把这个人看穿一样。

辨认案件嫌疑人的事情过去好几天了。颜伯虎几乎是每天开着自己的车，白天晚上雷打不动地来到柳青镇。清晨起来人们还没有从家出门上班，他就开着车从平海来到柳青镇最大的农贸市场，土豆青椒圆白菜，蘑菇南瓜西红柿地一通采买，为食堂中晚餐置办好食材，然后就开始土行孙式地觅踪寻迹。偶尔他也会转到郭玉昕的小店里或柳青站派出所找高克己坐会儿，但时间都不是很长，好像是在耗时间，又好像是在等待什么。临近中午的时候颜伯虎照例会开车回平海，放下东西，简单地吃口饭，又像上满了弦似的开车返回柳青镇。如此这样的几天过来，高克己和郭玉昕都感觉颜伯虎是背着他们自己在搞调查，可是试探地问了几次，颜伯虎都云山雾罩地遮掩过去。郭玉昕和高克己商量，想悄悄跟踪颜伯虎，看他葫芦里到底藏着什么仙丹。

郭玉昕把自己下乡收旧家具、木器的衣服倒腾出来，稍微加工后穿上，骑着改装的燃油三轮车悄悄地跟着颜伯虎。颜伯虎走街串巷，他也走街串巷，颜伯虎停车溜达进菜市场，他也在远处慢悠悠地跟着，颜伯虎去柳青站派出所，他打电话告诉高克己，然后自己在广场的花坛边坐下，等待着颜伯虎出来。这天颜伯虎把车停到一个居民小区门口，他也停下车借着人行道上树木的遮挡仔细地观察着对方的行动路线。当他确定颜伯虎不是虚晃一枪的时候，才放心地走进小区里，曲里拐弯地走了两条小路，郭玉昕猛然发现路边有个用砖块压着的小纸条，好奇心让他捡起纸条来打开观看，上面写着四个字"此路不通"，他心里暗地骂道"檐末虎这小子还是发现我了，你越掩饰不让我走这条道，我就越得走进去看看"。走进去没多远就看见是个死胡同，郭玉昕转身刚要往回走就听见有人叫他说："老三，论起来码踪踩线你不如我，干吗非要藏巧露拙呢？"

郭玉昕知道说话的人是颜伯虎，他回敬道："就因为不如你，才想向你学习呢。"

颜伯虎从后面溜达出来说："这话说得你自己都不信，你还能跟我学，你这么牛的人。说说吧，这两天跟着我有什么新发现啊。"

郭玉昕说："我发现你现在特别的无组织、无纪律。咱们说好了一起调查，有线索、有信息要资源共享，你总打着给公安处食堂采购新鲜蔬菜的幌子，一个人跑单帮，我是不是应该对你加强纪律教育。"

颜伯虎说："你快打住吧，我记得你离开咱们公安处的时候是刑侦大队一中队探长吧，你是搞业务的，什么时候改行干政工了？"

郭玉昕摆摆手说："我不和你这货斗嘴，我是奉老二的指示，把你带回我那个小店，咱们今天三堂会审。"

两人回到小店的时候，高克己早已经在屋里等他们了。颜伯虎进屋后也没客气，端起茶海上的茶杯先喝了一溜，然后抹抹嘴说："老三这些年喝茶就是上品位，我一口气儿喝了三杯，竟然没喝出什么味来。"

高克己边往杯子里倒茶边说："你跟饮驴似的往嗓子眼里倒，多好的茶也喝不出味来。就跟你现在的处境一样，自己折腾半天别人都不知道你干吗。"

郭玉昕点点头表示赞同说："他此时非常需要一个指路明灯。"

颜伯虎往椅子上一坐，冲他们俩龇牙笑道："都是老中医别给我开偏方，论起来码踪辨迹踩点踩线，你们俩加一块都不是我的个儿。还给我当指路明灯，我给你们打个照明弹还差不多。"

高克己赶紧说："所以说啊，今天咱们必须开个会，讨论手头掌握的资料，分析整合，集思广益，我还特意叫上圆珠笔跟咱们视频连线。咱们四个人一块聊聊，最后谁是指路的明灯，咱们就跟着谁走。"

这话说得让颜伯虎没脾气了，他知道高克己话里的含义，说白了就是大家一起分析研判这几天调查的结果，然后决定谁的方向正确，就按照谁的方向集中力量搞调查，这也是他们当年干刑侦的时候留下来的惯例。看见颜伯虎不言声了，高克己调好手机的位置，示意郭玉昕也坐过来，然后打通电话和袁竹林接通了视频。颜伯虎凑过去仔细看着屏幕里面的袁竹林说，我怎么看着你后面的背景这么眼熟呢？袁竹林朝他点点头说我在单位办公室里呢，家里的无线网络不好使。颜伯虎转身朝高克己和郭玉昕说道，你们看见了吧，钱串子的本性彻底暴露出来了，就连咱们几个人聊会儿天，他都蹭单位的无线网。袁竹林在视频里冲颜伯虎摆出个扇巴掌的姿势说，你就嘴上厉害，一点儿不考虑实际情况，我在办公室里守着这么多资料，不是正好给你们做后勤保障嘛。颜伯虎说你再把假公济私的旗帜举高点，我就佩服你这个，每次占便宜都这么理直气壮。高克己说咱们别斗嘴了，赶紧进入正题吧。颜伯虎朝高克己说，我觉得咱们还是理顺一下思路，然后再统一思想，现在我们面临的问题是，不是谁的路子对，而是谁的办法行之有效。高克己表示认同颜伯虎的话，郭玉昕也接着说道，我们大方向都没有错，只是各自走的路径不同，我先抛块砖，抛完你们再说说个人怀里揣的玉。颜伯虎伸手做出个阻拦的姿势说，你还是把砖留着吧，别扔出来砸着我们。屏幕上的袁竹林也随声附和着说，我觉得老四说得对，老三你大杀大砍的风格不适合前期摸排的工作，这是个细活儿。郭玉昕哼了声说，我离开单位这些年你们是长能耐了，都跟雨后春笋般地冒出来跟我抬杠，我也不跟你们矫情，既然是抬杠就得让我长长学问。颜伯虎说这还不好办吗？我现在就跟你说说问题在哪儿。

颜伯虎伸手划拉下茶海上的杯子，腾出个地方用手蘸着桌上的水说："我给你们画个时间表就一目了然，根据平海市局同事的尸检结果，师傅遇害的时间是在中午，如果按照老式的时辰推断，大概是在午时十一点到十四点之间。那个时候你们都没在柳青镇，或者说是在返回柳青镇的路上，就在这个时候罪犯出现了。我不相信这是个巧合，我宁愿相信他算准了师傅没有后援才动手的。现在我们暂且不去假设他是如何得到的信息，就说你们得到师傅遇害消息的时间，是转天的早晨七点多，是清洁工在御河边上发现师傅的遗体，如果我们设定这里是第二现场，那么从师傅遇害到被发现有长达十几个小时的空当，说明什么问题？"

郭玉昕说："说明师傅遇害后有相当一段时间是被藏匿在被害现场，也许是案发现场，或者是罪犯的窝点和停留的地方。"

颜伯虎点头继续说道："我们先假定罪犯杀害师傅的地点肯定不会离抛尸现场太远。为什么呢？因为他虽然有交通工具但不会长途奔袭地去第二现场御河边抛尸，道理很简单，时间越久越容易被发现，而且目标太大。那么后面的问题来了，现在满街的监控和探头足以扫清车辆的行踪，他必须规避这些现实存在的危险才能达到目的。"

屏幕里的袁竹林说道："对啊，老二让我找了柳青分局的哥们儿，我查了整晚上的监控都没有发现，发现可疑的车辆和小型电动车，包括人力三轮车。"

高克己指着屏幕里的袁竹林说："你先别插嘴，让老四说。"

颜伯虎又在茶海上画了一下说："鉴于上述的想法，我把调查的重点集中到离御河不远的几个小区，我尝试按照罪犯的想法去躲避探头和监控，寻找能到达抛尸现场的路线。结果让我很惊讶，因为按照我的技巧和走出来的路线，每个小区到街道的路线上都有监控死角，我都能顺利地走到御河边而不被发觉。也就是说，这几个小区都可能存在罪犯的窝点，如果罪犯不傻，都有可能从我走的这几条路线里作案。"

高克己手指着茶海说："你就这么确定罪犯的窝点一定在你画出的范围内吗？没有可能在别的地方吗？"

颜伯虎一摆手说："有，但可能性太小。再说我还有关键的证据，那就是清洁工和小贩他们俩看见师傅和罪犯的位置，我走过他们叙述的路线，也站在他们当时的位置上观察过。这条路虽然走到前面环形岛后会分叉，但两个路口每条都通向我说的这几个小区。这点老三能给我作证，他这两天始终在我屁股后面紧紧地跟着。"

郭玉昕说："照你这么说，罪犯就得奔你设定的区域？他就不能在环形岛那里转一圈再回去吗？"

颜伯虎咧咧嘴说："矫情，你拿罪犯当傻狍子这点我特别不赞赏。话说回来，他车上拉的是谁？是孤鹰姚个奇！咱们师傅如果当时看出问题不对来，早就采取措施了。还能让他拉着在马路上转圈吗？"

高克己适时地插话说："我想知道你勘查的线路，都是你步行的吗？如果是这样，你考虑到罪犯要背尸负重吗？他还要有必需的遮盖，比如用袋子或者各种能掩盖尸体的布，这样不就更增加难度了吗？也就更容易引起别人的注意。"

颜伯虎冲高克己竖起大拇指说："问得好。话说到现在才有意思。罪犯不会让自己陷入到行动不便的境地，所以他一定会有个助力的工具，这个工具就是自行车。我们再假定罪犯在窝点等到夜深人静的时候，将尸体装入事先预备好的袋子里，然后像捆绑货物似的固定在自行车后架上，再然后按照他早就踩好的路线，推着或骑着自行车躲避开探头和监控，到达第二现场御河边上完成抛尸。"

"砰！"郭玉昕猛地拍了下桌子说，"这么说不就明朗了嘛，老四你勘查这些天肯定已经选好目标了。"

颜伯虎朝郭玉昕摇摇头："不瞒你们说，我还没有确定。"

郭玉昕说："真泄气，我还认为你檐末虎飞了这么多天，能找到明确的线索呢，合着说到现在也还是个大概。"

没容颜伯虎反驳，高克己就说道："老三，话不能这么说，我觉得老四码踪勘查得很有成果，目前至少给咱们圈定了范围和路线。我提议咱们就按照他的思路往下推，以后的几天里不论白天晚上，只要有时间，你和我就协助老四勘查这条线。找到线索就提供给老五，让他进行技术分析，你们看如何？"

郭玉昕和屏幕里的袁竹林异口同声地说，我没意见。高克己拍拍颜伯虎的肩膀说我更没意见。颜伯虎环顾四周又看看屏幕里的袁竹林，猛地拍了下自己的脑袋说道："我明白了，你们这是给我下套，没想到我这个老中医最后还是倒霉在同行手里了，是吧？"

高克己和郭玉昕看看屏幕里的袁竹林，同时对颜伯虎点点头。

十八

一连忙碌几天的高克己都没有回平海，白天他在派出所里重新审核车站的警卫方案，晚上就和颜伯虎、郭玉昕一起去现场悄悄地勘查，等身上穿的衣服冒出股馊味，才想起来好几天没换过衣服了。他和郭玉昕、颜伯虎打完招呼，又跟所长老杨说好回平海市里拿几件换洗的衣服，就在站台上等候路过的旅客列车，准备坐过站车回平海。坐过站车是铁路上常有的交通方式，意思是要到达的目的地在列车经过的站与站之间的站点，乘车人通常从甲地上车，坐一站在乙地下车就到家了。高克己在站台上看着远处绿色的信号灯，知道旅客列车已经进入柳青站的管辖线路内，很快列车就要进站了。"高警官，您是要回平海市里吗？"他回过头顺着这个熟悉的声音望过去，看到不远处站着的韩胜喜还有他身边戴着个口罩，但从头发和脸上的皱纹看上去，明显比他苍老得多的一个女人。

"是啊，我是准备回市里一趟，你这是……"高克己边回答，边端详着韩胜喜身边的女人。

韩胜喜笑着迎上去说："我是准备接儿子从车上带回来的东西，孩子来电话说直接回平海，不从柳青镇下车了，让我和他妈妈来拿东西。哦，这是我媳妇儿，她叫敬文萍。"

高克己看着韩胜喜身边的女人，这个略显尴尬目光里却透着一丝和善的中年妇女，忙点点头表示敬意，随后对韩胜喜说：

"你儿子什么工作这么忙,到家门口都不下车看看你们,这么拼命都能赶上大禹了。"

韩胜喜摇摇头:"您别夸他了,他哪能跟大禹比呀。人家那是为老百姓治理水患才三过家门不入的,他是有人牵着,又让他管事又给他钱,早把我们扔脑袋后头去了。不瞒您说,我都得替他跑腿儿。"

高克己看到韩胜喜的媳妇听完这番话在背后拽了韩胜喜一下,心想可能是当妈的不愿意他过多地评判儿子,就朝韩胜喜摆摆手说:"年轻人干事业是好事,付出点辛苦也是正常的,越努力就越有成就感呀,你应该多支持孩子。"

韩胜喜又是点头又是摇头地说:"我支持,我都快成他的员工了我还不够支持啊。就因为这疫情闹得公司的员工回不来,我把平海市里的店铺关了,跑来给他帮忙送货。他现在是我的老板,我听他的吩咐,让我给哪趟列车送货我就得送,要不然上回咱还碰不到一块呢。"

高克己知道韩胜喜说的是列车上歹徒劫持人质和排爆的事情,想到他毕竟见义勇为帮助过自己,又与郭玉昕很熟悉,就笑着说:"上次的事情我们还没感谢你呢,后来不仅没感谢又把你叫到公安处协助工作,耽误你不少时间,现在想起来真有点不好意思啊,希望你也别介意。"

韩胜喜连忙摆手说:"高警官,您千万别这么说,帮助公安局破案是我们应该做的。当时在火车上遇到那种情况,别说我和郭三哥是好朋友、好哥们儿,就是没有这层关系,也不能看着坏人干坏事祸害好人啊。再说三哥当时一个劲儿地给我示意,我虽然不懂但还是照猫画虎比画下来了，幸好没给您耽误事。"

高克己说："所以我要感谢你啊，你的记忆力和模仿能力真好。"

火车缓缓地驶进站台，高克己站在餐车的位置刚要上车，转头看见从车厢门里跑下来个年轻人手里拎着东西，直奔韩胜喜两口子走过去。"这是韩胜喜的儿子？我好像在哪里见过呢。"高克己边想着边拉住车厢门把手上车，走进车厢后抬眼先扫视下车厢里的情况，这是他多年铁路公安这个职业养成的习惯。当他把目光巡视到餐车中部的时候，正好和一个从车窗外把眼神移回来的女人碰撞上，高克己有些惊讶地脱口而出："怎么是你呀？"

女人毫不客气地直接撑回来一句："火车又不是你们家的，许你坐不许我坐。"高克己看见的女人是徐雅晴。此刻他立即反应过来，韩胜喜的儿子就是上次在超市站在徐雅晴身后的年轻人，也明白了郭玉昕曾经跟他说过的小鲜肉是谁，更清楚了他们两人之间的关系。高克己脑子在高速运转，嘴却没有闲着连忙回应道："不是这个意思，我就是感觉很意外，你这么大的公司老总怎么还坐普速列车呢，而且还坐餐车哩。"

徐雅晴伸手示意他坐在自己对面说："我有必要向高克己警官汇报一下本公司的业务范围吗？或者换个说法，我给你普及一下本公司与铁路的关系。"

高克己有些尴尬地勉强地挤出几丝笑纹，说不清是从什么时候起，他只要遇到徐雅晴总是感觉拘谨，说话词不达意不说，还浑身发紧，跟捆了条绳索一样这么别扭。与之相反的是，徐雅晴倒显得落落大方，潇洒随意，和他一点不显得生分。徐雅晴看着高克己坐在对面，刚要开口说话，忽然被扑面而来的一股味道呛得咳嗽两声,她皱起眉毛扭动了下鼻子说:"什么味啊?你身上怎么都馊了。"

"在柳青好多天了,一直也没回市里。"

"你不洗澡啊,是懒,还是没工夫?"

高克己不好意思地胡噜下头发说:"洗澡肯定洗,就是没换洗的衣服。"

徐雅晴撇撇嘴说:"你怎么还这样呢,一身衣服穿一个世纪都不换。看来陈子凡当家也没把你收拾得有多利索。"

高克己说:"这个和她没关系,是我自己出门时没带好备用的衣服。"

徐雅晴笑了笑:"一看就是亲两口子,还知道护着啊,哈哈。"

高克己摇摇头:"别说我了,说说你和正弘吧。你们是不是……是不是闹不愉快,是不是有点矛盾呀?"

徐雅晴把头朝斜后方一扬,带着点居高临下的口吻说:"高克己,我也当过警察,没这么娇气,你想问什么就直接点问,别总窝窝囊囊的,我就看不惯你这个样子。不怪人家给你起这个外号。"

高克己说:"我其实吧,其实是想问问你,是不是真的要和正弘离婚啊。"

徐雅晴说:"我不是闹着玩,你知道我的脾气,来咱就来真的!"

高克己刚要再说话,看见韩胜喜的儿子急匆匆地跑进餐车。徐雅晴看见对方后笑盈盈地示意让他坐到别处,然后对高克己说道:"我和李正弘的事情,现在是不是在公安处已经传得沸沸扬扬了?你跟我说说,外界都是什么评价,是不是都伸长了耳朵,瞪大了眼睛等着看戏呢?"

"没你想的这样,"高克己把目光收回来看着徐雅晴说,"没什么人知道这件事,再说正弘是处长,领导的个人隐私也不是我们能随便打听的吧。"

徐雅晴摇摇头说:"没什么人知道,就说明还是有人知道呀。你不跟我说实话,窝囊废。"

高克己看看相邻着几个座位的年轻人,踌躇半晌问道:"你,你真的是想和这位,这位小朋友在一起生活啊?"

徐雅晴说:"这不是你该问的事。你刚不是说了吗,领导的隐私少打听,回答我刚才问你的话。"

高克己叹了口气说:"其实这世上哪有不透风的墙啊,玉昕就曾经跟我说起过,他的朋友叫韩胜喜,就是你现在这位男士的爹。另外,那天我从你们家出来的时候,也听见正弘的怒吼了。你们真的过不下去了吗……"

徐雅晴没有再回应,她把目光投向窗外仿佛要看得很远,又好像只是盯着车窗玻璃上自己的影子。过了好一会儿她才把目光从窗外收回来,对着高克己说:"克己,你知道我这辈子最后悔的一件事是什么吗?"看见高克己摇着头,徐雅晴苦笑了下,"我最后悔的是当年没听你和姚个奇师傅的劝,脱了警服去做生意,我其实真的能是个好警察。如果不是为了李正弘,我会选择继续留在铁路公安,继续着我除暴安良的梦,可现在我把梦给了他,他却还给了我一地鸡毛。"

高克己连忙说:"你不能这么想,李正弘虽然越来越官僚,可他不是坏人呀。他就是想当官,想当官也不是错啊。再说这么多年,他也是从侦查员开始一级一级地熬上去的。我知道你当局长的爹没少给他搭梯子,可他的确也付出了很多辛苦和汗水啊。"

"你这个评价很官方呀,有当大领导的潜质。"

"我没这个意思,就是觉得他也不容易。"

"对,他付出的是有棱角的个性和压抑着的情绪,从他当副科长那天起就不会笑了。说话也由原来的爽快直接变得慢慢吞吞,每天都扮演成熟老练假装深思熟虑,遇事沉吟等待总摆出副高瞻远瞩的造型,跟这样的人天天生活在一起,你不觉得所有的一切都是假的?都很压抑吗?"高克己无语了。此刻他又想起二十多年前的那个深秋,他暴怒地冲李正弘呐喊的样子,还有前些天他连续质问对方时的神情,他不知道如何回答徐雅晴的话,也不知道徐雅晴嘴里的李正弘是不是自己心里想的样子。

列车开始减速,说明前方快要进站了。徐雅晴扫视了一眼餐车车厢,对还在愣神儿的高克己说:"难得在车上遇到你,还跟你聊了这么半天。不过我也看出来了,这么多年你的敏锐度不如以前了。我记得当年你和李正弘都号称平海这两条线上的神眼吧。"

高克己说:"都是瞎吹的,不得肾炎就不错了,你还记着这些干吗呢。"

徐雅晴呵呵一笑说:"神眼也有扫漏的时候呀,你回头看看靠近车厢门那个抱孩子的妇女,她的姿势你不觉得奇怪吗?"

高克己听到徐雅晴的话没有立即回头看,而是朝过道上伸出腿,然后装作整理裤腿的样子看了看抱孩子的妇女,此时那个妇女正在拿着奶瓶子给孩子喂奶,没有任何异样。看见高克己疑惑的眼神,徐雅晴用手画了个圈小声说:"你没看见她刚才给孩子喂奶时的样子。孩子饿了她拿起奶瓶,把奶嘴直接塞到孩子嘴里,这里边是不是少个程序呀,高警官?"

这句话让高克己猛然惊醒,他读懂了徐雅晴话里的潜台词,这个抱孩子的女人很可疑。俗话说得好,没吃过猪肉还没见过猪跑吗?徐雅晴提醒的是个细微的常识问题,通常女人用奶瓶喂孩子都会在喂到孩子嘴里之前,先用自己的胳膊或手背试试奶水的温度,可这个女人不管不顾也不测温,直接将奶嘴塞到孩子嘴里,这样的表象只能说明两个问题,一是这个女人没有生活常识,二就是这个孩子不是她自己的!想到这里他不由得对徐雅晴投过去一丝敬佩的眼神,徐雅晴朝他歪歪头轻声说道:"我跟你说过,我能是个好警察。"没等高克己表态,她把手一摆说:"警民合作到此为止,我还得赶回公司检查冷冻食品的防疫情况,不想耽误时间,这个线头甩给你,车到站我就下车。"

高克己遗憾地晃晃脑袋,话到嘴边只好又咽了回去。

颜伯虎和郭玉昕像两个飘在半天空的风筝一样,谁和谁也挨不上边,但谁和谁又都能看得见。郭玉昕也尝试着跟颜伯虎沟通,让他把可疑的区域和可疑人可疑物告诉自己,然后两人分着去工作也能增加效率。可颜伯虎就是不答应,不仅不答应还一个劲儿地给他戴高帽,说你能耐梗郭老三文武带打,咱们在一起我有安全感,同时最有隐蔽性的是你不是警察,我要是有点缠头裹脑的麻烦你还能策应我,给我解围。话这么说,郭玉昕就没有反驳的余地了,关键是颜伯虎还顺手吹捧了他一下,郭玉昕虽然有点不情愿,但还是答应继续跟在颜伯虎身后给他做支援。其实他不知道颜伯虎心里的真实想法，在嫌疑人这个问题上他始终回避着高克己和郭玉昕，因为他怀疑的对象就是韩胜喜。

这个怀疑的起因，是他在审讯劫持火车的嫌疑人肖启佳以后，有一次到陈印祥的办公室"串门儿"开始的。由于疫情的原因，公安处装材后勤部门给所有科室和所队配发口罩，颜伯虎主动帮忙统计分发，拿着一箱子口罩来到陈印祥的办公室。见到正愁眉苦脸的陈印祥就调侃说，你最近怎么也不来食堂吃饭了，不要因为害怕颜老师揭你老底就不吃饭，这样对工作开展和你个人健康都不利，该来吃饭还来吃饭，你放心我以后不让你喊我颜老师了。几句话把陈印祥气得直翻白眼儿，冲颜伯虎说你别屎壳郎照镜子——臭美了，我不去食堂吃饭就是害怕你？你没看见我案头堆了多少案卷吗？我有工夫吃饭吗？颜伯虎看看桌上堆积的文档继续开玩笑说，谁不知道你啊，你是嫌疑人写材料揭发检举他爸爸——假积极，堆一桌子文档装洋蒜。陈印祥说我没你这么无聊，天天在食堂抢大勺愣充热火朝天，我这是正经八百的工作。颜伯虎急忙把箱子放在椅子上，从里面拿出两个食盒递过去，告诉陈印祥里面装的是鸡腿西蓝花还有大饼和小米稀饭，就算我给加班加点的同志送温暖了。陈印祥接过食盒边吃边说还算你讲哥们儿情义，我连着三个中午都没吃着饭了。颜伯虎说不至于的吧，劫火车这么大的事都办妥了，你还能有嘛难事呀？陈印祥说快别提这个事了，嫌疑人肖启佳司法鉴定后被认定无行为责任能力，李处还责成我们跟地方派出所和当地街道居委会联系，把他送进精神病医院了，折腾了一通鸭子孵鸡——白忙乎。

颜伯虎说，肖启佳不是还供述有人用手机遥控他，并且咱还根据他的叙述做了画像吗？陈印祥摇摇头告诉颜伯虎，手机通话技侦大队倒是倒腾出来了，可里面的声音明显就是经过处理的，可以解释成为拿傻子开心找乐。画像画得倒是有点人模样，可你也知道精神病人的供述可信度不行。说着话陈印祥还顺手把打印出来的画像递给颜伯虎看，颜伯虎看了一眼并没有放在心上。

但是当他再次看见杀害师傅姚个奇嫌疑人的画像，看到被郭玉昕叫来参与辨认的韩胜喜时，他心里便是"咯噔"一下像被重锤打中似的狂跳。侦查员的基本素质就是敏感的直觉和跳跃的想象力，在这一点上颜伯虎的能力仅次于高克己，他们都善于将零散的线头连接成线条。眼前这两幅模拟画像虽然神色有异各有不同，也不能和照片媲美，可只要仔细结合真人观察，还是能发现共同点的。当时还没等他说话，郭玉昕和高克己已经站出来反对了，言之凿凿地共同提供出韩胜喜不在现场的有力证据，这还不算完，柳青所的所长老杨、火车站的职工以及列车上的乘务员都能给韩胜喜证明。这个结果让颜伯虎着实没有想到，此时他再说任何话不仅都会跟泥牛入海一样泛不起一丝涟漪，而且还可能引发郭玉昕和高克己更强烈的反击，因为这两位毕竟都是当时的当事人，想到这些现实情况，颜伯虎选择了沉默，可沉默并不能打消他心里的疑问。于是他悄悄地出来事先在外面等着韩胜喜，悄然无声地进行跟踪，细心地观察着对方的一举一动。当他把韩胜喜的走路姿态、习惯动作和上下台阶先迈哪条腿都记在心里后，又悄然地脱离了目标。他知道技术控袁竹林平日里和公安处技术队的同事关系融洽，就找到袁竹林让他帮忙把监控录像复制出来，并千叮咛万嘱咐不要告诉高克己和郭玉昕，然后他自己对着电脑屏幕反复地观看，从中找出储存在脑子里与之相对应的蛛丝马迹。他对比之后发现，带着师傅姚个奇的嫌疑人走路有耸右肩的习惯，这个细节和韩胜喜走路时一模一样，这个细节让颜伯虎又疑惑了起来，如果按照嫌疑人画像和监控来推断，杀害师傅姚个奇的凶手十有八九就是韩胜喜。但是根据平海市局和公安处法医的鉴定结果，韩胜喜完全没有作案时间，且人证俱全板上钉钉般的确凿。可杀害师傅的嫌疑人却又真实地存在，假如说嫌疑人不是韩胜喜，那么这个人是谁？为什么肖启佳和目击者提供的画像都像韩胜喜？

颜伯虎像下围棋那样陷入了长考中，带着这些疑惑，他最后决定要在自己确定的范围内不间断地寻找，俗话说，常赶集没有碰不上亲家的，他坚信只要是犯罪，就一定留下痕迹的铁律，也坚信罪犯一定会再次出现在视线之中。同时他也清楚郭玉昕和韩胜喜的关系，更知道高克己、郭玉昕、韩胜喜三人在处置列车劫持人质事件上，刚刚经历过生死的事实。所以他只和袁竹林说出了自己的怀疑，对高克己和郭玉昕屏蔽了信息。

高克己紧盯着怀抱孩子的妇女走下车，他扬手叫过来在站台上巡视的民警，领首示意前面怀疑的对象，三言两语说完情况，民警点点头退到一旁等着高克己采取下一步的行动。高克己紧走几步凑到妇女身旁，身子忽然一歪猛地撞向对方，抱孩子的妇女被猝不及防的撞击撞得身体倾斜，她急忙抱住怀里的孩子，手中的包却掉落在地上，包里的手机口红钥匙串四分五裂地散落一地。还没等她反应过来，高克己趔趄着一脚将她掉在地上的手机踩个正着。妇女边抱紧怀里的孩子,边冲高克己喊道:"你走路长不长眼啊,你看你把我手机踩坏了。"高克己急忙躬身捡起手机满脸堆笑地说:"对不起,对不起,我不是故意的。"

"你不是故意的,我手机让你踩坏了,屏幕都碎了。你得赔我!"

"真是对不起,我是脚底下踩滑了才撞到你,我给你赔礼道歉。"

"我手机让你踩坏了,你说怎么办?"

"我不是故意的,我没看见你手机掉地上了。"

两人正在争执中,站台上的民警走过来简单地问明情况说,既然你们在这儿不能私下解决,那就只能去派出所进行治安调解了。妇女听见民警这么说,有点面露难色,高克己则很坚决地表态,去就去,反正我也不是故意踩坏她的手机。就这样,高克己和民警一唱一和,带着妇女往车站派出所方向走去,在人们的眼中看来,这就是个偶然的纠纷,而且抱孩子的妇女非常占优势,肯定能获得赔偿。可是这个情景在远处的徐雅晴看来却是非常有趣,她心里默念道:"这个窝囊废也学会碰瓷了,我得过去看看什么结果。"于是她叫过来男青年交代几句话,不顾对方的反对摆摆手径直朝车站派出所走去。

进入车站派出所之后,高克己迅速示意值班民警从妇女手中接过孩子,妇女还认为是有相关的文字要求她填写,不加防备地把孩子递过去。眼看自己的目的都达到了,高克己从口袋里掏出警官证朝妇女眼前亮了一下说:"我是平海铁路公安处民警高克己,我现在向你讯问的是,你从哪儿来到哪儿去?怀里抱着的孩子是谁的？还有没有同行人？"

一连串的发问将妇女问得张口结舌、面红耳赤，半晌才反应过来自己是中了警察的圈套，想走来不及了，想打电话手机还在警察的手里。万般无奈之下，她只能咬牙跟眼前的警察死磕，想到这些，她平复下紧张的心跳对高克己说："我从山东来到平海去看亲戚，我有车票，孩子是我的。"

高克己哼了声说："你一个人抱着个吃奶的孩子出这么远的门，难道就没人陪着你？你们家里人对你真放心啊。"

妇女晃晃脑袋说："我跟孩子她爹吵架了，抱着孩子出来散散心。"

高克己问道："孩子多大了？男孩女孩？叫什么名字？"

妇女不假思索地说："你们管得着吗？孩子还没起名呢，把我的孩子还给我，你赔我手机。"

高克己指着在民警怀里的孩子说："你看见了吗？他是个男的，抱孩子的样子都比你标准，孩子在你手里算是遭罪了。实话告诉你，刚才在火车上我就注意你好久了，你先给我解释一下，有亲妈给孩子喂奶不先试试冷热就直接往嘴里杵的吗？你是没带过孩子，还是这个孩子本来就不你的？"

妇女听完高克己的话脸色瞬间变得煞白，但她突然间像发疯似的大声喊叫起来："你们抢我的孩子，你们不是警察，是土匪！你们凭什么打人啊，警察打人了！"随后躺在地上开始撒泼打滚，边滚边连踢带踹地不让别人靠近，还一个劲儿地撕扯着自己的衣服。高克己和派出所里的民警们没想到她会来这么一出，一时间都有点老虎咬刺猬——不知道如何下嘴。其实整个事情从高克己故意设局再到顺理成章地将嫌疑人带进派出所，在外人看来就是个旅客之间发生的纠纷，不会引起嫌疑人同伙和买家的警觉。到了派出所以后就是要雷霆暴击以快打慢，快速地让抱孩子的妇女交代出同伙和买家，然后按照线索去抓捕，整个行动最宝贵的就是时间，如果丧失了时间上的优势，嫌疑人的同伙和买家很有可能取消交易，望风而逃。想到这些，高克己不禁火往上蹿，攥紧的拳头却又不能打出去。就在他们左右为难的时候，徐雅晴像阵风似的推开门，直接走到妇女面前，抓住她的衣领张开巴掌左右开弓扯得山响，她抽一个耳光骂一句，啪！啪！啪！

"臭不要脸！"

"没羞没臊！"

"混账东西！"

三个嘴巴子将妇女打得眼睛都直了，迷离地看着眼前这个穿着时尚华丽，打扮得典雅秀丽的女人，这样的人怎么就这么暴烈得像个母老虎，而且打自己这么顺手跟不花钱似的。巨大的反差让她无比震惊，吓得她边挣脱边一个劲儿地朝高克己身后躲，可是徐雅晴仍然不依不饶，摆出副追杀到底的架势。高克己看在眼里，心里立刻明白了徐雅晴的用意，他急忙伸手拦住徐雅晴，冲妇女说道你也看见了，丢过孩子的受害者和家属们情绪都很激动，我们这儿天天找孩子的人很多，如果他们知道派出所抓了个人贩子，很快就得把门槛踩平了。妇女瞪着恐惧的眼神看着高克己不住地点头，高克己作势拦住身后的徐雅晴，指着妇女说，你现在交代，我算你有立功表现，还能劝说受害者和家属们平复心情，正确对待，如果不说，后果可要自己负责。妇女连忙点头答应着说，我全说，我全交代，其实我就是负责把孩子抱到平海，真正买孩子的人得跟我老板确认好，交完尾款，我才能把货给他。高克己紧跟着追问道你们怎么联系，妇女说我到平海确定没有危险后，给老板发信息，说完看着桌上被踩坏的手机。高克己拿起手机对身边的派出所民警说，技术上的事情好处理，案子交给你们，我就不搅和了，我还得赶紧回去呢。

送徐雅晴出来的路上，高克己忽然像想起什么似的叫住徐雅晴说："你怎么突然又回来了，不是说不想管这些事了吗？"

徐雅晴扬起脖子，居高临下地看着高克己说："我要不帮忙，你们能这么快就拿下这个案子吗？我不需要感谢，就是想看看荒废的业务还拿得起来吗？"

高克己说："你刚进门时我还没反应过来，可看你的举动突然这么夸张，我就反应过来了。"

徐雅晴说："这只能说明你还不老，脑子还够使唤，同时说明我也不老。"

高克己朝徐雅晴竖起大拇指说："你是宝刀不老，就刚才你猛地冲进屋子里那一下，我眼前仿佛又看见了以前的穆桂英、花木兰、杨开慧、向警予、赵一曼、双枪老太婆……"

徐雅晴连忙摆着手说："你不会捧人就别瞎捧，这都挨得上吗？"

高克己说："总之，你的确还是像以前刑警队时的样子。"

徐雅晴整了整衣服缓缓地说道："我有的时候总会想起来以前，那个时候我们都年轻，大家聚在一起无拘无束的样子，还有搞案子时畅所欲言的讨论，案件侦破后一起聚餐时的狂欢。那个时候你总爱说一句话……"

高克己疑惑地问道:"哪句?"

徐雅晴用手指着远处全副武装正在车站广场来回巡视的民警说:"一天当警察,终生是侠客!"

十九

颜伯虎和郭玉昕约定彼此保持距离,他骑电动车来往穿梭于街道楼群之间,灵活机动,郭玉昕则驾车在大路上游荡守候,随时准备接应。可是几天下来他发现颜伯虎搜索的范围越来越集中,只是在相邻的两个小区之间转悠,而这两处地方他又似曾相识。为了证实自己的判断,郭玉昕打开手机将自己所处的地方定位,仔细搜寻着附近的每一处标注的地方,小区、商铺和单位。看了几遍都没发现可疑的地方,倒是有个熟悉的标注映入眼帘,"鸿运仿古家具厂",这不是韩胜喜的家具厂吗?因为郭玉昕听韩胜喜说过很多次他有个家具厂,专门制作仿古的红木家具,厂长和法人是他媳妇敬文萍。可是他一次也没有去过,只是见到过他在古文化街店铺里摆放着,贴着商标的家具展品和修缮的桌椅。开始他没有太在意,但当他点燃一支烟抽了两口,看着飘然扩散的烟雾时猛然打了个激灵。"檐末虎不会无缘无故地在没有疑点的地方转悠,他是不是发现什么重要线索了?而且这个线索和韩胜喜的家具厂有关?是这个地点还是家具厂里的有关人呢?"想到这些,他不由自主地摸出手机,犹豫了片刻,他最终还是拨出了韩胜喜的手机号码。

"老韩，你最近这些天忙什么呢？是在平海市里还是在柳青镇呀？"

"我最近这几天在市里了，门脸这边我得照顾着呀。怎么，你有事？"

郭玉昕飞速地在脑中揣了几个词然后说道："鸿运家具厂是你的买卖吧，我有个朋友前些日子从你这儿买了个仿古的茶几，回去用了几天竟然出裂纹了。估计不是你亲自做的，你手底下的工人都怎么干的活儿呀？"

听筒里先是停顿了一下，旋即就传出来韩胜喜急促的声音："不会吧，三哥，我工厂里的工人都是有十几年手艺的匠人呀，不可能出现这样的问题。你那个朋友是不是看错品牌了？"

"品牌肯定不会看错的，还是我向人家推荐的呢。"郭玉昕慢悠悠地说道，"我猜是你的工人不专业，所以才导致这样的事情发生。人家嚷嚷着要退货呢，是我好说歹说才同意拿回去维修，可你又不在厂里，我让人家去找谁呢？"

"你可以找赵师傅或者张师傅，如果他们都出去干活儿了，就找王师傅。"

"这几位师傅都是本地的还是外地的？别回头我朋友去了对不上号。"

"三哥，我这儿本来外地师傅就少，再加上疫情，更不敢招外来的人了，你放心去吧，都是平海和柳青镇的人。我马上再给他们打个电话，你就放心吧。"

郭玉昕挂断电话以后在心里默默盘算着，如果真按照韩胜喜所说他工厂里的人员还是相对固定的话，至少没有频繁地更迭外来人口，自己应该把这个信息告诉颜伯虎，如果他想去调查鸿运家具厂的话，正好假扮自己的朋友去踩点。想到这些，他拿起手机就要拨打颜伯虎的电话，还没等他按键，屏幕上就显示一个南方区号的电话，郭玉昕诧异地接通，里面传来个操着半生不熟的普通话的声音："先生你好，请问你认识张强吗？他申请了一个拍拍贷的贷款下来了，可我们现在联系不上他。因为当时他留的是你的电话，所以我们才打给你询问，请问你能联系上他吗？"

"这不是个骗子吗？看来电信诈骗又推陈出新了。"郭玉昕边想，边要行使以往遇到此类事情的程序，那就是一通骂街，然后挂断电话。可是他转念又一想，阴天下雨打孩子闲着也是闲着，索性拿这个货开开心，于是对着话筒说道："哦，你说的是哪个张强呀？男的，女的？"

"请问你认识几个张强啊？"

"是你说的张强留的我的电话，你不知道是男是女呀？"

对方稍微停顿了一下，旋即立刻接话说道："我们这里每天接到的单子很多，张强这个名字又很普通，但他留的是您的电话，因为事情着急才给你打电话。"

郭玉昕清清嗓子说："哦，如果是男的我不认识，女的张蔷我倒是认识一个。你先告诉我她名字这两个字怎么写，我看看是不是你们骗我。"

"先生，我们是正规的金融科技公司怎么会骗你呢？你说的张强是女的，她这两个字张是姓张的……"

"废话！我姓郭还是姓郭的郭呢，你这不是跟没说一样嘛。"

"先生，你别着急，因为她在登记的时候留下的名字是张强，我们也知道很多人都是随手写个名字，音对就可以，至于是哪个字我们还要查她的身份证复印件。"

"还查身份证复印件呀，那多麻烦啊。我告诉你吧，张强的'强'是蔷薇的那个'蔷'，她是女的，你查查是不是这个人。"

"啊，先生，你说得很准确，我们后台这边也显示了，就是这个张蔷。"

"是吧，那你先跟我说说贷款是怎么回事……"

听着骗子被自己一步一步地牵着走，郭玉昕饶有兴趣地跟这个看不见的对手开始了你来我往的斗法。当他把对方讲述的东西听明白以后，高声打断说："你先停一下喘口气儿，你看看我这么理解你说对不对啊。"

"先生你说。"

"我想说的意思是，你以后再打电话进行诈骗的时候先听听对方的声音，像我这样标准的平海口音还带着普通话底子的人接电话，你就赶紧夹起尾巴滚蛋，大爷我拿你耗点儿，你还真认为我听进去你这半生不熟的国语了，最后奉劝你一句，抓紧把舌头拿熨斗熨熨，烫平捋直了再上班，省得以后总挨骂，滚吧。"

这番话说完，郭玉昕自己都觉得挺解气，心里想真应该让颜伯虎听听我这个贯口，中间也没怎么喘气。可是他做梦也没有想到，他给韩胜喜打的这通电话会变成自己和颜伯虎的催命符，使看似平静的水面突然变得浪卷风急波涛汹涌，也使整个事件像奔驰的高铁一样陡然提速，变得超出他们所有的常规判断和想象，变得扑朔迷离云雾弥漫。

颜伯虎经过几天的踩点和侦查确定已经接近了目标,这个目标和郭玉昕判断出来的鸿运仿古家具厂不谋而合。因为无论从地理位置还是他假设的嫌疑人藏匿、转移、活动等各种轨迹,这里都是绝佳的场所。所以他这些天总在附近转悠,侦查员的直觉告诉他,作案的嫌疑人不会长期地蛰伏不动,一定会在某个熟悉的时间段出来观察。敢于杀人越货的罪犯都具有相当水准的心理承受能力,也会有作案后的成就感和侥幸心理,鉴于这些因素,颜伯虎笃定地认为这个人一定会再次出现,关于他在这个判断上的执拗和坚持,他也只和袁竹林说过,具体的原因他也说不清楚,只是感觉平海到柳青之间有着若即若离的联系。就在他站在街角的观察点向远处瞭望时,身边的街道出口处突然闪出个熟悉的身影,这个人穿着打扮很休闲,头上戴着个破旧的遮阳帽,一个印着花纹图案的口罩将眼睛以下的脸部遮挡得严严实实,但颜伯虎还是从他走路的姿势上看出了端倪,那段他看过无数次的视频资料,早已经将嫌疑人的一举一动刻入在心里,此时这个人走路耸右肩的习惯就是视频中出现的嫌疑人。瞬息之间颜伯虎已经在脑中翻转了好几个对策,他第一反应就是给郭玉昕打电话叫他跟住自己充当后援,同时让他急速通知柳青站派出所,并第一时间告诉高克己,自己这里有新的发现。可是当他焦急地反复拨打郭玉昕的电话时,对方的手机却怎么也接不通了。

颜伯虎哪里知道,此时郭玉昕的处境比他凶险百倍。

郭玉昕的汽车停在离御河边不远的坡道边,这个位置靠近公路且对面就是划为重点的几个小区,他选择的这个观察点虽然有些明显,但还是灵活机动,能随时发动车开起来就走。挂断和骗子聊天的电话，郭玉昕有点洋洋自得地刚要点燃支香烟庆祝一下，猛然间感觉有一阵疾风伴随着轰鸣声迅速地朝他的车子扑来，这种危险的信号他好久没有感觉到了，还没容他反应做出躲避的动作，小轿车就被一辆从侧后方开来的大卡车直接撞翻，轿车像断了线的风筝一样翻滚着越过河边的坡道，带着一路烟尘冲向御河。车子里的郭玉昕下意识地做出应急反应，双腿紧蹬住车底，身子向后仰，双臂护住头部做出防撞的姿势，但是翻滚的车子让他的身体在车厢里上下左右地碰撞，随着骨骼发出"咯嘣"的响声时，他感觉自己的胳膊折了，还没容他体感到疼痛，头部又狠狠地顶到方向盘上，弹出的气囊将他的脑袋像夹馅面包一样包在一起，直接被撞得晕厥过去。

此时的颜伯虎一直盯着目标走向电动车，掏出钥匙拧开车锁，骗腿上车开动车往前走，这几个动作也和视频里的嫌疑人完全一致。现在基本上可以确定就是他！颜伯虎心里的狂喜和焦急交织在一起，他高兴的是自己的判断完全正确，焦急的是为什么郭玉昕还不接电话，还不赶快过来接应。情急之中他匆忙给郭玉昕发了个定位，竟然没有再给高克己和袁竹林，哪怕是李正弘打个电话，连忙发动车子跟了上去。他相信凭着自己的能力还有郭玉昕的帮助，肯定能跟踪到嫌疑人的巢穴并将他擒获。跟踪了一段距离之后，颜伯虎发现目标在绕了两个圈子后掉头又向柳青镇外的方向驶去，而且这段路也是他之前侦查时走过的，这更坚定了他的信心，施展开跟踪技巧不远不近地粘住嫌疑人。几条路追踪下来，他感觉嫌疑人并没有自己想象得这么狡猾，甚至还有点土鳖的意味，由此可见，他绕圈子走弯路这些基础的路数，都是和电影里地下党接头的桥段学的，但他上了公路以后径直朝郊外跑去，看着又像是一次独狼的远行。颜伯虎死死地咬住目标，不知不觉中来到与公路平行的高路基的铁道旁边，目标在远处一个树木茂密的地方停下车，颜伯虎借助这个时机仔细地看了看周围的环境感觉似曾相识，静下心来又端详了一下公路和铁路的距离，想起来这儿就是高克己跟他说过的，之前石击列车现场的位置，铁路既有线一百三十二公里处。"看来你是吃惯甜头又回来了。"想到这里颜伯虎伸手摸手机想给高克己打电话，就在这时嫌疑人离开车辆，手里拿着一个提包非常迅速地爬上路基直奔护网跑去。这个突然的举动让颜伯虎有点措手不及，他搞不清对方手里的东西是什么，也无法判断对方跑到铁路上去的企图，情急之下他扔下电动车紧跟着也跑了上去。进入护网内的豁口是巡线人员和保安员工作时留下的活门，看来嫌疑人早就侦查过并且知道这里的情况，颜伯虎借助树木和草丛的掩护进入护网悄悄地接近目标。两个人一前一后，一个在路基上一个在路基下往前行走，当走到靠近路基上信号机的时候，目标嫌疑人蹲下身打开提包在往外掏着东西，颜伯虎此时血往脑门上撞，"可把你的小尾巴揪住了！"边想边一只手掏出手机打开录像功能拍下视频，一只手从裤子口袋里拿出警用甩棍，使劲一甩拉直棍子，然后猛地从路基下跃上线路大声喊着："警察，放下东西，别动！"朝嫌疑人跑过去。

嫌疑人被突然的喊声怔了一下，背朝着颜伯虎缓缓地直起身。"举起双手，转过身来，快点！"随着颜伯虎的喊声嫌疑人表现得很驯服，他举起手慢慢地转过身来面朝着颜伯虎。"把口罩摘下来！"颜伯虎举起手中的甩棍指向眼前的嫌疑人，"我再说一遍，把口罩摘下来！"对方没有抗拒，伸出右手靠近面颊边的耳朵，慢慢地拉下口罩带。一个熟悉的面容呈现在颜伯虎眼前，这个容貌他看过多少遍，也比对过多少遍，虽然没有出乎他的意料，但颜伯虎还是兴奋地叫出声来："韩胜喜！果然是你啊！"

摘下口罩的韩胜喜冲颜伯虎说道："我认识你颜警官，我知道你一直跟着我，还一直揪着我的家具厂不放，你这么较劲到底为什么啊？"

颜伯虎紧盯着韩胜喜说："你先回答我，到铁路上来干什么？"

韩胜喜指着地上的提包："我想放个自制的炸弹，炸一下铁路。"

颜伯虎喊道："那你他妈的还问我盯着你干吗！盯着你就为了将你绳之以法，盯着你就为了给我师傅报仇，盯着你就为了解开我脑子里始终纠缠的为什么。"

韩胜喜朝颜伯虎摇摇头说："我没杀你师傅……"

颜伯虎怒吼道："那你告诉我是谁！你没杀我师傅谁杀的他？"

韩胜喜道："是有人装扮成我的样子，杀的他。"

颜伯虎说："是谁？！"

韩胜喜的眼神里渗出一丝阴冷，旋即又仿佛无奈地叹口气道："我怎么知道是谁装扮的我，而我又装扮的谁呢？"

"你他妈的给我老实点！"

"颜警官，你回头看看。"

这句话把颜伯虎气得朝韩胜喜舞动着甩棍，"你多大岁数了？还跟我玩小孩子这套把戏。你不觉自己很幼稚吗？我回头看什么？我回头看一眼你觉得你能跑得了吗？"

韩胜喜像是挑衅似的颔首示意颜伯虎说："你既然知道我跑不了，回头看看又何妨呢？"颜伯虎不屑地看了看眼前的猎物，摆出个既然你挑衅，我就回应的姿势，朝身后回头看去。目光所到之处他的眼睛立时瞪得差点突出眼眶，瞬间浑身出了一身冷汗，他不相信自己的眼睛，使劲地摇摇头，急忙又转回来看看韩胜喜，又再次转回头看身后的人时，张大的嘴里不自觉地喊出声"这不可能……"，原来在他身后站着的那个人，是另一个和眼前一模一样的目标，韩胜喜！

两个韩胜喜穿着几乎一模一样的衣服，留着同样的发型，穿着同样的鞋，甚至连脸上的痦子都长在同样的地方。我真是白日里见鬼了！这不会是真实的！颜伯虎这个念头刚在脑海中闪现，就感觉胸前腹部接连被锐器撞击，他知道这是尖锐的匕首刺穿了他的身体，随后感受到的疼痛是伴随着血花四溅在身体里蔓延。他眼前一片模糊，想伸手去抓住对方的刀子，但对方的刀锋却划出了一个弧度，又狠狠地扎进他的脖颈中。

颜伯虎眼前一黑，重重地扑倒在坚硬的路基上……

信号灯在闪烁着刺眼的白光，这是列车要从车站出发，减慢速度或注意瞭望行驶的信号。颜伯虎被灯光的照射唤醒过来，他艰难地抬起头看着眼前的线路，他试着想撑起自己的身体，却发现根本不受控制，他看到离信号机不远处暴露在钢轨外的一个物体，如果没猜错的话这就是韩胜喜说的炸药，可是他无论如何也爬不到那个地方了。颜伯虎在清醒的状态下迅速判断出自己的处境，他是被韩胜喜用刀刺伤了腹部、胸部和脖颈，之所以没有很快死亡是因为对方出刀的位置不准，没有刺中自己的心脏和动脉，但这些对于他来说已经很致命了。流出的血浸透了衣服，也染红了身下的石砟，他知道在自己身下的这条线路上很快就会有趟列车开过来，得想办法给列车示警，告诉他们这里有危险。"信号机"，脑中闪出这个念头后他使劲抬起头，目测下信号机和自己的距离，虽然只有一步之遥，但这段在平常看来根本算不上困难，甚至举手投足间就能达到的距离，现在看起来却像咫尺天涯般遥不可及。颜伯虎向前异常艰难地爬行着，这是耗尽他生命最后火花的一米，没有任何能抓住的东西作为助力，他凭着顽强的意念向前爬，在自己身后留下一道长长的血带，终于爬到信号机旁边。

他铆足力气撕下被鲜血染红的衬衣，拼尽最后一口气把衬衣蒙到了信号机上。信号灯被红色的衬衣覆盖住立即变更了颜色，发出了暗红色的光芒。颜伯虎笑了，他长出了一口气，垂下的手臂猛然触摸到一个东西，他凭着手指的感觉和最后反馈到大脑的意识，知道这是自己的手机，他举起手机滑动到高克己的位置上，打开对话框想发出一条信息，告诉高克己自己发现的线索已经印证了他的推断，可是当他勉强按出"H"的字母就再也没能继续下去，对话框里的字母在他拇指的触摸下一直向后排列着滑动下去……

郭玉昕醒来时发现自己浸泡在水里，车厢里的水已经进入了三分之一，他尝试着移动下自己的身体，除了左臂不能动弹以外，双腿和右臂还能使上劲，伸手去拉动车门的开关可是打不开。这是撞击后的车门变形，再加上车厢外水的压力无法推开，他努力将身体后仰，抬起双腿使劲向风挡玻璃蹬过去，连着几下猛踢，风挡玻璃被踹开了，郭玉昕忍着疼痛爬出车外从口袋里掏出屏幕被撞裂的手机，试着拨打了几下手机没有任何反应，显然是被撞坏了。他捂着受伤的胳膊涉水走向岸边，回头看了看车子被撞下河里的位置，心里想肯定是河道里的淤泥和石块阻挡了车子的下滑，否则自己现在早就变成了水鬼。他踉跄着挪步到河边的绿化带上，扶着景观椅坐下不停地张望，终于看见迎面走过来几个中学生模样的年轻人。郭玉昕咬牙站起来拦住他们的去路说："同学，借我手机用用，我不是坏人，伯伯出车祸了需要报警。"

几个中学生看到眼前的场面先是一愣，随后一个高个的男生爽快地掏出手机递给他。郭玉昕接过手机来不及说谢谢，先拨打110报警，然后都没有打120叫救护车来现场救护，而是继续拨通了高克己的电话。接通后的第一句话就是："出事了，老马失蹄，我和檐末虎可能被人算计了……"

二十

李正弘和高克己带人赶到现场时颜伯虎早已经停止了呼吸。先期进入现场的勘查人员正在认真地梳理检查着铁道两侧的痕迹，那个被颜伯虎用血衣包裹的信号灯仍旧在闪着红光，被血迹染红了的钢轨和石砟都在向人述说着这里曾经发生的一切。高克己拦住了要被人们抬走的颜伯虎，非要看老战友老朋友最后一眼，收殓的人员拗不过他，只好放下担架打开成殓的袋子让他凑近了去看。高克己用颤抖的手数着颜伯虎身上的刀伤，嘴里不停地喃喃自语："我的兄弟，他们，他们都对你干了什么……"民警小刘跑过来扶住他小声说："高师傅，李处叫你过去检查一下颜师傅的遗物，你去看看吧。"高克己轻轻地拉上袋子的拉链，对着袋子沉默片刻转身朝李正弘走过去。

两人相视一眼都没有说话，少顷还是高克己先开口说："老四有什么遗物吗？如果有，你也得交给他家属，干吗非叫我过来呢？"

李正弘从物证袋里拿出个手机说："现场我看了，跟他们勘查的结果基本相同，那个爆炸物也排除了。老四真是条汉子，他在身体多处受重伤的情况下，还能想到用被血染红的衣裳盖在信号机上示警，这是多大的毅力啊。从柳青站开出来的火车也是发现信号不对才临时停车，然后报的警。他的手机上最后一条信息是发给你的，我没看懂是怎么回事，所以就自作主张先拿出来给你看看。"

高克己戴上手套接过颜伯虎的手机，看着屏幕上给自己没有发出的信息，那条几乎是满屏的"H"让他也无所适从。稍停一下说："物证还是交回吧，你当没看见我下面的操作。"说完话他悄悄按下发送键，将未发出的信息发送到自己的手机上。

李正弘仰头朝天叹出口长气："唉……我可怎么跟伯虎的家属交代啊。"

高克己看了看他说道："先把眼前的事情办利索吧，我都没敢告诉他家里，也没敢跟医院里躺着的郭玉昕说，我也不知道怎么张这个嘴呀。"

两人相互看了一眼，痛苦地低下了头。

颜伯虎的葬礼搞得很隆重，很有仪式感，因为他是在职的警察，没有退休或离职调动，并且是在工作时间死亡的，所以公安处办公室动用了两女一男，三个能说会道的民警给颜伯虎的遗孀做工作，让她不要在家里设置灵堂，而是遵从单位的方式在殡仪馆里开个追悼会，这样符合程序，也能让大家都寄托一下哀思。颜伯虎的老婆带着两个孩子在追悼会上哭得泪流满面，好在办公室安排了几名女警负责搀扶和架住他们，才没发生扒住灵柩哭晕了的场面。倒是颜伯虎小儿子的一句话刺激得在场所有人都唏嘘不已，小朋友哭着说从上学那天爸爸就说要送我，现在爸爸躺在这儿了，还是一次也没送我去过学校。

傍晚的余晖向所有的景物宣告着最后的辉煌，很快夜幕就要拉下来遮盖住这个城市的街道和人群，仿佛是要迎合夕阳西下的景色，街边的路灯早早地就亮了起来。李正弘有些茫然地步出办公楼，丝毫没有理会身后司机"李处，李处"的叫声，直到司机按响喇叭他才醒过谜儿来，刚要转回身上车却看到大门口处高克己推着电动车，正在看着他。李正弘朝身后摆了摆手，缓慢地走到高克己跟前指了指他的车子，高克己骗腿上车朝后面扭了下头，李正弘则直接坐到车子的后座上伸手拍拍高克己的肩膀，高克己启动车子两人扬长而去。全程没有一句话，把给李正弘开车的司机看得眼睛都直了。其实他们两人是在重复年轻时的举动，当年这对搭档同开一辆摩托车，不是李正弘接高克己，就是高克己载着李正弘一起下班。时隔多年以后，高克己又在大门口外等着李正弘，而思绪万千的李正弘很自然地回到了年轻时搭档的位置上。

高克己把车开到海河边，两人一前一后走到观景亲水平台边坐下，望着波光粼粼的河面还有两岸五彩斑斓的灯火，谁也没有看谁，谁也没有说话。高克己从口袋里掏出烟盒抽出一支烟递过去，李正弘踌躇着想伸手又缩回来，最后还是高克己直接把烟捋到了他的嘴边，他才伸手接过来点上火吸了一口。高克己看着被风吹走的烟雾说："记得你以前抽烟的，当大队长时还抽呢，好像是从当副处长的时候才不抽的吧。"

李正弘吐出口烟雾点点头说："是。是需要有形象，也需要给大家做表率，吸烟有害健康。"

高克己嗯了声说："你还记得以前吗？我们在刑警队当侦查员的时候，一个老同志体检出肺部有问题想戒烟，当时大家都劝他戒掉，只有你和我跟他说别戒烟，跟随了这么多年的不良嗜好戒掉了会有其他问题。记得当时你还说了句名言，你说能戒烟的人什么事干不出来。大家听完都笑得一塌糊涂……"

李正弘说："我的意思是说戒烟需要毅力，有毅力才能做成事。是檐末虎学我的话，把肯定的语气重复成疑问的腔调，还在最后加了个呀，你们才笑的。"

高克己说："他当时说的是，能戒烟的人什么事干不来呀？"

李正弘说："他这么一重复味就变了，味变了也就成了名言。"

高克己说："是啊，重复就有力量，重复就有改变，可他在弥留之际给我重复的这个字母是什么意思呢？这几天我一直在想，想得头都疼了也想不明白。"

李正弘弹弹烟灰说："我已经让技术部门去想办法破译，可是他手机里除了这个再没有任何有价值的资料。不到一个月我连着参加了两次葬礼,一个是师傅,一个是颜伯虎,一个是退休的老同志,一个是在职的民警,我他妈别当处长了,当治丧委员会主任算了。"

高克己回头看了眼李正弘说:"你这算是萌生退意吗?努力工作取得成绩,不断地进步当领导体现个人价值,这不是你始终的追求吗?怎么现在反倒鸣笛开倒车了,这不是你的风格啊。"

李正弘苦笑了一下说:"有时候我挺羡慕你们几个的,尤其是你。当个老民警优哉游哉的多好,除了干好手里的这点活儿就没别的想法,每天混个仨饱俩倒脑子里也不用想这么多的事。不像我天天都得为带队伍走心思,为带好队伍走心思,为平衡各种关系走心思,谁进步谁立功受奖跟我没多大关系,人家感谢组织,感谢直接领导。可谁要违纪,谁出问题,上级领导第一个问责的就是我,因为我官大,我是一把手处长,我容易吗?就这样你们还都在背后骂我,还有人向上级告状……"

高克己伸手打断了李正弘的诉苦说:"你总是站在自己的角度上去看所有事情,你怎么知道这些年我们都像你说的这样呢?如果真是每天混日子等退休,我又何必去追寻二十多年前'9·30'的案子,我们又何必为了师傅的不幸遇难锲而不舍地追查,难道你不觉得师傅的遇难和颜伯虎的遇害都有着必然的联系吗?我不相信你没有这种敏感。"

李正弘扔掉手中的烟头说:"你为什么总要提'9·30'的案子呢?是不是总要提醒我当年没有支持你的观点,没有给你证明你事先发现了案件嫌疑人,就因为这些你始终对我耿耿于怀。今天话说到这儿我也直言不讳,当时你风风火火地来到临时指挥中心反映情况,为什么不事先问问我领导是怎么做的决定,你的汇报不仅干扰了侦查方向,还有可能推翻刚制定下来的工作方案,在这种情况下我怎么表态?我怎么能支持你的汇报?"

高克己吃惊地瞪大眼睛看着眼前的李正弘,"如果这么说,当年你是清楚地看见嫌疑对象,还有他携带的可疑物品了?"

"我看见了!"

"你看见了为什么不说?"

"我不能确定你说的就是正确的!"

"可你至少能给我证明,这样我就不会这么孤立呀。"

李正弘摆摆手说:"你到现在还纠结于这件事情,如果不是师兄弟老哥们儿我都认为你偏执!话说回来,当时专案组也按照你提出来的线索去调查了,结果是查无实据啊。"

高克己说:"就因为这个查无实据才让我背了这么多年的锅。现在这个线头冒出来了,恰恰就说明当年我们调查的路径不对,劲儿使的方向不对,动用的资源不给力,如果我们能再细心些,如果我们能把每个疑点都覆盖过来,如果我们能使用当时最先进的侦破科技,如果不盲从专家们的定论……"

"没有如果这个假设!高克己,我劝你说话前先捋顺了思维好不好,当年人的思维是什么样?现在人的思维又是什么样?人都是有局限性的。再说当年是什么办案状况、什么办案环境,现在又是什么样?现在的科技运用铺天盖地、日新月异,罪犯只要敢实施犯罪就会露出破绽,没人能在这个世界上不留痕迹地作案,只要露出尾巴就能追查下去,直至他无所遁形。如果时空转换把现在的科技手段用到当年,我相信你说的那个罪犯就跑不了……"李正弘猛然意识到自己说错话了,虽然这些年他潜意识里始终认同高克己最初的判断,但从来没有承认过,而今天他却鬼使神差地冲口而出,并且已经收不回来了。

高克己鹰隼般的眼神黯淡了下来,目光也变得柔和了许多。没有像往常那样揪住李正弘的话去反击,去撑得对方恼羞成怒暴跳如雷,而是轻轻地叹了口气,从身后拿出一个袋子,在里面掏出个易拉罐啤酒对李正弘说:"正弘,你还记得咱们俩以前出差回来总喜欢干吗吗?"

李正弘指着眼前的海河说:"那个时候咱们还都没结婚,出差回来就喜欢到这海河边上坐着,看看河面的渔船,听听河上的风,聊聊一路上的辛酸苦辣。"

高克己举起手里的啤酒说:"那时候易拉罐少,我买瓶装的啤酒,你总说我财迷,好算计,买便宜东西,还总拿我跟钱串子袁竹林做比较,说我们俩有一拼。现在易拉罐我买了一袋子,又没人跟我喝了。要不我走个程序跟你报备一下。李处,我想喝杯酒,时间就现在,品种国产白啤,数量说不好,喝完了算。你要不要陪我一块来点儿?"

李正弘伸手拿过易拉罐端详了下说:"窝囊废,你这算是邀请吗?你跟我报备,我找谁报备去啊。平海铁路公安处你问到我这儿就算到头了。我知道你心里的想法,咱们俩还是尽在不言中吧。我批准你喝酒,同时也批准我自己犯回错误跟你喝两杯。"

高克己和李正弘打开易拉罐,像往常那样对着使劲碰了碰,然后仰起脖子一饮而尽。两人连着干了两听啤酒,李正弘抹抹嘴说,好久没有这么痛快地喝酒了,要是他们都在该多好。高克己乐呵呵地说把老三能耐梗叫来,他是你对头,李正弘说我不怕他,他就是个莽撞人,我是说少钱串子,以前都是他打扫战场。高克己说那样你不如叫檐末虎来,他还能给咱带点菜,李正弘说再把大师兄一面墙叫来,咱们平海六骏可就齐了,高克己说对呀再叫上师傅。两人突然像放电影的断片一样都沉默不语了,他们清楚,有些人还能叫来一起欢聚,而有的人这辈子再也叫不来了。河面上的风轻轻地吹动着两人的衣衫,好像感知到了他们心里默默的和解,感知到了从前的搭档又能融洽地坐在一起,感知到他们从心底里已经做出的决定。高克己又打开一听啤酒,喝了两口说:"老疙瘩,'从容待死与城亡,千古忠臣自主张',这两句诗是谁写的?我前些天在火车上排爆的时候突然想起来的,因为以前听你念过。"

"从容待死与城亡,千古忠臣自主张。三百年来恩泽久,头丝犹带满天香。这是明朝诗人瞿式耜的诗,他二十七岁时中进士,第二年就出任江西永丰知县,曾经率领明朝军民在桂林抗击清军,是个爱国的诗人。"

"这个老瞿,哦,瞿式耜写这首诗想表达嘛意思?"

"没文化!老瞿当时想表达的是一种从容赴死的决心,同时也说出了他不畏生死的英雄气概。"

"明朝的老瞿都能有这种气性和血性,我们今天的人呢……"

"也应该有!"

"你说得对,你总是站得高看得远。"

"我他妈怎么感觉又上你当了呢……"

"没有,你已经和群众又打成一片了。"

清晨的阳光铺满了整条街道,晨风和着鸟鸣催促着早起的人们奔赴征程。高克己今天特意将胡子刮得干干净净,穿上一身新的警服,他没有穿惯常的执勤服夹克装,而是选择了有礼服功能的小翻领警服。还习惯性地将一督肩章和胸牌擦得锃亮,又重新擦拭好脚下的黑皮鞋,整了整领带接过妻子陈子凡递上的大檐帽,看着对方询问的眼神说我今天想办件大事,陈子凡很少见高克己这么认真整洁地穿警服,于是就问他,你想办什么大事,是不是去开会啊?高克己摇摇头说,我是去替颜伯虎办件大事,替他了个心愿。

高克己来到颜伯虎住宅的楼下,耐心地等着颜伯虎的老婆带着儿子颜子路出来,他今天要代替颜伯虎穿上警服送孩子去学校上学。早晨的阳光照得有些刺眼,当他听见身后的喊声回过头来时,看见逆光下并排走过来两个人,他揉揉眼睛才看清楚,是和他一样穿着警服的袁竹林,还有胳膊上挎着绷带和夹板身穿老式警服的郭玉昕。高克己抑制住在心里涌动着的丝丝的温暖朝两人说了句:"你们也来了。"

没等袁竹林张嘴,郭玉昕抢着说道:"废话,许你来不许我们来啊,伯虎跟咱们都是哥们儿,是师兄弟,是战友!"

袁竹林说:"就,就是。"

高克己走过来搂住两人的肩膀,"你们说得对,我们是伯虎的兄弟。"

学校离住家不远,三个人与颜伯虎的妻子和儿子边说边走,很快就来到学校附近的街口，正当高克己跟颜子路说他名字的来历时——当年你爸爸非要给你起名字叫颜回，我们几个人都说这个名字是圣人学生的名字，而且颜回被后世人们称为复圣，担心你驾驭不了，他听完索性将你的名字改为颜子路，说这回行了，圣人两大弟子的姓氏带名字我儿子占全了——突然颜子路拽紧了高克己的手，轻声地喊了句："高伯伯，您看！"高克己顺着孩子的目光望去，瞬间瞪大眼睛怔住了。

　　从学校门口到街道的两边，像事先约定好的一样并排站立着许多身穿警礼服的警察，他们有男有女，有老也有少，目光都朝着他们这个方向看着。高克己认出这群警察里面很多是自己的同事，还有颜伯虎所在食堂里的管理员和同事们，他们都站在学校门口注视着孩子和他们，眼神里充满了希冀和期待，还有很多女警手中举着一束束鲜艳的花朵。袁竹林激动地拍着郭玉昕的肩膀，一句话也说不出来，郭玉昕则死死地攥住袁竹林的手，瞬间的感动让他们无法用语言来形容自己的心情，他们都明白了，这是大家自发地在替颜伯虎完成他未了的心愿，穿上警服送孩子去学校上学。颜伯虎妻子的眼眶湿润了，她任由眼泪在面颊上肆意地流淌，喃喃自语道："你们，你们怎么都来了啊……谢谢，谢谢你们。"一辆警车飞速地开到街口停下，车门打开李正弘从里面走出来，他紧跑几步来到学校门口，朝不远处的高克己他们挥手，高克己和郭玉昕、袁竹林一起向李正弘挥手致意，李正弘先用手指着高克己身边的孩子，然后向他竖起大拇指，这个举动带动了周边所有的人，他们都不约而同地向孩子竖起大拇指。没有一句加油振奋的口号，没有打出的横幅和热烈的掌声，此时无声胜有声。高克己强忍住要溢出眼眶的泪水，紧紧握住身边颜子路的手说："孩子，记住今天，今天你所有的亲人们，都来送你上学！"

二十一

韩胜喜在郭玉昕的病房门口溜达了好几圈也没推门进去，此时他的心跟油锅里的锅贴一样，反反复复地被煎熬着，煎熬到里面的五脏六腑都熟透了，可表皮还得像模像样，紧紧地包裹着要流淌出来的汁水。这种五脊六兽的心态让他感觉手里拎着的每一件东西都很沉重，都像是压死骆驼的最后一根稻草，因为郭玉昕的汽车翻进御河里，就是他开车撞的。如果按照事先的设计，他应该将郭玉昕置于死地，但是下手的那一刻他胆怯了，不知道是出于恐惧还是其他别的因素，他最终没有如设计好的那样反复撞击碾压，而是将郭玉昕的汽车撞击到河里。这个结果看起来更像个交通事故，而不是蓄意谋杀。

他的内心深处很害怕承担谋杀的后果，虽然这对于他来说不是第一次，但是多年以来的平静让他几乎忘却了曾经的凶险，忘却了他还是个年轻小伙子时因为暴虐犯下的罪过。他努力让自己平静下来，在脑中反复回想着自己和郭玉昕从陌生到熟悉的点点滴滴，从在仿古文化街故意和跤场的人摔跤引来郭玉昕开始，再到以后两个人互相交流买卖生意上的心得，乃至发展到两人相互引为知己，经常在一起喝茶喝酒谈天说地，他是每次都事先准备好功课，探知郭玉昕的脾气秉性爱好什么厌恶什么，他小心翼翼地装扮着自己，时时刻刻地提醒着自己要将身边的这个保护伞打好，这都是因为他提前探明郭玉昕在开这个店铺之前，是平海铁路公安处的警察。他压抑着自己的好奇心和蠢蠢欲动的窥视欲，郭玉昕不说他从来不会主动打听，而且在两人私聊小聚的时候还常常摆出副不胜酒力的样子，这会让郭玉昕放松警惕，放松对自己的心理戒备，这样郭玉昕才会时常和他聊起以前的工作和生活，聊起他认为不堪回首的往事，而这些往事恰恰是他想知道的。平心而论，郭玉昕无论在日常，或是在酒后畅聊时都还是有底线的，况且他的回忆也是碎片化的，东一榔头西一棒子，从来不跟他说整段的故事。可就是这些也足以让他获得了很多未知的信息，尤其是当郭玉昕给他看手机里的视频，询问他柳青镇木器工厂里是否能做类似的装置，有没有这样的人手时，他的心骤然剧烈地跳动起来，眼睛里投射出来的是近乎绝望的目光，好在多年练就的伪装让他控制住自己的畏怯，急忙用轻描淡写的几句话搪塞过去，没有引起郭玉昕的注意，可是他敏感地发现，危险已经悄悄临近了。

两人再一次小酌的时候，郭玉昕又提起二十多年前的事情，这次他举着手机里的视频不停地重复着那段往事，由此可见，这件事情已经深深地植入他的心里不能抹去，作为韩胜喜的自己只能当个称职的听众，醉眼迷离地听对方讲过去的故事。他越听越恐惧，越听越觉得仿佛又置身于那趟列车上，他手心里的汗不停地往外渗，双腿在裤子里不住地哆嗦，他只能借助酒精来掩饰内心的极度战栗带来的寒冷。随着郭玉昕的叙述，他眼前呈现出一帧一帧的画面，那是他和小九策划了好久的行动，他们要杀了黑心的矿主和凶神恶煞般的动辄就打骂体罚克扣钱款的领班。他们计划好了作案后的逃跑路线，预备好了尖刀、斧子和炸药，计算好时间，直奔矿主和领班喝酒的酒馆外埋伏好，可惜他们只等到了领班，两人趁着领班喝得五迷三道的时候用刀逼着问出了矿主的去向，原来矿主是去了火车站附近的情人家里。正当他们俩商量如何追杀过去时，领班边挣脱他们边跳起来喊叫，他眼疾手快地几刀把领班捅倒在地，眼瞅着只有出气儿没进气儿了。两人按照事先掌握好的地址扑过去，没想到矿主的情人告诉他们矿主从她这里拿了很多钱，坐晚上的火车去外地。两人索性一不做二不休又杀了这个女人，然后骑着车直奔火车站。一路上他告诉小九，自己挎包里是带机关的炸药，上车找到矿主后启动开关放在他跟前，就能把他炸上天。

他们俩买好车票使劲往火车站台上跑，幸好检票口的服务员还没有关闭检票闸门，两个人举着车票奔跑进站台，奔跑中他看见站台上有个壮汉紧盯着他们看，仓促中他没有去想这个人是谁，是干什么的？为什么盯着他们？连滚带爬地和小九跑上车，可他没想到的是，这个壮汉竟然也随后跟着他们上了这节车厢。在车厢里他紧张地回想着一路上的事情，有没有露出什么马脚，当他看见小九衣服上沾着的血迹时，突然明白那个壮汉为什么跟着他俩上车了。当时在站台上这么昏暗的灯光下，这个壮汉都能看到小九衣服上的血迹，那么这个壮汉很有可能就是警察，而小九则被对方盯上了。在摇摇晃晃的车厢里，他嘱咐小九先别动，自己去寻找一下矿主，然后趁着车上人多杂乱的时候偷偷打开了炸药的开关，又故作镇静地回到小九身边，暗示他先背着挎包，自己去前方车厢寻找。他像个危急时需要甩掉尾巴的壁虎一样，把小九这个尾巴甩在车厢里。可他万万没有想到，那个壮汉竟然从人群中冒出来挡住了小九的去路，他一边匆忙地向前走，一边仓皇地回头看，没有察觉到车厢不远处还有两道鹰隼般的目光看着他。他眼睛里看到的最后情景，是壮汉和小九面对面地站在两节车厢的连接处。

他使劲挤开人群往前跑，与其说是跑还不如说是逃命。他清楚自己制作炸药时的剂量，如果炸开足以将小九和那个壮汉送上天，可他无法确定炸药的冲击波能达到多远，他是按照矿洞深处开采矿石的剂量配制的，只晓得自己在矿洞里的掌子面上都能感觉到爆炸时的声音和震动。当他离开小九几节车厢，身后就传来一声轰鸣，炸药爆炸的响声和冲击波把他震得差点尿了裤子，脑中产生的第一个反应就是得赶快逃跑，跑得越远越好……

"哎，你，你是郭玉昕的那个，那个朋友，老韩吧？"

这一声喊把他从痛苦的回忆中直接拽回到了现实，韩胜喜急忙顺着说话声音看过去，是袁竹林拎着水壶站在他的身后。"啊，对，是我，我是来看看三哥的，听说他出车祸住院了。"回答得略显慌乱但还是说出了来意，韩胜喜举起手中的水果花篮和礼品朝袁竹林示意。

"没，没找到病房吧。正好我出来打，打水，我领你去。"

"那太好了，我正想去护士站问护士房间号呢，您就出现了。"

"你，你看我出现得多及时，走吧。"

"幸亏看见您，要不我还在楼道里转磨磨呢。"

两个人一前一后走进郭玉昕的病房，袁竹林的媳妇是平海中心医院的护士长，郭玉昕受伤之后李正弘就叫人把他安排在中心医院，还特意嘱咐袁竹林告诉他媳妇在医护上多加照顾。袁竹林把这个好消息传达给了郭玉昕和高克己，高克己笑眯眯的，没说什么，郭玉昕哼了一声说我用不着他关心，有这个工夫现在他就应该克服困难展开全面调查了，不能让老四白死啊。高克己摇摇头说你怎么知道钻天猴没动手开始工作呢，你先安静地养好伤吧。两人正聊到兴头上，袁竹林领着韩胜喜进了病房，郭玉昕看见韩胜喜连忙挣扎着要从病床上起来，韩胜喜赶紧跑过去按住他说你可别起来，就这么躺着吧。郭玉昕说其实大夫都说了，就是手臂骨折和肋骨折了几根，没伤着心脏和别的地方。韩胜喜把手里的东西放在桌子上说，伤筋动骨一百天，你得好好调养，郭玉昕依旧大大咧咧地跟韩胜喜说你带这么多东西干吗，还不如给我带两瓶酒呢。韩胜喜急忙摆手说，骨头折了可不能喝酒，你还是忍忍吧，等伤好了我陪你喝。两人热热乎乎地聊了半天，高克己才插嘴说道："老韩，老郭出车祸那天你在柳青镇吗？听说他给你打个电话以后就让人撞了，是不是你按的电门啊？哈哈。"

韩胜喜连忙笑着说："我要有那个本事就不干买卖了，按下电门先把东风快递发出去炸了美军的航母。那天我在市里看店呢，最近儿子公司的员工都回来了，就不用我帮着送货了，要是在柳青我就开车拉着三哥出去了。"

没等韩胜喜往下说，郭玉昕就接着说道："嗯，你说得对，你要在柳青，我就过去找你喝酒去了，也就没后面的车祸了，我也就不用躺床上了，你也就不用拎着东西看我来了。"

"聊聊聊，聊得你舌头都短了。"

袁竹林也凑过来打哈哈给韩胜喜倒水，四个男人在病房里聊得其乐融融一点儿也不像是探视病人，倒像是在开茶话会。过了一会儿韩胜喜看看手表说我得回去了，把门脸交给别人不放心。郭玉昕顺手递过去一把钥匙说这是我门脸的钥匙，我好多天没回去了，你有空帮我收拾收拾。韩胜喜接过来放在口袋里，和屋里的人道别后走出病房，依旧是袁竹林把他送到大厅门口。韩胜喜客气地看着袁竹林转身走进大厅，才掏出手机拨通了一个号码，压低声音说道："我刚从病房里出来，按照你的意思试探了他们很久，至少郭玉昕没有怀疑我的意思，还给了我他店铺的钥匙让我替他打理。你现在能告诉我你到底要做什么了吧？"

屋子里的郭玉昕和高克己看着韩胜喜出门，脸上的笑容像被冰冻似的瞬间凝固住了。郭玉昕的眼神里射出一股凶狠的亮光，看着高克己说："你能确定颜伯虎的遇害和他有关系吗？"

高克己冷冷地说道："他要不来医院看你我还真有点犹豫，可是他这一来反倒坚定了我的判断，同时也印证了伯虎之前的怀疑是有根据的。"

袁竹林从屋外进来顺手关上门说："我已经把伯虎遇害前跟我说的怀疑都告诉你们了，他当时之所以没跟你们俩言明，就是因为这个韩胜喜跟你们尤其是跟老三关系很近，他担心说早了你们会干扰他的判断，甚至，甚至妨碍他的行动。"

郭玉昕听罢叹口气说："唉，老四还是太小看我了啊。"

高克己拍拍郭玉昕的肩头说："也不能全怪老四有这个念

头,毕竟你离开公安离开大家这么多年了,就连我有时候都会质疑你的专业水准。"

郭玉昕扒拉开高克己的手说:"你这是嘛话呀?我最烦人家质疑我的能力尤其是你们几个,好像我比你们缺胳膊少腿似的。"

高克己连忙摆摆手:"就因为我们都相信你,所以才跟你交的实底儿。同时必须跟你约定好,在我和老五出门的这段时间里你一定要配合我们,把韩胜喜缠住了。还有就是多和老疙瘩沟通,他现在是力排众议展开调查,顶着的压力也不小啊。"

郭玉昕说:"我能问问你,除了伯虎对韩胜喜的怀疑,你们还有什么明确的证据吗?或者说有确定的疑点和指向吗?"

高克己从口袋里拿出手机,打开屏幕锁递给郭玉昕,袁竹林指着上面的信息说道:"这是伯虎在最后的时刻想要发给克己的信息,我姑且主观地推断他是想打韩胜喜的韩字的拼音,结果实在没有力气了,按下这个键以后形成了粘连,所以就打出了一串H的字母。这也是伯虎留给我们的最后线索。"

"我有个疑问,既然韩胜喜如你们所说的这么老谋深算,可他为什么不清除现场呢?为什么还给伯虎留下手机这么明显的工具?"郭玉昕问道。

"也许是仓促间手忙脚乱,也许是杀人行凶后的恐惧感,还有最大的一个问题。他本意是想在铁路上制造爆炸,如果不是伯虎危急关头的示警,火车经过那里的时候真会炸个天翻地覆。"高克己说。

"当时那个环境下火车已经接近,他很可能会选择马上逃离现场,所以也就来不及给伯虎补刀,更来不及清除作案现场的物品了。"袁竹林此时没有半点结巴，一番话说得特别流畅。

"你们去哪儿？能告诉我吗？"郭玉昕看着高克己和袁竹林。

"去新疆，把你给的填空题填上。"高克己盯着郭玉昕的眼睛。

郭玉昕不再言语了，此刻他心里很清楚高克己话里的意思，也清楚自己在医院里养伤的这些天，弟兄们已经在着手调查可疑人韩胜喜了，这也让他想起在送颜子路上学回来的路上，李正弘和高克己那种坚定的眼神，这种眼神他好长时间没有见到过了，印象中只有他俩以前在即将抓捕嫌疑人，还有笃定进入决战的时候才会闪现这样的目光。他伸出手和高克己、袁竹林紧紧地握在了一起，高克己使劲攥攥拳说道："听我信儿，我们绝不空着手回来。你也要做到答应我们的事。"

平海没有直抵新疆的火车，高克己和袁竹林必须要转到北京才能坐火车到新疆的省会乌鲁木齐，袁竹林嚷嚷着要坐飞机，可是当高克己给他搬出来出差规定，和乘坐火车以外的交通工具必须上报的流程一看，袁竹林的嘴再也不结巴了，索性把眼一闭不说话了。李正弘给他们俩联系了北京铁路公安事先安排好卧铺，给了高克己一个电话号码，让他们到北京站之后打电话联系，然后甩了句话说，我还要开会，就不安排送你们了，一路上注意安全，到了地方后有困难及时联系当地兄弟单位。高克己大概能猜到李正弘开会的内容，说了句放心，到地方给你发信息，然后和袁竹林一起打车来到平海站。

火车站的站台上，高克己看见了等待他的陈子凡，是他打电话让陈子凡给自己送几件换洗的衣服，陈子凡照例没有询问他出差去干什么，只是唠叨了几句这么大岁数单位还让出差，也不换个年轻人去，还特意嘱咐他治疗高血压的药放在包里，让他按时服用。当她看见袁竹林的时候眼神变得更诧异了，流露出来的意思是看来你们单位是真没人了，派两个年过半百的人去这么远的地方执行任务。高克己感觉要和陈子凡说上两句什么，可是话到嘴边却又不知如何开口，思忖了半天才小声说道，这次去调查事情是我主动要求的，因为我不想再错过这个机会，也不想别人总背地里喊我的外号，我可不是窝囊废。陈子凡听完扑哧笑出声来说，老头儿你可不窝囊，你是一生襟抱未曾开。高克己说你就别跟我拽文了，赶明我还得问问钻天猴这句话是嘛意思，快回去给孩子做饭吧。袁竹林在一旁看着两人送别的场面不停地感慨，望着陈子凡走远的身影悄悄和高克己说，我怎么始终感觉你们俩不像两口子，特别像老电影里边志同道合的革命同志。高克己点点头说，你别光贼眉鼠眼地看我媳妇，再怎么说你也是老侦查员了，你就没发现前面上车的那两个人有点眼熟吗？袁竹林说我没看见，但我说这话可不是刺激你，因为搞发现我的确不如你，咱们上车吧。

高克己没看错，他看到的那两个眼熟的身影，其实是尹建涛和张晓亮两位特警，他们是李正弘安排的与高克己袁竹林并行的另外一组人马，主要是保护他们俩的安全，并在适当的时候协助他们两人进行调查。

李正弘很了解高克己和袁竹林的做事风格和习惯，知道他们俩虽然不排斥科技手段，但也会在调查中固执地使用老一套的模式和办法，这也是他在处务会上和几位班子成员提出来的方案。李正弘心里很清楚自己面临的处境，自从颜伯虎遇害之后，他就是再像郭玉昕嘴里骂的反应迟钝，再如何瞻前顾后左右摇摆，也意识到问题的严重性了。同时更意识到郭玉昕的遇害和师傅姚个奇的死亡是有关联的，如果追根溯源又会联系到高克己身上，他们都是在看到了高克己的那件物证后主动参与到调查"9·30"这起案件上来的。也就是说，无论你怎么回避和无视，他们的死也将这件陈年旧案托出了水面。作为现在的处长和当年侦破此案的参与者，他极不情愿地去捅这个马蜂窝，毕竟二十多年前这起案件已经有了结论。但是现在的实际情况证实了高克己的判断，也证实了他心里隐隐不安的忧虑。那就是他现在要主动地去翻这个案子了，他何尝不清楚翻案是有代价的，极有可能是以自己仕途的终结为代价来搞个水落石出。他退缩过，犹豫过甚至消极拖延过，姚个奇和颜伯虎的遇害像两把利刃深深地扎进他的胸腔里，高克己、郭玉昕和袁竹林冷冷的眼神又似是无数根利箭穿透他的身体，对职业忠诚的追寻和对探寻真相的敬畏，对前辈的敬仰和对自己亲如手足的弟兄们的情义，在他心里升腾起无名的火焰，他不再犹豫了。但是多年为官的职业习惯，还是让他习惯性地给自己找了个能在处务会上团结大多数，让大家支持他，让少数派无语的理由，那就是不能放任自己的同志颜伯虎就这么死了，一定要把在铁路上安放炸药破坏运输安全和杀人的凶手绳之以法。他清楚他们这个战斗的堡垒很大程度是对外说的，其实明眼人都知道他和几位处领导就是在堡垒里战斗，缠头裹脑枝杈丛生让他不得不瞻前顾后。但是有一点他能肯定，那就是从警的人都有一股豪横的心态,用平海当地的话说就是"护气"。党同伐异这个概念在领导班子的心里还是顽固地存在的。不出他的意料,当他在处务会上提出这个议题时全体领导班子成员无一例外地表示赞同,政委和主管刑侦的副处长还提出抽调精兵强将成立专案组,不用上级领导给指示,自己给自己加压限期破案的倡议。李正弘当即做出决定,迅速启动展开侦查。

绿皮火车在绵延千里的钢轨上不知疲倦地奔跑着,车厢里的人们像进入一个固定却又流动的小社会一样,在长途旅行的时间里不断地认识着陌生的对方,又不停地和刚熟悉的对方告别,能坚持到最后的都是要到达终点的人们。

看着车窗外一望无际的戈壁滩和倒卧在地上干枯的胡杨,高克己的心里泛起一阵阵说不清的滋味,这个滋味里夹杂着温馨和酸楚,也糅合着兴奋和惶恐,他不由自主地地抬起头环顾着整节车厢,仿佛又回到二十多年前他们一起出发去新疆追捕罪犯的场景里。他恍惚地看见师傅姚个奇倚靠在卧铺的下铺,戴着老花镜边看手里的杂志边透过镜片瞧着他们几个在忙乎,看见成玉坤乐呵呵地拎着水壶从前面走过来,颜伯虎大大咧咧地给大伙分方便面和榨菜,郭玉昕悄悄地往师傅的水壶里倒白酒,李正弘使劲地用牙咬着火腿肠外的塑料肠衣,袁竹林则在上铺摆弄着自己随身带的小物件,自己则就坐在车窗旁边看着窗外疾驰而过的风景。不对,当时大家都在忙着吃午饭自己也应该做点什么,他看见客桌上的餐具不够用,于是他站起来走出车厢去餐车找服务员要餐具,走过两节车厢忽然看见身前闪过的一个背影很眼熟,他急忙伸手拉住那个人的肩膀,那人回过头来用疑问的目光盯着他看。他认出这个人就是韩胜喜,可奇怪的是对方却一脸茫然看着他,好像他们俩从来就没打过照面一样。瞬间他脑中潜在的记忆被惊醒了,他清楚地看见韩胜喜肩上背着的背包,还有那个背包边上绣着的红色五角星,他就是嫌疑人!电光石火之间容不得再做判断,他猛地冲上去将韩胜喜挤压在车厢连接处的墙壁上。韩胜喜挣扎着要去拉开背包盖,他拼命地攥住对方的手,两人在晃动的车厢里左右摇摆着,搏斗中他猛然发现韩胜喜的脸变成了另外一个人,他吓得差点叫出声来。

"你怎么了?怎么看着外面直愣神儿呢?"

高克己被袁竹林的声音唤回现实,他使劲眨眨眼,用手胡噜一把头发说道:"我走神儿了,刚才想起以前咱们一块出差时的情景,记得当时你在上铺,我在中铺,师傅睡下铺。"

袁竹林点点头说:"物,物是人非。当年咱们还都小伙子呢,现在已经成老同志了。不,不过我怎么感觉你脑子里想的不是这个事呢?"

高克己不好意思地摇摇头说:"想得太多了,都串不起来,零散得像碎片一样,不过有个事我想问问你,你一定要跟我说真话。你说在这件事情上我坚持得有意义吗?"

袁竹林沉吟了一下说:"说实话,当时你给我看视频的时候我脑子里立时就联想到'9·30'这件事,因为当年这个案子我们太熟悉了。况且为了给大师兄成玉坤申请评烈士这件事我也跟着签字了,郭老三和老疙瘩也是因为这件事闹得动了手。现在反过来想想当时大家为什么有这么大的反应,不还是认为案件虽然破了但没有说服力，可专家和领导的结论又无法推翻，只能把心里这股子邪火撒在别的地方。"

高克己点点头说："我知道，我知道。"

袁竹林看看高克己说："当时虽然你也签了字，可在关键的时刻你犹豫了，没有和大家一起去找上级领导，所以你才，才……"

高克己又点点头说："所以你们才给我起了这个外号：窝囊废。"

袁竹林说："对！"

高克己使劲攥紧拳头说："我要真是窝囊废就好了，要是真能把这件事忘了也就好了。"

袁竹林："所以你就别问我刚才的这个问题，你能念念不忘，我相信必须有答案。顺便跟你说个事，想到这次可能是我最后一次出差了，所以我特意找我媳妇要了不少钱带着，不是为了给她买礼物，是想着咱们也穷家富路一回。"

"你真豁出去了？"

"我必须豁出去啊！"

"万一花亏了呢，万一回去报不了销怎么办呀？"

"没事，不是还有你吗？"

两人同时咧嘴笑得特别灿烂，高克己站起来活动着身体说你去买吃的吧，我把跟着咱的两个小兄弟叫过来，这可是老疙瘩给咱俩安排的保镖。袁竹林说我早就看见他们俩了，躲在餐车里装老客让我一眼给认出来了。高克己说你还记得咱师傅说过的话吗，两人异口同声地说道，典型的大油渣发白——短（练）。

二十二

在新疆的调查比高克己想象的要艰难许多，他们四个人分成两组去调查相关线索，跑遍了乌鲁木齐附近各个地方公安分局、派出所和能调查到外来人口资料的部门，结果都是无功而返，没有查到韩胜喜的信息。高克己和袁竹林倒是没有畏难的情绪，可尹建涛和张晓亮却显得有点急躁了，两个人毕竟年轻，还是特警出身，总恨不得立马快刀地解决问题，高克己和袁竹林两人商量一下，决定来个劳逸结合，带着两个小兄弟去天山天池看看，一来可以放松下心情缓解压力，二来是换个环境兴许能刺激大家想出新的办法来，第三是正好从天池出来直接奔阜康市继续走访调查。尹建涛和张晓亮是第一次出差到新疆，听说两位老师傅要带着他们去游览天山，既高兴又担心，高克己看出了他们两人的顾虑，拍着胸脯说你们俩放心，自古将在外，君命有所不受，更何况咱们连轴转了好几天，也该休息调整。

高克己婉拒了当地公安局要用车送他们的建议，几个人坐上大巴车开始了下一站的旅程。大巴车上的售票员兼导游热情地向车上的人们介绍着沿途的风景和关于地名的传说，尹建涛和张晓亮兴奋地看着窗外的景色不住地指指点点，高克己和袁竹林对秀丽的风光丝毫提不起兴致来，两人不约而同地双手对胸环抱，眯着眼睛假寐。说是假寐，可脑子里却一点也不闲着，都在不停地复盘。尤其是高克己，脑子里像转轴似的反复回忆着几天来的调查经过，猛然间一个细节被捕捉住并且定格放大，那是他们在查阅相关资料时一个老民警和袁竹林闲聊说的话，老民警说你们这么找线索就是大海捞针，太不容易了，袁竹林无奈地表示就是大海捞针也得捞，这也是没办法的办法呀。老民警说你们在我这儿还算好的，能有资料档案户口卡给你们查，要是换了有些地方登记不全，用人用工都不规范，你们就更头疼了。高克己记得袁竹林当时好奇地问老民警还有这样的地方吗，老民警说你别看咱们南疆这边建设得好，可也有鞭长莫及的地方，比如塔里木盆地的塔克拉玛干沙漠，据我所知，那里面的油田外地来打工的人就很多，而且用人也很简单，有人介绍有个身份证就行。这番话当时正在翻看资料的高克己并没有在意，但是现在想起来却有种耳边敲金鼓的感觉。他睁开眼用胳膊肘顶顶身旁的袁竹林，看见对方有反应，凑到他耳边小声嘀咕着，大概的意思是天山天池咱不去了，到地方换车就直接奔塔克拉玛干沙漠。袁竹林说我没问题呀，况且天山我也去过，只是跟这俩小兄弟怎么解释呢？高克己说不用解释，让他们在天山待一天，咱们分前后队去塔克拉玛干，我们当前驱先给他们探探路，毕竟那个地方谁也不熟悉，搞线索还是咱们有经验。袁竹林没有反驳高克己的意见，其实他心里很清楚，高克己是想保护这两位年轻人，外出调查收集线索很大程度上取决于侦查员的临机决断，在判断一个线索有无价值的时候，决心是很重要的，有时候还会夹杂着点运气的成分。当然这么做也有它的背面，比如调查的线索不对，抑或是方向南辕北辙，这些都会给事情以后的发展带来影响，而发生这些事情是需要有人负责的。袁竹林想到这些，默默地点点头。两人将随身携带的新疆地图打开，高克己用手画了个小圈然后手指重重地点在塔克拉玛干沙漠里的塔里木油田上。

塔里木油田的石油和天然气储量十分丰富，由于它位于塔克拉玛干沙漠中，再加上是西气东输，西部大开发的重点工程，所以输送管道和与之相符的绿化工程显得非常重要，而完成这些工作则需要大量的人力和物力。高克己和袁竹林先行一步来到油田调查，没用一天的时间他们俩就从海量的信息中择出几个关键的节点，其中以整个油田的管道维护和绿化站点这两项工作最是引起他们的兴趣。说是兴趣并不是这个工作的薪水多少、环境如何，而是他们的用人机制，说白了就是招聘工人的方式让他俩感觉如麻袋堵墙——到处是眼儿。输送管道维护需要一定的专业技能，这个工作油田有专门的职业工人操作，就算是招聘的外来务工人员也要持证上岗。但是维护绿化带的工作就不一样了，因为绿化带的特殊性，必须要间隔几十里地有个看护浇灌和平时巡视的站点，而这样的站点离油田和生活区域很远，给养和日用品需要驻地每隔十天半个月才能补充一次，虽然工资很高，但生活环境很枯燥和单一。有了这样的站点就要有人来驻守，正式职工是不愿意来这里受罪的，所以就给外来打工人员提供了机会，反正是吃的喝的都有，上下班全凭自觉，只要把自己管理的这片地方收拾好，上边来人检查别出差错就行。站点的人员都是通过老乡之间的介绍，或者是打工的人自己找上门来应聘，身体健康没有疾病，不缺胳膊少腿就能胜任此项工作，然后两个人一组到站点去上班。可能有人会有疑问，将两个人放在那里，难道就不担心他们拿了钱不干活儿或是跑了吗？这个念头压根就别想，方圆几百里戈壁滩加上大沙漠，没有食品，没有水，没有导航全凭脚力走出去根本不可能。要想出去也行，除非生大病要不就是死了，再就是辞职不干基地来人来车接你，才能走出这个地方。所以基地对雇佣的人放心，被雇佣的人也愿意踏踏实实地工作，吃喝都有，待遇也不错，谁还愿意冒着变成肉干的风险往外跑呢？

恰恰就是这个看着不起眼的站点，让高克己和袁竹林感觉到是个藏污纳垢的地方。先不说别的，就是这招人用工的方式也太简单了，有熟人有老乡介绍就能登记上岗，也不问问招来的人有没有什么问题，有没有前科劣迹，受没受过公安机关打击处理，是什么原因离开原籍跑出来打工的。也不核实身份信息，倘若人家拿个假身份证来也照收不误。高克己和袁竹林找到主管绿化的部门，接待人员一听说要查十几二十年前的资料，为难得直咧嘴，磨叽半天才不好意思地说自己刚接手这项工作时间不长，况且从开始到现在已经换了好几茬人了，以前的记录资料很杂乱，有很多不翔实和不确切的地方，可能很多东西已经找不到了。再加上这属于临时用工登记，就算有记录也是王八排队——大概齐。看着高克己和袁竹林失望的表情，接待人员又想了想说，如果你们真想调查年头这么久的事情，推荐去找一位已经退休的师傅老赵，他以前做过环保绿化这个项目的管理工作，很多事情都了解而且都记在脑子里，被称为我们这里的资料库活账本。高克己和袁竹林对视了下眼神，当即要来这人的电话和地址，马不停蹄地赶了过去。

两人见到老赵的时候他正在楼下的小花园里喝茶，高克己说明自己的身份和来意后也不客气，直接跟老赵说我们就是想请您帮忙，回忆一下当年在您这里干活儿的人里面有没有我们怀疑的对象。老赵慢悠悠地抿口茶说你们找我算是找对人了，因为我一直是负责巡视检查和给各个绿化站点送给养工作的，这绵延几百里的绿化带上的每个点我都熟悉，里面的每个人不敢说如数家珍，但是他们什么时候来的什么时候走的，我也能说个大致的时间段。高克己说那太好了，我跟你打听的这人名字叫韩胜喜，是平海市人你有印象吗？听到高克己的话老赵不由自主地怔了一下，然后慢慢放下手里的茶杯说："你说的这个人名字我知道，他的原籍是平海市柳青镇人吧，可是这个人已经死了啊。"

"你说什么?！他死了！"老赵的回答让高克己张大了嘴巴。

"你，你没记错吧？"袁竹林也惊讶地说。

"没记错，这个人是死了呀。"

"什么时候死的？"

老赵的这个答案太出乎两人的意料了，以至于很少惊慌失措的高克己都不由得喊出声来，而袁竹林则惊得差点从凳子上跌落到地下。敢情我们费了半天劲是在调查一个不存在的人，那存在着的韩胜喜是谁？是传说中的鬼魂，还是有人冒名顶替？两人四目相视又回过头来看着老赵，脸上的表情既迷茫又困惑，还夹杂着很多惊讶和不解。

老赵看着两人惊讶的样子坚定地点点头："我没记错，这个人死了大概快二十年了吧，记得还是我们几个人帮忙送到火葬场火化的呢。"

"你先等会，等会，"高克己急忙打断老赵的话，掏出手机滑到相册里，找到韩胜喜的照片递到老赵的眼前说，"你看看，你说的韩胜喜是这个人吗？"

253

老赵接过手机仔细地端详了许久,脸上也挂满了惊讶和疑惑的神色,他将手机像扔烫手的山芋似的扔回给高克己,"没错,就是他,照片里的人虽然显得老气,但我能认得出来就是韩胜喜,我的老天……该不会是借尸还魂了吧?"

高克己伸出手安抚下情绪激动的老赵说:"咱们都是唯物主义者,别相信封建迷信这一套,再说也没有借尸还魂能还这么多年的。你跟我们说说当年这个韩胜喜是怎么死的,你们又是怎么处理的善后,可以吗?"

老赵平复了下心情,接过高克己递来的烟卷点燃吸了几口说:"我为什么对这个韩胜喜的死亡记得这么清楚呢?不是因为这个人有什么特别,而是他当时不是正常生病死的,而是既像自杀又像是迷路导致的死亡事故,这样的事情以前在我们这里不常发生,所以我才记得非常清楚。"

"你别着急,慢慢地尽量详细地跟我们说说。"高克己说。

"我记得当时是与他同一个点的工友打来电话,说韩胜喜出去巡视一天了都没有回来,他因为独自值班也不可能出去寻找,担心出事才赶紧告诉我们。当时接电话的人没有太在意,毕竟绿化站点的人出去巡视长时间不回来很正常,况且他们出去也会携带足够的干粮和水,但是第二天站点又打电话过来说人还是没有回来,这下我们感觉事情有点严重,就带着几个人开车过去了。"

"打电话的这个人是谁啊?他叫什么?"袁竹林焦急地追问。

"叫张廷祥,是跟韩胜喜一起的工友。"老赵不假思索地回答。

高克己伸手按住身边的袁竹林,示意他不要打断老赵的话。随着老赵的叙述他仿佛置身到当年的那个环境中。

接到报告的老赵带着人驱车赶到韩胜喜所在的站点，老远就看见迎接他们的张廷祥。老赵简单地问问情况，又查看了他们的宿舍，看到两人的衣服和日用品都在，首先排除了不愿意工作干活儿逃跑的可能性，根据当时的推断很有可能韩胜喜是因为迷路陷在浩瀚的沙漠中。老赵当即将随行来的人员分成两拨，分别朝两个不同的方向寻找，找了一天仍然没有发现任何踪迹。老赵感觉这个事情不是眼下自己这个小团队能够处理得了，毕竟人命关天，况且没有食物尤其是失去水源的人在沙漠里是没有办法长期生存的，于是他急忙向上级汇报，请求派出救援队来这个地区进行搜索救援。很快专业的救援队赶到了事发地点，他们和老赵的团队一起标出几个方位向沙漠纵深搜寻下去，连续搜救了三天依然没有发现韩胜喜的踪影，救援队的人们都感到他生存的几率很渺茫了，因为稍有些常识的人都知道，在沙漠里没有食物可以，但就是不能没有水。在人体的新陈代谢中，水和空气占有非常大的比重，人不吃食物可能会生存十几天甚至更长的时间，但不饮水身体活动仅仅能维持几天而已，在沙漠中没有水源人充其量能维持三到四天，更何况从事发到现在时间已经将近一周，这也已经超越了人在沙漠中存活的极限了。但是出于对工作负责、对人员负责的态度，老赵等人仍然坚持再搜救几天。皇天不负有心人，就在他们有天搜救返程的途中，因为汽车抛锚，几个人等待救援中无聊地在沙海中溜达，一名搜救队员无意中发现不远处的沙丘下有个疑似人形的物体，他们急忙跑过去查看，原来是具已经被晒成干尸的尸体。

尸体被带回到站点，因为面部已经高度扭曲和干裂，无法和照片上的原形比对。他们第一时间就叫来张廷祥进行辨认，经过张廷祥对尸体穿着的衣服与携带的物品和工具的辨识，当场就确认了这具尸体就是走失多天的韩胜喜。老赵还担心张廷祥的辨认有偏差，取出来之前询问他留下的记录做对证，发现他对韩胜喜走失前衣着物品的叙述都合得上龙门，这才跟上级汇报确定站点的员工韩胜喜已经死亡。

"你们当时就没有留下一些毛发、血液之类的样本东西吗？"袁竹林终于忍不住问道，"就算是死者的遗物也应该有吧。"

老赵摇摇头说："死者的遗物是有，但最后都让张廷祥给送回原籍了。至于你说的留样本，当年没有人考虑这个事，也没有考虑留下来有什么价值。"

高克己又给老赵递过去支烟点燃后说道："按照常规，出现伤亡不都是单位负责通知家属吗，你们怎么让这个张廷祥代办了呢？"

老赵吐出口长长的烟雾说："这话你是问到点儿上了。当时的管理不像现在这么严谨，再加上这些员工基本上都是临时招募的，除了每个月的工资以外也没有任何的保险金，所以有人愿意代劳，我们也就省事了。"

"张廷祥是哪里人？"

"他后来有什么消息吗？"

高克己和袁竹林几乎异口同声地追问着老赵。

"这个我记不清了，他好像是山西人。当时因为韩胜喜意外死亡这件事，他也有些不想再干下去的意思，几次三番地跟领工和我说过辞职回乡，并向我们说他回老家正好路过平海，就顺路把韩胜喜的骨灰和遗物给带回去，也算是圆了两人在一起两年多的交情。我们当时想这样也好，就准许了他的辞职要求，让他带着这些东西和韩胜喜的抚恤金回去了。"

袁竹林问道："这有点草率了吧，张廷祥要是拿着抚恤金跑了呢？"

老赵沉吟片刻说："很多事没办法说得这么详细，就拿当时的情况来说，干这项工作的很多人拿个身份证登记造册，证明人基本是老乡或者朋友，谁有工夫像你们干公安的那样去调查核实情况呢。话又说回来，做人还要有点基本的信任感吧，我们看着张廷祥这个人办事一直很踏实，老老实实不多说不少道的，不像有歪门邪道的人，所以才放心让他办这件事。"

袁竹林有些不甘心地继续问道："那样的话，咱们怎么能证实他把钱和遗物送到家属手里了呢？"

老赵说："这个张廷祥办完事后从平海给我打过一个电话，说事情都办好了，他回原籍老家去了，我记得当时还嘱咐他几句注意安全之类的话。其实你说的这些事要想证实很简单，这么多年韩胜喜的家属也没找我们，就说明当年的抚恤金和东西送到人家手里了。"

高克己和袁竹林不再说话了，此时他们俩心里都想到这件事情的关键人，辞职后回原籍的张廷祥。两人客气地和老赵握手道别，高克己还盛情邀请他有时间来平海玩玩转转，然后他们走出这个小花园对对眼神儿，二话不说直接又返回到主管绿化站点的部门。接待他们俩的人没想到这二位又找回来，还没开口说话，高克己直接表达出来意，我们就想查找一下您这里多年前的人员名录，您要是嫌麻烦，把老资料老档案搬过来，我们自己查，绝不给你们找事。话说到这个份上,人家也不好意思拒绝,将盛放老资料档案的屋子给他们俩打开,两人一头扎进去开始逐册逐页地查找起来,目标只有一个,那就是叫张廷祥的原籍和地址。查到一半的时候高克己的手机响了起来,是尹建涛和张晓亮也赶到了,正好人多力量大,四个人一起查。天黑的时候,高克己终于从一个订书钉生锈的名册里看到了他梦寐以求的名字,张廷祥,男,山西省运城市稷山县某某村的字样。

有了这个依据接下来的事情相当顺畅,高克己将调查结果向李正弘做出详细汇报,李正弘敏锐地意识到事件的复杂性,电话里叮嘱高克己他们一定要对调查结果暂时保密,同时马上让刑警队与山西运城警方联系,协助调查张廷祥现在的情况。就在高克己他们一行人坐在返程的列车车厢里有说有笑的时候,李正弘的电话追了过来,高克己听完之后脸上的神色立刻变得凝重起来。李正弘的电话内容是,运城警方调查的结果出来了,张廷祥此人已经失踪了二十多年,家里人早就登报发出过寻人启事,且警方和法院按照法律有关规定,已经对此人做出宣告死亡的处理。

也就是说,高克己他们费尽心机找到的关系人,也在二十多年前就死了。这个结果让高克己和袁竹林的脑子一下子进入到混沌的状态,好像成团的乱麻一样剪不断,更不要提怎么梳理顺溜了。本来认为顺着思路找到可疑人韩胜喜的行为轨迹,结果韩胜喜死了。又梳理出关系人张廷祥,结果这个消息来得更快更脆更彻底,张廷祥也死了。那么眼前的疑问如迷雾般盘旋,无法解脱,活着的韩胜喜是谁?如果是冒名顶替,他怎么能在平海堂而皇之地生活这么久而不被熟悉的人认出来,如果说韩胜喜还健在，又怎么解释他已经死亡的事实呢？最让人头疼的是，张廷祥当年报丧兼送遗物和抚恤金都给了谁？他自己又去向何方？他们俩谁和二十多年的"9·30"案有关系？就算这些困惑的疑点和问题都不予考虑，如果按照时间来推论，韩胜喜的二儿子才十几岁，死了的人又怎么能和老婆再生一个孩子，而且这个死人的老婆还一点没有察觉呢？高克已使劲地揪着自己的头发，像面对无法破解棋局的棋手一样，陷入了长长的思虑中无法自拔。

二十三

郭玉昕这几天像上满了弦一样，先是召集仿古文化街街面上的几个"行业带头人"来医院病房里开会，开宗明义地让他们积极发挥主观能动性，动用所有能动用的力量，采取一切手段全程盯住韩胜喜和与他有交集的人，原因很简单，这小子欠我几十万的货款，你们留心点别让他偷着转移资产。同时还很严肃地叮嘱他们，千万不能让韩胜喜发觉有人盯梢，如果在谁那里出了事，谁以后就别在街面上混了。另外要找些生面孔，每天分时段地去他店里捣乱，不管你们用什么办法，使什么阴谋诡计，总之以不能见血、不能惊动警方为原则。行业带头人听完吩咐纷纷表示，三哥这事您就放心吧，要说做生意我们可能不行，但起哄架秧子碰瓷挑事儿腻味人我们没问题，保证让您满意。郭玉昕说好，每天向我汇报两次，有特殊情况及时通电话。

事实证明了行业带头人的效率很高，第二天中午韩胜喜就愁眉苦脸地跑到病房来找郭玉昕诉苦，说这两天不知道自己撞了什么邪，不是有人拿着个半截烧火棍子跑店里来说是宋朝的降龙木让他鉴定，就是有人举着个老远看着就像塑料制品的手串，非说是海南黄花梨死活要卖给他，最要命的是有两人抬着个露着油漆的桌子，非告诉他这是明朝的红酸枝客桌让他掌掌眼，弄得他店门口乌烟瘴气的，做不了生意。郭玉昕听完当即气愤地拍案而起，指着韩胜喜的鼻子说你没告诉他们方圆多少公里都是谁的地盘吗？敢跑这儿来明火执仗地撒野。韩胜喜沮丧地说我说了，可这帮人不买账啊，估计是最近这段时间三哥你很少在街面上露头，有些人没了约束，就像雨后春笋般地冒出来生是非。郭玉昕说那我还待在医院里干吗，出院回去。然后三下五除二办理完出院手续，跟着韩胜喜回到了仿古文化街。其实郭玉昕要的就是这个结果，他顺理成章地让自己出了医院，不显山不露水地回到仿古文化街上又和韩胜喜做了邻居。

走完第一步再走第二步，郭玉昕又给柳青镇的朋友打电话，让他们无时无刻地盯住韩胜喜名下的家具厂，每天出人进人出货品进材料都得向他汇报。他动用起所有民间的手段将韩胜喜牢牢地控制在自己的视线范围内，并且没有听从高克己出门前的叮嘱，凡事要和李正弘进行沟通商量。不是他不相信李正弘，而是他断定这个当了处长的老疙瘩做事太常规，不如自己能放得开手脚。事实也证明了郭玉昕的顾虑不是没有道理，李正弘对于韩胜喜这类的嫌疑人能使用的侦查手段很少，并且在侦查调查的同时不能惊动对方，还要取得证据就有些掣肘。相反郭玉昕则没有此类顾忌，做起事来方便很多。

傍晚时分，韩胜喜接到个熟悉的电话，里面的声音他既熟悉又胆颤，电话里说让他去海河边上解放桥的亲水平台见面。他按照约定提前来到见面的地点，找了个角落的台阶坐下，望着静静流动的河水发呆，他有时候都怀疑自己是不是落下毛病了，只要接到这个电话，听到这个声音，脑子里就不停地闪烁出那些不堪回首的画面。他清楚地记得自己是如何趁乱跑出爆炸现场的，那个时候还没有实名购票的规定，对身份证的核准也没有现在严格，他能想到的就是利用夜黑风高和混乱的人群掩盖踪迹。他本来就没有任何行李，单人独骑的夺命狂奔是最直接的方式。凭借这些年练就的本事，靠着月亮和星光的定位他反方向地逃离铁路线，直到天快亮时摸到临近公路的一个小村庄里。他撬开了一家无人值夜的小卖部，拿了些食物和生活必需品，庆幸的是竟然还摸到了店主放在钱柜里的一些钱。逃亡的路是仓皇失措和狼狈不堪交织在一起的恐惧，他的念头只有一个，那就是逃得越远越好。经过频繁的扒车和倒车他终于跑到了中国版图上的最西北端——新疆，其实他也并不是漫无目的地奔逃，因为他记得中学课本里提到过这个地方，是中国的西北边陲，地处欧亚大陆腹地，历史上古丝绸之路的重要通道，日照充足，地广人稀，最关键的是在这样的环境里适合隐藏自己。

能找到看护油田绿化站点的工作实属偶然，那时他在一个外地人经常聚集的小饭馆里吃饭，听到邻座的人念叨起有这样的一个工作，而且老乡被选中后嫌地方太封闭没去，虽然薪水很高但平时几个月都出不来，也不能去别的地方，等于是被关在个有吃有喝、有大漠苍凉、有绿树成荫的笼子里。这个信息像闪电似的刺激到他，头脑中的瞬间反应就是这个地方太好了，太适合自己现在流亡的身份了。他急忙举着瓶酒凑过去连吃带喝跟邻座的人攀起了老乡，几番交流下来弄清楚来龙去脉，转天背着破旧的背包找到招募的地方，人家看他年轻力壮又有点文化当即就像装货似的把他扔上车，告诉他你被录取了，办好手续就送你去。汽车在漫无边际的戈壁滩上行驶了很久才来到目的地。负责送他的人又把他和捎带来的食品货物往车下一扔，跟留守的老员工简单地介绍交接后，嘱咐了几句注意安全，多去巡视的话之后扭头上车回去了。站点里只剩下他和老员工，老员工热情地帮他收拾东西安顿住处，两人互相介绍了姓名和老家所在地，他知道了老员工的家是平海市柳青镇，名字叫韩胜喜，而他那个时候还是张廷祥。

　　以后的日子里这两个人就像广告里说的阿香婆香辣酱一样，在岁月的这口大锅里熬啊熬啊，从开始的相互戒备到慢慢地试探，又从挤牙膏似的渗透到敞开心扉无话不谈，熬到最后两人基本上把自己的人生履历和知道的故事都聊得一干二净。站点上的生活本来就很枯燥，那个时候网络和无线信号还没有这么普及，更没有什么文化娱乐设施，韩胜喜和张廷祥相处得像哥们儿一样融洽，有时候还开玩笑说等挣够了钱衣锦还乡先邀请对方回自己家看看，别看两人的老家地理上离得这么远，但有缘能在大漠里相识才是风尘知己。因为关系越来越近，两人就互相打掩护，有时候韩胜喜想出去走走，他就担负起两人的工作，还得应付电话查岗，有时候他想出去溜达溜达，韩胜喜很自然地如法炮制，只是每次韩胜喜出去的时间都很长，最长的时候能是好几天，虽然他不明白在这荒凉的地方有什么好玩的，可他也从来不去询问。

这样的时光直到有天韩胜喜面色阴沉地喊他过来喝酒才算结束，因为韩胜喜告诉他自己快死了。

乍听到这话他很惊讶，手足无措嘴里拌蒜地不知道做什么好，筷子接连掉到地上两回还捡不起来，只有睁着双惊慌和疑问的眼睛看着对方的脸。韩胜喜反而很平静，摆摆手示意他别这么紧张，然后端起酒杯和他对碰后边喝边说咱们相识快两年了，在一起搭伙工作生活真是很有缘分，但千里搭凉棚没有不散的宴席，是聚是散谁能决定得了呢？做人就好比拿着车票上火车一样，都知道买的是单程票，还都满心高兴地给自己找座位，找不到好座位就不开心，就想办法换座，真有好座位又担心别人来抢座，这就是人性的丑陋和不堪，可区别的是谁也不知道自己从哪站下车，而且下车的时候没有人送你。他急忙摇着手说大哥你别这么深奥，我听不太懂，你是不是撞见什么不干净的东西了。韩胜喜摇摇头让他别插嘴继续说，虽然咱们俩彼此都知根知底，可我还有个秘密没跟你念叨，那就是我来塔克拉玛干之前就知道自己得绝症了，所以就想找个没人认识我的地方静静地待着，然后悄悄地死去。可巧老天爷长眼让我来到这儿有吃有喝，风景还不错，于是就踏踏实实地住下来想多活几年，谁知道这段时间以来我感觉身体越来越差劲，你也看见我经常吃药，但吃了也不管事，我就琢磨着该给自己找个地方了，这也是我经常出去溜达的原因。他连忙说难怪大哥你一出去就好几天呢，你是想把自己埋沙漠里啊。韩胜喜点点头说差不多吧，人死如灯灭，过两天我走的时候你别慌，等几天以后你再打电话报告基地，到时候自然就会有人来寻找，找得着就当给我收尸，找不着就算了。他急忙说大哥这可不行啊，我不能眼看着你死呀，咱打电话让基地来人接你去医院看病。韩胜喜又摆摆手说你别劝我了，我走以后他们肯定会按照以前留下来的地址发丧葬费和抚恤金，我箱子里还留下些钱，到时候你都拿上跟他们说给我送回家，然后你就可以离开这个鬼地方了。他慌乱地摇着头，看着他迷离的眼神和表情，韩胜喜苦笑了下继续说道社会上混了这么久，自打你一来我就看出你心里有事，身上背着血案呢，你不说我也不问，可有句话我得告诉你，别惦记着一辈子都在这里藏身，还是找个好点的小城市生活，重新做人吧。他被韩胜喜的冷静和冷酷吓得差点又将筷子掉在地上，急忙控制住颤抖的手说大哥你是怎么看出来的啊。韩胜喜笑笑说，一个内地的年轻人跑到这里来躲清静，有谁是心甘情愿的呢？如果你觉得这么说不好接受那我就换个说法，能长时间待在这里的老爷们儿谁没有难言之隐呢？也包括我！

　　他被韩胜喜睿智的判断彻底折服了，借着酒劲来了个竹筒倒豆子，把深埋在心里的事说了个一干二净。奇怪的是敞开心扉后他不仅没有恐惧，相反却有种如释重负的轻松感，也许是压抑得太久埋藏得太深，释放出来的时候就更彻底，他像是对韩胜喜又像是对冥冥中看着他的冤魂们忏悔，忏悔自己不应该动手杀人，更不应该在危急的时刻将小九像扔包袱一样地扔给警方让他当了替死鬼，最不应该的是明知自己制作的炸药有多大威力还是启动了它。平心而论，说这些话的时候他不是没有担忧，他担心韩胜喜会在酒醒后举报自己，但他看到对方那种无所谓的眼神，听到对方坚定的承诺和看到他即将久别人世的模样打消了这个念头。在这个特定的环境里，在逃亡的旅途上他第一次选择了相信别人，相信了这个坦然面对死神的人。又过了两天，在他出去检查巡视回来时发现屋里空空如也，他急忙将房前屋后所有的地方都查看了一遍，仍然没有看见韩胜喜的踪影。韩胜喜的东西摆放得很整齐，平时用的碗筷和洗漱用具一样不少，换洗的衣服也在柜子里一件件叠得很好，他急忙在屋子的各个角落里寻找韩胜喜可能给他留下的只言片语，但结果却很失望，韩胜喜什么都没留下，仿佛是一阵风又仿佛是一缕青烟似的消失了。他知道韩胜喜悄悄地走了，他是想将自己深埋在茫茫的大漠里，也许连同他的秘密也一起埋葬了，想到这些，他不禁从心里升起种莫名的恐惧，但随即又被一丝侥幸所替代，毕竟知道自己秘密的人选择了自戕，那就让他把所有的过往都一起埋掉吧。过了三天他才按照约定拨打了基地的电话求援，事情的发展和之前的预料差不多，最终救援人员在沙漠里找到了具已经干化的尸体并让他来辨认，从尸体的衣服穿着和口袋里的打火机香烟等物品来判断，虽然面部已经高度干化，但他仍辨认出死者就是出走几天未归的韩胜喜。

  他带着韩胜喜的遗物和两人的钱款登上去平海的列车，一路上都在思考着以后怎么办，思考着整个中国版图上什么地方才是自己的藏身之所。当他的脚步踏上平海地面的那一刻，脑中像过电似的产生了一个念头，我带着韩胜喜的身份证和能确认他死亡的证明呀，假如我来顶替韩胜喜活在平海，那么埋在地下的那个人和罪犯张廷祥就会永远销声匿迹了。这个念头一经闪现让他兴奋不已，小时候总听老人讲狸猫换太子的传奇，没想到能在自己身上得到应验。他没有急于对这个设想予以实施，而是像个老练的惯犯一样先找个旅馆住下，仔细考量以后的每个步骤。要先去韩胜喜家实地考察一趟，就说自己是受人之托途经平海前来探望，尽量观察好地理位置和家里的环境，还要认清楚他家里人的模样长相。然后是告知千里以外的基地事情办好了，让他们放心不再追问。再然后就是要变成韩胜喜的模样，这个想法看似很困难几乎不可能实现，但只要操作好完全可以变成现实，那就是借助现代医学科技的力量——整容。将自己整成韩胜喜的模样，好在和他一起生活了两年，对韩胜喜的语言、习惯、喜好都很了解，关键是有照片做模板，能给整容医生提供参照物。最后一步就是变成韩胜喜以后趁夜晚返回平海，悄悄地再鸠占鹊巢生活下去。

事情顺利得让他有些出乎意料，韩胜喜的老婆也就是以后他的媳妇热情地接待了他，并且相信了他云山雾罩的一番谎话，相信了他们所从事的工作远在沙漠深处通信受阻，原本接到韩胜喜的家信还是一年以前呢。他想尽一切办法圆着信口开河的谎话，然后给这个他以后的家留下一笔钱款道别离开。在南方的一家私人整容医院里，他举着韩胜喜的个人照和两人合影的照片对大夫说要整成这个样子，大夫仔细端详了端详他和照片里的韩胜喜，有点想不通地询问，要说整成照片里的人也不是难事，可他既非明星又不是多俊朗的帅哥，甚至还不如你本人长得耐看呢，费这么大功夫和心血有点得不偿失。他满脸愁云地告诉大夫，照片上的人是我叔伯哥哥，因为突然的变故离世了，我们家里孩子多所以父母就将我过继给大伯，然后家里商量决定为了不让大伯伤心让我整容成哥哥的模样，给大伯、伯母养老送终。这个故事虽然听着牵强，但还算合情合理甚至有点渗透着满满的人文关怀的味道，连对面的大夫都差点被感动得落泪。经过几番的手术和治疗，他几乎花光了随身携带的现金才变成了韩胜喜。张廷祥，现在应该叫韩胜喜了，在整容成功以后没有急于离开南方的城市，而是凭借着自己在医院住院时期的观察，掌握了私人医院管理上的漏洞之后，趁着个大雨滂沱的夜晚溜进办公室里，撬开医生的办公桌销毁了自己和很多人的整形档案，伪造了个盗窃未果发泄不满的现场，抹去了这个会留下尾巴的痕迹，然后按照事先设计好的路线坐半夜的火车，头也不回地离开了这里。

再次回到平海的韩胜喜故意把自己弄得很狼狈，背着两个破旧的包裹像是个出门打工挣钱回来的样子。为了检验整容手术后的效果，他甚至别出心裁地跑到车站派出所报案，称自己在下车出站的时候东西被小偷偷了，民警问他丢了什么东西，他说给家人带的山货和洗漱用品的包没了，民警询问了下价值，哭笑不得地带着他填写了报案登记，他还主动地向民警出示了韩胜喜的身份证件，民警按照地址登记后看都没看就甩给他，跟他说东西找到了就给你打电话。他压抑着内心的狂喜走出派出所，到大街上差点兴奋地蹦起来，这个实验证明自己通过了基础测试，接下来就要堂而皇之地出现在韩胜喜以前的生活圈子里，这也是对他身份最终的验证。回到家的前几天韩胜喜很轻松地过了关，第一韩家不是柳青镇的原住民，本来亲戚朋友就少，再加上近郊的人们居住都很分散，平时很少走街串巷，第二韩胜喜原本就不是个爱热闹的人，不会主动地去抛头露脸刷存在感。这些条件都给韩胜喜打下了良好的藏匿基础，让他不显山不露水地来了个衣锦还乡。但任何事情都不会是一帆风顺的，融入平常巷陌中的他也经历过几次意想不到的事情和熟人的突然出现，都被他机灵地遮掩过去，可最大的危机接踵而来，这个危机不是来自于外面，而是韩胜喜自己的家庭内部。

家庭生活很现实也很麻烦，老人孩子都可以遮掩，可唯独媳妇是无法躲避的，这是个长期和前韩胜喜同床共枕的人，并且两人还有个儿子，可以说是除了自己以外非常了解前韩胜喜细微举动的人，这些对于后韩胜喜时代的和平共处都是存在的障碍，可他也不能为了清除这个障碍，把媳妇孩子都变成冤魂厉鬼吧。开始的时候他能躲就躲能拖就拖，反正是想尽一切办法不跟敬文萍同床，但两口子总不在一块睡觉也不是事啊。于是有天晚上他下定决心咬牙跺脚跟上刑场似的回应了敬文萍的暗示，进屋前还特意关上了灯，他心里的想法是摸黑进屋赶紧完事，如果敬文萍有疑问就说自己在外这么多年落下点病根，不像以前熟悉的样子了。可现实竟然狠狠地打了他的脸，把他设想好的计划拆解得粉碎。两人完事后敬文萍没有阻拦他穿衣服拉开被子去旁边睡，而是幽幽地叹口气说，没想到出门这么久还把你的病治好了。这句话惊得他一身冷汗不由自主地打个激灵，他急忙说我没病我很健康啊。敬文萍伸手拍了他后背一下，用有点嗔怪的语气说，你是没病，你也从来没承认过，不过在外面这么多年别把脏病给我带回来就行。有了这次夫妻生活以后他更加小心地躲着敬文萍，没想到的是敬文萍却总对他表现出浓浓的爱意和关切，这让他左也不是右也不是，进退两难。终于有一天在黑灯瞎火的房子里又一次完事后，敬文萍看着他又要穿衣离开时轻轻说道，你能告诉我你是谁吗？你能跟我说实话吗？这两句话像炸雷似的响在韩胜喜的头顶，他猛地凑到敬文萍的眼前说，你没生病吧，我是韩胜喜你爷们儿啊。敬文萍摇摇头说你不是，韩胜喜跟我说话从来不会这么客气，而且他没有进屋关灯摸黑上床的习惯，最要紧的是韩胜喜有病，就是你们男人避讳的阳痿早泄。上次我问你的时候你竟然茫然不知，那现在告诉我你到底是谁啊。张廷祥、韩胜喜，应该说是后韩胜喜瞬间的惊慌过后杀心骤起，他猛地跃起掐住敬文萍的脖子，眼里冒着骇人的寒光，这个瞬间他脑中立刻闪出一个念头，杀了她，这个人不能留！没等他再说话，敬文萍拉住他的手说我还有件事要告诉你，我怀孕了。这句话像是从山间坡道上滑落的车子猛地被凸起的石头阻挡住一样，让后韩胜喜猛地放开了掐在敬文萍脖子上的手，他缓缓地抚平敬文萍的衣领，不自觉地喃喃自语道你怀孕了，我要当爹了……这个时候就是再凶残的罪犯也知道虎毒不食子的道理，更何况此时杀了敬文萍就是一尸两命。后韩胜喜退缩了，他在这个夜晚将事情的经过原原本本地向敬文萍和盘托出，除了隐去他杀人犯罪的过往外，为了证明自己和前韩胜喜的死无关，他还出示了没来得及销毁的韩胜喜的死亡证明。敬文萍看着这些证据无奈地告诉他，自己和前韩胜喜结婚以后就发现他有这个毛病，作为男人他从此就郁郁寡欢不和别人交往，怕人家笑话也无数次地跑到外地去寻医问药，自打有了儿子以后他往外跑的时候就更频繁了，总是把她扔在家里像守活寡一样。现在他死了你回来了，我就当你是韩胜喜吧，咱们踏踏实实地过正常人的日子。

有了家庭的支撑，韩胜喜的心算是彻底落了地，他慢慢地转变着后韩胜喜的身份，使自己越来越像自己，并且在敬文萍的帮助下更多地了解到韩胜喜之前的行为举止、言谈习惯、喜好爱好，更多地了解到街坊四邻的关系。得到这些帮助的他能准确地辨识出谁是前街的老刘的儿子，谁是后巷的老王的媳妇，谁是孩子学校的同学家长，谁是和自己有过交往且熟悉的人。又过了一段时间柳青镇开始土地规划，政府重新对以前的宅基地做测量，有开发公司收购土地做项目开发，韩胜喜敏锐地感觉到这是个机会，于是和敬文萍商量干脆将名下闲置的产权只留下住宅，剩下都交给政府换成补偿款，然后拿着这些钱开个木器加工厂，再在平海市里仿古文化街上租个门脸，做到自产自销，还能让钱生钱，做大做强，敬文萍同意了他的想法，放手让他去折腾。这个时候他们的孩子也呱呱坠地，让韩胜喜高兴的是敬文萍这次生的又是儿子。

眼看着自己罪恶的往事能掩盖在阳光下，他也小心翼翼地修正着自己的人生轨迹，认真地演绎着老实厚道的角色，悉心地照顾孩子和媳妇，为韩胜喜年迈的老娘养老送终。时间在一年一年地推移，眼看着一家人就能这样平静幸福地生活下去。谁知道突然间的一个电话，彻底打碎了他的梦想。

那是一个没有月光和星星的晚上，随着电话铃声响起他习惯性地接通说了声"喂"，对方的回应惊得他差点扔掉手里的手机，"张廷祥！你过得还好吧！"他稳定下心神冲着话筒说道："你打错电话了。"没想到对方紧跟着又说道："没错，我就是给你打的电话，张廷祥！"他再次对着话筒说道："你打错了！"对方仍旧执拗地说道："张廷祥，我没打错！"他气急败坏地压低嗓音冲话筒里喊道："你是谁啊？"

"我是韩胜喜。"

听到这个回答,他像触电似的扔掉了手机。

二十四

韩胜喜,这个时候应该叫他张廷祥,停顿了好长时间才铆足力气颤颤巍巍地捡起地上的手机,对着话筒狠狠地问道:"你到底是谁?"对方依然很沉稳地回答说:"告诉你了,我是韩胜喜。出来见一面吧,你自己来,我把时间地点发你手机上。"

张廷祥接到信息后操起修整木器用的锉刀走出房间。这种锉刀是他特制的,平面用着是锉,可以打磨粗糙的家具表面,但竖起来就是利刃,削切砍伐锋利无比。此刻他的心里像被煮开的水一样上下翻腾,他害怕,他恐惧,他更愤怒,他不知道这个陌生的电话是谁打的,但能叫出自己以前名字的人,一定是对他知根知底,况且这个人还能说出自己就是韩胜喜,这不是典型的鬼话连篇吗?韩胜喜已经死了很多年了,连他的骨灰恐怕也早已经融入泥土里了,这个时候冒出来个韩胜喜,还堂而皇之地约他见面,让他这个替代品能不紧张地杀心顿起吗?他边走边平复着自己的心情,告诉自己要冷静要稳定,如果对方要钱先稳住他,然后找个机会把他送进地狱,让他和韩胜喜面谈去吧。

他按照约定的地点来到幽静的海河边上,岸边的树木婆娑地摇曳着,将路灯的光芒分裂成一束一束地投放在地面上。他站在岸边摸着口袋里的锉刀眼睛不住地朝两边张望,就在这个时候身后传来个沙哑的声音,"别瞎找了,我在你身后呢。"他惊恐地猛地回转身,借着昏暗的灯光仔细地看着眼前的人影,当他看清楚对方的面容时不禁吓得叫出声来:"你!你不是死了吗?!"

背后的身影朝他挤出个笑容说道:"我没死,你也还活着!"

张廷祥看见的这个人是韩胜喜,也就是他自己。

夜晚的河边,两个一模一样的人静静伫立,盯着对方,像照镜子般地看着镜框里的容貌,都仿佛在寻找着过去自己的模样。沉默了一会儿,灯光下的人影缓缓地走到张廷祥的身边。

"假若他日重逢,我当何以贺你,以沉默,以泪流。"

"听不懂,你说人话。"

"故人相逢,你一句低俗的回应把整个气氛都破坏了。"

"我听不懂你说的话。"

"这是拜伦的诗,虽然诗的本意说的是两个恋人之间的情感,但心境却是目下你我相遇最好的表达。可惜你粗浅的文化底子读不懂我的感慨,你的狡猾和卑微也注定成不了大器,所以你永远也做不好韩胜喜。"

"你他妈到底想说什么?!"

"我想告诉你,你要为自己所做的一切付出代价。"

张廷祥攥紧口袋里的锉刀狠狠地说:"我不懂你说的什么代价,但我知道你早就应该死了!"

韩胜喜盯着张廷祥的脸说道:"我劝你把藏着的利刃收起来,因为第一你没有我的手快,也没有我的刀锋利,第二在这个场合下杀人无法处理现场,你想将我一刀毙命再扔进河里的想法根本不成立。至于第三也是最重要的一项,我来之前做好了功课,把你的底细和在塔克拉玛干的老照片做了个文件夹传到了云端,图文并茂详细地检举了你以前犯下的罪行,包括杀人和爆炸火车,并且设定了解锁密码,每天固定时间必须解锁一次,如果到时候没解锁,系统会自动发到平海铁路公安处和平海市公安局的信箱里。到时候来找你的就会是警察了。"

这番话让张廷祥后脖梗子发冷,紧握着锉刀的手慢慢地松开了,说话的语气也变得平缓很多,"我有点想不明白,当年我明明辨认出那具尸体是你啊,现在你活生生地出现在我眼前,那个人是谁?"

韩胜喜幽幽地说道:"那个人就应该是我!"

张廷祥接着说道:"可你现在活着啊。"

韩胜喜的脸色变得很阴沉,冷冷地说:"本来我是死了,而且想一劳永逸地消失在这个人世间,可就是因为你的愚蠢,你的小聪明,才让我很无奈地必须又活过来,这就是我说的你要为此付出代价!"

张廷祥乞求地冲韩胜喜说:"我当年可是听了你的话啊。"

韩胜喜猛地挥挥手说:"我可没让你顶着我的名字生活在平海!我也没让你鸠占鹊巢还传宗接代吧?"

张廷祥彻底崩溃了,他此刻才意识到自己像是透明的玻璃一样,完全暴露在对方的监视之下,自己的一举一动、一言一行都被韩胜喜牢牢地掌握着,想着自己这么多年苦心经营的人设和伪装被对方伸出手指轻轻一碰就会溃散,他从内心里涌出种莫名的恐惧,他像溺水濒临死亡的人一样死死地抓住韩胜喜的胳膊说:"大哥,我现在还叫你大哥,请你看在我们毕竟兄弟一场的情义上告诉我，你到底想让我做什么啊……"

韩胜喜轻轻拂开他的手说："只要你按我说的去做，我把在平海的事情办完就离开这里，到时候你还做你的韩胜喜，而我远走高飞再也不回来了。"

张廷祥听罢不停地点头说道："大哥，我都听你的，听你的安排。"

韩胜喜拍拍他的肩膀重重地点了点头。

从这次见面以后，韩胜喜就化名徐锦江在他的木器加工厂里当上了专值夜班的技工。他昼伏夜出，尽量避免和人们见面，脸上总是戴着口罩挂着胎记样的东西进行遮挡，他不想让别人发现自己和张廷祥撞脸，他要留着这张脸在让人想不到的时候，想不到的地方使用，那样才能出其不意，达到预想的效果。

张廷祥提心吊胆地关注着身边的这颗地雷，虽然不清楚他天天围着铁路、火车站还有沿线周围转悠想干什么，但知道他肯定没有好事。让他聊以自慰的是化名徐锦江的韩胜喜信守着承诺，始终离他和他的家庭很远，不做接触，只是在需要和他见面的时候才用微信或短信息通知他。见面的地点也不固定，一会儿东一会儿西，一会儿在柳青一会儿在平海，总感觉徐锦江像影子似的围绕着自己左右，可又不知道他会在什么地方停下来。

从河面上吹过来的夜风有些微冷，站在亲水平台上的张廷祥禁不住打了个冷战，他收拢起刚才零乱的思绪，紧紧地围拢了下身上的衣服，不住地朝四处张望。此时离他不远处的树边草丛里一双小眼睛正在目不转睛地盯着他看，这双眼睛的主人就是郭玉昕召集的行业带头人里的小兄弟强子，他们奉命昼夜轮班死盯着欠账的韩胜喜，不能让他转移资产和跑路，只要有个风吹草动立马喊人堵住他。就在强子刚要举起手机拍照的时候，忽然看见一个人朝韩胜喜走去，黑暗中的路灯无法清晰地看见这个人的模样，于是他悄悄地向前移动想看个究竟。

张廷祥见徐锦江戴着口罩迎面走过来，刚要上去说话却被对方用手示意不要过来，然后仔细地观察了下四周确定没有危险后靠过来说，你来的时候确定没有人盯着吗？张廷祥急忙说没有，谁闲着没事盯着我啊。徐锦江疑惑地说我怎么看见你的好朋友郭玉昕回到街面上的店铺里了呢？张廷祥如释重负地吐出口气说，你对他敏感啊，是我跟他说的最近街上总有小混混捣乱，再加上他本来就想出院回来，所以才办的出院手续。徐锦江沉吟了会说，当时你开着大货车撞过去就应该直接把他除掉，这样会省去很多麻烦。张廷祥面露难色地说，大哥我是真的下不去手呀，再说当时我也把他的车撞到河里了，他不会坏你的事。徐锦江阴沉着脸说，我知道这么多年你这个遮阳伞选得不错，两人之间也有交情，但关键时刻不能手下留情，否则倒霉的就是你自己！如果我没猜错，他这次出院回来就是盯着你的。这句话说得张廷祥浑身一震，急忙辩解道，不能啊，我是完全按照你说的话办的呀，没有露出什么破绽，那个颜警官不也是我帮你除掉的吗？闻听此言，徐锦江猛地摘掉口罩压低嗓音说，这个时候你还说帮我，你帮的是你自己！不除掉他，凭着他的追踪本领已经追到木器厂了，到时候是抓我还是他妈的抓你啊！

草丛里的强子正举着手机想要把两人见面的照片拍下来，镜头里猛地出现徐锦江摘掉口罩的画面，在他眼前呈现的竟然又是一个韩胜喜，突如其来的变故让他乱了手脚抑制不住地"啊"了一声。徐锦江和张廷祥听见附近的响动像两只受惊的山狸猫一样，一左一右朝强子藏身的地方扑了过来。强子慌不择路地爬出草丛，边跑边拨手机，没跑出多远抬头看见韩胜喜站在自己面前，他急忙转身往后奔跑，又看见身后挡住去路的还是韩胜喜，强子惊恐又绝望地喊道，鬼啊！没容他喉咙里再发出声音，从身后赶上来的徐锦江一把捂住他的嘴，顺势亮出手中的利刃连刺两刀，一刀胸前直入心脏，一刀反手扎进脖子的颈动脉。强子手捂着往外喷血的伤口，瞪大眼睛，踉跄了两步，一头栽在了地上。张廷祥虽然不是目睹他第一次行凶杀人，但也被这么冷血的刀法震慑得直冒冷汗。两人将强子的尸体拖入草丛之中，徐锦江操起强子的手机麻利地删除内存，取出电话卡又扔到地上使劲踹上几脚，确认手机无法恢复后用力甩进海河里。然后对张廷祥说咱们分头走，明天我再联系你。两人各奔东西地消失在夜幕里。

徐锦江没有立刻离开凶案现场，而是走过两个路口混上了乘客众多的公共汽车，这趟主题观光的汽车会绕着海河岸边转一圈，主要是为了让乘客欣赏美丽的灯光夜景，汽车沿途会经过他们刚刚作案的地方。作为自诩心理素质非常好的罪犯，他要换种方式回作案现场看看。徐锦江找了个靠窗户的位置坐下，一边目不转睛地看着窗外的景物，一边回想着以前的事情，此时的他是韩胜喜，是那个曾经意气风发的少年。他是上世纪九十年代初，随着出国热潮劳务输出到了太平洋上那个由众多岛屿组成的邻国，开始的时候他和很多外出务工的人一样，辛勤工作，任劳任怨地挣取着比国内相对丰厚的薪金。因为他从小就学过柳青镇的木板雕刻和印刷，更兼具一般工人不具备的木匠维修手艺，所以很快就从这群劳务者当中脱颖而出，受到了资方老板的赏识和重用，很多棘手的维修工作，包括维护一些仿唐仿宋的建筑物和器具都有他的身影。时间久了他慢慢地站稳脚跟，还交了个当地的女朋友，女朋友的家里对他也很好，但要说到谈婚论嫁他还明显地没有这个实力。没有实力就得多挣钱，于是他加班加点地给老板拼命干活儿，终于有一天因为太疲倦躺在工坊里睡着了，等他醒来时才发现工坊里着火了，他是被燃烧着的火苗子烤醒的。情急之中他急忙爬起来救火，一番折腾后火是扑灭了，但老板花重金设计的图纸和高昂的材料却付之一炬。他清楚自己无法赔偿老板高额的损失，只能失魂落魄地待在火灾现场等候发落。让他没想到的是老板打发走了来调查火灾的警察，也没有更多地责备他，而是把他招呼到办公室里先行安抚，然后絮絮叨叨地说了半天，大致意思是你已经给公司造成了很大的损失，按照规定要赔付很多的赔偿金，这个数目你肯定赔不起。考虑到你平时工作很勤恳又掌握很好的技术，公司决定让你分期付款来赔偿，同时想到你境外的身份必须要签订一个协议来作为约束。这样的结局等于是天上掉馅饼的好事，他想都没想就答应下来。签了协议，老板告诉他你继续工作吧，他感激涕零地鞠躬致谢，高高兴兴地继续着工作。热乎劲没过几天老板又找他谈话，大概意思说公司经过慎重考虑决定派遣他回国工作，工资薪水拿双份完成任务还有奖励，回国前先进行一下短期培训然后就可以持证上岗了。这个消息等于是天上又掉了个馅饼，他高兴得手舞足蹈，感谢老天开眼让自己遇到了这么好的老板，但是等他到了培训地点以后才感觉事情没有想得这么简单。

首先是接受培训的只有他自己，老师给他讲的课也跟国产谍战剧里的特务接头和传递情报似的，让他觉得头皮发麻，浑身发紧，跟老师说自己不想学这个，自己也不是干这个的材料，老师说不行！你已经签约成为我们当中的一员了，违约是要受处罚的。这下他蒙了，急忙给女朋友打电话，外籍女朋友的回复让他如小时候听鼓曲里面的歌词一样，冷水浇头怀里抱着冰。人家说你现在唯一能做的是完成培训，然后按照要求回到家乡继续为公司服务，这样才能还清你的债务。他说我是想挣钱跟你结婚呀，女友说这个事现在谈还太早，把电话挂断再也没有回话。他此时就是再傻也反应过来了，自己钻进了人家设计好的圈套，钻进去容易想退出来可就难比登天了，只好老老实实地完成培训这段时间。过了几个月劳务合同到期，他像个挣完钱回家的外出打工者一样回到平海，刚开始的日子里没有人和他联系，并且还能定期地往他的个人账户里打钱，时间一长他开始有点飘飘然，认为毕竟远隔千山万水公司早就把他扔在一边了，但是突然有天接到个陌生的电话，让他按照指示去领任务，他才知道自己的一切都在人家的掌控之中。初级的任务都是拍照测绘按照密语告诉接收人，然后再接新的指令，开始他总是悬着一颗心生怕露出马脚，害怕有一天警察会找上门来将他抓走，做贼心虚得让他天天疑神疑鬼还落下个阳痿早泄的病根。有天他突然接到指令，让他去新疆进入油田继续活动，而且付给丰厚的安家费。既然有钱赚又能离开平海，他急忙对家里谎称去外地打工，离开了这个让他提心吊胆的家。

到了新疆，他按部就班地潜入绿化基地当了看护的员工，也就在这个时候他萌生出要让自己永远消失在沙漠里的念头，让海外的公司和家里人都认为他葬身在这片荒漠中，这样他也许能对过往的罪过进行救赎，能换个环境隐秘地苟且下去。张廷祥的到来让他认为时机开始成熟，因为凭他的经验他感觉出张廷祥肯定是身负重案的逃犯，于是他谨慎地和对方交好，笼络着对方的感情让他相信自己，并且毫无保留地告诉他很多生存技巧，为的是有朝一日张廷祥能给自己的失踪当好证人。接近两年的时间他天天搜索着外出的路线，找到了各个站点之间可以给自己补给的地方。下一步就要找个替代品了，他先告诉张廷祥自己要跟着运送给养的车去趟城里，也许会耽搁几天让他替自己去巡视检查，已经完全信任他的张廷祥自然是满口答应下来。到达城里后他跟司机说要买点日常的生活用品搭乘转天的车回去，因为这样的事情很普遍，司机问都没问就开车走了。他在城里找到个和自己身材差不多的流浪汉，三言两语过后带着他洗澡吃饭折腾一通，流浪汉纳闷地问他要干什么，如果让我帮忙打架可以，杀人抢银行就算了。他笑着向对方展示伪造的证件说，我是基地的工作人员，现在有招工名额，你想不想去油田看仓库，每天就是清点东西过过数，然后吃饱就睡没烦恼，还给工资。流浪汉说那敢情好，我跟你去，他说你先别高兴，地方有点远，你得吃饱喝足再跟我走。对于流浪汉来说，这是喜从天降的好事，高兴地喝下了掺有安眠药的酒睡着了。他搀扶着流浪汉来到事先选好的一处烂尾楼里，看着流浪汉醉倒的样子，默默地念叨着早死早托生，我是为了你下辈子找个好人家投胎之类的给自己赎罪的片汤话，手脚麻利地用胶带封住了他的鼻子和嘴，直到看着对方没有了心跳才将事先准备好的大箱子拿出来，他将流浪汉的尸体放在箱子底部，上面覆盖了一层毡子，又在毡子上堆满日用品和白酒，还特意打开一瓶洒在箱子里面进行伪装，一切都办妥后叫来小货车司机，让他帮忙把自己和箱子运送到给养车的必经之路上等着，再搭乘给养车回到了站点。回到站点后他趁张廷祥外出的时候将流浪汉的尸体取出来，换上自己的衣服背着他走到沙漠里放好，他知道过不了几天尸体就会风干脱水面目全非，一切都做得天衣无缝近乎于完美。他不担心留下什么证据，因为就算警察真能循着踪迹找到这片荒漠戈壁上来，那个时候他韩胜喜也早已经灰飞烟灭了。

　　汽车刹车的声音将他从遐想中唤回现实，他看看远处那片夜光摇曳下的亲水平台，还有随风摆动的树木和草丛，确定还没有人发现这个凶案现场。他长长地嘘出口气在心里默念着，如果不是他张廷祥化身成韩胜喜，公司就不会找到自己，也不会以身家性命和向政府告发他的叛国行为相要挟，让自己完成这个最后的任务，并许诺完成之后可以永远地离开这里。他闭上眼睛默默地嚅动着嘴唇，喃喃地念叨着一句话"谋事在人成事在天，愿老天爷保佑……"

　　郭玉昕接到行业带头人的电话，告诉他说负责盯着韩胜喜行踪的强子突然联系不上了，打电话无法接通，去家里找也没有人影，而且韩胜喜也跟丢了。郭玉昕猛地冒出种不祥的预兆，急忙询问对方强子跟他最后联系的地点，对方回答说是在海河边上的亲水平台给他发的定位。郭玉昕心里暗骂你真是个蠢货，嘴上说你不长脑子啊，强子在那个地方断了联系你怎么不派人去那里看看呢？行业带头人如梦初醒般说，我马上和弟兄们过去找人。郭玉昕说你先等等听我把话说完了，第一，你们到了定位的那个地方必须仔细寻找，如果发现情况异常，立即报警并保护现场。第二，对发现的情况要拍照，最好录制小视频赶紧传给我，尽量详细不要遗漏。第三，如果有凶案现场必须在警察赶到之前把这些事情做完。对方听完话音里透着质疑地问道，凶案现场？三哥您不会是说强子遇到危险了吧，他可是我手底下很能打的兄弟。郭玉昕说你别废话，赶紧去找人，别等到黄花菜都凉了。

  时间在一分钟一分钟地飞逝，大概过了一个小时郭玉昕的手机铃声又响了起来，接通后行业带头人的第一句话就说三哥您真是神机妙算啊，我们在海河边的草丛里发现强子让人杀了，身上别的东西都没丢，就是手机找不着了。然后按照你教给我的让弟兄们保护现场报了警，现在正等着警察来呢。郭玉昕急忙说，我告诉你拍的照片和视频呢？对方说你别着急啊，这么重要的事情我能忘了嘛，已经给你传过去了，网速有点慢可能正在道儿上呢。郭玉昕说你赶紧撂电话等我消息。手机里传来接收信息的提示音，这是从现场传过来的照片和视频，郭玉昕连忙打开手机屏幕仔细地看着，画面虽然昏暗但还算是清晰，视频里强子倒在地上流血的伤口也依稀可见。

  高铁车厢里传来广播员清脆的声音，提醒旅客关注自己的行李物品，列车还有几分钟就要到达平海站了。车厢里的高克已和袁竹林对坐看着窗外的夜幕，谁也没有心思说话。从新疆返回平海之前高克己已经将调查的结果向李正弘做了汇报，他也知道李正弘肯定会采取措施对嫌疑人韩胜喜进行监控，但是说到要限制韩胜喜的人身自由还是有些牵强。熟悉法律的他们都清楚，刑事拘留和批捕是有严谨的流程和充足的证据的，总不能拿着调查来的东西说你这个人已经死了，你是冒名顶替别人生活在现实社会里，你现在得跟警察走一趟证明你是死是活，这也没有说服力呀。再说了，李正弘接到他的汇报后第一时间就通过地方公安机关调查落实了韩胜喜的基本情况，结果是从户籍到身份证再到社会保险、医疗保险等等都是真实有效的，根本不存在作假的可能。况且也没有他行凶作案的直接证据，更不能去拘捕他。费尽心机横跨大半个中国，穿越戈壁沙漠辛辛苦苦地奔波，得到的结果竟然还是老虎咬刺猬没地方下嘴。高克己看着眼前有点失落的袁竹林和前面坐着的小哥俩尹建涛和张晓亮，想出言安慰可又找不到合适的话说。口袋里手机的铃声震颤了高克己，他掏出手机接通电话，里面传来郭玉昕牛吼般的嗓门，"窝囊废，你们到哪儿了？回平海了吗？"

"还在高铁上，再有几分钟就进站了，你怎么了？跟踩电门上似的。"

"你们到平海了，那就太好了！告诉你我这儿有重大发现！"

"你挖着金矿了，别这么一惊一乍的。"

"先不跟你絮叨了，你到站后直接出站，我让人开车去接你。"

郭玉昕说的重大发现还真如高克己戏谑的挖到金矿一样，让他惊讶之余兴奋不已又惶恐不已，总之一句话，像坐在火炉上烤湿衣服似的，被火苗子燎得滋滋的冒烟还觉得挺开心，因为他的确找到了重要线索。干过刑侦的人毕竟有很强的职业素养，郭玉昕得到凶信后先看下手表，心里默算着路程和派出所、刑警队的出警时间，心想就算自己能赶到现场也会被拒在警戒线以外。既然这样，索性查一下周边的道路和临街的监控情况。想到这里，他在桌上铺开地图，打开手机导航以强子被杀的位置为中心点仔细地查找着周边的交通路口，很快就确定了几个行人和车辆的必经之路。他操起手机给行业带头人打电话问道："小黑子，我听说你手底下有几个玩电脑的小朋友，你问问他们能不能进入街边的监控网络？"

被称作小黑子的人在电话里回答说："三哥，您这是想黑谁呀？我手底下这几个小弟兄都是玩网的顶流。"

郭玉昕说："我不是想黑谁，是想查看一下海河东路临近的四个街口锦州道、长春道、哈尔滨道、沈阳道上的交通监控。查晚上九至十点之间在这四个街口上经过的人和车。"

小黑子说："这还不容易啊，都不用去黑监控网络，我分分钟就帮您把这个事办了。"

郭玉昕冲着话筒喊道："小黑子，我可没工夫听你扯淡！"

小黑子说："三哥您别急，先听我说，您说的这片区域是环河景观的带状公园，当时园林局建设好之后为了防止有人偷花草和毁坏公共设施，也弄了一套监控设施，总监控室就在海河东路对面的房子里。他们每天负责巡逻查夜的保安队长是咱小兄弟，我一句话您不是想怎么看就怎么看，想查什么就查什么嘛。"

郭玉昕说："那太好了，你现在就过去联系，我随后立马赶到！"

小黑子迎接郭玉昕来到监控室，保安队长走过来说已经安排好了现在就可以查监控录像。郭玉昕把手机里韩胜喜的几张照片发给小黑子说，你给大家看看主要是找这个人，看他在九到十点钟的这个时间段有没有从各个路口出入，同时也给我找个地方查看监控。监控室里的几个人目不转睛地盯着眼前的屏幕，一个画面一个画面地查找在每个路口经过的人和车辆。突然一个小伙子转身朝郭玉昕喊道："您看看是不是这个人啊？"郭玉昕急忙凑过来让他放大捕捉到的画面，随着屏幕上定格的人影不断放大，从身形上能明显地看出就是韩胜喜。郭玉昕还想再确定一下目标就问道："能不能看到他的正脸？"

小伙子回答说："我这个位置不行，你得去三号机位才能看到正脸。"

保安队长闻听急忙将三号机位的监控调出来，操作人员在屏幕前慢慢地移动着鼠标，灯光下显示出韩胜喜匆忙跑过路口的正面身影，通过屏幕能看出他的脸上带着紧张和惶恐，并且还下意识地抬头扫视了一下周围的景况。还没等郭玉昕让操作人员将整个画面截屏传下来，旁边的保安忽然惊讶地叫了一声"哎呀我去！"几个人忙将目光都投向他，只见他指着屏幕上的画面喊道："我这儿怎么也看见这个人了，这不可能啊，不是一个路口呀，不会是闹鬼了吧？"郭玉昕急忙跑到这台屏幕前仔细查看，果然屏幕上显示出又一个韩胜喜模样的人匆匆地跑过路口，消失在前面街角的拐弯处。眼前这个情形把郭玉昕也吓了一跳，他急忙使劲揉揉眼睛，盯着屏幕上的画面端详了半天才操起手机拨通了高克己的电话。

高克己和袁竹林刚走出平海火车站，就被郭玉昕派来接他们的人连拉带拽地请上汽车，一股烟似的开到了海河边监控室的门外，郭玉昕在门口等着，二话没说拉着他们就奔监控室里走。高克己边走边说："你别这么使劲拽着我啊，我和老五刚下高铁就让你给抻来了，你倒是说清楚什么事呀？"袁竹林也在旁边帮腔说："就是，就是，我们还没吃饭呢。"郭玉昕把他们俩往屏幕前的椅子上一推说："你们瞪大了眼睛自己看！"面对着屏幕上不断闪烁的画面，高克己也不由得一个劲儿地眨眼。他抬头看看身边的郭玉昕似是有话要说，还没等他张嘴郭玉昕就用手势止住他的发言道："你别问我是不是监控器坏了，另外还有就是黑客侵入制作的虚假画面等等问题。"说完他伸手拉过来旁边一个弱弱的戴眼镜的男孩，"他就是我找来的网络高手，人家已经检查完了，这个系统没有人黑进来"。

戴眼镜的男孩不停地点头似是在证明郭玉昕的话。

"那会不会是有故障，或者别的问题呢？"袁竹林问道。

"亏你还是活电脑，"郭玉昕说，"这样的画面是故障和短路能生成的吗？"

袁竹林说："你的意思是，韩胜喜吃饱了撑的先从这个路口跑过去，然后绕了一大圈，又从这个路口再跑过去。那他这么做是为了什么呢？"

郭玉昕说："就因为我弄不明白，才把你们俩从车站接来看这个监控的。你们俩说，这到底是怎么回事？"

高克己没有打断两人的谈话，此刻他不错眼珠地盯着屏幕上的画面，韩胜喜跑步的姿势，两人穿着打扮上在夜色里分不出具体的颜色和区别,两人面部的轮廓在画面上也没有明显的区别,两人的脸上的表情都是紧张中带着仓皇,可怎么解释这一南一北两个路口都看见相似人像的结果呢?他默默地盯着画面一声不吭,仿佛是要从中找出答案。监控室里一屋子的人都静静地等待着,谁也没有发出一点声响,过了好一会儿高克己揉揉眼睛说道:"我是不是眼睛有点花了,这个屏幕上显示的时间是二十一点四十五分零三秒,韩胜喜从东面的那个路口跑过去,可西面的那个路口显示的是二十一点四十五分零六秒,你们谁能给我解释解释,一个人怎么能在这么短的时间里飞奔着跑过两个相反的路口呢?"

"好像世界百米冠军也不行吧。"袁竹林搭腔说。

"你废话,百米冠军是奔一个方面跑,你见过百米冠军把自己劈成两半分开跑的吗?"郭玉昕撑了袁竹林一句。

电光石火间这句话击中了坐在屏幕前的高克己,他不由自主地浑身颤抖了一下,转过身来对郭玉昕说:"你说得对!这压根就是两个人!"

"你说什么?"郭玉昕瞪起眼睛看着高克己说,"你说是两个人?"

"对!是两个人。"高克己斩钉截铁般地说,"我们其实都被自己绕在里面了,都受了先入为主的影响,认为发现嫌疑人韩胜喜就发现了重要的线索,但我们为什么不能另辟蹊径地考虑一下,这个韩胜喜是独立作案还是有帮凶,也许他身后还有什么人呢?"

郭玉昕点点头说:"你是说,韩胜喜这个人不是咱们想象得这么简单?"

高克己说:"我建议你带着这些资料咱们一起去找老疙瘩商

量一下，我从新疆调查回来的一些情况你也有必要知道。"

郭玉昕转身对小黑说："让他们把刚才看到的视频都给我复制下来，另外，今天晚上的事情谁也不许往外说。说了，就是干扰警察办案！"

二十五

铁路老宿舍内圈里的小砖楼三楼是李正弘的家。今天李正弘破天荒地勤快了一次，认真地擦了擦桌子墩了墩地，像小猫洗脸似的搞了下客厅里的清洁卫生，然后清洗茶具烧水沏茶，再然后坐在椅子上等着敲门的声音。他抬头看了看墙上的钟表，时针已经走过了凌晨一点钟，如果按照二十四小时制的话，现在已经算是今天了。他是午夜时分接到高克己的电话，电话里没有客套，开门见山地表达出中心思想，那就是立即、马上要向你汇报情况并讨论案情，同时不管你愿不愿意能耐梗和圆珠笔也一起去你家，咱们按照以前的老规矩通气儿碰头。高克己语气里的坚决和笃定是这些年来从来没有过的，仿佛是不容置疑地吩咐李正弘必须这么办一样。

看到高克己他们三个人进到屋里坐下，李正弘把目光移到郭玉昕身上，看见他胳膊上打着夹板用固定支具套在脖子上的样子，李正弘心里泛出股酸楚的怜惜，顺手把茶几上的杯子向郭玉昕的方向推了一下，这个细微的举动高克己和袁竹林都看在眼里，他们不约而同地将目光转向郭玉昕。郭玉昕也被李正弘变相敬茶的动作震颤了一下，自从他们俩在师傅姚个奇的灵堂上闹了这么一出之后，郭玉昕的嘴里更是没说过李正弘一句好话，也使两人本来就紧张的关系搞得更加对立和突出，这次他能来李正弘的家里还是高克己特意安排的，跟他说照老规矩咱们找个地方开个碰头会，你们家太远，老疙瘩家离得近，再说我和老五出差回来也得跟领导见一面交差吧，你去了可以不谈交情只说案情，毕竟这个重大线索是你发现的等等，他才答应一起来。否则依着能耐梗的一贯做派，早就扭头走人了。现在人家把茶递过来了，虽然姿态不高但也表达出亲和的态度，郭玉昕扭动下身子哼了声说："你这算干吗，是给三哥倒茶呀还是打发要饭的？"

没等李正弘回答，高克己抢着说道："郭老三你怎么回事，有好话没好说。人家李处……老疙瘩给你喝茶，你别白吃馒头嫌面黑。"

袁竹林点头说："对，对，总挑肥拣瘦，瘦的。"

郭玉昕晃晃脑袋说："瞧瞧你们俩这个溜须拍马、迎风接屁的造型，哪有半点老同志的样子。他是你们的处长不是我的处长，我今天最多就是个爱管闲事、有正义感的群众向警方反映破案线索，你们得对我客气点。"

高克己有点不高兴地说："老三，来的时候咱可是都说好了，别大家给面子你往地上拽。你是不是警察了，但我们都当你是哥们儿呀，谁也没把你当外人啊。况且你自己也没把自己当外人，否则这件事你干吗热血沸腾地帮忙？檐末虎要在一准又得说你吃头份拿头份，坐在中间充大辈，满嘴胡呲外国字儿，一本正经掺和事儿。"

提到颜伯虎,在座的几个人猛然间像定格似的都怔住了,他们心里几乎同时想起久违的那个场景,一帮人围坐在一起提炉夜话,坐在他们身边的是姚个奇、成玉坤还有颜伯虎。少顷李正弘才摆摆手说:"算了,老三要是嫌我沏的茶不好,喝完这壶咱换新的。现在已经是凌晨一点多了,咱们赶紧说正事,你们想怎么开始。老规矩?"

高克己说:"复盘吧,按照咱们哥们儿以前的做法,事情从后往前捯,资源共享,每个细节都别放过,合得上龙门的线索就继续往下捋,合不上的先搁置,等待有其他线索归拢的时候再合并。"

袁竹林和李正弘都点头表示同意,大家一起看着郭玉昕,郭玉昕被盯得有点不好意思,端起茶杯喝了一口,然后扯开嗓子将刚才发生的事情详尽地叙述了一遍。最后补充道,现场的照片和视频我手机里都有,马上就发给你们看看,估计现在当地所属的公安部门已经出完现场了,他们掌握的资料和证据还需要老疙瘩白天去协调一下,也给咱们资源共享。李正弘说这个没问题,天亮我就给刑侦那边打电话让他们去沟通协调。袁竹林举着手机里的视频说,来的路上我仔细地研究了视频里的画面,得出的结论和老二一样,里面的韩胜喜是两个人,也可以说是长得一样的两个人。这句话让郭玉昕皱了皱眉说,你的意思我没明白,怎么叫长得一样?是一个戴着韩胜喜面具的人和他一起作案吗?这么做有什么意义吗?这不是明显地暴露目标露出尾巴给别人看吗?再说了仿真面具真有吗?你们是不是老外的电影电视剧看多了?!

李正弘喝了口茶说:"自从你们还在新疆时跟我说韩胜喜已经不在人世的这个情况,我就责令刑侦和内保支队联系当地公安分局和派出所进行调查。调查的结果今天我再说一遍，那就是韩胜喜现在的个人资料是真实和齐全的。他有一个姐姐，本人是家里的独子，没有任何兄弟或者孪生兄弟的记录。"

高克己说："孪生兄弟这条排除了，假如我们再把化装易容和仿真面具这条也排除了，可怎么解释两个韩胜喜呢？"

郭玉昕摇摇头说："解释不了。除非是某个人按照韩胜喜的模样整容，可我实在想不明白，他长得又不是一个明星脸，照他的模样整容有什么意义吗？况且整容也不是一朝一夕就能整成的。谁去花这么大的心思和钱整成个普通人的样子呢？这说不过去啊。"

李正弘点点头说："是说不过去。除非有人能从中得到最大的利益。"

高克己接着说："韩胜喜又不是什么大财阀、上市公司老板，他的经济状况虽然算是富裕但谈不上肥得流油吧。说起来了解他的还得是能耐梗。"

郭玉昕斜了一眼高克己说："别看都在一条街上，但生意是各人做各人的，不过我倒是可以从他门面和家具厂的情况推断一下，一年下来两边买卖加在一起挣不了多少钱。更何况又赶上疫情呢。"

李正弘急忙摆摆手说："你们别被我的假设限制住呀，我说的最大利益，不光是经济上的利益，是否还有其他别的状况呢？"

郭玉昕说："据我所知，韩胜喜和他老婆的关系很和谐，两口子多少年来基本上没闹过纠纷。要不然以前生个儿子，时隔好多年又鼓揪出来一个呢。当年国策执行得挺坚决，两人让街道干部和居委会的大娘追杀得东躲西藏的，最后还是把孩子生下来了，从这一点上看说俩人是患难夫妻也不为过。"

半晌无语的袁竹林猛然插上一句话："没有经济上的企图，没有情感上的纠纷，那就只剩下作奸犯科了。所以现在我老话重提，当时师傅被害目击者看见的和监控里留下影像的那个嫌疑人，到底是谁？"

李正弘和袁竹林将目光投向高克己和郭玉昕，因为当时现场辨认的时候是他们俩极力地给韩胜喜作证，证明他有不在现场的证据。高克己和郭玉昕也是一脸茫然，因为他们俩的确证明了韩胜喜不在作案现场，是跟他们一起在高速行驶的火车上见义勇为呢。袁竹林环顾下四周继续说道："咱们这几个人里最初对韩胜喜提出怀疑的就是伯虎，老二和老三你们也别埋怨他为嘛不告诉你们，还瞒着你们自己在柳青镇查寻线索。其实他是太信任你们了，信任到对自己发现的线索都有质疑的态度，所以他才决定先不跟你们通气。"

高克己闻听懊丧地叹了一口气。

郭玉昕则用惋惜的口气感叹道："不管怎么说，他也要跟我说一声啊！"

袁竹林说："最不能说的就是你，伯虎担心自己会有闪失，才提前把自己对韩胜喜所有的怀疑都告诉了我，就是怕有一天他出状况没人知道这个线索。"

高克己看着身边的袁竹林点点头说："怪不得这次出差你这么大方这么踊跃呢，一改你钱串子的风格，又是花钱买东西，又是跟着我使劲追查，原来你心里始终惦记着这个事啊。"

李正弘对袁竹林说："师傅这件事先不说有点跳，说说今天晚上的凶杀案，作案的罪犯和前几起案件有联系吗？"

"有联系！"郭玉昕举着手机说道，"我注意到死者强子的创口，是刀伤。来的路上我也脑补了一下凶手行凶的画面，很有可能是强子藏身的地点被凶手发现了，他惊慌失措地跑出来，凶手兵分两路对他进行堵截。他被凶手堵在第一案发现场，凶手追上强子先是一刀刺入心脏，然后又一刀刺入他的颈动脉，这两刀干净利索又极其冷血。然后才将强子的尸体拖入草丛里隐藏起来。"

"老三你慢点说。"李正弘抬手往下压了压说，"你的形容我没明白，干净利索就可以了，冷血的含义是嘛？"

郭玉昕边用一只手比画边说："你们没练过武所以不理解我说的意思，这个创口是凶手先前一刀已经足以致命了，但他习惯性地在强子的颈部又补上一刀，就是这手补刀加速了强子的死亡，你们都知道颈动脉的薄弱和受创后的不可逆，这样的刀法无异于杀猪放血，所以我才说凶手杀人时是冷静和残忍的。对比我之前看过伯虎身上的刀伤，从创口和部位上判断是同一个凶手所为。如果再能看到师傅当时的伤口，那么我这条思路就更清晰了。"

李正弘听完郭玉昕的话立即站起身，从屋子里拿出个笔记本电脑放在郭玉昕眼前说："这是我办公用的电脑，里面有师傅遇害时的照片。"

郭玉昕拿过来看了一眼，又举着手机里的照片凑过去仔细比对了一阵儿，然后抬起头对大家说："我认为师傅、伯虎和强子身上的刀伤是同一个凶手所为，具体技术上的判断我在这儿不赘述，建议老疙瘩天一亮就给咱们处技术部门把这些资料发过去，他们鉴定出来的结果会比我说的更科学。"

袁竹林点着头说道："鉴定红伤这类的功夫你比我们都强，强得多。你说是基本上就定性了，既然凶手是一个，那就我们可以合并线索。"

始终没有参与讨论的高克己拿过来郭玉昕眼前的电脑，仔细地看了一会儿说："我也同意老三的判断，如果我们现在就设定这三起案件凶手是同一个人的话，每起案发的时候他有没有帮凶协助作案，如果有，起到的作用是什么？后面要做的就是集中我们的智慧和想象力，还原这三起凶杀案的本来面目。强子这起案子老三刚才叙述和推理得就很有道理，哥儿几个谁来推理一下伯虎遇害的案子？"

袁竹林清清嗓子说道："从接到报警到出现场我都一路跟着李，李处……"

李正弘挥手打断他说："这是在家里，大家又都是师兄弟，没必要称呼官职，跟以前一样你要不叫我老六，要不就叫我老疙瘩也行。"

郭玉昕说："对！省得老五你说话总打嘟噜。"

袁竹林白了郭玉昕一眼继续说："伯虎遇害的现场全程我都看了，当时刑警队勘查后的结论是现场至少出现过三个人的行为轨迹，我也尝试过还原伯虎遇害前的行动线，得出的结论是他肯定在第一时间发现了嫌疑人的行踪，然后快速打电话找咱们之中的某一个人联系支援，可惜没有联系上。后来他追踪着嫌疑人来到案发地点铁路既有线一百三十二公里的地方，嫌疑人安放炸药时他发现并出手制止，这里有一个细节我注意到了，那就是当时伯虎已经打开了警用甩棍。"

郭玉昕说："这说明他已经做好了搏斗的准备。"

袁竹林说："对！可是他没有留下任何搏斗痕迹就牺牲了，这对一个从业多年的老警察来说是不可能的，那么我就有理由推测，他当时肯定是受到了突然袭击，或者是很惊恐的事情让他瞬间没有了防备。但是这个突然袭击是什么呢？我没有想明白。"

"你说的这个突然袭击，就是他看到了两个韩胜喜！"高克己冷静地说道，"我接着你的推断说，老四伯虎发现并确认了在铁路上进行破坏的嫌疑人就是韩胜喜，职业的敏锐和操守让他挺身而出想去抓捕对方，可就在这个时候他身后又出现了第二个嫌疑人韩胜喜。这个突如其来的情景使他在惊愕间产生了瞬间的判断失误，也就是在这个时候韩胜喜才突施杀手将伯虎刺倒在地。"

"你等一下，这里面有个问题需要弄明白。"李正弘看着高克己说道，"按照你的解释，伯虎是追踪着韩胜喜来到铁路上的，那么另一个嫌疑人，也就是第二个韩胜喜是始终跟在伯虎身后的，可是凭着伯虎的能耐，他不可能感知不到来自于身后的跟踪和危险。就算是第二个韩胜喜也具备和伯虎一样的能力，善于隐藏跟踪，但在铁道上又行走了一段路，这个时候伯虎应该知道身后有危险存在了。"

高克己点点头说："你说得对！那就只有一个解释，两个嫌疑人共谋，事先制订了整套犯罪计划，确定了犯罪的地点，第一个韩胜喜引诱伯虎来到事先预设的作案现场，那个第二个韩胜喜随后赶过来！"

"那他之前去做什么了?"郭玉昕疑惑地问道。

"他去杀你了!"高克己斩钉截铁地回答道。

这句话让郭玉昕有点不寒而栗,他不由自主地颤抖了一下,联想到河边的那场车祸他不停地点头,像是喃喃自语又像是冲高克己问询一般地说:"他怎么没撞死我呢?"

高克己紧皱着眉头说道:"这个我没办法解释,也许是他选错了撞击的位置,也许是他驾驶技术不好或者是你命大,也许是他在行凶前突生恻隐之心,念及你们两人以往的交情才没有痛下杀手把你置于死地。但有一点我能负责任地说,凭你们两人驾驶汽车的大小、自重和当时的速度上推断,他就是不把你撞进河里,也是有能力撞翻你的车并且来回碾压直至翻滚起火的。假如是这个结果,你今天就很难坐在这儿了,老三!"

郭玉昕冲口骂道:"操!要这么说,我还得感谢这个王八蛋手下留情呀。"

高克己摆摆手说:"感谢的话你以后直接对他讲吧。他撞完你之后迅速赶到铁路上与凶手会合,对伯虎形成夹击的态势,我推测伯虎就是受到这个突然发生情况的刺激,一时间无法确认才着了凶手的道儿。"

袁竹林问道:"那师傅呢?师傅的遇害怎么解释?"

高克己说:"我们假设整件事情都有设计,那么师傅的死也是经过事先预谋的。现在我们来大胆地假设一下,当石击警卫列车这件事发生后,现场的遗留物引起了我和大家的注意。然后才有了师傅想去独自调查的事情,师傅在调查中肯定触及罪犯的踪迹,于是他就想行凶杀人掐断师傅摸排到的线索。"

郭玉昕焦急地说:"问你师傅是怎么遇害的,你说这么多前缀干吗?!"

高克己说:"你别着急,听我把话说完。当时在柳青镇处理列车上突发事件时韩胜喜和你我一起上的车,这也是师傅遇害的事情发生后,我们俩和车上的乘务人员都极力给他出具不在现场证明的原因。我想说的关键节点就在这里,如果罪犯早有预谋,那么韩胜喜看见我们都在火车上,他会在第一时间通知凶手,也就是第二个韩胜喜去实施刺杀行动。师傅那段时间经常在老三的店铺里驻足休息,肯定和韩胜喜有过接触,所以当第二个韩胜喜出现在店铺里的时候,师傅见是熟人首先在心理上没有了戒备,他随便扯了个谎就能取得师傅的信任。"

"你说得是,韩胜喜是来过我店里,我也给师傅介绍过。"郭玉昕懊恼地说。

"师傅难道就没有任何的警觉吗?"郭玉昕不甘心地追问道。

"也许有过一丝的警惕,但很快就被熟人的概念蒙蔽了。况且那个时候咱们刚和师傅通完话,师傅的语气里很开心也很兴奋,这说明他有调查结果等着我们回去分享。这个时候凶手适时地出现并提供出所谓更大的线索,很大程度上麻痹了师傅的警觉。接下来的事情是我很不愿意推测的,凶手带着师傅来到预设地点,然后趁他老人家不防备连续两刀刺向他致命的部位,师傅当时可能是一点儿反抗都没有就倒在了地上……"

李正弘听完高克己的话沉痛地点头表示赞同,"克己说的这个结论我能接受,而且逻辑上也是合理的。但有一点儿我想不通,那就是凶手韩胜喜为什么刺了伯虎三刀?而且他在刺杀师傅和强子的时候都是两刀,且刀刀凶狠,直接索命。如老三所讲,此韩胜喜使刀训练有素,是个行家,出刀狠辣,冷血残忍,但为何在对伯虎行凶时多刺出了一刀呢?"

郭玉昕说:"我也想不通,不瞒你们说,住院的这几天里,我曾经尝试过凶手使刀的手法和力量,也模拟过凶器的长度,可以确定地跟你们说,他用的是反手握刀的姿势,这种握姿的好处是能更好地用手腕的力量去攻击对方,且动作中还不容易脱手,此外还有个好处就是反手握刀和胳膊贴得很紧,强于隐蔽,不易被对方发现。这种握法是受过专业训练的人才具有的姿势,比一般罪犯正握的姿势要强很多。我必须强调一点,不是说正握不好,正手握刀相比较而言使着很顺手,也容易发力,打斗起来得心应手,还有个重要的因素,那就是正握刀刀尖朝着对方,会给对方造成很大的心理压力。"

李正弘接着说道:"可我们的对手恰恰是一只蜷伏的蛇啊,蛇的本性是猛然出击,一招致命。"

郭玉昕说:"这就是我给你们解释正反握刀的原因,受过专业训练的凶手是知道如何才能将凶器发挥出最大的威力而不是压力的。"

在他们说话的时候高克己不停地拿着笔在桌上画着,郭玉昕话音刚落,高克己用手中的笔戳着桌子发出响声,意思是有话要对大家说,看着大家目光都向自己集中过来,他将纸张朝桌子中间推了推说:"我有个问题始终缠绕着解不开,说出来恐怕会影响大家现在的节奏。可既然是问题我想还是说出来好,你们觉得对就讨论,不对只当我没说。"

这次轮到李正弘有点不耐烦了，他冲高克己说道："老二，真不怨大家说你窝囊废，你看你提个问题还这么磨磨叽叽的，怎么想就怎么说呗。"

高克己点点头环顾下四周说："我开始也是想回答老疙瘩的问题，就是为什么凶手会朝伯虎刺三刀，可我怎么解释也解释不通之后发生的事情。先说伯虎受的伤肯定很严重，但的确不足以在短时间内致命。这才有伯虎拼尽全力用血衣盖住信号机发出警告的情形，同时他还在弥留之际给我发出个字母H的信息，这些都说明凶手行凶时很不稳定，至少不是老三形容得那么从容冷静，否则干吗伯虎还能示警和发出信息呢？"

"这也许跟当时作案现场有关系，现场是高路基，视野开阔，加之脚下又是石砟和钢轨，不像平地那样能站稳。再说又是大白天，凶手手忙脚乱没刺中要害也说得过去啊。况且就这三刀也足以让伯虎丧命了。"袁竹林说。

"那么好，我跟着的问题来了。师傅姚个奇遇害的时候他的随身物品基本上都没有找到，更不要提手机了，这些东西是谁拿走的？"高克己问道。

"肯定是凶手拿走销毁痕迹的。"袁竹林答。

"强子被杀的现场有没有发现他的随身物品和手机？"高克己又问道。

"没有，发现强子尸体的时候除了口袋里的钥匙，什么都没有。"郭玉昕说。

高克己把手中的笔朝纸上一扔说："这就是我画的三起案件的关联线，你们看了就一目了然，为什么师傅和强子被害以后他们身上的东西,包括最重要的手机都被凶手拿走或销毁了,既然这两起案子他都知道销毁证据,掐掉线索,不给咱们留下尾巴,可在老四伯虎遇害的现场偏偏留下了这个最重要的物证呢?你们谁能给我解释一下!"

此言一出,在座的几个人都面面相觑,谁也不说话了。停顿了好久,李正弘才沉吟一下说道:"你说的这些也只是假设,也可以有很多种推测,但现在我们几个人谁也给不出你确切的答案。既然咱们有约定,那就按照老规矩办,下不好的棋不下,旁支出来的线头捋不顺先搁置。先集中精力研究主干线索,合并同类项,尽快还原整个案件的起承转合。"

郭玉昕和袁竹林都点头称是,唯独高克己仍旧盯着眼前的纸笔有些不死心地嗯了一声。李正弘说:"咱们继续往前推演,凡事有因就有果,此事的起因就是克己在石击列车现场发现的弹射装置,而这个装置在座的都很清楚,简直就是二十多年前'9·30'案件里那个爆炸装置的翻版,一石激起千层浪,所以师傅和你们才要执着地去追查这条沉寂多年的线索。随后发生的事情大家都是亲历者,我就不多絮叨了,现在我想提醒大家的是从石击列车开始,到眼下的各起案件有没有必然的联系?如果有,罪犯是'9·30'的余孽还是借此装神弄鬼的知情者,如果有,他后续的犯案点在何时何地?如果有,现在我们已知的这两个穷凶极恶的罪犯,他们的终极目的是什么?"

高克己低着头摆摆手说:"师傅在世的时候总跟我们说,分析案情讲究细节,侦破案件追求证据。我们还需要大量的细节和证据来支撑我们的判断呀。"

"现在都什么年代了，以平海铁路公安处的技术力量完全可以给嫌疑人上手段，"郭玉昕大声地说道，说完像是想起什么似的看了李正弘一眼，"如果程序上有问题或者很麻烦的话，我让我的弟兄们去办，给我点时间黑他个手机不算嘛难事。"

"恐怕来不及了。"高克已依旧低着头焦虑地说，"我现在可以确切地说发生的案件和'9·30'都有联系。甚至从开始看到弹射装置那一刻起我就感觉，当年的那个老冤家又转回来了。玉昕、竹林你们俩还记得伯虎活着的时候我们开过一个讨论会嘛，当时我就提出来，发生的几起案件总感觉好像有人在提醒我们，提醒我们关注柳青站，关注柳青镇。我们好像是被人牵着鼻子走啊，虽然这两起案件都是以危害公共交通工具、制造危险事件为前提的。假设这些都是小动作，那是给以后更大的危害行为做准备。那么现在他们就好比把普速列车换成了高铁动车，提速朝着预设的目标奔去，尤其是行凶杀人以后他们应该加快了作案的节奏，所以说当下再上手段、上措施根本不会管用，我敢打赌现在韩胜喜的手机肯定处于关机状态，而且手机和卡号早就处理完了，他和同伙的联系也启用了新的手机和号码，甚至是我们不知道的另一种方式。他们比咱们快呀，现在犯愁的是没有办法确定他们要干什么啊。"

李正弘说："预防犯罪和在罪犯行动之前制止他们要造成的危害行为，说得容易做起来难啊，纵观我们平海铁路公安处这些年走过的路，不都是在追赶罪犯的脚步吗？不都是罪犯先出招，我们再见招拆招吗？从某种意义上说，我们还做不到料敌于先防患于未然呀。"

郭玉昕斜了一眼李正弘说:"老疙瘩我就烦你这个腔调,说着说着就转,现在还没到让你总结发言的时候。"

这次李正弘没有搭理郭玉昕的嘲讽,而是把目光投向旁边一直低头在纸上画着线条的高克己,他知道此时高克己正在像搭积木一样,把掌握的线索一块一块地拼接上去将之形成个完整的建筑,而在对细节的分析和联系上高克己的能力是优于他们几个人的。

屋子里出现了暂时的沉寂,大家仿佛都在苦思冥想自己提出的问题,这种自问自答式的形式让他们可以展开丰富的想象,但同时也会陷入众多的线头中找不到拆开线团的办法。过了好久,高克己放下手里的铅笔抬起头说:"谁能给我来支烟,我想抽支烟。"郭玉昕闻听,急忙从口袋里掏出烟盒抽出支烟递过去,高克己点上火深吸一口吐出长长的烟雾说:"好久没抽烟了,真感觉有点……我记得师傅以前说过两句话,第一,审视罪犯不光要看他自身,还要看他的周边、他的朋友、亲戚和社会关系。第二,罪犯这些亲戚、朋友和社会关系中有哪些是离他犯罪最近的人。换句话说,就是罪犯直接或间接从这些关系中取得情报信息,获取犯罪资源的人。"

袁竹林似是有些领悟地说道:"你的意思是说,韩胜喜几次三番都针对铁路和铁路设施实施犯罪,那他就应该有熟悉和了解铁路的社会关系。可是按照现在收集上来的信息显示,韩胜喜的生活环境和工作环境跟铁路八竿子打不着呀,他家里也没什么亲戚朋友在铁路上工作呀。"

高克己猛抽了口烟朝袁竹林说:"直接的关系没有,间接的关系也没有吗？假如这个间接的关系获取的资源比直接的关系还要大呢？"

袁竹林摇摇头说："我有点听不明白。"

郭玉昕反而猛地一拍桌子说："老二，我可能有点明白你的意思了！"

说完这话高克己和郭玉昕两人一对眼神儿，都将目光移向李正弘，弄得李正弘有点莫名其妙。高克己沉吟一下说："老疙瘩，接下来我要问你的事情可能会涉及个人隐私，但我恳请你不要拒绝回答，要如实地跟哥儿几个说明白，你能做到吗？"

这话好像是和风细雨间突然转化成了暴雨雷电，弄得李正弘有点摸不着大门找不着北。他急忙说道："老二你这是什么意思？怎么说着说着跑我这儿来了呀。"

高克己看着李正弘说："据现在已知的资料和信息，韩胜喜自己没有这方面的关系。但我想起来在处置列车上持枪携带炸药的案件中，我和老三在柳青火车站站台上遇到给列车上餐料的韩胜喜，他告诉我们因为疫情的原因员工减少，自己是给儿子的公司打工往车上送食品。当时因为情况紧急，我们都没在意，也没多想，但事后我得知韩胜喜的儿子只是这家公司的经理，而这家公司真正的老板就是……徐雅晴！"

郭玉昕接着说道："老疙瘩你跟我们说实话，你和徐雅晴的关系现在到底走到什么地步了？是离了还是没离？是分居还是住在一块？她在外面公司的状况你到底知道还是不知道？我们不是纪委的，你也不用害怕。"

此时的李正弘阴沉着脸，嘴唇像粘了黏合剂一样绷得紧紧的。

高克己伸手按住郭玉昕继续说："老疙瘩，我无意窥视你的隐私，只是想知道雅晴的公司是不是常年跟铁路系统签约，为列车上送餐料送食品。如果常年负责这项业务，那么该公司一定掌握普速列车和高铁动车的列车运行图、火车时刻表等等资料，因为她要排出送货时间。尤其是遇有重点列车和警卫列车时，一定会提前通知该公司某某次列车不用运送餐料和食品，或者是清楚地告诉他们送货的位置，并标明某节车厢不可靠近等警示语。这些东西外行不知道，但熟悉铁路运输的内行一眼就能读懂其中的奥妙。"

袁竹林惊讶地说道："照你这么说，徐雅晴的公司跟铁路有联系，而韩胜喜的儿子又是这家公司的经理，那么韩胜喜就有机会获得他想要的信息。"

高克己说："我这只是推测。但推测要建立在事实证据的基础上，现在的线索和线条逻辑上是圆的，只需要确定最终的集合点就能归拢。所以我才问老疙瘩徐雅晴公司的业务情况。"

李正弘狠狠地咬咬牙从嘴边吐出两句话："她公司具体的事情我不知道。据我所知是有对列车上的配餐业务，但凡是和铁路有业务往来的公司都如克己说的那样，都会提前知道列车运行的相关信息。"

高克己点点头说："韩胜喜有信息来源了……"

李正弘破天荒地抓起郭玉昕扔在桌上的烟盒，双手颤抖地慢慢抽出一支烟，放到嘴边点上火吸了一口，声音低沉地说："有个事情你们不知道，昨天晚上指挥中心给我来电话。让我明天早上，现在应该是今天早上了，去铁路调度中心开会领任务……"

"什么？你再说一遍！"高克己惊呼道。

"今天早上去铁路调度中心领任务。"李正弘答道。

"我知道了，韩胜喜最终的目标是……"

"警卫列车！"

屋子里的几个人同时喊出了这个答案。

二十六

徐雅晴醒过来才发现自己被人用绳子紧紧地捆绑在椅子上，她使劲挣脱了几下没有任何松动，想喊人才发现嘴上被严严实实地贴上了胶条，这个姿势简直让她感觉到无比屈辱。因为捆绑她的人，就是她一直信任的小跟班，那个被高克己称为小鲜肉的经理——韩瑶。

自从离开平海公安处下海经商，徐雅晴一直保持着个习惯，睡觉的时候手机设置静音免打扰，然后一觉睡到自然醒。与其说是工作悠闲不像当警察时那么紧张疲惫，还不如说是对以前白加黑连轴转的职业的一种补偿。当然这种状态还来自于对丈夫李正弘的失望，因为行业内的规定，两口子不能在一个单位供职，为了让李正弘能顺利地干好工作，徐雅晴选择了离开。虽然她可以去铁路法院、铁路检察院这些司法部门，但她还是决定既然走就走得彻底点。在以后的日子里她和李正弘的分歧越来越大，吵架冷战直接影响到两人的感情生活，她把当年当警察的脾气使出来了，一甩手离家出走搬到外面去住，形成了实质意义上的分居。

原本打算李正弘能低头哈腰地接自己回去，没想到李处长的脾气也上来了，家就在这儿放着，你爱回来不回来。心高气傲的徐雅晴干脆直接提出来离婚，为了让李正弘相信这个决定是真的，她从下属的员工里挑出来容貌俊朗的韩瑶给自己当助理，并且做出一副亲密的姿态，走到哪儿都带着这个小帅哥，明里暗里给李正弘传递个信息，要么离婚，要么服软，要么就私人赠予你一顶小绿帽戴着。上次回家是为了试探李正弘的态度，没想到遇上了高克己，两人喝得脸红脖子粗，差点动手，气得她把想好的话收回去，又拿离婚刺激了一下李正弘，李正弘借着酒劲告诉她就是不离婚，虽然这个答案没出她的意料之外，但她还是期望李正弘能变回自己最初喜欢的模样。

睡醒起来的徐雅晴洗漱完毕拿起手机看，屏幕上显示未接来电有十几个，再仔细看是李正弘打来的。她正纳闷今天太阳从西边出来了，李正弘这么拼命地给自己打电话干吗？还没容她多想，高克己的电话又顶了进来，她边按下免提将手机放在桌上，边打开化妆品在脸上轻轻涂抹，听筒里传来高克己焦急的声音，告诉她李正弘现在去开会不方便打电话，让自己转告她今天无论接到什么通知和信息都要自己处理，同时千万不要让韩瑶接触从铁路调度方面传递过来的通知。她想追问个究竟，对方却匆忙地挂断了电话，做过刑警的徐雅晴马上意识到可能会有问题，但她还是决定亲自去公司一趟，毕竟电话安排不如自己处理踏实。可就在她刚拿完通知踏进公司办公室的那一刻，隐藏在门后的韩瑶给了她重重的一击。

韩瑶本来是偷偷溜进徐雅晴的办公室里，想查看近两天标注出来的重点列车车次和时刻表的，他知道此类东西只会以通知或文件的方式先送到徐雅晴手里。没想到门外传来徐雅晴开门的声音，他急忙藏在门后抄起木椅上的花瓶给徐雅晴来了一下。他不是不听徐锦江的话，假如遇到危急情况一定要灭口，别留证据，而是他没这个胆子杀人。更为要命的是，当他正把徐雅晴捆绑在椅子上时，保洁大姐推门进来将眼前的情景看个满眼，随即大姐惊叫着撒腿跑出门外，留下了惊慌失措的他和昏迷状态中的徐雅晴。韩瑶慌乱地翻动着徐雅晴的包，找到文件用手机拍照后传给徐锦江。

慌乱中以前的那一幕不断地在他眼前闪现，当他得知徐锦江是自己亲爹时很愕然，开始还以为是韩胜喜和自己开玩笑，换了身衣服让儿子辨认一下是否能认出这个爹。毕竟这个爹平时不修边幅，一身衣服不穿到飞边破口不带换新的。但当他从对方娓娓道来的叙述中得知事情的原委，又从对方拿出无可辩驳的证据里得知他才是自己的亲生父亲时，韩瑶瞬间像遭到雷劈一样跌坐在地上，好半天缓不过神儿来。徐锦江把他从地上搀扶起来，和颜悦色地跟他说帮亲爹办好几件事后亲爹就带你远走高飞，咱们出国离开这个鬼地方。他诧异地看着徐锦江问道我跟你走了，我妈妈怎么办？还有小弟怎么办呢？他们也一起走吗？徐锦江听完他的话脸上的笑容旋即凝结了，半晌才说道那是他们一家人的事，是张廷祥这个潜逃了二十多年的罪犯的事情，他当年炸火车、杀人越货、干了很多坏事，公安民警一直在追捕他，说不定哪天他就锒铛入狱了，还说不定哪天他瞧你不顺眼再把你杀了，傻孩子，爸爸是给你一条出路啊。韩瑶被说服了，他开始将徐雅晴公司和铁路方合作的资料源源不断地提供给徐锦江，徐锦江也从这些信息资料里筛选出自己想要的东西。

徐雅晴盯着眼前慌不择路的韩瑶，用脚踹倒身边的垃圾桶向他示意，让他把自己嘴上的胶条揭开。韩瑶跑过来撕开徐雅晴嘴上的胶条，徐雅晴大喘出口长气说，韩瑶你到底想干什么？要钱你直接说，没必要劫持我，况且有人看见你行凶肯定打110报警了，警察分分钟就会赶过来。你要么赶紧跑路，要么赶紧把我放了，我会跟警察说你和我是劳务纠纷，你意气用事限制了我人身自由并没造成任何伤害和损失，这样对你的处理还能减轻。韩瑶说，我知道徐总你当过警察又经商做生意，你这样的人瞎话张嘴就说，我怎么能相信你呢？徐雅晴说，那咱们俩就这样僵持着等警察来吗？警察来了你更说不清楚了，赶紧把我放了。韩瑶摇摇头说，我不可能放开你，你现在把保险柜的密码告诉我，我拿到里面存放的现金马上就走。徐雅晴挪动着身子刚要说话，猛然间办公室的门被从外面踹开，高克己、郭玉昕和袁竹林从门外冲了进来。韩瑶被这突变也吓了一跳，但他随即反应过来，操起桌上的裁纸刀顶在徐雅晴的脖子上大喊道："你们往后退，谁也别过来！"

高克己急忙伸手拦住要往前冲的郭玉昕和袁竹林，朝韩瑶说："你别紧张，我们不会伤害你，你把手里的刀放下。"

郭玉昕也紧张地说："韩瑶！你把刀放下，你玩不了这个。"

从高克己他们三人闯进屋到韩瑶用刀挟持徐雅晴，短短十几秒的时间内屋子里就形成了楚河汉界泾渭分明的两方，情况的发展既让韩瑶不知所措，也超出了高克己他们三人的预想。困境中徐雅晴突然朝高克己喊道："你们跑进来干什么？韩瑶是想找我要钱，我都答应给他了，你们冲进来把事闹大了！"边喊边朝高克己不停地分别眨动着两眼。这个轻微的举动猛地将高克己惊醒，因为他从徐雅晴眨眼的频率中读出的不是恐惧而是节奏，这个节奏恰恰是他们老刑警以前约定的暗语"配合我"。

转瞬之间，高克己用眼神飞快地扫视了一下四周，他们几个人的位置，零乱的桌子，徐雅晴掉在地上的包，包旁边的信封，还有打印着阿拉伯数字标有星号的一页纸。看到这些他领悟到徐雅晴的意思了，她是在避实就虚主动将韩瑶劫持自己的事件降低维度，迷糊和干扰对方的思维意识，让他形成对局势的误判，然后再伺机解脱抓获对手。"钱的事好商量，只要你别伤害徐总，咱们什么条件都可以谈。"高克己边向韩瑶伸出手示意自己没拿任何武器，边在背后用手势告诉郭玉昕和袁竹林配合徐雅晴的行动。他坚信郭玉昕和袁竹林会理解自己的手语，配合他做出反应，营救徐雅晴。果然，郭玉昕托着打着夹板的胳膊走到高克己前面，先朝韩瑶比画下受伤的胳膊，然后指着自己的鼻子说："韩瑶，论辈分我是你伯伯，我跟你爸爸的关系你也清楚，我说话你得听听吧。"

"你别跟我提他，韩胜喜是韩胜喜，我是我，你别往一块扯。"韩瑶像点燃的炮仗一样狂怒地叫喊着。

"好，你小子有种，咱们爷俩就说现在的事。"郭玉昕上前走了一步说道，"不管你因为什么也别做蠢事呀，就算是你有你的道理，也不能挟持个娘们儿当挡箭牌吧。你看我怎么样，一只胳膊挂着动不了，我对你也造不成威胁，我过去把她换过来，我给你当人质如何？"

韩瑶用刀指着郭玉昕说："姓郭的，你别跟我耍花样。你当我不知道你会武术会功夫吗？你这套话只能去骗骗小孩子。你再往前走一步我就捅死她。"

郭玉昕说："你别嚷嚷，你既然知道我会两下子，那你大概齐也知道我在街面上的号召力吧？你拿着二两棉花纺纺（打听的意思），我郭老三，无论是黑道白道谁不给我点面子。我告诉你，你还是太年轻，一时冲动放着好日子不过，跟电影电视里学黑社会古惑仔混社会，拿着把破刀瞎比画，你会使那玩意吗？留神再把自己手指头给划破喽，你要听伯伯我的劝现在就把刀放下，我保证你全须全尾地从这屋子里走出去。"

"你骗人！你们几个都是警察！"

"我说你这个孩子脑子里有泡泡吧，我都不干警察很多年了，从你小的时候我就在街面上混了，说句不好听的，你爸爸韩胜喜都得靠我照顾着才能有生意。再说了，你看看我们三个人多大岁数了，有谁穿着警服了，谁又长得像警察呢？所以我说你赶紧放下刀把我干妹妹也放了。要不然，就算警察能饶了你，我这关你也过不去！你不信咱俩就叫一回板，只要我咳嗽一声或者打个招呼，你看你能不能走得出去平海！"

郭玉昕这番话说得气宇轩昂铿锵有力，既很好地贯彻了高克己的暗示又恩威并施不卑不亢，关键是节奏感特强，大哥范儿江湖气还一览无余，有前因有后果有威胁有利诱，行云流水一气呵成，说得韩瑶直瞪眼儿，听得身后的高克己和袁竹林一对眼神，各自在心里默念，这可真是颜伯虎给他附了体，面对危险的场面说得这么顺溜。韩瑶拿刀的手有点松动了，他迷茫地打量着眼前的三个人，头顶上黑发白发掺杂在一起，面庞上法令纹和眼角的皱纹若隐若现，尤其是穿在身上的衣服，窝窝囊囊皱褶百出，没有一点精神和利索的感觉。他哪里知道高克己和袁竹林从昨天晚上下火车到现在就没洗过脸换过衣服，几个人讨论到天大亮也没合过眼，更显得苍老和疲惫。韩瑶指着高克己和袁竹林问道："我知道你不是警察，他们俩是干吗的？"

郭玉昕朝身后竖起大拇哥说："你问他们啊，他们俩是我御用的专业催债人士，专门对付欠债不还的主儿。所以我跟你说想要钱不是你这个玩法的，如果拿着刀架在人家脖子上能弄来钱，我早就去干了，还能轮得上你吗？话又说回来，能挣大钱的买卖不光都写在《刑法》里，也得靠脑力劳动和勤劳致富。这不是他们俩刚从外地帮我催债回来，就赶上你这孩子闹事嘛，他们俩跟着我过来看看你这混蛋玩意怎么倒霉。"

"我怎么倒霉？现在是我手里有人质，我有主动权！"

"你别做梦了。我劝你趁着现在警察没来，你赶紧放人，否则警察来了，你麻烦更大，先别说来个谈判专家跟你对话，就说是周围肯定布满了全副武装的特警，特警里面还有狙击手，也会从四面八方瞄准你，到时候谈判不成功，特警狙击手一开枪打得你脑浆迸裂鲜血直流，你再想回家都回不去了！傻小子，你好好想想吧，别张牙舞爪地比画了，我是来救你的！"

这一番话说得韩瑶像触电似的四处张望，很明显郭玉昕的话是说到他心里去了，他也在心里不停地衡量着事态的发展，说实话，眼前的情形把他弄得有点云山雾罩，他不确定自己泄露警卫列车信息的行为是否被徐雅晴得知，也不确定这几个人到底是偶遇还是专门奔着自己来的，更不确定自己做的事情究竟能引发什么样的后果。但是有一点他心里始终在打鼓，那就是无论怎么着自己也罪不至死吧，况且从这几个人的话语交谈中发现，他们都的确把自己眼下的行为当作经济纠纷来处理了。心里的想法自然会通过肢体流露出来，韩瑶架在徐雅晴脖子上的刀子明显地有些松动和下滑，就在这个时候徐雅晴先是朝高克己瞪圆了双眼，突然猛地抬起双腿蹬向身前的办公室的墙，带着滑轮的老板椅被这股力量冲击着向身后的韩瑶撞去。韩瑶没想到徐雅晴猛然间会来这么一手，身子被椅背撞了一个趔趄径直朝后倒去，而徐雅晴却随着椅子向后倒去的力量侧身扭向一边。这个动作彻底将徐雅晴和韩瑶摔向两边，与此同时，高克己和袁竹林、郭玉昕像得到口令一样，几乎同时启动，朝倒在地上的韩瑶扑去。高克己、袁竹林分别按住韩瑶的胳膊，打掉他手里的裁纸刀，郭玉昕从袁竹林身后腰间抽出手铐，一只手干净利索地铐住了韩瑶的手腕。

这个时候早就接到110报警埋伏在门外的警察蜂拥而至，帮助他们控制住还在挣扎的韩瑶。此时的韩瑶冲着郭玉昕大声喊叫着："老骗子！你他妈的不是说没有警察吗？他们怎么来得这么快！"

"我可没骗你这个蠢货，人家员工打110了，现在出警比我当警察那个时候快多了！"郭玉昕指着韩瑶的鼻子说，"早就告诉你放下凶器你不听，现在束手就擒你想投降都来不及了！"

高克己上前一把揪住韩瑶的衣领，指着散落在地上的纸张，"我现在给你个机会，否则你这辈子都坐在牢里别出来了！你把这上面的东西告诉谁了？快说！"

韩瑶惊恐地看着高克己愤怒的眼睛，怯懦地垂下了头。

李正弘走出铁路调度中心，刚从安监处取回手机就看见连续几条信息，"徐雅晴没事了""韩瑶抓住了""韩瑶撂了""韩胜喜、徐锦江跑了""我们在会议室等你"，信息来源都是高克己。这是他和高克己事先约定好的，他去调度中心开会，并通知刑警队立即去抓捕嫌疑人韩胜喜和徐锦江。高克己和郭玉昕、袁竹林去找徐雅晴，如果遇到紧急情况临机处置，随时发信息汇报给他。

平海铁路公安处会议室里坐满了准备开会的人。李正弘紧锣密鼓地布置完明天要执行的警卫任务，留下刑侦支队和警卫支队的几位支队长和政委，看着其他部门的人们相继散去，他才叫来等候着的高克己、袁竹林和挂着胳膊的郭玉昕。看着几位支队领导盯着郭玉昕疑惑的眼神儿，李正弘大马金刀地介绍说，这位是我请来的专家叫郭玉昕，你们以前可能听说过他的名字，此人是咱们平海铁路公安处老干探一级的人物，和我也有渊源，因为我们是师兄弟，都是孤鹰姚个奇的徒弟。虽然他因为别的原因离开了公安系统，但始终作为我们的特情存在着，而且一直给我们提供了很多有价值的信息和线索。今天叫他参与这个分析讨论会，就是想让他给大家介绍一下我们定位的嫌疑人——韩胜喜，以便于在为数不多的时间里尽快将其抓捕归案，绝对不能让他在铁路上作案。话音落地，刑侦支队支队长就急着汇报说，我们已经将嫌疑人韩胜喜的协查通报发下去了，也和地方公安机关取得了联系，现在的情况是韩胜喜下落不明，他的老婆孩子也不知去向，目前我们正在抓紧调查，争取尽快取得有价值的线索。同时根据韩瑶的交代，对另外一个化名徐锦江的韩胜喜进行追捕，因为这两个疑犯都长得一个模样，我们在协查通报上特意做了补充描述和介绍。警卫支队支队长汇报说，我们也已经将支队里的人员都派下去了，对铁路沿线所有的警卫岗点进行全天候的巡逻和监控，尤其是柳青镇附近的铁路沿线更是增派了警力，只要发现嫌疑人韩胜喜立即进行抓捕，保证他不会漏网。

郭玉昕意气风发地给大家分析了韩胜喜有可能藏匿的几个地方和平日的行为轨迹，条理清楚、语言流畅仿佛又回到了当年刑警队的环境里。就连李正弘和袁竹林也悄悄交流了几句，感慨能耐梗又焕发了青春，看来对于他来说参与侦破案件就是返老还童的灵丹妙药。整个会议室里只有高克己在闷头看着桌上的资料，一声不吭，以至于会议结束郭玉昕叫他时还显得有点迷茫。郭玉昕说今天我可痛快了，有点咱们以前的感觉，就冲这个我得谢谢钻天猴给我这个机会。高克己头也不抬地说当年是谁说的，以后再也不进这个大门，此生和警察没关系了，我拼命拉着他，还是甩开我走了。郭玉昕有点不好意思地咧嘴笑了笑说，其实我也挺没劲的，说话不算数，但我记得咱们常说的那句话，一天当警察，终生是侠客！高克己抬起头来说，咱们得把这个侠客当好，这样才能对师傅、成玉坤和颜伯虎的在天之灵有个交代。郭玉昕说你从昨天晚上就神神道道的，到底琢磨什么呢？

高克己沉吟片刻说道："老三，我总觉得哪里不对，可又说不出来。"

郭玉昕边掰着手指边说："你是不是想得太多，脑子丢转了啊。从开始到现在你的判断一直很准确呀，从新疆回来找到了证据，确认了韩胜喜是两个人，推断出与他相关联的韩瑶，判断出他要对警卫列车实施犯罪，咱们几个人还救了徐雅晴。现在韩胜喜和徐锦江都成了惊弓之鸟，抓获他们是早晚的事情，我没觉出来哪里不对呀。"

高克己痛苦地摇着头，"就因为看着都对，我才说不清楚呢。倘若如咱们所预料的那样，这个冒名顶替韩胜喜的张廷祥是'9·30'案的逃犯，他凭什么敢冒天下之大不韪生活在平海的光天化日之下。他得确定那个叫韩胜喜的人不会活在这个世界上，才敢冒这个险，才敢整容易形，才敢把自己变成韩胜喜。"

郭玉昕说："你怎么还纠结这个事情呢？韩瑶不是都交代了，他亲爹韩胜喜没死，化名徐锦江又找回来了，然后让他帮忙收集铁路行车的情况，再然后让韩胜喜实施犯罪。等犯罪成功了，他们爷俩到国外享福去。"

高克己问道："那韩胜喜凭什么听他的呢？"

郭玉昕回答道："你这个问题问得多幼稚！徐锦江，就是真的韩胜喜，他手里掌握着张廷祥，就是假的韩胜喜'9·30'案的犯罪事实，以此为要挟，逼迫他就范。况且刑警队的汇报你也听见了，他们去韩胜喜家里抓人的时候发现他老婆孩子也没影了，这就是徐锦江用他家人胁迫他犯罪的铁证！反正都不是好东西！"

高克己点点头说："老三，你说得都对，也都符合逻辑，但我还是感觉缺点什么，感觉着不对。"

郭玉昕说："我看你是缺氧缺觉，你从昨天晚上到现在一直没合眼，精神状态不佳，脑细胞严重受损，你赶紧找个地方迷糊会吧，省得总说胡话。"

高克己猛地一把拉住郭玉昕说:"老三,我拜托你个事。我预计今天晚上抓捕工作不会有结果,韩胜喜两人肯定是藏身在早就准备好的窝点里。现在他们已经得到了明天早晨警卫列车通过的时间,而我们是没有办法更改列车时刻的。"

郭玉昕焦急地说:"窝囊废,你有嘛话就直接说吧,我都答应你。"

高克己说:"我拜托你去柳青站看看,你虽然不是我们的警卫力量进不去警戒区域,但你能从外围观察出入的人。如果发现韩胜喜,马上通知老杨与派过去警卫的尹建涛和张晓亮他们控制住他,然后及时通知我。"

这次轮到郭玉昕疑惑地看着高克己问道:"你怎么就能确定韩胜喜会在柳青站出现呢?"

"如果他出现了,就能证明我的担忧是对的,可我宁愿自己是错的呀……"

高克己把桌上堆积的资料一股脑地推开,仰起头看着窗外若隐若现的云朵。

二十七

柳青火车站派出所的民警一大早就和警卫支队的人开始巡视线路,边巡视边在每个警卫岗点上留下人上岗执勤。这是铁路公安每次警卫的惯例,提前上岗,提前巡视,确保警卫列车的安全运行。所长老杨照例带着尹建涛和张晓亮在车站里巡逻检查,上岗前他们都得知了嫌疑人韩胜喜目前还没被抓到的消息,所以打起了十二万分的精神密切关注着周围的动向。

郭玉昕把自己打扮成个候车的旅客,戴着个棒球帽,斜搭着衣服,背着个挎包,这么做既掩盖了自己胳膊上的伤,还能躲在角落里暗地观察着来往穿梭的人们。其实他从心里不太相信高克己的判断,更多地认同李正弘和袁竹林的说法,目下韩胜喜和徐锦江已经被全城通缉,他们肯定会想办法潜逃出平海市,就算是吃了熊心豹子胆,敢对警卫列车实施犯罪活动,那一露头就会被布置好的天罗地网罩在里面。况且实施犯罪也要有犯罪工具才行呀,他总不至于傻到拿着弹弓子夹上小滚珠去打火车玻璃吧,再说他也打不着啊。心里有了这些念头,郭玉昕显得很轻松,从口袋里掏出支烟悠闲地抽了起来,抽了几口他索性站起来溜达到车站广场,心想着等一会儿列车通过得给李正弘打个电话,询问下韩胜喜有没有下落,他的老婆孩子找到了没有。就在他快走出广场的时候,突然看见远处街道上,一个穿着铁路制服骑着电动车的人一闪而过,郭玉昕猛地打了个激灵,这人的身形和侧面的容貌自己太熟悉了,他正是韩胜喜。事出紧急,郭玉昕容不得多想,他一把扔掉背着的挎包向街道上追了出去,刚跑出几步就暗骂自己是个傻子,人家骑着电动车你两条腿怎么能撵得上呢?正巧路边上有辆环卫工人清洁用的厢式电瓶车停在那里,他几步跑上去不由分说打开钥匙,一只手驾驶着追了出去,把正在路旁清扫的环卫工人吓了一跳,半天没缓过神儿来,没想到自己的垃圾车也有人抢。

两辆车在街道上左右穿行地追逐着,也许是过于紧张,韩胜喜竟然没有发现身后有辆垃圾车在死死地咬着他。车子开到郊外与铁路平行的高路基下面,韩胜喜扔下车操起个背包往路基上走。这个情形被随后赶来的郭玉昕全看在眼里,他心里默念着高克己你个窝囊废,还真让你说着了,脚底下发力,迈开双腿冲了上去。韩胜喜没有钻进铁道边上的护网里,而是找了个靠近护网的地方放下包,从包里拿出个瓶子模样的东西,打开盖子往地上倾倒着液体,看样子他是要点火引燃护网外的杂草,还没等他将瓶子里的液体倒完,就听见身后传来暴烈般的喊声:"韩胜喜!住手!你想干吗?"

韩胜喜被这声音吓得浑身颤抖了一下,急忙回身看过去,才发现身后瞪圆眼睛盯着他看的郭玉昕。"三,三哥,我,我没干吗。"

郭玉昕往前走上两步指着韩胜喜说:"你他妈的跟我玩捉迷藏啊,从前天晚上到现在我找了你快四十八个小时了,真没想到你不仅不幡然悔悟,竟然还敢跑出来折腾,我还真是小瞧你这个孙子了。"

韩胜喜急忙朝郭玉昕摆着手道:"三哥,您放心,欠您的钱我一定还给您,不用您这么着急地盯着我。"

郭玉昕冷笑着说:"我不盯着你?我不盯着你就真把坏事干成功了。先别和我提欠钱的事。我想问问应该怎么称呼你呢,是叫你张廷祥还是叫你韩胜喜?或者是和你长的一副嘴脸的徐锦江?"

这句话从郭玉昕的嘴里说出来像重拳一样打得韩胜喜有点摇晃,他极力控制住自己的身体朝郭玉昕说:"你说的是什么?我听不明白。"

"别跟我装孙子了,张廷祥!难为你这么多年深藏不露地隐匿在平海,到底是老天爷有眼,因果循环有报应,你要还账就连本带利把二十多年前的账本也清了吧。"郭玉昕愤怒地咆哮着。

韩胜喜阴沉着脸看着一只胳膊挂在胸前的郭玉昕,慢慢地叹出口气说:"三哥,你都知道了。我也是没办法啊,我老婆孩子扣在人家手里呢,我得把这件事办了才能保全他们母子两人的平安啊。既然你知道详情,我也不隐瞒了,反正这件事像个磨盘似的压在我心里很多年了,说出来我就痛快了。对,你说得没错,二十多年前那列火车上的炸药是我放的,原本想炸死那个黑心的矿主的,可惜让小九和一个警察当了替死鬼。"

"你放屁!你知道你炸死的那个警察是谁吗?那是我的师兄成玉坤!"郭玉昕怒骂道,"除去他们俩,列车上还有很多无辜的受害者呢,他们都应该当你的替死鬼吗?他们的冤魂又去找谁申冤呢?看你现在说话的这个德行,你的心里就没有一点愧疚吗?"郭玉昕说话的同时在口袋里悄悄拨通了手机。

韩胜喜摊开双手说:"我有愧疚又能怎么样呢,事情已经做了,死人也活不过来了啊。不瞒你说,我这么多年一直积德行善做好事,就是为了给自己赎罪。可谁能想到老天不放过我,还拿我的老婆孩子当了筹码,我只能再做一次恶人,再办一次恶事了。"

郭玉昕又向前走了两步说:"心体光明,暗室里自有青天,念头暗昧,白日下也有厉鬼。我今天奉劝你一句苦海无边回头是岸,你现在就放下瓶子跟我走,算你投案自首。否则我就当回菩萨超度了你这个孽障玩意。"

韩胜喜听完这句话从口袋里掏出那把锉刀，指着面前的郭玉昕说："郭三哥，我今天最后再叫你一次。你别拦着我，否则我对你不客气了。"

这句话把郭玉昕气得眼眉都拧到一起了，他从腰间抻出警用甩棍"啪"的一声甩出棍子，用棍头指着韩胜喜说："你知道这根甩棍是谁的吗？是你们杀害的警察颜伯虎的，他也是我的师兄弟，是我的亲人。今天咱们新账老账一块算，我打不死你这个王八蛋，让你王八蛋打死我。"

韩胜喜摇摇头，"郭玉昕，你一只胳膊都这样了，怎么跟我打啊。"

郭玉昕咬着牙说："看过《水浒传》吗？古人武松能单臂擒方腊，我今天就一只胳膊抓你这个毛贼。"

话音落地像是发出的信号，两人不约而同地挥舞着锉刀和甩棍，向对方猛扑了过去。

平海火车站的站台上，李正弘和高克己巡视完预设的警卫岗点正要与前面的政委会合，猛然间高克己的手机铃声响了起来，他急忙掏出手机接听电话，里面隐隐约约地传来郭玉昕的喊叫声和韩胜喜的声音。高克己像触电似的把手机扔给李正弘，"韩胜喜出现了，他在柳青镇！"李正弘接过手机听了几秒钟，掏出自己的手机快速地拨通柳青站派出所的电话，让他们顺着铁路沿线火速寻找，并通知沿线警卫岗点上的民警搜索附近区域，发现嫌疑人立即抓获。

看着李正弘干脆利落地下达着命令，站在一旁的高克己恨恨地一跺脚，猛然间抓住李正弘的胳膊大声喊道："老疙瘩，我想明白了，我想明白哪里不对了！"

李正弘被高克己近乎疯狂的举动怔住了，急忙握住他的手说："你别激动，我马上叫人去支援老三，一定保证他的安全。"

高克己连连摆手说："我想明白了，我们都上当了！徐锦江真正的目标不是警卫列车，他是另有所图。"

李正弘看着眼前焦急万分的高克己有点摸不着头脑，心想发现嫌疑人韩胜喜的踪迹是高兴的事呀，他怎么反而更加急躁和焦虑起来了呢，兴许是几天来连轴转让他的神经绷得太紧了，想到这些他拍拍高克己的肩膀说："你别激动，慢慢说，徐锦江到底想干什么？"

高克己语气里透着坚决地说道："如果在柳青镇没有发现韩胜喜我还质疑自己的判断，现在能耐梗都已经和他接上火了，这就证明了我的忧虑是正确的。徐锦江是用韩胜喜放烟幕干扰和蒙蔽我们的视线，让我们把注意力都集中到韩胜喜的身上，他好金蝉脱壳去实施犯罪，完成他的最终计划。"

李正弘还是有点犹疑地端详着高克己说："证据呢？如果是你的推测和直觉，就请说得详细些。"

高克己说："我之前说过，从发现石击列车的弹射装置开始，到后来这些事件的发生，总感觉是有人在提醒我们，提示我们关注柳青站和柳青镇周边的人和事，我们展开调查也确定出可疑的目标和嫌疑人韩胜喜。但凡和铁路沾点边的人都知道我们对警卫列车的安全防卫是高效严格和缜密的，想实施犯罪的罪犯根本靠不上前，不要说车站内外、铁路沿线两侧，就连周边的厂矿学校村庄和制高点都有我们的警卫力量和民警，面对这样的铜墙铁壁只有傻子才会一根筋地干这种既达不到目的，又把自己搭进去的勾当呢。"

"那你怎么解释韩胜喜已经出现在柳青镇，并且正在实施犯罪呢？"

高克己语速变得更快，双手边比画边说："我们知道嫌疑人徐锦江就是韩胜喜，而且他从国外回来是有目的的，虽然他想诈死销声匿迹，但是张廷祥却鬼使神差地顶替了他的身份替他活在了平海。这样一来，徐锦江所有的努力就功亏一篑了，国外的老板依然会找到他让他完成任务。因为他和张廷祥共同生活过很长时间，对张廷祥的过往生活了解得细致入微，所以当他再次潜回平海后才发生了弹射装置石击列车，精神病人劫持机车，师傅和伯虎被袭遇害等事件，每个事件都指向柳青镇，指向韩胜喜。尤其是伯虎遇害时的那三刀，他是故意给伯虎留下一口气让他发出警报的，这也能解释为什么在作案现场他会给伯虎故意留下那部手机。他就是想把韩胜喜抛出来吸引我们的注意，然后南辕北辙、声东击西地达到自己的目的。这样一来，他既能报了鸠占鹊巢的夺妻之恨，又能实施犯罪全身而退，他这笔账算得真是太精了。"

李正弘被高克己的这番话惊呆了，他不由得紧紧地抓住对方的手，声音里有些颤抖地说道："如真如你所说的，徐锦江的真实目的是什么？他要实施犯罪的目标是什么啊？"

高克己举着手机，边滑开屏幕给李正弘看边说道："我手机里存了咱们平海管内的几条线路图，你开会布置任务的时候我又对照原版图纸仔细审查了一遍，现在我们以平海火车站为中心点，以平汉既有线和高铁线为辐射，分南下北上来看，警卫列车是在下行既有线上通过，而与之平行的高铁线上会在警卫列车通过后开过几列高铁动车。我这里有列车时刻表，上面清楚地标明各列车次的通过和停站时间。"

"你的意思是说徐锦江声东击西，他真实的企图是要打高铁？"

"对，他花了这么多的心思筹划，处心积虑地干扰我们的视线，真实的目的就是要打击高铁，制造列车倾覆的事件。"

"你，你怎么能证明你的推断？"李正弘的口气里明显透露出紧张和不安。

"我查阅了铁路沿线两侧五公里范围内的资料，平汉高铁线路两侧没有明显的可疑地段。但是从平海站上行不远十五公里的地方，有一处线路弧线，虽然高铁线路的要求是尽量取直线，但是在铺设枕轨时也会视路面情况适时调整。这个弧线的地方就是要避开平海河流支流的河道，而我们都知道越是靠近河道水渠的地方土质越松软，所以铁路工务部门都会定期对线路进行检查和防护。"高克己一口气说完这段技术含量值很高的话，不自觉地喘出口大气。

李正弘看着手机里的线路图问道："据我所知这些天工务部门的确是在对线路进行维护保养，但是按照规定有警卫列车通过的时间里他们应该停止作业呀。"

高克己猛地拍了下李正弘的肩膀说："那就是这个点了！运行弧线高铁缓行，线路维护施工暂停，所有的条件都符合，徐锦江设伏的地点就在这里！"

联想到颜伯虎牺牲的现场上发现的爆炸装置，李正弘身不由己地战栗了一下，但他马上稳定住心神说道："到目前为止，这些只是你的推测，我们没有任何证据。你也知道现在大部分警力都集中在警卫任务和追捕韩胜喜、徐锦江的任务上，我总不能凭着你的几句话，就从现场抽出警力去进行侦查吧。"

高克己据理力争地说："有怀疑就要去落实，有疑问就要调查清楚，有现场就要勘查仔细。这都是师傅当年教给我们的话，你难道忘了吗？现在明摆着有这么大的疑点，我们还死守在原地不做出反应，万一徐锦江真的偷袭成功，造成高铁倾覆的事件，那后果可不堪设想啊。"

"我知道你说得有道理，可现在我们在执行警卫任务啊！"

"现在既有线上所有的车站线路都在我们的有力控制下，韩胜喜也在柳青暴露出来了，我敢说附近的警力接到你的命令后很快就会赶到现场支援郭玉昕，韩胜喜不仅实施不了犯罪，被抓获归案也是板上钉钉的事。这个时候调派一部分警力去高铁沿线进行检查有什么不行呢？"

李正弘急躁地一挥手说："警卫任务，一个萝卜一个坑，一个岗位一个职责。况且你又是警卫支队的一大队队长，你不应该不懂这里面的责任吧？"

高克己点点头说："你说得对，这次警卫任务你给我安排的岗位是陪同几位处领导在站台上接车，有你们领导在，就不需要我这个芝麻绿豆大小的官了，我现在就向你请假。李处，请你批准我和袁竹林同志去上行高铁线路十五公里处进行技术侦查。"

"我不批准！"

323

"你不批准我也要去。"

"你敢违抗命令？"

"高铁列车满编将近一千多号人呢，人命不是儿戏，人血也不是胭脂啊！"

"你是人民警察，服从命令听指挥是最基本的素质。"

高克己沉默了一下说："李正弘处长你说得好啊，我们是人民警察，我们警卫又是为了谁啊？！"

这句话令在场所有人都荡气回肠血脉偾张，他们心里都知道高克己喊出来问题的答案，他们也都清楚这个答案明确地写在了和人民警察有关的各项法条和规章制度里，这是他们从警时举起右手庄严宣誓时就说出的心声，也是面对崭新的警旗警徽宣誓忠诚时的誓言。李正弘无语了，他紧紧地咬住自己的嘴唇半天才说出来一句话："真要是犯错误也轮不到你来顶雷。"说完他径直朝旁边的政委走过去说："政委，我决定了由你在平海车站代替我接车，原岗位人员一律不做调整，我带着高克己、袁竹林去上行十五公里处巡视检查。"

政委急忙说道："李处，你可是公安处主官，不能擅自离开岗位呀。"

李正弘斩钉截铁地说："就这么定了，执行吧。"

政委一把拉住他的手说："李处啊，警卫任务没小事，如果上级真的追究下来你可要考虑后果呀。"

李正弘轻轻地推开政委的手说："唯孤臣逆子，其虑也远，其谋也深，而故达也。不是我拽文，是你应该知道这段话的含义。"

政委还是不死心地说："李处，你要考虑一下你的政治生命啊。"

李正弘回过头来说:"政治生命和这么多条人命比起来,算个屁!"

高克己、李正弘坐在袁竹林的车里奔向目的地,高克己看着身边板着脸的李正弘踌躇半天说道:"老疙瘩,刚才你还真有老爷们儿的范儿,这件事做得让我由衷地佩服。"

李正弘瞥了一眼高克己说:"废话,我不是老爷们我儿子从哪儿来的?"

高克己无奈地摇摇头说:"得,你这一句话就把我溜须拍马的前缀全糟践了,我宣布收回刚才的话,算我没说过。"

李正弘哼了一声说:"你现在这个德行,让我想起来伯虎总形容你的那句话。"

"哪句话呀?"

"你是树叶过河不用桨……全靠着一股子浪劲。"

李正弘和袁竹林不约而同地说出来,噎得高克己直翻白眼儿。

二十八

徐锦江此时蛰伏在距离高铁线路不远的草丛里,看着手表默默地计算着下趟高铁列车即将通过的时间。他已经事先设置好了两处炸点,炸药和位置都是经过精心计算的,到时候拿着手里的红外线微波遥控器,只要靠近到一定的距离就能引爆炸药。想到这里他不由得有点沾沾自喜,暗地里佩服自己如戏剧反转般的神机妙算，凭借着自己处心积虑的布局，将这帮铁路公安一步一步地引向相反的方向。这个结果是最理想不过的了，既让张廷祥这个混蛋给自己做了替死鬼，又能报复他这么多年霸占自己妻子儿子的仇恨，额外的还能帮助警察们了却个陈年旧案，如果不是眼下这个身份，说不定警察还会奖励奖励我呢。想到这里，他不禁点燃一支烟慢慢地吐着烟雾，想着在出租屋里被迷昏的那娘俩，他就是凭这个要挟张廷祥去铁路沿线上放火作案的，借着烟雾他又仔仔细细地把整个计划全盘推演了一遍，最后得出的结论是，简直美轮美奂，精彩绝伦。唯一不好的是，看不见张廷祥如何被警察枪里射出的子弹打成筛子。

　　这个时候郭玉昕和张廷祥的搏斗已经进入了白热化，两人都被对方的冷兵器打得皮开肉绽，浑身是血，相比较起来，郭玉昕受的伤害要比张廷祥厉害，但是郭玉昕就像个疯狂的狮子一样，死咬住对方绝不退缩。张廷祥也被对手死缠烂打的气势吓住了，他想不到挂着一只胳膊的郭玉昕竟然还有这么磅礴的战斗力，而且武力值还相当的高，好几次打得自己头破血流。人在搏斗的时候爆发出来的体能不可能持续太久，两人打到最后几乎就变成没有防守的混打，你给我一下，我还你一下，直到打成两人都瘫坐在地上喘着粗气，互相朝对方怒目而视。张廷祥指着郭玉昕身上汩汩冒血的伤口说你别打了，再打你就失血过多死了。郭玉昕艰难地用甩棍撑起身子回应说，我死不了，要死也得看着你死我前面。张廷祥痛苦地咧着嘴说，你又不是警察何苦呢？郭玉昕冲他呸了一声，吐出口血沫子说，我当铁路公安那天起就学会一句话，一天当警察，终生是侠客。有本事你就弄死我，要不然我就抓住你！张廷祥被郭玉昕这种置生死于度外的气势弄崩溃了，站起身就要逃跑，郭玉昕使尽最后的力气猛地跃起，用一只胳膊死死地抱住了对手。两人翻滚着从坡上滚落下来，仍旧纠缠厮打在一起。

"别动，举起手来，警察！"听见喊声的郭玉昕努力睁开被鲜血糊住的眼睛，看见尹建涛和张晓亮带着众人跑了过来。他长出了一口气，浑身像泄了劲的发条"砰"的一声松开了。

徐锦江捻灭烟头从藏身的地方走出来，刚走到遥控器控制的范围内，就看见前边并排站立着两个身着警服的警察，两个警察看见他相互对视了一眼，神色严峻地朝他走了过来。徐锦江条件反射似的后退一步，但随即又强迫自己镇定下来，他冲前面的警察伸出手比画着遥控器喊道："别往前走了，你们是谁？"

高克己冲徐锦江说道："按照程序，我们必须做一个自我介绍，我们俩是平海铁路公安处的警察，我叫高克己，就是个普通民警，我身边这位叫李正弘，是平海铁路公安处处长。我们到这儿来就是抓你归案的。"

徐锦江摇摇头说："阵势不小啊，处长亲自来抓我啊。你们俩确定能抓得住我吗？你们有这个本事吗？"

高克己指着徐锦江说："我没工夫跟你逗闷子，你要是个站着尿尿的爷们就回答我几个问题，也省得我们跟你打灯谜猜谜语。"

"你说吧，只要我知道的都告诉你。"

"怎么称呼你呢？该叫你徐锦江，还是叫你原来的名字韩胜喜!"

"无所谓,你们怎么称呼都行。"

"最开始石击列车的那个弹射装置是谁做的?想干什么?"

"是我做的,那个东西没多大劲,目的就是为了提醒你们。"

"以后那个神经不正常的肖启佳劫持机车也是你撺掇的吧?"

"对啊,我是怕一次提醒引起不了你们的注意,所以就又叠加了一次。本来没想到他能做得这么成功,可这个小子的确给了我个惊喜,弄得你们灰头土脸的。"

李正弘冲徐锦江说道:"那我还是叫你徐锦江吧,我的战友和同事姚个奇、颜伯虎是你杀害的吗?"

徐锦江冷笑一下说:"是我杀的,还有前天晚上跟踪我们的那个小混混,也是我杀的。我所做的一切都是为了把你们的注意力引向张廷祥,不是,应该是韩胜喜的身上来。让他当我的挡箭牌策应我的行动,然后我好完成现在的任务。"

李正弘说道:"怎么给你定位呢,是受雇于国外公司的商业间谍,还是穷凶极恶破坏铁路运输设施的罪犯?你自己给自己找个说法吧。"

徐锦江朝李正弘说:"都兵临城下了,还不是你们说了算啊。"

李正弘说:"好吧,那现在就以故意杀人嫌疑抓你回去!"

"等等!"徐锦江向李正弘展示手中的遥控器说,"我如实地回答了你的问话,现在该轮到我说说了。你们认识我手里的这个小东西吗?"

"看着像个袖珍的遥控器吧。"高克己上前一步说道,"这又没电视也没空调电脑的,你摆弄这个玩意干吗?"

"高克己警官，你可真幽默。你没看错，这是个遥控器，它的功能就是在我按下去的时候能同时引爆高铁线路两边的炸点，到时候炸药会把工务施工的器材和轨枕铺天盖地地砸向飞驰而来的高铁，退一步说，即使砸不到高铁，也会造成电网短路，让高铁趴在线路上几天。还有两分钟高铁列车就要开过来了，你们说我这个创意好吗？"徐锦江说完脸上露出得意的狞笑。

"真如你所说的那样，高铁出了事故，对你有什么好处呢？"

"对我个人没好处，但新闻会在瞬间传遍地球的每个角落，你们赖以自豪的高铁并不安全，你们所谓的领先世界，开启中国速度，就是一句笑话。"

高克己拦住要往前冲的李正弘，指着徐锦江身后说："我承认你的创意想得挺好，但真正实施起来忽略了一个重要的因素，那就是有我们，有铁路公安民警。你回头看看身后升起来的那个东西，认识吗？"

徐锦江下意识地回过头往身后的高处看去，一架无人机正在上空盘旋着。

高克己继续说道："这叫警用无人机，是我的同事兼哥们儿圆珠笔先生驾驶的。他是技术控，对这个无人机进行了很多改装，其中有一项就是受空中无线发射器的影响，反其道而行之做出来的信号干扰器，能干扰现在范围内所有微波脉冲无线信号，虽然处于试运行阶段，范围不大，但方圆二三百米之内还是管用的。"

徐锦江举着遥控器冲高克己咆哮着："你他妈的别唬我，哪有这样的东西！"

高克己冲徐锦江露出不屑的表情说："你不信可以试试啊，

现在就按遥控器起爆，如果有反应就算你小子有德行。"

徐锦江咒骂着狠狠按下遥控器的按钮，出乎他意料，竟然没有一点动静，他再次使劲接连按了几下都没有反应，气急败坏的他甩开遥控器拔刀冲向身后驾驶无人机的袁竹林。高克己和李正弘一左一右飞奔赶过去抓住徐锦江的胳膊和后背衣领，徐锦江反手一刀刺向李正弘，李正弘躲闪不及被刺中肩头，鲜血染红了衣服。徐锦江再挥刀刺向高克己时，高克己做出了个令徐锦江惊讶不已的动作，他不退反进，用胸膛直接冲向徐锦江的刀锋。刀刺进高克己的胸膛，高克己也死死地攥住了徐锦江的手和胳膊，旁边的李正弘不顾疼痛，用力按住徐锦江的另一只胳膊朝袁竹林大喊道："圆珠笔，你还等什么啊！"

从未动过手打过架抓过人的袁竹林此刻像凶神附体一样，在地上操起块施工用的板砖，嘴里高喊着"去你妈的！"，迎面拍到了徐锦江的脸上。

徐锦江被板砖砸得眼前一黑，身子一软，像摊泥样地倒在了地上。

高铁列车呼啸着从钢轨上急驶而去，留下的破空之声和卷起的尘埃回荡在空中久久没有散去。线路旁的空地上，李正弘扶着受伤的高克己不停地说："窝囊废，你可别闭眼啊，咱们的人马上就到，救护车马上就到，你给我挺住！这是命令！"高克己艰难地睁开眼看着被铐在地上的徐锦江，咧嘴冲李正弘勉强挤出一丝笑意说："我想挺住，可是真他妈的疼啊……"

袁竹林上来用扯开的衬衣捂住高克己的伤口，小声地说道："克己，你不是窝囊废，你是大英雄，你是诸葛亮呀。你怎么知道我有改装过的无人机,还让我今天务必要带上它?"

高克己用手指了指脑袋,苍白的脸上泛起开心的笑容。李正弘和袁竹林紧握着高克己的手,三个人同时说出了那句话:一天当警察,终生是侠客。

尾　声

两个月以后,高克己和郭玉昕悄悄离开医院,躲避开准备给他们开表彰会的人们,结伴来到埋葬着姚个奇、成玉坤和颜伯虎的公墓里祭拜。祭拜的时候遇到了李正弘和袁竹林,当天晚上他们四个人都喝多了。

李正弘向上级机关递交了辞呈,想要辞去处长职务没有被允许。过了一段时间将他调到公安局担任主管警卫的副局长。他和徐雅晴没有离婚,徐雅晴也搬回到铁路宿舍的老楼里居住。

高克己辞去了警卫支队一大队队长的职务,去退管会任职。闲下来的时候总会找袁竹林聊天,两人经常琢磨着如何开展警用器材的技术革新。

郭玉昕继续在仿古文化街里经营着自己的店铺,只是在店铺显眼的位置挂上了根警用甩棍,人家问他有什么用,他告诉人家辟邪。

袁竹林还是钱串子的老毛病,有事没事算计一下高克己和郭玉昕,只是总把从他们俩人手里拿来的东西送给师娘杜雨莉,然后跟她说是我们哥儿几个给您的。

徐雅晴把公司转给了别人，一门心思跟着电视台里的主持人学习厨艺，还隔三差五地邀请高克己他们来家里吃饭。虽然每次都被这帮人吐槽说做得像喂猪，但她还乐此不疲地坚持着。

高克己、李正弘、郭玉昕和袁竹林商议，每人每月从工资里拿出一千块钱供养颜伯虎的儿子，直到他上完大学考上公务员当警察为止。

韩胜喜和张廷祥在走司法程序，人们相信正义的审判绝不会迟到。

2021年10月19日星期二（第二稿）

图书在版编目（CIP）数据

警卫 / 晓重著 . -- 北京：作家出版社，2022.8
ISBN 978-7-5212-1905-0

Ⅰ.①警⋯ Ⅱ.①晓⋯ Ⅲ.①长篇小说 – 中国 – 当代 Ⅳ.①I247.5

中国版本图书馆CIP数据核字（2022）第073578号

警　卫

作　　者：	晓　重
责任编辑：	宋辰辰
装帧设计：	意匠文化·丁奔亮
出版发行：	作家出版社有限公司
社　　址：	北京农展馆南里10号　　邮　编：100125
电话传真：	86-10-65067186（发行中心及邮购部）
	86-10-65004079（总编室）
E-mail：	zuojia@zuojia.net.cn
http://	www.zuojiachubanshe.com
印　　刷：	唐山嘉德印刷有限公司
成品尺寸：	152×230
字　　数：	218千
印　　张：	21　　插　页：4
版　　次：	2022年8月第1版
印　　次：	2022年8月第1次印刷
ISBN	978-7-5212-1905-0
定　　价：	52.00元

作家版图书，版权所有，侵权必究。
作家版图书，印装错误可随时退换。